BESTSELLER

Ibon Martín, nacido en Donostia en 1976, ha conquistado un lugar propio en el thriller nacional e internacional gracias a sus pasiones: viajar, escribir y describir. Su carrera literaria empezó con la narrativa de viajes. Enamorado de los paisajes vascos, recorrió durante años todos los caminos de Euskadi y editó numerosas guías que siguen siendo referencia imprescindible para los amantes del senderismo. Su primera novela, *El valle sin nombre*, nació con el deseo de devolver a la vida los vestigios históricos y mitológicos que sus pasos descubrían. Tras ella llegaron Los Crímenes del Faro, una serie de cuatro libros inspirados por el thriller nórdico que se convirtieron en un éxito rotundo. *La danza de los tulipanes* (Plaza & Janés, 2019) alcanzó los primeros puestos en las listas de más vendidos, consagrándolo como uno de los autores más destacados de thriller tanto en España como en el extranjero, donde varias de las editoriales internacionales más prestigiosas se rindieron al hechizo de su narrativa. *La hora de las gaviotas* (Plaza & Janés, 2021) fue galardonada con el Premio Paco Camarasa a la mejor novela negra del año, y *El ladrón de rostros* lo confirmó como el maestro vasco del suspense. Ya completamente consolidado, en 2025 publicó *Alma negra* (Plaza & Janés), la cuarta investigación de la inspectora Ane Cestero, que también se ha convertido en todo un éxito de ventas.

Novela a novela ha construido un universo muy especial en el que se mezclan con elegancia todos los tonos del *noir*: investigación policial, perfilación criminal del asesino, denuncia de asuntos de actualidad, pinceladas de suspense y ambientaciones poderosas que evocan paisajes rurales y leyendas antiguas.

Para más información, visita la página web del autor:
https://ibonmartin.info/

También puedes seguir a Ibon Martín en Facebook e Instagram:
🅕 ibonmartinescritor
🅞 @ibonmartinescritor

IBON MARTÍN

Alma negra

DEBOLS!LLO

Papel certificado por el Forest Stewardship Council®

MIXTO
Papel | Apoyando la
silvicultura responsable
FSC® C117695

Penguin
Random House
Grupo Editorial

Primera edición en Debolsillo: enero de 2026

© 2025, Ibon Martín
© 2025, 2026, Penguin Random House Grupo Editorial, S. A. U.
Travessera de Gràcia, 47-49. 08021 Barcelona
Diseño de la cubierta: Agustín Escudero
Imagen de la cubierta: © Alamy, © Shutterstock y © Freepik

Printed in Spain – Impreso en España

ISBN: 978-84-663-8270-0
Depósito legal: B-19.551-2025

Compuesto en M. I. Maquetación, S. L.
Impreso en Black Print CPI Ibérica
Sant Andreu de la Barca (Barcelona)

P 3 8 2 7 0 A

A mi cuadrilla, mis amigos,
porque vosotros también seríais Cestero

1

Jueves, 17 de febrero de 2022

—Hola, Begoña. Soy Julia, tu hija. He tardado mucho en conocerte, pero yo tampoco imagino un futuro sin ti.

Julia repite las palabras en voz baja. Necesita escucharlas una vez más. La sensación de irrealidad es tan intensa que las pronuncia cada poco tiempo, casi como un conjuro que le dé fuerzas para enfrentarse al miedo que siente en este momento.

No es fácil llamar a la puerta de una madre a la que no conoces, de cuyos brazos te arrancaron a los pocos días de nacer.

Hace tres años, tres meses y dieciocho días que lo supo.

En plena investigación tras las huellas de uno de los asesinos más escurridizos a los que se ha enfrentado nunca, se dio de bruces con sus apellidos en el listado de la infamia. Aquel en el que las monjas que decidían sobre las vidas de bebés recién nacidos y las de sus jóvenes madres registraban sus transacciones.

Así lo descubrió.

Niña robada. Niña vendida.

El caso más complicado de su carrera, el día más difícil de su vida.

Hasta hoy.

Después de tirar de hilos tan enmarañados que ha llegado a temer que jamás lograría desenredar, aquí está por fin. Apenas unos centímetros la separan del abrazo que se congeló cuando le arrebataron a su madre: la distancia que tiene que recorrer su mano temblorosa hasta el timbre de esa puerta que, una vez abierta, reconstruirá el hilo de su vida.

Se trata de una casa humilde, varada a orillas de una ría que un desarrollo urbano precipitado condenó a discurrir entre anodinas paredes de hormigón. El olor a salitre que Julia esperaba encontrar se diluye entre los lodos frescos de la bajamar. Las olas no rompen lejos, apenas tres kilómetros más allá, en la playa de La Arena, pero el mar ni se intuye. Los depósitos de combustible y las chimeneas de la refinería cercana lo ocultan por completo.

Julia respira hondo. No recuerda haber estado jamás tan nerviosa, y no es para menos.

Ha escenificado el reencuentro tantas veces en su mente que no sabe cuál de las versiones prefiere: ¿la que le muestra a su madre quedándose con la boca abierta antes de acariciar su rostro con tierna incredulidad? Sí, esa le encantaría. En realidad, le sirve cualquiera que no termine en rechazo o negación. Julia no quiere ni plantearse que Begoña pueda haberla olvidado.

Por supuesto que no. Qué tontería. Sabe que la mujer que la espera tras esa puerta intentó recuperarla. Sabe que interpuso una denuncia ante estamentos eclesiásticos para que le devolvieran a su recién nacida… Sí, sabe todo eso. Como también sabe que han pasado más de cuarenta años y puede que la dureza de la vida haya oscurecido a la joven luminosa que un día fue.

Basta. Una madre jamás olvidaría a su bebé.

La mano se detiene antes de pulsar el timbre. La puerta se encuentra abierta, entornada.

—¿Hola? ¿Begoña? —saluda asomándose al interior—. Soy Julia, tu…

La ertzaina se muerde la lengua para no continuar. Mejor decírselo cuando ambas estén por fin cara a cara.

La única respuesta que recibe es el canto de un pájaro desde algún lugar de la casa.

—¿Hay alguien? —insiste mientras avanza tímidamente por el pasillo. Quizá debiera esperar en la entrada. Su madre habrá salido un momento y estará a punto de regresar. No habrá ido muy lejos si ha dejado la puerta abierta.

Un sonido llama su atención hacia una de las estancias que se abren al corredor.

Es solo el canario, de un color amarillo chillón. Se mece en el columpio que cuelga en el centro de su jaula. Clic-clac, clic-clac, clic...

Nada más. El resto es solo silencio.

—¿Hola? —prueba de nuevo alzando la voz—. ¿Begoña? ¿Estás ahí?

Julia duda si regresar a la puerta o continuar hacia el interior.

Son sus piernas quienes deciden por ella. No están dispuestas a seguir dilatando la espera, se mueren por salir a celebrar ese reencuentro con el que lleva tanto tiempo soñando.

Clic-clac, clic-clac...

Las palabras tantas veces ensayadas adquieren velocidad en su cabeza, martillean en su interior al ritmo que marca el columpio del pájaro, mientras sus pasos atraviesan el pasillo que conduce hasta el salón.

El sofá, una librería, un televisor apagado...

El jarrón que preside la mesa del comedor muestra un ramo de tulipanes. Son rojos, de una intensidad tal que tira como un imán de la atención de Julia.

Clic-clac, clic...

El pájaro cada vez se balancea más deprisa. Y, de pronto, rompe a cantar de nuevo.

Su melodía optimista lo envuelve todo y brinda un extraño contrapunto a la imagen que toma forma en una esquina.

Julia observa esos pies, esas piernas... Le cuesta comprender.

La escena que se despliega ante sus ojos se halla muy lejos de todos los posibles reencuentros que su mente había imaginado.

2

Jueves, 17 de febrero de 2022

Tan pronto como Julia parpadea para desterrar las lágrimas que nublan su mirada, brotan otras nuevas que desfiguran la escena. El abrazo con el que ha soñado durante tanto tiempo acaba de convertirse en la mayor de las pesadillas.

Porque el cabo marinero del que pende el cuerpo y el tono amoratado de su rostro no dejan ni un resquicio a las dudas: su madre está muerta.

Sobre la mesa, una sencilla nota de despedida, sin apenas espacio para los sentimientos, no aclara los motivos de su decisión.

Julia se traga una por una las palabras que traía preparadas. Escuecen al bajar por su garganta.

Hace tres años, tres meses y quince días que su vida sufrió un cataclismo que hoy se replica con toda su intensidad.

En cuanto supo que era una niña robada comenzó una búsqueda que tardó en arribar a puerto. Toda huella de su madre se perdía tras dar a luz. Begoña jamás regresó a casa y nunca más volvió a saberse de ella. Había tirado prácticamente la toalla cuando el caso de los crímenes del Apóstol, en Oñati, le regaló una pista que seguir. Los intentos de su madre biológica por recuperarla dejaron un rastro que le permitió dar con su nuevo domicilio. También con su nueva identidad.

El canario continúa cantando, ajeno a su dolor. Se trata de una melodía hermosa, un canto a la vida que realza la soledad de la muerte y desgarra por completo el alma de Julia.

La imagen se vuelve borrosa una vez más. Las lágrimas corren por las mejillas de la ertzaina. No entiende nada. Todo esto no puede estar sucediendo. En cualquier momento se despertará y comprenderá aliviada que no ha sido más que la última trampa de su imaginación antes del feliz reencuentro.

Hace apenas unos minutos observaba esa casa de porte sencillo con tantos nervios como esperanza. La vida, sin embargo, se ha derrumbado. El leve olor a salitre que la ha recibido se ha diluido por completo. Los lodos del cauce del Barbadún y sus aromas ásperos son ya los únicos protagonistas del día. Se cuelan por alguna ventana abierta para acrecentar la congoja que oprime el pecho de Julia.

Sus manos marcan en el móvil el número de Emergencias. Sin embargo, el dedo que debe pulsar la tecla de llamada remolonea sin decidirse a hacerlo.

Sabe que lo que sucedería a continuación no sería agradable.

Varios agentes comenzarían a danzar a su alrededor. Le harían preguntas que difícilmente podría responder. ¿Qué hacía ella en una vivienda que no es la suya y a cincuenta kilómetros de su domicilio? ¿Por qué accedió a ese piso si ni siquiera conocía a la víctima?

Tendría que explicar que esa mujer que cuelga de una soga es su madre biológica. A su confesión seguirían pruebas, tomas de declaración y preguntas, muchas preguntas.

Siente que no es más que una extraña y que no podría responderlas.

Odia ser consciente de ello, pero ha regresado tarde a la vida de su madre.

Julia parpadea de nuevo para asegurarse por última vez de que esas piernas que cuelgan junto a ella no son un mal sueño.

No. No lo son. La imagen que conservará para siempre de su madre es tan dura como real.

Cuando se pone en pie y se dirige a la puerta el pájaro ha cesado su canto. Parece haber comprendido que no es su momento. Julia sabe que tampoco es el suyo. Solo le queda abandonar ese hogar y la esperanza que dirigió sus pasos hasta allí.

3

Jueves, 17 de febrero de 2022

Madrazo prueba con el timbre por tercera vez.

Nada.

La única que dice algo es la campana de la iglesia de Santa María. Tres toques. Tres cuartos. El oficial ni siquiera se detiene a pensar de qué hora. Qué más da que sean las seis o las siete. Lo importante es que lleva toda la tarde tratando de localizar a Julia y no hay manera de dar con ella.

Creía que la encontraría en casa, y más cuando ha comprobado que no hay olas rompiendo contra los arenales de Laida. En tardes así, de mar en calma como un plato de sopa, los surfistas habituales, como su compañera o como él mismo, no pierden el tiempo aguardando olas que no llegarán. Los pocos que se meten al Cantábrico son aquellos venidos de fuera, a quienes su plan de viaje no permite posponer su cita con el mar.

Julia tiene suerte de vivir en Mundaka. Solo necesita salir de casa con la tabla bajo el brazo para lanzarse a coger la mejor ola izquierda de Europa.

Madrazo tampoco es de los que pueden quejarse. Él también se mudó a Hendaia, uno de los mejores spots de la costa vasca, y en cuanto cruza la calle puede subirse a la tabla de surf.

El oficial está a punto de irse cuando una tos llama su atención y le invita a rodear la casa. El edificio de dos alturas carece de encanto. Solo la vecindad de la iglesia, colgada sobre un pequeño puerto que algún día fue más pesquero que deportivo, le otorga cierta gracia. Sin embargo, la parte trasera alberga un tesoro: la joya de la corona es una escalera desnuda de ornamento que desciende directamente al mar desde el salón del piso inferior.

Y es allí donde acaba de oír a alguien.

—¡Julia! —llama desde el acantilado.

Ella no contesta. Está sentada en el último escalón, con la mirada clavada en el mar.

Madrazo agita los brazos para hacerse notar.

Tras varios intentos, la agente alza la mirada y esboza una fugaz sonrisa al reconocerlo. Después se retira los auriculares.

—¿Qué haces ahí arriba? —saluda mientras se pone en pie para subir al salón.

Apenas unos segundos después la puerta está abierta y la ertzaina, que viste una sudadera verde de la Federación Vasca de Surf y unas mallas deportivas, se hace a un lado para invitar a su superior a entrar.

—Está todo un poco revuelto, no esperaba visita.

Cuando Madrazo se adelanta a darle dos besos repara en los ojos enrojecidos de su compañera.

—Perdona… No pretendía interrumpir nada —se disculpa incómodo.

Sus palabras solo logran que Julia aparte la mirada. Sus hombros, habitualmente rectos, fruto de tantas horas de surf y de nadar en mar abierto, se ven encorvados.

—No te preocupes. Estaba pensando en mis cosas. Pasa, vamos. ¿Quieres tomar algo?

—No, gracias… Solo será un minuto… Puedes imaginar por qué estoy aquí —dice el oficial apoyándose en la mesa.

Ella se detiene en seco. Lo observa con gesto preocupado.

—Puedo intuirlo, sí…

—Exacto, Julia, la Unidad de Homicidios de Impacto vuelve a la acción —anuncia Madrazo.

Los ojos de Julia no son capaces de mantenerle la mirada. Buscan en el suelo algo parecido a una vía de escape. Sus labios tiemblan sin acertar a responder.

—¿Estás bien? —pregunta el oficial cogiéndola suavemente por el brazo.

Su compañera tarda todavía en reaccionar y cuando lo hace su voz llega con poca fuerza.

—¿Qué ha pasado? —balbucea la ertzaina.

—Se ha producido una muerte violenta. Y me temo que va a dar que hablar…

4

Los dedos de Aitor pulsan los pistones para robar a la trompeta unas notas que se funden con el cielo pesado de la tarde. Las nubes son grises, bajas y están cargadas de una lluvia que no tiene intención de caer. Abajo, en un mar que se extiende hasta el infinito, cabecean inquietas algunas chipironeras que ponen una nota de color a ese día moribundo. El faro todavía tardará en encenderse, a pesar de que la luz comienza a escasear.

—Vamos, otra vez —se anima Aitor antes de llenar de nuevo los pulmones.

Do-fa-sol-la-fa.

Su profesora dice que Bella ciao es una buena canción para practicar, aunque el ertzaina comienza a desesperarse. El estribillo lo tiene casi controlado. El resto es harina de otro costal.

Do-fa-sol-la-fa… Do-fa-sol-la-fa…

Aitor no se ve vestido de rojo, asaltando la Casa de la Moneda. Le gustaría estar de ese lado, porque le caen mejor, pero su equipo es el otro, el de los policías que intentan abortar el robo del siglo.

Do-fa…

—¡Lo haces genial! —le interrumpe una vocecita que llega desde las escaleras.

Apenas ha terminado de decirlo cuando Sara asoma por el quicio de la puerta. Ya no es ningún bebé.

—¿Me acompañas? —le propone Aitor.

La niña salta a la terraza y se lleva la armónica a los labios. Las notas que dispara casan difícilmente con el solo de trompeta.

Do-fa-sol-la...

Aitor reduce el ritmo para darle tiempo a imitar sus notas.

La bocina de un carguero se suma al intento de melodía. Un toque largo, grave, una despedida, que hace temblar toda la bocana.

—A ver cómo sale... —Sara corre a la barandilla que se asoma al acantilado—. Guau... Es enorme. ¿Qué llevará en su tripa?

—Ten cuidado —le dice Aitor cogiéndola por los hombros. No le gusta la caída que se abre ante ellos. El faro de la Plata, guardián del puerto de Pasaia, está colgado de un abismo de casi doscientos metros de altura. Una atalaya perfecta para otear el horizonte, y al mismo tiempo un precipicio tan limpio de obstáculos como mortal—. Lleva coches, miles de coches.

—¿Miles? Eso son muchos. ¿Y para quién son?

Aitor piensa una respuesta que cierre el círculo. Sabe que esas preguntas acaban formando a menudo un bucle interminable.

—¿Ya habéis terminado el atraco? —bromea una voz que se acerca por las escaleras.

—¡Ama! —exclama Sara corriendo a abrazar a Leire—. ¿Has oído qué bien lo hacemos?

Su madre pone cara de circunstancias y cruza los dedos.

—Sí, lo hacéis de maravilla... A este paso podréis montar una banda de música. Aunque también podría pasar que los barcos se enfadasen porque parece que hemos activado la sirena de niebla.

Aitor sonríe y se encoge de hombros.

Sara tarda unos instantes en decidir si su madre habla en serio.

—¡Qué mala! —protesta cuando comprende que no.

Leire se ríe.

—Venga, continuad ensayando. Yo voy a salir a correr. Es imposible escribir una novela con vosotros aquí —anuncia volviendo a perderse escaleras abajo—. Me llevo a Antonius.

El perro ladra desde algún lugar del faro. Ha oído que toca paseo y no hay mejor noticia en su mundo.

Antonius es el perro de Aitor, un labrador que tuvo la suerte de que Leire entrara en su vida y prohibiera a su dueño seguir llevándolo a esos concursos de belleza canina a los que era tan aficionado. A sus trece años comienza a tener algunos achaques y ya no es el animal juguetón que un día fue, aunque todavía es capaz de aguantar caminatas y carreras.

Aitor llegó a la relación con el perro y Leire lo hizo con Sara. La pequeña apenas tenía unos meses cuando el ertzaina se mudó al faro. Hoy, seis años después, tienen la sensación de haber vivido juntos toda la vida.

—¿Lo intentamos de nuevo? —propone Aitor tamborileando en la trompeta.

—Sí, pero está sonando tu móvil —le advierte Sara.

El ertzaina fuerza el oído. Las olas, que rompen abajo con una cadencia marcial, lo silencian casi todo. Solo los graznidos lejanos de una bandada de gaviotas que persigue a un pesquero en su aproximación a puerto rivalizan con la fuerza del océano. Su primera reacción es negar con la cabeza. Él no oye ningún teléfono. Sin embargo, la niña insiste y corre al interior del faro en busca del aparato.

—Ma-dra-zo —lee Sara antes de entregárselo.

Aitor respira hondo al oír ese nombre.

Cuando el oficial al cargo de la Unidad de Homicidios de Impacto marca su número es porque vienen curvas. Y esta vez no será diferente.

—Hola, Madrazo —saluda Aitor llevándose el móvil a la oreja.

—¡Hombre, Aitor! Por fin. Comenzaba a pensar que también tú me lo pondrías difícil.

—Lo siento. No oía el teléfono. Estaba ensayando.

—¿Sigues con esa trompeta que pescaste en el puerto? ¿Cómo vas? ¿Listo para la sinfónica de Viena?

—Me conformo con la charanga de mi pueblo, pero todo se andará. No me llamas para interesarte por mis avances musicales... ¿Me equivoco?

Madrazo no parece muy dispuesto a responder directamente.

—Nos ponemos en marcha, compañero. Mañana a las ocho en punto paso a recogerte. Tenemos un posible homicidio que va a traer cola. En cuanto la noticia llegue a los medios no nos los quitaremos de encima.

—¿Quién? ¿Dónde? ¿No me adelantas nada? —pregunta el ertzaina dejando la trompeta en el suelo. Si un crimen es siempre una mala noticia, uno de los que investiga la UHI es un verdadero dolor de cabeza. Y un reto, por supuesto, pero eso de tener a los periodistas volando alrededor como mosquitos sedientos de sangre acostumbra a complicar demasiado la investigación.

—Mañana os cuento. Tenemos más de una hora de viaje por delante. Vamos más allá de Bilbao. —Mientras el oficial comienza a despedirse, Sara se adueña de la trompeta y prueba a soplar con todas sus fuerzas—. ¿Qué es eso? ¿Estáis matando un cerdo?

Aitor no sabe si reírse o arrojar el instrumento al mar, del que quizá jamás debió sacarlo.

—Es solo mi trompeta.

—Pues es horrible…

—Exagerado… —reprocha Aitor haciéndole un gesto a Sara para que no toque tan fuerte—. Oye, ¿lo de Cestero pinta tan mal como dice ella o solo pretende seguir de retiro espiritual en Arantzazu?

El suspiro de Madrazo satura el auricular.

—Ha recurrido la suspensión de empleo y sueldo impuesta por Asuntos Internos, pero no creo que volvamos a verla de uniforme.

—¿Y cómo pretenden que la UHI funcione? Es una buena policía —objeta Aitor.

—No es buena, es la mejor. Y eso es precisamente lo que lleva a algunos a mirar con lupa su trabajo. —Madrazo toma aire—. El Departamento de Interior quiere ertzainas que sigan las reglas, no almas libres. Argumentan que su actuación fue muy grave, que nos entrenan para no emplear el arma, no para disparar a un sospechoso.

—A un asesino —matiza Aitor—. Y ahora nos enviarán a alguien de Izaguirre para llenar su hueco, como si con eso nos hicieran un favor.

—No. Me he negado. Nada de paracaidistas en el equipo. Prefiero fracasar y que cierren la UHI. Quizá sea lo mejor. Ane no tiene reemplazo y sin ella esta unidad no tiene sentido.

Aitor comprende que no es momento de echar leña al fuego.

—Lo haremos bien. Por ella. Pero nunca entenderé que nos traten así. Hemos resuelto todos los casos…

—Política, compañero, política. Los de arriba preferirían que los crímenes mediáticos los llevara gente más dócil y permeable a sus intereses. Nosotros no encajamos ahí. Y esta vez tampoco nos lo pondrán fácil. Si fallamos, mejor para ellos. Llevan esperándolo mucho tiempo.

5

Viernes, 18 de febrero de 2022

—*¡Es una persona! Por favor, dense prisa…*

—*Disculpe. No le comprendo. ¿Puede repetir?*

—*Es una persona. ¡Una mujer! ¿Me oye? ¡Una mujer!*

—*Mantenga la calma, por favor. Así no puedo entenderle. Comience por el principio. ¿De dónde me llama? ¿Se trata de un accidente?*

—*La cueva. La Magdalena, en los Montes de Hierro. He llamado ahora mismo para avisar de un animal caído a una sima.*

—*Un momento…* —*El sonido de un teclado se cuela de fondo*—. *Sí, aquí tengo el atestado. Un animal despeñado… Le ha atendido uno de mis compañeros. ¿Qué sucede?*

—*¡No es una oveja! Se trata de una persona. Está pidiendo ayuda. Tienen que venir cuanto antes.*

—Teresa Echegaray, cuarenta y siete años. El apellido os sonará. Su familia posee la mayor naviera del puerto de Bilbao y gestionó las minas de hierro de la Margen Izquierda —aclara Madrazo cuando los altavoces del coche dejan de escupir la llamada a Emergencias—. La grabación es de ayer a mediodía. Los de rescate llegaron tarde. Estaba muerta.

—¿Quién dio el aviso? —pregunta Julia, que ocupa el asiento trasero, cuando consigue reponerse. La grabación la ha llevado de vuelta a casa de su madre. Ella misma podría haber realizado una llamada similar para dar alerta del hallazgo del cadáver, pero no tuvo fuerzas para enfrentarse a la situación. Se limitó a dejar la puerta abierta de par en par antes de marcharse de allí. Si Begoña ya no pende de una soga es porque una vecina llamó al 112.

—Fueron unos ciclistas —indica el oficial mientras los baches de la pista forestal juegan con su flequillo ajado por el sol y el salitre. Tal vez tenga cuarenta y cuatro años, uno más que Julia y uno menos que Aitor, pero su pasión por el surf lo mantiene en forma como a un muchacho de veintitantos—. En una primera llamada hablaron de un animal caído a una sima, alguna oveja desorientada y despeñada. De hecho, en un primer momento la alerta que se activa en la central de Emergencias es por rescate de ganado.

—¿Ralentizó eso la puesta en marcha de la unidad de salvamento? —pregunta Aitor.

—No. Acudieron de inmediato. Y más cuando la segunda llamada aclaró que se trataba de una persona malherida.

—¿Quién realizó la segunda?

—Los propios ciclistas, solo seis minutos después. Es la grabación que acabáis de escuchar. Al acercarse a la sima comprobaron que lo que oían era una persona agonizando —explica el oficial.

—Y habrá indicios que apunten al homicidio —aventura Aitor—. De lo contrario no estaríamos aquí.

Julia comprende a lo que se refiere. La Unidad de Homicidios de Impacto fue creada para investigar casos con una repercusión social o mediática importante. Como tal, solo se activa cuando se produce un crimen que cumple ciertas características. El resto del tiempo sus integrantes permanecen en sus puestos de las respectivas comisarías a las que pertenecen. Ella, a Gernika. Aitor y Madrazo, a Oiartzun.

—Exacto. Alguien arrojó a Teresa a esa sima —explica el oficial sin soltar el volante—. ¿Seguro que es por aquí?

Aitor consulta el mapa antes de contestar afirmativamente.

—Solo un par de kilómetros más y veremos los restos del barrio minero de El Saúco.

Julia abre su ventanilla y la humedad que flota en el ambiente no tarda en colarse en el interior del vehículo. Huele a los pinos que se han adueñado del paisaje desde que han dejado atrás las casas de La Arboleda, y de eso hace ya unos cuantos kilómetros.

—No sé si alcanzaremos a ver las ruinas —comenta Madrazo disminuyendo la velocidad cuando la niebla, hasta entonces unos finos jirones que flotaban entre las coníferas, se vuelve más espesa—. A este paso vamos a tener que avanzar a tientas.

—¡Cuidado! —Aitor señala algo a través del parabrisas. El oficial pisa a fondo el freno—. Uf, casi te la llevas por delante.

Se trata de una valla para que no se escape el ganado. Es solo la primera. Más adelante tendrán que abrir otras dos barreras. También les toca esquivar algunos caballos que pastan a orillas de la pista de gravilla.

—Ganadería y explotación maderera... Está claro hacia qué reorientaron su vida los mineros cuando dejaron de sacar hierro —comenta Aitor mientras regresa a su mapa. Han llegado a un punto donde los árboles se abren para formar un gran claro—. Las construcciones mineras no pueden estar lejos.

—Ahí. A la derecha. —Esta vez es Julia quien habla.

No hay mucho a la vista. Al menos en pie. Pero el esqueleto de una construcción de gran porte es más que evidente. Los dedos inquietos de la niebla se cuelan por las ventanas del viejo edificio, acarician cada rincón de las ruinas y abrazan el cielo lechoso a través de un tejado inexistente. Dos pisos de ladrillo y piedra, dos pisos de recuerdos condenados a disiparse cuando la última generación de mineros se extinga para siempre.

—Eran las oficinas desde las que se gobernaban las minas. También el economato —apunta Aitor mientras salen del coche.

—¿Y esa de ahí es la cueva donde murió Teresa? —Julia se refiere a una bocamina que se abre tras las ruinas.

—No. Tenemos que andar un poco. A partir de aquí el camino no es transitable —indica su compañero.

Julia recorre el espacio con la mirada. No se le ocurre un lugar más inhóspito. Viejas infraestructuras mineras venidas a menos se suceden entre desmontes, galerías subterráneas y grietas abiertas a pico para extraer el hierro que alimentó durante siglos la industria de la zona. Más allá solo están los pinos, una mancha oscura que lo rodea todo, igual que un monstruoso ejército dispuesto a colonizar al menor despiste la vaguada donde duermen los restos industriales.

—A mí tampoco me gusta este lugar —reconoce Madrazo adivinando sus pensamientos—. Pero no vamos a quedarnos a vivir. A lo sumo serán un par de horas.

—Es un sitio fascinante —discrepa Aitor mientras les indica el sendero que deben seguir—. Si cerráis los ojos podréis escuchar los picos de los mineros.

—¿Qué picos? —se burla el oficial—. Yo no oigo nada. Y menos mal, porque aquí iban a dinamita pura. No seas tan romántico. Dinamita y bulldozers.

La boca de la caverna aparece tras unos minutos, un enorme espacio vacío en el que busca cobijo una pequeña ermita encomendada a la santa que le brinda su nombre.

—Treinta metros de ancho por quince de alto —comenta Aitor. Él es el experto en documentación de la UHI y durante el trayecto en coche ha hecho los deberes—. Dentro es un laberinto. Los mineros aprovecharon la abertura natural a modo de bocamina. Si entramos nos encontraremos kilómetros de galerías que recorren el monte en busca de hierro.

—¿Y es necesario que lo hagamos? —pregunta Julia. No tiene ninguna gana de adentrarse en un incierto mundo subterráneo.

—No, la sima está en el exterior. Según el mapa es allí arriba —señala Aitor con el móvil en la mano—. Hay que subir por esa senda.

—¿Qué hacía aquí la víctima? —plantea Julia.

—Había convocado una rueda de prensa.

La ertzaina mira alrededor con gesto incrédulo.

—¿Aquí?

—Le pareció buena idea atender a los periodistas en el lugar donde su empresa pretende reabrir una mina cerrada años atrás. Los Echegaray explotaron el hierro de la zona desde los años ochenta del siglo pasado hasta que la escasa rentabilidad los empujó a cerrar la mina doce años después. Y ahora quieren retomar la actividad —resume Madrazo avanzando a través de un mundo de roca caliza que contagia frío—. Mirad, ahí está la sima.

Un viejo espino negro, al que los años han condenado a vivir solo y encorvado, se asoma a la grieta. Desde la distancia se diría un vigía del abismo que se abre bajo sus raíces y que se dibuja con fuerza en cuanto los miembros de la UHI alcanzan la zona.

—Impresionante… —comenta Aitor acercándose a mirar. A pesar de que ha cumplido ya los cuarenta y cuatro años, su rostro continúa teniendo un aire juvenil, casi infantil. Su cabello no ofrece nota discordante alguna. Es de un color castaño claro, corto pero sin entradas, y enmarca sus facciones con suavidad.

La sencilla valla de alambre que pretende proteger de la caída a excursionistas y ganado se ve rota por varios lugares. La cinta de plástico con la que los ertzainas de rescate trataron de blindar su perímetro también está pisoteada. Un clásico en las escenas del crimen en cuanto la policía se repliega. Los curiosos y los cazadores del morbo no perdonan. ¿Cuántos se habrán acercado ya a fotografiarse en el lugar donde fue asesinada la heredera de una de las familias más poderosas de la zona? Porque alguien se ha ocupado ya de filtrar a la prensa que no se trató de un accidente.

Julia observa la sima y traga saliva. Sabe que un solo paso la conduciría a una muerte segura. Un simple salto, una patada a la banqueta, como la que dio su madre cuando decidió colgarse de la soga, y estaría muerta.

Solo un salto y todo acabaría también para ella.

—¿Por qué descartamos que Teresa sufriera un accidente? —plantea Aitor mientras da un paso atrás. Ya no se ruboriza cada vez que da su opinión, como durante los primeros casos de la UHI—. Al llegar he notado que la niebla era muy densa, ¿y si ayer lo era más aún?

Madrazo niega con la cabeza.

—Tal vez no fuera un día soleado, pero no hubo fenómenos atmosféricos que complicaran la visibilidad. Estaba nublado y punto, vaya. Un día ideal para andar por el monte. Hasta la tarde no llovió. No fue una caída fortuita causada por un despiste... Eso no descartaría otras opciones, como el suicidio. —Las palabras del oficial hacen recular a Julia. La imagen de su madre ahorcada cobra tanta fuerza que le cuesta respirar. Necesita alejarse de ese lugar. Ajeno a su reacción, Madrazo les muestra su móvil—. Sin embargo, como ya sabéis, contamos con indicios que sugieren que estamos ante un homicidio.

Julia se asoma a la foto que les enseña. El brillo dorado de una pulsera muy fina destaca sobre el color oscuro de la tierra.

—Apareció aquí mismo —explica el oficial observando el suelo—. Rota en el tercer eslabón y pisoteada.

—¿Hemos comprobado si realmente pertenece a Teresa?

Madrazo asiente.

—Herencia de su abuela materna. Por eso las iniciales grabadas no se corresponden con las de la víctima. Una a y una e—. El oficial consulta sus apuntes—. Anabel Etxebarria. La familia de la víctima ha reconocido la joya.

—Aquí arriba se produjo un forcejeo —comprende Julia.

—Y eso no es todo... La lluvia que cayó ayer se ha ocupado de borrar las huellas, pero los de la Científica hicieron un buen trabajo antes de que eso sucediera. —Madrazo pasa a la siguiente instantánea, que muestra el borde de la sima con una serie de trazos sobreimpresionados—. Teresa no estaba sola en el momento de la caída. Si os fijáis, tenemos dos patrones de huellas. En blanco han marcado las de ella. Son desordenadas, como si bailara. La fuerza que imprime a sus pisadas es irregular.

—Porque se defendía de un agresor —deduce Aitor.

—Y en rojo, las huellas de quien la empujó a la sima —señala el oficial sin detenerse a confirmar la observación de su compañero—. Sabemos que estuvieron juntos porque en algunos puntos las pisadas del agresor se superponen a las de la víctima y viceversa.

—Fue un asesinato —sentencia Julia—. La arrojaron a la sima a sangre fría, probablemente con la intención de que nunca se hallara el cadáver.

—Exacto. De no haber sido porque no murió en el acto hoy solo estaríamos buscando a una mujer desaparecida. Habrían podido pasar años antes de que a alguien se le hubiera ocurrido buscar en esta sima apartada.

—¿Qué nos cuentan las pisadas? —pregunta Aitor agachándose a observar el suelo de cerca.

Madrazo les muestra un primer plano del terreno con una serie de anotaciones.

—Las huellas del atacante se corresponden con una talla entre la treinta y nueve y la cuarenta y dos. Lamento la falta de exactitud, pero el propio forcejeo dificulta que podamos ser más concretos. Calzado estándar, de calle. Lo que sí parecen contar las pisadas es que el agresor pesaba más que la víctima.

—¿De qué peso estamos hablando?

—Por desgracia no es un dato que permita acotar realmente nuestra búsqueda —reconoce el oficial, consultando una vez más sus notas—. Teresa pesaba cincuenta y dos kilos en el momento de su muerte. Cualquiera pesaría más que ella. Me temo que ni la talla del pie ni el peso nos van a resultar de gran ayuda.

Julia se gira hacia el tramo rocoso que han tenido que salvar para llegar hasta la sima.

—¿Y qué hacía aquí arriba? No es precisamente el lugar más accesible de la zona. Supongo que la rueda de prensa la daría abajo, junto a la ermita… ¿Qué horarios manejamos?

—El acto con los periodistas terminó poco después de las doce y media del mediodía y la llamada a Emergencias se produjo a la una y veintitrés minutos —resume el oficial.

—En esos cincuenta minutos sucedió todo —resume Aitor.

—Habrá que interrogar a los periodistas que acudieron esa mañana a la cueva de la Magdalena —plantea Julia—. Ellos son los últimos que la vieron con vida.

Madrazo se muestra de acuerdo.

—Lo haremos. Pero antes hablaremos con la familia. Si no sabemos quién era Teresa será difícil que podamos averiguar quién y por qué la empujó a la muerte. Tenemos que conocerla mejor. Aitor, tú vendrás conmigo a Neguri. Veremos qué cuentan los Echegaray. Julia, a ti te dejamos al marido. Os veréis en el puerto de Santurtzi. Agradecerás la presencia del mar. —El oficial consulta su reloj de pulsera—. Vamos, no tenemos mucho tiempo. Después tendremos que regresar al escenario. El cura de La Arboleda ha convocado una novena de misas de desagravio.

—¿Aquí? —pregunta Aitor.

—Eso parece. Puede ser una buena oportunidad para tomarle el pulso a la zona —apunta Madrazo—. ¿Cómo lo veis? ¿Vamos allá? ¿Estáis listos para comenzar?

6

Viernes, 18 de febrero de 2022

Al principio es apenas una mancha de color en un mar que esa mañana ha decidido vestirse de gris. No llueve, pero las nubes están tan bajas que obligan a humillar la cabeza a los pocos que se encuentran en los muelles del puerto de Santurtzi. Conforme va acercándose, el barco va tomando forma. Es menor de lo que Julia esperaba, un pesquero solo apto para faenar a escasa distancia del litoral, aunque cuenta con una cabina para guarecerse en caso de mal tiempo.

Cuando el runrún del motor se cuela entre los diques que protegen la dársena, la ertzaina distingue por fin las siluetas de sus tripulantes. Son tres: dos niños y un adulto.

Julia aprieta los labios. Esperaba ver solo al marido de la víctima. No contaba con enfrentarse a la tristeza de unos pequeños que no volverán a ver a su madre. Por mucho que la UHI lleve a prisión a quien se la arrebató, jamás podrá devolvérsela. Es la parte que odia de la labor policial, que de algún modo nunca está completa porque el daño infligido no puede restituirse. No hay pena de prisión ni indemnización que pueda retornar a una familia rota a su ser querido.

Alejandro Usategui, el viudo de Teresa, amarra el Mistral al muelle mientras se deja ayudar por los niños.

—Seréis grandes marineros —les felicita el pescador saltando a tierra.

—¡Yo no quiero ser marinero! —protesta el chico.

—Oh, pues yo sí. La mejor marinera. ¡Como él! —exclama su hermana abrazándose con fuerza a la cintura de su padre.

Julia no se siente cómoda rompiendo el momento, pero tiene que hacerlo.

—Hola. Alejandro, ¿verdad? —pregunta acercándose. Los cincuenta y seis años del pescador, nueve más que Teresa, no parecen mal llevados. Su aspecto es atlético y las horas de mar se traducen en un tono de piel que muchos quisieran para sí. Sin embargo, los signos de la edad se manifiestan en algunas leves arrugas que comienzan a adueñarse de un rostro que, pese a lo sucedido, transmite cierta serenidad. También en esa barba corta donde gobiernan las canas.

El hombre asiente mientras le estrecha la mano. Imprime la intensidad justa en el saludo, sin alardes de firmeza ni pretender marcar territorio. Después se gira hacia los niños y los presenta. Son Itsasne y Aitzol.

Julia observa que apenas son capaces de mantenerle la mirada. Su tristeza es evidente.

—¿Quién es, aita? —pregunta Itsasne tirando de la camiseta de su padre.

La policía apoya una mano en el hombro de la pequeña y se agacha para ponerse a su altura.

—Soy Julia, ertzaina y voy a encontrar a quien le hizo daño a tu madre.

—¿Ya sabes quién ha sido? —pregunta su hermano.

—Todavía no, pero os prometo que lo detendremos.

—¿Y qué le vais a hacer cuando lo cojáis? ¿Lo mataréis también? —pregunta Itsasne.

Alejandro revuelve el pelo de su hija con cariño.

—No hay que matar a nadie. Lo que harán es meterlo en la cárcel y dejarlo allí mucho tiempo para que no haga daño a nadie más.

—Pues yo creo que tendrían que matarlo. Es lo que hizo él, ¿no? —apunta Aitzol cogiendo un salabre y dirigiéndose a unas escaleras que descienden hacia el agua.

Julia abre la boca para corregirle, pero no logra ordenar las palabras. ¿Qué puede decirle a un niño que vio salir a su madre para ir a trabajar y nunca más la verá regresar?

Su hermana se coge de la mano de la ertzaina y tira de ella para llamar su atención.

—¿Por qué le hizo daño? Ella era buena. ¡La mejor ama del mundo!

Alejandro abraza a su hija. La niña rompe a llorar, empapa el hombro de su padre y se ahoga en un mar de hipidos y sollozos. Julia da un paso atrás, se gira hacia otro lado para brindarles intimidad y para ocultar su propia mirada nublada por las lágrimas. Ella también necesitaría un hombro protector donde ahogar su pena. En su caso nunca podrá saber si su madre era también la mejor del mundo.

—¡Tengo una quisquilla! —Es Aitzol. Llega a la carrera con su presa entre las manos.

Su padre observa el crustáceo.

—Guau… Es enorme. ¡Parece una langosta! Libérala antes de que muera, anda.

—¿Me dejas soltarla? —le pide su hermana secándose las lágrimas con el dorso de la mano.

—Vale, pero ten cuidado, hace cosquillas.

Mientras los dos niños dejan marchar al animal y tratan de cazar algún otro, Alejandro se vuelve hacia Julia.

—Es tan difícil —masculla acercándose a ella—. Los he sacado a pescar para que no estén en casa llorando, pero ya ves. Están rotos. Y Aitzol se hace el fuerte, pero es el que peor lo va a pasar. Estaba muy unido a Teresa.

Julia le ofrece unas palabras de consuelo. Comprende que es un momento difícil también para él. Sin embargo, no puede bajar la guardia. Alejandro es una pieza más en una investigación donde no pueden descartar ninguna hipótesis. En demasiadas ocasiones el entorno familiar de las víctimas acostumbra a esconder a sus verdugos.

—Teresa era una madre maravillosa. Me va a resultar difícil estar a la altura, pero no voy a tirar la toalla. Itsasne y Aitzol merecen crecer como lo hubieran hecho si no nos la hubieran robado. Me toca ser Alejandro y Teresa al mismo tiempo.

—Te agradecería que me hablaras de ella. ¿Cómo era tu mujer? —plantea Julia decidiendo ir directamente al grano. Los pequeños cazadores no parecen dispuestos a darles una tregua larga. Además, Madrazo le ha pedido que en cuanto termine con el pescador regrese a los Montes de Hierro. Quiere a toda la UHI en la zona antes de que comience la misa.

Alejandro permanece en silencio unos instantes, la vista fija en el agua que los diques amansan, la mente rebuscando en sus recuerdos.

—Teresa era la persona más bonita del mundo. Tenía un corazón inmenso. Itsasne acaba de decir que era la mejor madre. Y no exagera. Era la mejor madre, la mejor pareja, la mejor amiga… Era alguien especial. Siempre con una sonrisa en los labios. Siempre. Su vida habría sido muy fácil si se hubiera limitado a obedecer los dictados de su familia y de su clase social. Ella, en cambio, no renunció a pensar por sí misma y elegir su propio camino. ¿A cuánta gente conoces dispuesta a sacrificarlo todo por hacer aquello en lo que cree?

El pescador aguarda una respuesta de Julia, pero ella permanece en silencio. Ahora que la información comienza por fin a fluir no quiere interrumpirla.

—Teresa era la hija perfecta. Estudió Derecho y Economía en la Universidad de Deusto. Pero, cuando terminó el máster, no quiso entrar a trabajar en el negocio familiar, como hizo su hermano. Deseaba acumular experiencias, aprender lo que era la vida fuera de su burbuja. Menudas ampollas debió de levantar aquello en el clan Echegaray… —Alejandro abre las manos para escenificar una explosión—. Viajó por medio mundo hasta que recaló en la India. Pasó seis años en Anantapur, lejos de cualquier confort, entre enfermedades y miseria… Hace unos meses viajamos allí. Tendrías que haber visto cómo la recibieron. La adoraban, porque a pesar del tiempo transcurrido, nadie la había olvidado. Las niñas de aquel entonces eran ya mujeres y lloraban de emoción al presentarle a sus propios hijos. Se me pone la piel de gallina al recordarlo…

—¡Aita! ¡Tenemos un cangrejo! —exclaman de repente unas voces infantiles. Itsasne y Aitzol corren hacia su padre, que le hace un gesto a Julia para que le disculpe.

—A ver… Ay, pobre. Es muy pequeño. Llevadlo a su casa, venga. Su familia estará preocupada. —Los niños regresan a la escalera que han convertido en su coto de caza—. Y ahora a ver si cazáis otro. Con cuidado, claro, no os vaya a enganchar el dedo. —Después baja la voz para dirigirse a Julia—. Perdona, no hay manera de hablar con estos dos terremotos por aquí.

—¿Por qué no se quedó en la India si allí fue tan feliz?

El pescador se encoge de hombros.

—Sé lo que estás pensando. La niña rica se cansó de vivir sin red y dejó de jugar a los voluntarios… Pero no es verdad. —Alejandro observa a sus hijos con una mueca triste—. Teresa nunca rompió su vínculo con aquel lugar y, al regresar aquí, siguió apostando por ayudar a los demás. Nunca he conocido a nadie con tanta empatía como ella. Ni un solo día de su vida dejó de trabajar por que este mundo fuera mejor, menos injusto. —El viudo se cubre la cara con las manos y deja escapar un sollozo—. ¿Quién puede haberle hecho algo así?

—Lo averiguaremos, te lo aseguro. ¿Cómo era la relación de Teresa con su familia? —pregunta Julia. Quiere profundizar en ese desencuentro con sus padres tras despreciar el negocio familiar.

—Durante años fue inexistente o mala. Ahora era diferente —aclara Alejandro—. Nunca les gustó que ella decidiera por sí misma. Conmigo no fue distinto. Teresa no merecía un simple pescador como pareja. Ellos esperaban casarla con algún banquero o un directivo de una gran eléctrica. Las familias como la suya acostumbran a mezclarse entre sí. Ella, sin embargo, siguió a su corazón y les dio otro buen disgusto. No podían aceptarlo. Justificaban su oposición en nuestra diferencia de edad. Ya ves, ni que fuera un drama que yo fuera algunos años mayor que ella, pero resultaba evidente que lo que les molestaba en realidad era que yo perteneciera a un escalón inferior en su mundo marcado por las clases.

—Pero seguisteis juntos —señala Julia. Necesita que continúe.

—Porque fue valiente. Pero créeme, se lo pusieron difícil. —Por primera vez hay un atisbo de rabia en su voz. También en unos ojos que han perdido su serenidad—. Le declararon la guerra con ese estilo propio de su clase: puño de hierro en guante de seda... La relegaron a un puesto de segundona en la naviera que dirigía su hermano para dejar patente quién era el buen hijo. Habían estudiado lo mismo y, aunque ella era brillante, la colocaron bajo su mando para someterla. No estoy llamando machistas a mis suegros, no. Si la apartaron fue por no obedecer. Iñaki, en cambio, se ciñó al guion y lo premiaron por ello. —Los pequeños cazadores estallan en vítores. Han logrado alguna presa—. A la boda de Itziar e Iñaki en San Juan de Gaztelugatxe acudió toda la burguesía de Euskadi. Y todos los compañeros de ese máster tan elitista en el que se conocieron. Mi suegra todavía tiene enmarcado el recorte de las cuatro líneas que publicó el ¡Hola!. Nosotros nos casamos por lo civil, con dos amigos como testigos cuando firmamos ante el juez... Teresa nunca dijo nada y supongo que no lo habría reconocido, pero siempre sospeché que se empeñó en celebrar una ceremonia íntima por miedo a que sus padres no acudieran.

—¡La madre de todos los cangrejos! —exclama Itsasne mientras Aitzol muestra la pieza a su padre—. ¡Lo he cogido yo!

—Yo te he ayudado. Si no lo llego a empujar no entra en tu trampa —añade el niño.

—Guau... Es enorme —comenta su padre guiñándole el ojo a Julia—. Podríamos hacer una paella con él.

Los niños ponen el grito en el cielo. Cómo van a hacerle eso. Tiene que cuidar a sus hijitos.

—Pues soltadlo, venga. —El pescador deja escapar un suspiro—. No es que me importe, pero nunca fui bienvenido en la familia. Mi cuñada, sin embargo, encaja a la perfección en las pretensiones de mi suegra. Es alta, guapa, deportista y, sobre todo, mujer de éxito y portadora de buenos apellidos. A ver cuánto tardan ahora en ponerla al frente de la reapertura de la mina. Por lo que sé, tiene los días contados en el banco.

—Entonces, el hecho de que entregaran a Teresa la dirección de la empresa minera ¿era una trampa? ¿Un regalo envenenado? —comenta Julia.

—No, en absoluto. —Alejandro se gira hacia sus hijos, que siguen luchando contra monstruos reales e imaginarios—. Los nietos ablandaron su corazón... Los hijos de Itziar e Iñaki llegaron pronto, así que mis suegros apenas pudieron disfrutarlos. Los nuestros, sin embargo, vinieron al mundo cuando los padres de Teresa ya se habían jubilado. Mi suegro los adoraba. Los llevaba siempre aquí y allá. Y mi suegra también. —El pescador asiente convencido—. Sí, fueron sin duda ellos quienes lograron que esos viejos estirados valoraran de otra manera a su propia hija. Y a mí también. Incluso creo que comenzaban a apreciarme. Mi suegro, sobre todo. Le gustaba salir a pescar conmigo de vez en cuando. Ignacio Echegaray no era un mal tipo. Siempre tuve la impresión de que sufría por estar tan lejos de su propia hija. Teresa era la niña de sus ojos y le hubiera gustado estar más presente en su vida. Si no lo hizo fue porque Mari Carmen lo impidió. Ella es rencorosa. Nunca le perdonó que no siguiera la senda que le había dibujado.

—¿Cómo se sintió Teresa cuando le comunicaron la noticia?

—Para ella fue como enterrar al fin el hacha de guerra, como si le entregaran las llaves de la ciudad tras rendir el fuerte. Entendió que era un símbolo de reconciliación y lo aceptó con gratitud. Aunque Teresa tenía las ideas muy claras y nunca se doblegó a los deseos e imposiciones de la familia, sufrió mucho con su rechazo. Así que ahora estaba contenta al ver que los había recuperado. Además, era su oportunidad de demostrar su valía, porque hace falta inteligencia y coraje para dirigir una empresa tan controvertida...

—¿Controvertida? —plantea Julia.

El pescador asiente sin dudarlo.

—Reabrir una mina no es una decisión muy popular. Si te das una vuelta por la zona y preguntas, verás que existe una importante oposición vecinal. Y no solo en los Montes de Hierro, también entre las gentes de mar. —Alejandro señala con el mentón los barcos amarrados a los muelles. A bordo de algunos hay movimiento. Otros simplemente duermen a la espera de volver a zarpar—. Las galerías que los Echegaray pretenden explotar están inundadas. La primera fase del proyecto consiste en bombear el agua al Cantábrico. La van a depurar de tóxicos y metales pesados, pero existe inquietud, no te lo voy a negar. Yo estoy convencido de que ella era la persona idónea para llevarlo a cabo. Por una vez tengo que admitir que mi suegra acertó con la decisión. La integridad y el perfeccionismo de Teresa suponían la mejor garantía.

Julia comprende que ese punto de conflicto ofrece un posible móvil para el crimen. Habrá que indagar en esa oposición a la reapertura.

—¿La viste preocupada los últimos meses? ¿Notaste algo diferente en su comportamiento?

—No, solo nerviosa. No hablábamos mucho del asunto, pero sé que sentía vértigo. No quería fallar.

Julia se da cuenta de lo mucho que le cuesta referirse a esos últimos días y decide que tiene suficiente información. Ha logrado un buen retrato de Teresa Echegaray. Todavía faltan, sin embargo, algunas preguntas. Y no son las más sencillas.

—¿Cómo era vuestra relación?

—Tan fuerte como para superar todos los obstáculos de los que hemos hablado.

—¿Cuándo la viste por última vez?

—Esa mañana yo me levanté a las cinco y media para hacerme a la mar y ella se quedó en la cama. Apenas había logrado dormir por el encuentro con la prensa… Nos dimos un beso, le deseé suerte y me marché. —Alejandro busca en su móvil una conversación de WhatsApp y se la muestra—. Cuando regresé a puerto le pregunté qué tal estaba y ya no me contestó.

Julia consulta la hora del mensaje. Eran las doce y cuatro minutos del mediodía. El color azul indica que fue leído, aunque no contestado. Los siguientes mensajes, siempre de Alejandro hacia ella, ya no los leyó.

—¿Y no volviste a escribir hasta las dos de la tarde? —pregunta sin poder ocultar su extrañeza—. ¿Tampoco llamaste para interesarte por la rueda de prensa?

—No, claro que no. Al no responderme supuse que estaría ocupada. Bastante tenía Teresa ese día como para que yo estuviera en plan pesado. Solo me dirigí de nuevo a ella cuando se acercaba la hora de comer y seguía sin contestar.

La ertzaina asiente, pensativa.

—Tú conocías a Teresa, probablemente mejor que nadie. ¿Por qué crees que se quedó en la zona minera una vez terminada la rueda de prensa?

—No lo sé. Se estaba esforzando mucho en contar el proyecto y había creado algunos perfiles en redes sociales para acercar la mina a la gente. Es posible que se quedara a hacer fotos o grabar vídeos.

Redes sociales… Julia toma nota mental. Habrá que echarles un vistazo por si dan en ellas con alguna pista.

—¿No te dijo si se había citado con alguien aparte de los periodistas?

El viudo niega con la cabeza.

—Me has contado que llegaste a puerto poco después de las doce de la mañana.

—Sí, cuando le escribí acababa de amarrar el barco.

—¿Y qué hiciste después? —continúa Julia.

Alejandro respira hondo.

—Estuve aquí. Limpiando, ordenando… Un barco no se cuida solo. Antes éramos dos: mi hermano y yo. Pero él abrió un bar en Castro Urdiales y... —Una leve pausa para secarse los ojos llorosos—. Estuve arreglando redes, preparando aparejos...

—Hasta las dos —lanza la ertzaina. Se trata más de una pregunta que de una afirmación.

—No podría decirlo con tanta exactitud, pero algo así... Sí, ese mensaje que Teresa no llegó a leer lo envié cuando iba hacia casa. Y eran las... —El pescador vuelve a coger el móvil para consultarlo.

—Eran las dos y tres minutos —recuerda Julia.

Alejandro la observa sorprendido. Sobre todo cuando comprueba que no se ha equivocado en un solo minuto.

—Es mi trabajo —aclara la ertzaina a modo de disculpa—. Te agradezco la colaboración. No os molestaré más por hoy —remata antes de despedirse de él y de esos niños que continúan ahogando su tristeza en el mismo mar que también abraza la suya.

7

Viernes, 18 de febrero de 2022

El hombre que les abre la puerta no parece uniformado. Nada de pajarita ni guantes de hilo blanco. Sin embargo, salta a la vista que se trata del mayordomo.

—Por aquí, por favor —les indica cuando Aitor y Madrazo se presentan como ertzainas.

El oficial alza la mirada hacia las torres que enmarcan la fachada cúbica del palacete. Es una casa ilustre, una de las muchas que pueblan el barrio de Neguri, un vecindario de Getxo reservado a las familias más acomodadas de la ría de Bilbao.

El jardín a través del que le siguen se ve cuidado. Setos bien recortados, arbustos de boj formando figuras geométricas y unos árboles de hoja oscura y flores generosas de color rosa.

—Camelias. Están preciosas este año. Las primeras se abrieron ayer. A Teresa le encantaban. No puede tratarse de una casualidad. Las plantas no están sordas, han querido despedirla —señala el hombre sin dejar de caminar.

Dos limoneros cargados de frutos amarillos jalonan la escalera por la que entran directamente al salón. Madrazo trata de disimular su sorpresa. Es enorme. A simple vista se distinguen cuatro ambientes diferentes. El primero, en torno a un televisor tan grande que bien podría tratarse de una pantalla de cine, el segundo organizado alrededor de una chimenea monumental. En el tercero de los espacios, una larga mesa de comedor, hay una pareja sentada.

—Ya están aquí —anuncia la mujer poniéndose en pie. Es alta y su bronceado desmiente un último mes en el que rara vez ha parado de llover.

Mientras ella abandona el salón por una de las puertas laterales, el hombre que la acompaña se acerca a los ertzainas.

—Bienvenidos. Soy Iñaki Echegaray, el hermano de Teresa —dice estrechándoles la mano. Madrazo le calcula rápidamente algo menos de cincuenta años—. Gracias por venir. ¿Puedo ofreceros algo? ¿Queréis un café?

—No es necesario, gracias —se adelanta el oficial.

Un leve movimiento de cabeza de Iñaki indica al hombre que ha salido a recibirlos que puede retirarse. Después señala unas sillas.

—Sentaos, por favor. No os importa que os tutee, ¿verdad? Mi mujer ha ido a buscar a mi madre. —Un rictus de dolor envuelve sus palabras—. Está destrozada. Menuda racha llevamos. Lo de mi padre pudo superarlo. Fue duro, pero la enfermedad también lo fue. Lo vimos apagarse día a día… Lo de Teresa, en cambio, ha sido terrible. Ninguna madre está preparada para la muerte de una hija… —Iñaki aprieta los labios para contener unas lágrimas que tratan de brotar—. Es tan injusto… Tere era la frescura en esta casa. Tan vital y tan espontánea, incluso tan cándida algunas veces… Si la hubierais conocido me comprenderíais.

Aitor y Madrazo asienten en silencio.

—¿Ellos son los ertzainas? —inquiere una voz rasposa que llega por detrás—. ¿Solo dos agentes para ocuparse del asesinato de mi hija? Con todos los millones que pagamos en impuestos cada año, ¿no merecemos algo más?

Los agentes se ponen en pie para recibirla. Es una señora de cierta edad, aunque no resulta fácil de calcular. Apenas hay arrugas surcando su rostro y el maquillaje dota a su piel de un artificial color cálido. Huele a una colonia que resulta empalagosa y un tanto excesiva. Y también a la laca con la que ha cardado a conciencia una melena rubia escultórica que le suma unos centímetros de estatura.

Madrazo le estrecha la mano.

—Soy el oficial al cargo de la investigación y él es el agente Goenaga. Ante todo, nos gustaría expresarle nuestras condolencias por la pérdida de su hija —se presenta mientras busca la manera de replicarle sin resultar descortés.

—Ama, no es momento de echar nada en cara. Si ellos están aquí es para ayudarnos —interviene su hijo pasándose un pañuelo por los ojos. La reacción de su madre ha roto los diques de contención de sus lágrimas. Después se dirige a los ertzainas—. Disculpad. Estamos todos destrozados. No se lo tengáis en cuenta...

—Yo quiero beber algo —dice secamente su madre mientras se sienta a la cabecera de la mesa.

Es la mujer que ha ido a buscarla quien asiente y se dirige a otra de las puertas laterales. Su melena recogida en una sencilla cola de caballo no le resta elegancia, aunque le brinda un aspecto juvenil que su cuerpo esbelto corrobora.

—Ella es Itziar, mi esposa —la presenta Iñaki cuando regresa con una botella de Vichy Catalán y un vaso con hielos.

—Encantada, agentes. Gracias por venir. —Más saludos, más condolencias—. ¿Vosotros no queréis tomar nada? Iñaki, ¿no les has ofrecido un café?

—No es necesario, gracias —se apresura a responder Aitor.

Cuando finalmente consiguen sentarse, Madrazo apoya su libreta sobre la mesa.

—Lo más importante en este momento es que podamos reconstruir las horas anteriores al crimen —indica mientras consulta sus notas—. Sabemos que Teresa salió de casa a las ocho y cuarto de la mañana, tras desayunar con sus hijos. Después los dejó en la escuela y pasó por su despacho, donde realizó algunas llamadas para ultimar el encuentro con la prensa, que tuvo lugar a las doce en la cueva de la Magdalena. ¿Es correcto?

Iñaki asiente en silencio. Su madre, en cambio, se limita a fijar la mirada en su vaso de agua con gas. Parece lejos de allí. Una ligera caída de los párpados delata los ansiolíticos que le han suministrado.

—Necesitaríamos un registro de asistentes a la rueda de prensa —añade Aitor—. ¿Quiénes estuvieron con ella en la mina? ¿La acompañó alguien de la empresa?

Iñaki se pone en pie y se dirige a una barra de bar forrada de cuero. El cuarto ambiente. Cuando regresa lo hace con una sencilla carpeta que deja sobre la mesa.

—Esto estaba en su escritorio. En una de las primeras hojas tenéis el listado de medios a los que había invitado a asistir. Parece que subrayó los que confirmaron su presencia.

Los ertzainas observan los papeles. Son apenas media docena. Anotaciones a mano, poco ordenadas en su mayoría: números de teléfono, horas, nombres de radios, televisiones, periódicos, algunos nombres propios...

No es un mal punto de partida.

—Teresa era muy tozuda —interviene Mari Carmen, la madre—. Si algo se le metía entre ceja y ceja no había manera de hacerla cambiar de opinión. Mira que le dije por activa y por pasiva que ese encuentro no era buena idea. Los Echegaray no tenemos que dar explicaciones de nada. Si queremos abrir esa mina, lo hacemos. ¿Acaso no es nuestra? Pero ella tenía que llevarme la contraria, como de costumbre. Y rebajarse a debatir con esos periodistas y activistas y qué sé yo. Qué tontería... ¡Somos los Echegaray!

Itziar apoya una mano en el brazo de su suegra mientras pide paciencia a los ertzainas con una mueca que apenas logra dibujar. Madrazo supone que se trata del bótox con el que trata de burlar la caída de hojas de un calendario que debe de pasar escasamente de los cuarenta y cinco años.

—Teresa era consciente de que una parte de la opinión pública no ve con buenos ojos que se vuelva a extraer hierro. Pretendía ganárselos. Y no es un mal planteamiento, Mari Carmen. Quería dar un rostro humano a la empresa y encargarse ella misma de la comunicación, no delegarla en una agencia. Tal vez para una naviera, como la que dirige Iñaki, eso no sea tan importante, pero para una empresa tan relacionada con el territorio como una minera es un buen enfoque. Estoy segura de que lo habría hecho genial si se lo hubieran permitido.

Su marido se limita a asentir mientras las lágrimas rebosan sus ojos. Si tenía palabras que pronunciar se le quedan trabadas en la garganta.

—Si no se hubiera expuesto tanto hoy no estaría muerta —sentencia Mari Carmen—. ¿Qué hacía ella sola en esas malditas minas? Iñaki debería haberla acompañado.

Su hijo se encoge de hombros.

—Ama, Teresa quería dirigir la mina sin tutelas, igual que hago yo con la naviera. ¿Qué mensaje de confianza habría sido que yo apareciera junto a ella?

—¿Y quién la mandaba quedarse allí? ¿Por qué no se marchó cuando se fueron los periodistas? En esa zona no hay más que salvajes. Seguro que se quedó sacando fotos para ponerlas en internet. Manías de Alejandro. Todo el día posando para la cámara, más preocupado de tener miles de seguidores que aplaudan sus tonterías con los peces que de llevar a casa un pedazo de pan…

—Mari Carmen, por favor… No seas tan dura con ella —le ruega su nuera acariciándole el brazo—. Los tiempos han cambiado y ahora es imprescindible asomarse a todas las pantallas, también las de los teléfonos móviles. Incluso los bancos lo hacen, aunque a nosotras nos cueste comprenderlo.

—Itziar forma parte del consejo de administración de un gran banco —aclara Iñaki volviéndose hacia los ertzainas. Después suaviza la voz para dirigirse de nuevo a su madre—. Por favor, ama, Alejandro necesita nuestro apoyo, no nuestros reproches.

Mari Carmen lo fulmina con la mirada.

—No me digas lo que tengo que hacer.

Iñaki observa a los ertzainas a través de sus ojos temblorosos.

—Lamento este espectáculo —masculla con un hilo de voz.

—No es fácil para ella —interviene su mujer—. Para ninguno. La muerte de Teresa ha sido un golpe muy duro.

Es evidente que Itziar está afectada. Lo dicen su voz y el brillo de los ojos. También el ligero temblor de sus labios. Sin embargo, mantiene la compostura igual que haría el presidente de un consejo de administración obligado a comunicar a los socios la quiebra de la compañía. Se trata de una mujer acostumbrada a guardar la compostura, incluso en las peores circunstancias.

—¡Pues esa mina la vamos a abrir! —exclama Mari Carmen golpeando la mesa con el vaso—. Le duela a quien le duela. La memoria de mi hija será mi combustible.

—Ama… —llama Iñaki estirando las manos hacia ella—. No es momento. Ellos han venido a que les facilitemos información que les permita detener al asesino.

—¿Hubo algo en los últimos días que les llamara la atención? —aprovecha Madrazo para introducir sus preguntas—. ¿Algo fuera de lo normal en el comportamiento de Teresa? ¿Comentó si algo la preocupaba?

Todos niegan con la cabeza. No recuerdan nada extraño.

—Al parecer la reapertura de la mina despierta el rechazo de algunas personas… —indica Aitor—. Sería interesante saber si esto se ha traducido en presiones sobre Teresa o sobre la familia en general.

—¡Que me digan a mí algo! —espeta Mari Carmen con los ojos inyectados de rabia—. De lo único que se nos puede acusar a la familia Echegaray Berangoetxea es de generar empleo y riqueza para los demás. Diles, Iñaki, diles a estos señores cuántas personas tenemos contratadas en la naviera. ¡Y nuestra mina regará de dinero esos montes donde hoy no hay más que miseria!

Su nuera trata de calmarla acariciándole nuevamente el brazo, pero Mari Carmen lo aparta con gesto airado.

—Si sufrió algún tipo de coacción no lo compartió con nosotros —admite Iñaki—. La oposición a la mina no ha pasado de cuatro pancartas mal colgadas. Los de siempre, esos que se oponen a todo por sistema.

El oficial no se molesta en apuntarlo. Después recorre a los tres con la mirada y respira hondo. Sabe que llega el momento más complicado.

—Tengo que preguntarles dónde se encontraban ayer entre las doce y la una del mediodía.

Mari Carmen entrecierra los ojos tratando de comprender a qué se refiere.

—Que dónde estábamos cuando la mataron —le aclara su nuera antes de dirigirse a los ertzainas—. Yo estaba en el banco, como cada mañana.

El gesto, hasta entonces serio, de la matriarca de los Echegaray se congela por completo. Su vaso de agua con gas se desparrama sobre la mesa cuando se pone en pie y señala la puerta.

—¡Hasta aquí podíamos llegar! —exclama fuera de sí—. ¿Cómo tenéis la desvergüenza de plantear que alguien de esta familia ha podido matar a Teresa? ¡Salid de esta casa inmediatamente!

8

Viernes, 18 de febrero de 2022

La serpiente de paraguas zigzaguea somnolienta entre los pinos. Trepa lentamente, murmurando salmos y plegarias que Julia apenas alcanza a descifrar. Tampoco lo necesita. Ni ella ni sus compañeros. Ninguno de ellos está allí porque crea que el acto religioso vaya a ser capaz de devolver la armonía a un entorno herido. La función de la UHI en la primera de las misas de la novena es no perder detalle de lo que ocurra. Cualquier reacción, palabra o mirada fuera de lugar podría convertirse en una pista de la que tirar para saber qué sucedió exactamente con Teresa Echegaray.

Manda el negro entre los paraguas, aunque los hay de colores diversos. Algunos, los menos, con logotipos publicitarios. Tanto da mientras cumplan su función de mantener a raya al sirimiri que cae implacable desde que la procesión ha partido de La Arboleda.

El bosque se abre cuando llegan a las ruinas mineras de El Saúco.

—¿Es que siempre hay niebla aquí? —comenta Julia con un escalofrío.

—Niebla y silencio —afirma Aitor.

La procesión se detiene ante el esqueleto del antiguo edificio de oficinas. Dos mineros jubilados que portan un cuadro con la imagen de Santa María Magdalena se adelantan y se giran hacia los demás. La patrona de la zona preside así una breve oración que el sacerdote adereza esparciendo abundante agua bendita sobre las paredes arruinadas.

El relincho de una yegua acalla por un momento sus palabras pacificadoras. Parece que no le gusta esa intromisión en un espacio que le pertenece. A ella y a los numerosos caballos que vigilan de reojo a los congregados al tiempo que agitan la cola para sacudirse las moscas de encima.

—Adelantaos hasta la cueva. No quiero sorpresas —indica Madrazo.

Julia está de acuerdo. La Magdalena es el lugar más sensible de la procesión.

Los ertzainas no tardan en recorrer la distancia que los separa de la cueva.

—¿Te has fijado en que parece un ojo? —señala Aitor antes de entrar.

Su compañera alza la mirada.

Un ojo.

Un ojo asomado al valle, un ojo que lo controla todo y los observa desafiante.

La ermita, con su pared encalada y su puerta enrejada, es la pupila. El vacío que la envuelve completa el efecto inquietante.

—Ahí están las lágrimas —indica la agente sin poder reprimir un escalofrío.

Tras observar el riachuelo que brota de la cavidad, Aitor se asoma a la reja que impide acceder al templo.

—La muerte de Teresa no es el único momento complicado que ha vivido este lugar. ¿Sabes que a principios del siglo veinte unos mineros en huelga destruyeron a tiros la imagen de la santa? ¿Y que antes de la Guerra Civil otro vecino de la zona dinamitó la ermita entera porque había perdido jugando a las cartas?

—¿Y qué culpa tenía la Magdalena?

—A saber. Se habría encomendado a ella para no perder.

—¿De dónde sacas todos esos datos?

Aitor se encoge de hombros.

—Me gusta informarme para entender qué terreno pisamos.

Mientras hablan recorren la boca de la cueva. Todo parece en orden. Aparte de algunas boñigas que salpican los alrededores de la ermita no se aprecia nada que pueda interferir en la procesión.

Julia se agacha junto al arroyo que surca la caverna e introduce la mano en él. El agua está tan fría como cristalina.

—Dan ganas de beberla —comenta sintiendo la caricia en sus dedos.

Las plegarias se acercan. El cuadro de la Virgen de la Magdalena llega envuelto en un velo de plástico para evitar que la lluvia eche a perder la pintura. Detrás de la imagen vienen también todos los demás. El sacerdote en cabeza y Madrazo como coche escoba.

Julia y Aitor salen a su encuentro y observan la gran boca de piedra devorando a los congregados. El silencio que habitualmente envuelve la cueva amplifica las oraciones que brotan de las decenas de gargantas a las que el miedo ha llevado hasta ese rincón inhóspito de los Montes de Hierro.

Los portadores del cuadro lo disponen ante la ermita, apoyado en una sencilla aguabenditera que cuelga de su fachada. El sacerdote tarda unos instantes en abrir la verja, porque la cerradura se le resiste. Cuando finalmente lo consigue y se pierde en el interior del templo, Julia observa que cojea ligeramente. ¿Cuántos años debe de tener? Muchos. Los suficientes como para que una caminata como la que acaba de realizar le haya pasado factura.

No son más de un par de minutos los que el párroco tarda en regresar con los objetos litúrgicos. Suficientes, en cualquier caso, para que quienes aguardan su vuelta reparen en varias manchas que adornan las paredes de la cueva.

—Los ojos han regresado —señala un hombre antes de santiguarse.

—Este verano no estaban —asegura algún otro—. Subimos en julio a la romería de la Magdalena y la pared estaba limpia. Hacía muchos años que no se aparecían.

—Alma Negra —resume alguien. Dos palabras, solo dos, pero suficientes para que el nerviosismo se desate.

De pronto, la conversación se tiñe de malos augurios. Todos hablan de miedo, de dejar tranquilos los lugares malditos, de espíritus vengativos que seguirán cobrándose un precio por remover el pasado. De ánimas errantes que vagan por los montes en busca de otras a las que entregar el testigo de su infortunio.

—Malditas supersticiones —lamenta Julia mientras uno de los asistentes se acerca a uno de los supuestos ojos para trazar encima una cruz con cal.

Madrazo resopla. Es evidente que a él tampoco le hace especialmente feliz lo que está sucediendo. Bastante tienen con investigar a sospechosos de carne y hueso. De sobra sabe que despertar las viejas creencias en territorios tan fértiles en ellas como este, solo hace el trabajo aún más complicado.

El sacerdote alza la mano para rogar silencio. Después carraspea para aclararse la voz.

—Hermanos, sois muchos quienes me habéis solicitado que celebre una novena para rogar a la Virgen de la Magdalena que nos proteja en estos tiempos difíciles. La de hoy será la primera de las nueve misas. No se me ocurre un mejor lugar para solicitar su amparo que esta ermita que es hogar de nuestra patrona.

Tras su presentación llega el momento de las plegarias, salpicadas con menciones a todos aquellos que entregaron su vida a la mina con el único fin de alimentar a sus familias.

—Sus almas velan por nosotros.

—Amén.

Tras varias oraciones más, el párroco vierte vino en el cáliz y lo dispone todo para el clímax de la ceremonia.

Julia sabe lo que viene a continuación: la consagración, el momento de arrodillarse ante el cuerpo y la sangre de Cristo.

Algunos de los congregados se ponen de rodillas. Los más previsores han llevado consigo bolsas de plástico y hasta almohadillas, pero la mayoría de quienes no permanecen de pie se apoya directamente en la tierra húmeda.

Las manos del sacerdote alzan el cáliz.

—Sangre de Cristo…

La cubierta de piedra amplifica sus palabras. Solo las gotas de agua que se desprenden rítmicamente del techo y los relinchos lejanos de los caballos se atreven a desafiar el silencio que las envuelve.

Y entonces, justo entonces, el sonido de unos cascabeles brota de lo más profundo de la cueva helando la sangre de todos los presentes.

9

Viernes, 18 de febrero de 2022

Los ojos que muchos quieren ver en las paredes de roca asisten al caos que se ha desatado en la cueva de la Magdalena. Carreras, caídas, lamentos y gritos que el vientre pétreo amplifica hasta la locura han tomado el testigo de la misa.

El sacerdote alza ambas manos para rogar silencio. Debe continuar con la eucaristía para acallar con su luz las sombras que se han adueñado en los últimos días de los Montes de Hierro.

Es en vano. Nadie escucha ya. Toda la atención está puesta en esos cascabeles que devuelven a la vida viejas leyendas con demasiado arraigo en la zona. Las palabras que Julia alcanza a entender entre la confusión hablan del regreso de una joven danzante.

—¡Viene de ahí! —señala Aitor dirigiéndose a una galería que parte de la boca de la cueva.

Julia busca en el bolsillo. Se trata de un mero acto reflejo, porque sabe perfectamente que no lleva encima linterna alguna. Solo le queda recurrir a la del móvil.

Los gritos de pánico y las llamadas al sosiego del párroco se diluyen en la distancia conforme los pasos de los ertzainas se adentran en la oscuridad.

Al principio no hay duda sobre el camino a seguir, pero en cuanto llegan a unos muros en ruinas, recuerdo de alguna infraestructura minera, todo se complica. La única galería se parte en varias diferentes.

—Nos dividimos —decide Madrazo.

Julia elige el corredor de la izquierda, que trepa hacia algún destino incierto. El haz de luz blanca que brota de su teléfono apenas se proyecta un puñado de metros. Más allá todo es negro.

Los cascabeles ya no se oyen. No sirven de guía.

Quienquiera que los haya hecho sonar se oculta en ese mundo de pasadizos imposibles.

La ertzaina apenas ha avanzado unos metros cuando se detiene. Ha oído pasos.

Cerca. Muy cerca.

Apaga la linterna y cierra los ojos para concentrarse en el sonido. Está segura de que las pisadas eran reales. Sin embargo, ahora solo oye el galope de su corazón, que resuena en cada rincón de su cabeza.

Está a punto de encender la linterna de nuevo cuando los pasos se repiten. Esta vez se suma el tintineo leve de los cascabeles.

No hay duda de que se encuentra muy cerca.

Julia camina a tientas hacia la fuente del sonido. No puede permitirse encender la luz. Si lo hiciera estaría regalando al fugitivo la ventaja de tenerla localizada. A pesar de que la oscuridad es absoluta, el techo y las paredes brillan ligeramente, emiten una suerte de fluorescencia fantasmal que dibuja el contorno del túnel abierto por los mineros.

La pistola de Julia encañona la oscuridad. Odia esa sensación de que su corazón bombea la sangre con tanta fuerza que delata su posición como un tambor implacable.

Los cascabeles vuelven a traicionar al fugitivo.

Está ahí mismo.

—¡Alto! ¡Policía! —exclama Julia cuando acierta a encender la linterna.

Las sombras bailan aquí y allá. Viejos postes de madera que los mineros dispusieron quién sabe con qué finalidad y que el torrente de luz despierta tras décadas de letargo se burlan de la ertzaina.

Allí no hay nadie. Solo ecos traicioneros. Las formas caprichosas de la gruta replican sonidos llegados desde la distancia y los hacen parecer cercanos.

Se dispone a continuar avanzando cuando repara en varias figuritas de colores apoyadas en una oquedad de la pared.

Se trata de un pequeño belén. Ahí están la Virgen y san José, y también la mula y el buey. La cuna está vacía. El niño que algún día la ocupó ha desaparecido. Pero lo que llama la atención de Julia no es su ausencia, sino la pulsera de cascabeles que alguien ha encajado en una estrecha grieta junto al nacimiento.

La ertzaina la introduce en una bolsa de pruebas antes de comenzar a girar sobre sí misma, barriendo el espacio con su linterna. Sabe que quien ha sembrado el pánico entre los asistentes a la procesión se oculta muy cerca. Se ha deshecho de los cascabeles porque ha comprendido que delataban su posición, pero no hará más de un minuto que la ertzaina los ha oído sonar por última vez.

Las formas irregulares de la galería no ayudan en su búsqueda. Ofrecen demasiados escondrijos posibles, multiplicados además por las sombras que despierta el paso del haz de luz.

—¿Dónde te escondes? —pregunta Julia casi para sus adentros.

Un pequeño objeto tira de su atención hacia el suelo.

Se trata del Niño Jesús. Probablemente se haya caído accidentalmente cuando el fugitivo ha escondido sus cascabeles junto al pesebre.

La ertzaina observa con cierta envidia sus ojillos cerrados en un rostro que transmite paz. Después continúa recorriendo con la linterna cada centímetro de la galería. A pesar de que todos sus sentidos han dado un paso atrás para ceder todo el protagonismo a la vista, es el oído quien le manda una señal. Un leve crujido a su espalda le indica que debe girarse deprisa.

Cuando lo hace es demasiado tarde.

El fuerte empujón que la derriba arranca también el teléfono de su mano y lo hace rodar por el suelo.

Los pasos son ahora más evidentes. Quien la ha atacado no tiene el más mínimo interés en disimularlos. Lo único que quiere es alejarse cuanto antes.

—¡Está aquí! ¡Se escapa! —grita Julia con todas sus fuerzas mientras se pone en pie.

Su móvil ha ido a caer junto al Niño Jesús, que continúa durmiendo plácidamente, ajeno a lo que está sucediendo a su alrededor.

No está solo, junto a él hay un pequeño pedacito de algo. Se trata de una pieza ligeramente curva y fina, de apenas un centímetro de largo. Julia juraría que antes no estaba ahí. Debe de haberla perdido el fugitivo cuando ha impactado contra ella. No se detiene a analizarla en detalle, no es el momento. La introduce en el bolsillo interior de su chaqueta y continúa la persecución.

La galería no ofrece pérdida, al menos durante unos metros. Los pasos todavía resuenan a lo lejos, aunque el rumor de un arroyo que la ertzaina no alcanza a ver los acalla por momentos. Se le suma el tintineo de las continuas gotas que caen por doquier. Tras precipitarse de las estalactitas forman leves regueros en un suelo donde todavía se intuyen las huellas que dejaron los raíles por los que se extraía el mineral.

Un ruido atronador crece conforme Julia avanza en la oscuridad. No logra identificar su procedencia hasta que su linterna alumbra una masa negra que se dirige a toda velocidad hacia ella.

Murciélagos. Cientos de ellos.

Vuelan inquietos por el túnel. Parecen furiosos por la visita, aunque probablemente estén solo asustados porque alguien ha osado interrumpir su descanso.

El batir de sus alas oculta por completo el resto de los sonidos. Ya no hay gotas que caen, ni tampoco arroyos buscando el camino hacia el mundo exterior. Y, por supuesto, nada de pasos que permitan a Julia tener localizado al fugitivo.

Sin ellos va a ser complicado seguir adelante, porque la ertzaina ha llegado a una suerte de mirador subterráneo. Ante ella se abre una sala de dimensiones descomunales. El techo es tan alto que la linterna no logra brindar claridad alguna al espacio. Y, sin embargo, se aprecia algo al fondo de la gran sala. No se trata de ningún foco artificial, sino de un rayo de luz natural. Penetra al subsuelo a través de alguna de esas grietas que hacen tan peligrosos los Montes de Hierro. Una como la que alguien escogió para arrojar a Teresa.

El camino, hasta entonces evidente, se pierde entre decenas de bloques desprendidos. Rocas enormes que forman un laberinto en el que la orientación se torna imposible.

—Maldita sea —masculla Julia mientras busca la manera de continuar adelante. Sabe que quien ha saboteado la misa se oculta en algún rincón de esa cavidad.

Algo parecido a un sendero desciende hacia el fondo de la sala.

La ertzaina no lo duda. Continúa adelante entre los bloques de piedra, inspecciona cada posible escondrijo y trata de desterrar la creciente sensación de angustia que la atenaza. No le gusta estar allí abajo, en ese vientre de roca. La reacción de los vecinos al oír los cascabeles regresa a su mente. Temen a ese lugar. Lo temen profundamente.

No sabe cuánto tiempo ha pasado recorriendo ese mundo de requiebros y sombras juguetonas, pero cuando vuelve a dirigir la mirada hacia el fondo de la cavidad descubre una silueta. Está trepando hacia la claraboya natural por la que penetra la luz. Unos pasos más y estará fuera de la cueva.

—¡Está aquí! ¡Aquí! —grita una vez más. Quizá en esta ocasión sus compañeros puedan oírla.

La caverna le devuelve su voz distorsionada en una broma de mal gusto. Se diría el lamento gutural de algún espectro que haya hecho de la cueva su morada.

Julia aprieta el paso. Está deseando salir de allí. La separa un buen trecho del lugar por el que supone que ha subido el fugitivo. Las rocas desprendidas del techo son tan grandes que la obligan a volver sobre sus pasos una y otra vez. Resulta frustrante tratar de avanzar deprisa por ese mundo donde gobierna el caos.

Cuando por fin alcanza la brecha de luz, comprueba que más allá todavía existen varias más. Los largos dedos del sol penetran en la cavidad por grietas desiguales y regalan una iluminación irreal a determinados rincones del subsuelo. Se dirían los focos de un gigantesco teatro, dispuestos a alumbrar a diferentes actores en un escenario de roca y vacío.

Julia mira hacia lo alto. Ya no hay rastro del fugitivo de los cascabeles. Tampoco del camino que ha seguido hacia el exterior. Algunas piedras ofrecen algo parecido a escalones que permiten ganar altura. Solo por unos metros, porque después se extinguen y dan paso a paredes de apariencia inexpugnable.

—¡Mierda! —exclama cuando comprende que el camino para llegar a la superficie debe de partir de algún otro punto de ese mundo de sombras. Quienquiera que haya huido por ahí conocía los secretos de la cueva de la Magdalena.

10

Viernes, 18 de febrero de 2022

El abrazo cálido del albornoz envuelve a Julia mientras sus pies desnudos suben por las escaleras de piedra. Están frías, tanto como el mar del que acaba de emerger.

Igual que cada noche en un ritual que se repite desde que se mudó hace años a esa casa a orillas del Cantábrico.

Solo de ese modo logra sacudirse de encima los fantasmas que van aferrándose a su espalda durante el día. Crímenes, violencia extrema y horrores de todo tipo pasan por las manos de una policía de investigación como ella. Nada como el mar para ahogarlos. Da igual agosto que enero, que el Cantábrico pase de veinte grados o que apenas alcance los diez, Julia necesita nadar mar adentro hasta caer rendida.

Hoy sus brazadas rápidas, furiosas, no trataban de dejar atrás el sonido de los cascabeles ni la oscuridad de la cueva. La imagen que la persigue desde que entró en esa casa de Muskiz es la del cadáver de su madre balanceándose en una soga.

La escalera la lleva directamente a su salón. Toca despojarse de nuevo del albornoz para continuar desnuda hacia la ducha. Es la segunda parte del ritual. Agua caliente y dulce que relaje sus músculos antes de introducirse en la cama.

Sus manos accionan el grifo y la fina lluvia comienza a recorrer cada centímetro de su piel. Las gotas acarician su rostro, se cuelan entre sus labios y continúan su camino a través de sus hombros y sus pechos. El calor, que el mar le ha arrebatado, comienza a regresar a su cuerpo. Pero la temperatura no es lo único que vuelve. También lo hacen las preguntas.

¿Qué pudo empujar a su madre a quitarse la vida?

La nota que dejó sobre la mesa no aclara nada. Ser ertzaina ha llevado a Julia a demasiados escenarios de suicidios. Las cartas que ha podido leer en esos lugares acostumbran a hablar de culpa, de tristeza y de dolor. Mensajes desgarradores que a menudo incluyen instrucciones para facilitar los trámites a sus familiares, pero en los que es poco habitual que falte la despedida.

En el escrito de Begoña, sin embargo, no hay nada de eso.

Julia siente que las lágrimas quieren aflorar. Puede entender que una mujer que decidió comenzar una nueva vida lejos de su familia no tenga palabras para sus padres ni hermanos. Sin embargo, duele que no la mencione a ella, que no diga nada de esa pequeña que le arrebataron de sus brazos cuando solo era un bebé.

¿Acaso la habría olvidado?

No. Eso no. Nadie lo haría.

Por mucho que la vida te obligue a construir una coraza alrededor de tu corazón, algo tan duro como el robo de tu hija con el beneplácito de tu propia familia no se olvida.

La ertzaina trata de concentrarse en el tacto del agua en su piel, en su respiración… Necesita detener la espiral de pensamientos si no quiere volverse loca.

Es en vano. La imagen de su madre muerta tiene más fuerza que su propia voluntad.

—El convento —se dice Julia escupiendo el agua que se le cuela entre los labios.

Sí, esas monjas son, sin duda, las culpables del suicidio de su madre. Pasar por una experiencia tan traumática como la que vivió Begoña con solo diecisiete años tuvo que marcarla para el resto de su vida.

El agua tibia continúa arropando a la ertzaina. Y, sin embargo, las preguntas siguen ahí, agolpándose a la espera de respuestas que no llegan.

¿Cómo era su madre? ¿Cuántas parejas tuvo? ¿O acaso no las tuvo? ¿Qué ilusiones tenía? ¿Tuvo otros hijos? Julia se muerde el labio para frenar el aluvión de cuestiones que le bombardea. La vida es injusta. Años buscándola y cuando por fin parecía que iba a poder abrazarla… Muy injusta. Ya nunca sabrá cómo era, si todavía deseaba conocer a esa hija que le robaron o si recordar ese episodio de su vida le resultaba tan doloroso que prefería no desempolvarlo.

Lo único que sabe de ella es que eligió vivir a orillas del Cantábrico.

—Amaba el mar, igual que yo —masculla Julia mientras cierra el grifo.

Se promete a sí misma que reconstruirá su historia. Begoña tendría amigas a las que poder preguntar, se haría fotos en momentos importantes de su vida… Habrá también alguien que pueda darle pistas de por qué decidió suicidarse.

Con el cabello todavía húmedo, Julia se deja caer en la cama mientras la campana de la iglesia de Santa María toca las diez de la noche. Le gusta acostarse temprano para despertar al alba y regresar al mar, en este caso con la tabla de surf.

Su ritual. Sus rituales.

Antes de cerrar los ojos, la ertzaina abre el cajón de la mesilla. Ahí están esos papeles raídos por el paso de los años, las cartas que a modo de diario su madre escribió en el convento y que Julia encontró ocultas entre las páginas de una Biblia cuando desarticularon aquella red de tráfico de bebés. Las ha leído tantas veces que podría recitarlas de memoria. Pero esta noche necesita perderse entre sus líneas una vez más. Necesita ese abrazo de su madre que le niega la nota de suicidio.

Hoy he conocido el horror. Me moría de ganas de verte, de abrazarte, de conocerte después de tantos meses aguardando tu llegada… Y por fin había llegado el momento.

Buscaba con la mirada algún rostro amigo que me infundiera tranquilidad. Sin embargo, solo estaban ellas, cuervos malignos revoloteando alrededor de mí con sus hábitos negros y sus gestos de indiferencia.

Entonces sentí un dolor intenso, el de las contracciones que se repetían con una frecuencia cada vez más acuciante. Aunque ni siquiera eso fue lo peor, no. Lo peor fue escuchar el graznido de la madre superiora diciéndome que pronto volvería a casa y retomaría mi vida como si nunca hubiera pecado.

La odio con toda mi alma. A ella y a mis padres. ¿Por qué me hacen esto? ¿Qué importa si soy demasiado joven para tenerte?

Julia traga saliva a duras penas. Haber leído tantas veces la historia de su llegada al mundo no la hace ser indiferente al dolor. Esas monjas que se dedicaban a robar bebés para venderlos a familias de lo que ellas consideraban buenos cristianos eran verdaderos monstruos. Todavía las recuerda quemando apresuradamente los documentos que podían inculparlas cuando la UHI accedió al convento en busca de pruebas.

La ertzaina da un sorbo de agua antes de continuar leyendo.

Hace unos días escuché gritos en la celda del fondo. Un llanto desgarrado que resquebrajaba el alma. No era un bebé, sino una mujer como yo a la que le había llegado su hora. Su problema, ese problema del que nos habla siempre la madre superiora, acababa de desaparecer.

Perdona por empapar tu rostro sereno con mis lágrimas, perdona por abrazarte con tanta fuerza que te despiertas asustada. No puedo evitarlo. Solo de pensar que pronto vendrán a por ti y todo habrá acabado siento que me rompo en mil pedazos.

Las lágrimas que asoman a los ojos de Julia desdibujan las últimas palabras. Las letras bailan un vals fúnebre.

La ertzaina estira la mano para apagar la luz.

No llega a hacerlo.

Hay algo que se lo impide. Una sensación, una idea que comienza a tomar forma.

No se trata solo del tono del mensaje.

Hay algo más.

Su mano viaja del interruptor al teléfono móvil. Las fotos de la galería comienzan a desfilar por la pantalla hasta detenerse en la que busca.

Un papel, palabras en color negro…

Julia se obliga a respirar lentamente mientras observa una vez más la nota de despedida que su madre dejó sobre la mesa. La fotografió antes de abandonar aquella casa convertida en mortaja.

Sus dedos amplían una letra en la pantalla. Y después hacen lo mismo con otra y todavía con otra más. La mirada de la ertzaina viaja de ellas a las páginas que su madre ocultó en el convento. Una y otra vez.

Las olas que se colaban por la ventana abierta ya no se oyen. En su lugar solo hay latidos acelerados que resuenan en los oídos de Julia con una fuerza ensordecedora.

Ya no se trata solo de una sensación.

Es una certeza.

11

Viernes, 18 de febrero de 2022

A pesar del ruido de fondo de aspas y ventiladores de enfriado, en el viejo granero de Oñati solo hay espacio para el aroma del café recién tostado.

Su mano se hace con un puñado de granos, todavía templados, y se lo lleva a la nariz. Los matices florales cobran aún más fuerza cuando cierra los ojos. Ahí están también esas notas cítricas y de cacao que asoman en segundo plano.

Una sonrisa ilumina su rostro.

Es un sueño.

Cuando los de Asuntos Internos la condenaron al destierro, la suboficial Ane Cestero sintió como si un camión hubiera embestido su moto sacándola de la calzada. Después de haberse convertido en la suboficial más joven del cuerpo, se ganaba la suspensión recién cumplidos los treinta y un años. Una carrera meteórica, sin duda. Para ella ser ertzaina era mucho más que un trabajo, era una vocación, una necesidad que nació de tantas noches irrumpiendo en el dormitorio de sus padres para interponerse en la marea de insultos y humillaciones. Si se hizo policía fue precisamente para que no hubiera más mujeres a las que sus parejas mataran en vida, como su padre hacía día a día con su madre.

Hoy, a pesar de su juventud, Cestero no solo ha metido entre rejas a maltratadores, sino también a asesinos. Necesitaría más dedos de los que tiene en las manos para contar los criminales peligrosos a los que ha sacado de la circulación.

Un expediente brillante.

Y de repente todo eso se vino abajo cuando apretó el gatillo. Lo supo en el acto. La deflagración todavía reverberaba en sus tímpanos y ya era consciente de que ese instante delimitaría un antes y un después en su vida. Los protocolos son claros en lo que se refiere al uso del arma: es ese último recurso al que realmente nunca se recurre.

A ella no le tembló el pulso. A Asuntos Internos, tampoco.

Nada de lo que había logrado hasta ese momento tuvo importancia para ellos.

Aquel estúpido disparo no solo se llevó por delante la vida del asesino que estaban buscando, sino que mandó al traste su propia carrera.

De pronto nada tenía sentido. Ser policía, una buena policía, era lo único que sabía hacer. La derrota se abrió paso, le borró las ganas de seguir adelante. Las primeras semanas fueron de desconcierto, de impotencia y de rabia.

Aquella sensación, sin embargo, dio un giro de ciento ochenta grados cuando decidió alejarse de Pasaia y la orilla del Cantábrico para trasladarse a Oñati, en pleno corazón de la montaña vasca.

Un nuevo pueblo para comenzar de cero. Su segunda pasión, el café, se le antojó la mejor salida. Ya de muy pequeña le encantaba acompañar a su madre a la Casa del Café, en la donostiarra calle de San Marcial, a comprarlo. El olor de aquella diminuta tienda y el sonido de los granos al caer en la báscula se le quedaron grabados a fuego. Aunque no fue hasta sus primeros turnos de noche cuando su relación con el café llegó a convertirse en adoración. Patrullar las calles a la espera de que saliera el sol no era lo mismo sin varias paradas para repostar los depósitos de cafeína.

Ane introduce la mano entre los granos, todavía sin tostar, que adquirió a través de internet a un productor etíope. Esa fue la primera premisa al montar su tostadero de café de especialidad: trabajar directamente con el lugar de origen, sin intermediarios. Y en un futuro, ojalá cercano, el ritual se ampliará con la visita a los cafetales y la selección *in situ*. Aunque para eso todavía tiene que vender mucho género. La compra de la maquinaria dejó al desnudo su cuenta corriente y precisará tiempo para comenzar a vestirla.

Por suerte, no le faltan clientes. El bar de Peros, también en Oñati, fue el primero en confiar en ella, aunque pronto se sumaron algunos más. El café de Cestero empieza a ser popular en toda la comarca y tal vez todavía no sea el mejor, pero algún día lo será.

—¿Qué tal? ¿Es del agrado de la maestra tostadora? —Es Gaizka. Ha entrado en el granero mientras ella estaba tan embriagada con sus granos que no tenía oídos para nada más. El joven apicultor, que algún día también será pastor, se ha convertido en el bastón sobre el que apoyarse en la etapa más desconcertante, aunque también cargada de ilusión, de su vida.

—Es mejorable. Hay algún matiz que desafina —señala Cestero arrugando la nariz.

—Siempre tan exigente contigo misma. Seguro que nadie más encuentra esa nota discordante —le recrimina el apicultor abrazándola por detrás.

—¿Qué más dan los demás?

—Son ellos quienes lo compran. Si están contentos, tú también deberías estarlo —aclara Gaizka dándole un beso en el cuello—. Por cierto, tendrás que buscarle una marca. Una que suene, que no se olvide fácilmente.

Cestero observa el paquete, desnudo de logotipos. Solo la fecha de tostado y el origen marcados en una esquina.

—¿Alguna idea?

Su novio esboza una sonrisa burlona.

—¿Poli Mala?

Cestero gruñe entre molesta y divertida. Después levanta los puños para ponerse en guardia y dispara un par de golpes contra él, que los esquiva con una agilidad asombrosa. A boxeador no va a ganarlo. Por ahora.

—Serás tonto… —protesta la ertzaina riéndose.

—Pero me encantas, Ane Cestero —replica él acercándose a sus labios. El tiempo de las palabras cede el testigo a los besos.

Si ella sabe a café, Gaizka lo hace a miel. Lleva toda la semana envasando la que obtuvo en otoño. Fue una cosecha generosa. El brezo se benefició de un verano especialmente lluvioso en los montes de Oñati y sus diminutas flores moradas sirvieron a las abejas para elaborar la preciada miel tardía.

—Ya has estado probando la de brezo —se ríe Ane cuando sus labios se separan.

El apicultor le guiña el ojo. Está especialmente atractivo esta tarde. El flequillo le cae despeinado sobre esos ojos negros que logran derretir a Cestero. Se está dejando el pelo largo, aunque todavía no alcanza esos hombros que su pasión por la escalada cincela al milímetro.

—Maridaría muy bien con ese café que acabas de tostar. Tiene un ligero amargor que… —comenta antes de que Ane le impida continuar.

No quiere más palabras. Acerca sus labios a los de Gaizka y se funde con él en un beso que se alarga mientras esas manos que todavía huelen a cera y a miel descienden para arrancarle la camiseta.

Ella abre la boca para quejarse, pero se limita a jadear al sentir los dedos de su novio encontrándose con sus pezones. Los aros que los coronan los vuelven todavía más sensibles y él sabe hasta dónde llegar con la presión que ejerce sobre ellos.

Ane no pierde el tiempo. Le muerde el lóbulo de la oreja, se lo acaricia con la punta de la lengua.

—Me vuelve loco ese piercing —confiesa Gaizka.

Cestero se ríe mientras se recoge su melena rizada en una coleta. Sabe a qué se refiere.

—Y sin él también te gustaría —bromea mostrándole la lengua.

—Prueba —propone él con una sonrisa tentadora.

Ella también se muere por sentir sus labios ahí abajo. Le encanta cuando la lengua de su novio se pierde por todos sus rincones para llevarla al encuentro del placer.

Pero esa noche necesita algo más de acción. Al menos por ahora.

Empuja a Gaizka contra el sofá que ocupa un rincón del granero. Después se sube a horcajadas sobre él y exhala un gemido ahogado cuando lo siente en su interior. Despacio al principio. Solo al principio, porque las caderas de Ane no tardan en ganar ritmo. Hoy no necesita suavidad. En realidad, nunca la necesita, pero hoy menos todavía.

Cuando llegan, lo hacen juntos. Gaizka la abraza y Ane siente los latidos de él en su propia piel, viajando hasta cada rincón de un cuerpo que le sonríe.

Se siente feliz. Quizá esta no fuera la vida que soñaba, pero le gusta. Si los de Asuntos Internos pretendían castigarla con su decisión, no lo han conseguido.

—Te quiero, Ane. —Gaizka se ha apartado ligeramente. Está tumbado de costado, contemplándola, mientras sus dedos trazan con suavidad el contorno de los tatuajes que adornan el cuerpo de ella.

La vibración del teléfono de Cestero intenta romper el momento, pero ella no tiene la más mínima intención de levantarse a por él. Es lo bueno de esta nueva vida. No hay nada que requiera tanta celeridad como para interponerse entre ella y la felicidad. Cuando era una ertzaina en activo una llamada entrante significaba a menudo que había que dejarlo todo y salir corriendo. Ya no.

—Yo también te quiero —dice volviéndose hacia Gaizka.

Ya no se oye extraña cuando lo dice. Hasta que lo conoció nunca había unido esas dos palabras. Hasta entonces hubo otros, por supuesto que los hubo, y también Olaia. Disfrutó de su compañía y de noches de sexo, a veces mejores y a veces no tanto, pero nada más. Con él todo es diferente, todo es mejor.

La mano de Gaizka vuela desde Mari, la diosa de la mitología vasca que Cestero lleva tatuada en el cuello, al rostro de ella. Le aparta un mechón de cabello empapado por el sudor y le pasa el pulgar por los labios.

—Te voy a echar de menos estas semanas.

Ane también a él.

Faltan solo unas horas para que Gaizka se suba a un avión con destino a Escocia. Quince días para poner en práctica su destreza como esquilador y ganar un buen puñado de libras esterlinas. La falta de personal en las lejanas tierras del norte y la elevada cantidad de ovejas que pastan en sus praderas empujan a los ganaderos a contratar trabajadores fuera de su país. Tras su paso por la escuela de pastores, Gaizka está listo para su primera incursión en aquellas latitudes.

El beso que sigue a sus palabras comienza con un leve mordisco en el labio inferior y continúa con sus lenguas bailando. La respiración de ambos vuelve a agitarse.

—¿Segundo asalto? —propone Cestero cuando ve que su novio vuelve a estar preparado.

Gaizka suelta una risita nasal. Le gusta la idea y más cuando Ane comienza a arrastrar sus labios por su pecho, propinándole suaves mordiscos y exhalando su aliento cálido en un rumbo descendente.

Ahora es él quien respira entrecortadamente y ella quien se ríe al confirmar que está todavía más preparado que ante la primera contienda.

La lengua de Ane dibuja un ligero círculo alrededor del ombligo de Gaizka. Juega a acariciarlo con el piercing mientras él jadea al comprobar que ella continúa el recorrido.

Y entonces el teléfono vuelve a sonar.

Tanta insistencia es extraña. Ane trata de abstraerse y centrarse en el momento. Aquí y ahora. Gaizka y ella. La miel y el café. Todo lo demás no importa. Sin embargo, los fantasmas de su adolescencia la traicionan y activan una alarma en su interior. De pronto se imagina a su madre detrás de esa llamada. Una petición de auxilio. Han pasado ya tres años del día que Mari Feli se armó de valor y decidió separarse de ese monstruo al que Ane odia tener que llamar padre, pero vivir a apenas doscientos metros de él continúa provocando periódicos episodios desagradables.

—No pasa nada si contestas. No lo hagas por mí —le plantea Gaizka al intuir su preocupación.

Cestero suspira mientras se aparta de él para ir en busca del móvil.

El nombre que muestra la pantalla le hace fruncir el ceño.

No es su madre.

Es Julia.

¿Dónde estás, pequeña mía?

Los días se suceden como un mal sueño desde que no estoy contigo. Un llanto ahogado me despierta por las noches y me impulsa hacia tu cuna, creyendo que eres tú reclamando alimento. Entonces la realidad me golpea con toda su crudeza y descubro que los sollozos son míos, porque ya no esperas impaciente a mi lado que acerque mi pecho a tu boca.

Hace pocas semanas que la leche dejó de brotar de mi cuerpo, pero mi piel aún tiene memoria de tu calor y del latido de tu corazón junto al mío.

¿Dónde estás, mi niña?

¿Dónde te han llevado esas monjas?

Esos cuervos malditos me despreciaban. Señalaban el vientre abultado en el que tú crecías y me repetían una y otra vez que no era otra cosa que la viva imagen de la lujuria. Me juzgaban desde la superioridad cobarde de esos hábitos, dedicadas en cuerpo y alma a hacerme sentir culpable. Pasé más de cien días aislada en esa infame celda de castigo, oculta de un mundo al que avergonzaba, pero tú estabas conmigo para darme fuerza. Tu abrazo me llegaba desde dentro, con tus patadas y tus sonrisas en la sombra.

Y entonces llegó el día de conocerte, por fin. Fue la primera vez desde que me encerraron en aquel convento que dejé de sentirme sola. Pero esa felicidad duró muy poco. Tanto como tardaron en arrancarte de mis manos para entregarte a otra familia de vida sin mácula y con dinero suficiente para pagar por ti.

Han pasado solo dos meses desde ese día en que deshicieron nuestro abrazo. Me desgarraron el alma, me citaron con el mismísimo diablo para que me mostrara los infiernos.

Y entonces comprendí de verdad lo que era estar sola.

Aquel día salí del convento con una maleta tan despojada de equipaje como rebosante de tristeza. Sin embargo, al poner el primer pie en la calle empedrada de ese barrio de Gernika tuve claro que no subiría al coche donde mis padres me esperaban para devolverme a esa misma casa de la que me habían expulsado cuando les hablé de tu existencia.

No, eso jamás. No volveré a mirarlos a los ojos. Sola me obligaron a pasar el trance más duro de mi vida y sola voy a seguir adelante.

Los odio por haberme hecho esto. Eres mi hija y nunca me avergonzaré de ello.

El honor de la familia… ¿De qué maldito honor hablan quienes se niegan a aceptar a su nieta?

Tu padre es muy diferente a ellos, algún día lo conocerás.

Estaba tan preocupado por no saber de mí en todos estos meses… Él es un hombre maravilloso que te quiere tanto como yo. No te ha visto aún pero ya te adora. Nos espera en América, donde podremos ser una familia de verdad, no una representación falsa como la que pretenden mis padres. Allí soplaremos las dieciocho velas de mi próximo cumpleaños. Ha pagado una fortuna por un pasaporte falso que nos permita salir del país.

El apellido Larzabal ha muerto para mí.

Ahora soy María Mendoza. Mi nueva vida comienza hoy.

Y juro que voy a encontrarte.

12

Sábado, 19 de febrero de 2022

—¿No saben hacer otra cosa que echar leña al fuego? —protesta Aitor abriendo la ventanilla del copiloto.

—El miedo vende —señala Madrazo con la mirada fija en la carretera. La sucesión de curvas cerradas que permiten trepar a los Montes de Hierro no admiten despistes.

—No deberían emitir esos testimonios tan fantasiosos. Nosotros mismos estuvimos allí, y no fue como lo están contando —lamenta su compañero—. Solo fueron unos cascabeles. Yo no vi ninguna chica. Ni desnuda ni vestida.

La radio continúa ofreciendo llamadas de testigos de la supuesta aparición de la joven en actitud lujuriosa. Unos sencillos cascabeles han dado alas a horas y horas de conversación. Y todo por esa leyenda que habla de una muchacha de nombre Magdalena que trató de quitarse la vida en la cueva y cuyos padres mandaron levantar la ermita en agradecimiento al milagro que la salvó.

—Hay algo que no logro entender —reconoce Aitor mientras el oficial aparca junto a un contenedor de vidrio pintado con los colores del Athletic de Bilbao—. Si un milagro impidió que esa chica se suicidara, ¿por qué dicen que su espíritu vive en la cueva?

—Yo qué sé, Aitor. Es solo una leyenda. No le busques tres pies al gato.

—¡Pero no tiene sentido! Y encima le atribuyen poderes malignos. No paran de repetir que cada vez que se ha aparecido, danzando al son de sus cascabeles, ha sido un presagio de sucesos terribles.

—La sugestión colectiva hace estragos. Nos lo ponen difícil. No podemos detener a un fantasma o a un espectro —lamenta Madrazo apagando el motor.

La Arboleda los recibe con pancartas contra la mina. De algunas ventanas penden también efigies de la Virgen de la Magdalena. Aparte de eso, el aspecto es de serenidad. Apenas una docena de sus quinientos habitantes se deja ver por sus escasas calles.

Los desmontes cercanos y algunas vagonetas olvidadas recuerdan un pasado donde la minería lo era todo. Los lagos que bañan los cimientos del pueblo pretenden hacer más idílico el paisaje. Sin éxito. Sus aguas, negras como la noche, esconden en realidad profundos pozos abiertos a fuerza de pico y dinamita. Todo valía con tal de robarle el mineral a la tierra.

Un rótulo oxidado, con publicidad de una marca de cerveza que solo los más viejos recordarán, anuncia el único bar abierto esa mañana. De lo contrario se diría una casa más. La cortina antimoscas, de un tono verde ajado por los años de servicio, tintinea cuando Aitor la aparta para entrar.

—Hola… ¿Se puede?

Un fugaz barrido visual y olfativo lleva al ertzaina de viaje en el tiempo. Hacia el pasado, por supuesto. Porque llevaba muchos años sin pisar un lugar como este. Hay una barra forrada por esos azulejos blancos que recuerdan la casa de la abuela. Los mismos que envuelven toda esa taberna que es colmado al mismo tiempo.

—Claro, hijo. Pasa… ¿Qué va a ser?

Aitor repara en la mujer. Está sentada a una mesa, revisando lentejas en busca de piedrecillas traicioneras. Viste una sencilla chaqueta de punto azul marino y recoge su pelo de plata en un moño pequeño.

—¿Tiene café?

—Y bien bueno. Me lo traen de Portugal. Mi cuñado. Allí sí que saben de eso —responde la señora mientras se apoya en los brazos de la silla para ponerse en pie y dirigirse a la barra. Hay quesos apilados en un extremo y también tarros de miel. Latas de tomate triturado, bonito en escabeche y hasta paquetes de papel higiénico en las baldas que pueblan las paredes completan un original batiburrillo. Huele a ajo, y no es de extrañar a la vista de esas ristras que forran una columna en la que un cartel manuscrito canta en color verde que provienen de tierras castellanas.

—¿Dos solos? —pregunta la tabernera estirándose para alcanzar unas tazas que descansan sobre una cafetera que respira tanta modernidad como el resto del lugar. Es una máquina italiana, con palancas de presión manual que se yerguen como chimeneas.

—A Cestero le gustaría —comenta Madrazo cuando repara en el aparato—. Han fijado ya la fecha para la revisión de la suspensión. Asuntos Internos la ha citado el dos de marzo a primera hora. Ojalá me equivoque, pero creo que aprovecharán para sacudírsela definitivamente de encima. En cualquier caso, crucemos los dedos hasta entonces.

Aitor cruza los de ambas manos y se los muestra.

—Julia también me tiene preocupado. La vi extraña ayer… No sé. Parecía ausente. ¿Sabes si tiene algún problema? ¿Te contó algo de su visita al puerto?

Madrazo confiesa que él también se ha dado cuenta de que no es la Julia de siempre. Por eso le ha dado la mañana libre. Es sábado y el encuentro con los periodistas podrán gestionarlo sin problemas entre dos. Además, hay buenas olas esta mañana y seguro que un rato de surf le vendrá bien para desconectar y recuperar unas fuerzas que, a todas luces, le flaquean.

Aitor saca su teléfono del bolsillo.

—He estado echando un vistazo en Instagram. Alejandro Usategui, el viudo de Teresa, es un tipo popular en la red. Tiene cincuenta mil seguidores —explica mientras abre la red social.

Lo primero que aparece es el propio perfil del agente: una sucesión interminable de fotos de su perro labrador en diferentes poses, pero siempre muy digno y con el pelo perfectamente cepillado.

—¿Cómo puedes ser tan friki? —se burla Madrazo—. ¿No habías dejado eso de los concursos perrunos?

—Esto no es lo mismo. Ya no lo llevo a desfilar, pero permitirle que se luzca en Instagram es otra cosa. A él le encanta posar, es muy presumido.

—Me gustaría preguntárselo al pobre perro.

Aitor hace oídos sordos a la observación de su superior y arrastra el dedo por la pantalla para buscar entre las personas a las que sigue. Personas por decir algo, porque la mayoría de los perfiles de la lista muestran perros con nombres rimbombantes, como Sir Toby o Señorita Candy Candy.

—Aquí está —anuncia cuando llega a la foto de un pescador.

—No me digas que está liberando los peces que ha capturado... —señala Madrazo.

—Tiene decenas de vídeos así. Mira, este es el último. Lo compartió el propio día del crimen.

La grabación comienza con Alejandro a bordo de su barco: el Mistral. No parece un pesquero grande y la costa se cuela en el encuadre. Estará a lo sumo a un par de millas de tierra firme. Después la imagen se centra en un primer plano de un cubo en el que se adivinan varias piezas. El pescador introduce en él la mano y muestra a cámara un bogavante.

—Qué rico, ¿verdad? —plantea acercándolo al objetivo. A continuación, lo deja caer al agua y el crustáceo se pierde en las profundidades del Cantábrico—. Será en otra ocasión, porque en estos primeros meses del año se encuentra en veda. Las especies necesitan que respetemos su periodo de cría. De lo contrario la mar será un desierto.

—El pescador influencer y de buen corazón... ¿Y si todo esto no es más que un papel interpretado a la perfección? —sugiere Madrazo—. ¿Hay manera de saber a qué hora exacta grabó el vídeo? No deberíamos descartar que todo esto no sea más que un intento de tener una coartada que lo sitúe lejos de donde fue asesinada su mujer.

—Solo podemos saber a qué hora compartió el vídeo en la red social —indica Aitor—. No podemos acceder a los metadatos.

—A no ser que un juez nos lo autorice y solicite la información a Instagram —completa Madrazo—. ¿Y a qué hora publicó la grabación?

—Doce y veintiocho minutos del mediodía... Teresa estaría en plena rueda de prensa. A punto de despedirse de los periodistas y acabar en esa sima.

—Pero eso, en cualquier caso, no nos dice nada —recuerda el oficial llevando el dedo índice hacia el cielo que se ve en la pantalla—. Lástima que esté nublado. Seguro que si hiciera sol serías capaz de calcular la hora exacta por su posición.

—Quizá —reconoce Aitor, tratando de decidir si eso se ha tratado de un cumplido.

—Todo lo que rodea a los influencers es artificial y demasiado idílico —comenta Madrazo sacudiendo la cabeza—. Sonrisas fingidas, encuadres forzados, filtros para embellecer o rejuvenecer cualquier rostro... Mejor desconfiar de las perfectas vidas que muestran en las redes...

—¿Y cómo quieres plantear el encuentro con los periodistas? —Aitor cambia de tema mientras vierte dos sobrecitos de azúcar en su café.

El oficial consulta el reloj. Los han citado a las doce. Van bien de tiempo.

—Ser los últimos que vieron con vida a Teresa los convierte tanto en testigos como en sospechosos. Habrá que tratar de reconstruir todo lo que sucedió allí arriba mientras estuvieron con ella. Quizá vieran algo extraño o se produjera algún desencuentro reseñable. ¿Y si alguno de los reporteros permaneció con la víctima en la Magdalena cuando el resto se marchó? —Madrazo se acerca la taza a los labios, pensativo—. No sé. Algo sacaremos del encuentro, seguro.

Los macarrones plásticos de la cortina anuncian una visita. Se trata de una gitana vestida de negro de la cabeza a los pies.

—Tomad. Más vale que llevéis a la santa cerca del corazón —indica repartiendo estampitas de la Virgen de la Magdalena a los ertzainas—. Ella os protegerá, igual que hizo antes con tantas generaciones de mineros. Cuidaos, hijos míos... Cuidaos mucho. Están pasando cosas feas aquí.

Aitor hace amago de devolvérsela, pero recula al ver a su compañero guardándola.

—Gracias —masculla abriendo la cartera para acoger a la santa entre las tarjetas de crédito.

La señora no ha terminado. Tiende hacia ellos un cestillo en el que destacan un par de billetes entre unas cuantas monedas.

—Una voluntad es bienvenida.

Madrazo resopla mientras otra mujer entra en escena. Es ligeramente más joven que la gitana y su cabello está cortado a cuchilla, tan corto como el de un muchacho en su primer día de servicio militar. Baja unas escaleras y señala la puerta con gesto serio.

—¿Cómo tengo que decirte que no molestes a los clientes de mi madre? Si quieres vender santas te pones en la puerta de la iglesia —espeta acompañándola a la salida. Después se dirige a los ertzainas—. Disculpad. Está siempre igual.

La cortina vuelve a tintinear. Aitor y Madrazo se giran hacia la puerta a la espera de asistir a la segunda parte. Pero no, no se trata de la gitana sino de otra mujer con ropa mucho más colorida que se sorprende al ver a la de pelo corto.

—Vaya, si tienes aquí a tu hija... Qué cara te vendes, Lorea. Dame dos besos, anda. ¿Qué tal te va por el hospital? —En la blusa de la recién llegada reinan las flores. Se ha pintado los labios de un rosa vivo que casa bien con los tonos dominantes en su ropa. Tendrá alrededor de setenta años y quizá hoy sea un sábado cualquiera, pero ella ha decidido ponerse guapa para salir de casa.

—Pues no sé qué decirte —confiesa Lorea—. Ser delegada sindical no es lo que me esperaba. Me paso el día entre papeles y reuniones interminables. Me gusta más el trabajo de enfermera.

—Es que tú eres vocacional. Eras bien pequeña y ya curabas a todos los críos del parque —recuerda la clienta—. Ay... Parece que fue ayer. ¿Cuántos años tienes ahora?

—Cuarenta y ocho.

La mujer de las flores resopla.

—Madre mía... Cómo pasa el tiempo.

Mientras hablan, la tabernera activa el molinillo de café.

—¿Lo de siempre, Mari? —pregunta alzando la voz para hacerse entender.

—Sí, pero hoy con sacarina, que el lunes me sacan sangre. Y dame dos barras, que vienen a comer mi hijo y mi nuera. —La clienta saluda a los ertzainas de paisano con un leve movimiento de cabeza. Después se dirige al extremo de la barra más cercano a la báscula y deja el bolso sobre el mostrador—. Ponme también jamón de York, que así se llevan la merienda para las niñas.

La enfermera se echa una mochila a la espalda.

—Yo me voy. Va a venir una amiga de Irati a comer y no he preparado nada.

—Ay, Irati... Está muy maja. La vi el otro día al salir del cole. Qué mayor está. ¿Cuántos tiene ya? ¿Nueve? —pregunta la clienta.

—Diez —corrige Lorea mientras da un beso a su madre en la mejilla. Después se dirige por última vez a la clienta colorida—. El lunes celebraremos una asamblea de la Plataforma en Defensa de los Montes de Hierro. Por lo de Teresa Echegaray. Pásate. Tendremos que tomar decisiones.

Aitor interroga con la mirada a Madrazo, que asiente de manera imperceptible. Él también ha tomado nota de la cita.

—¿Sabes que la matriarca de los Echegaray levantó el teléfono cuando nos fuimos de su casa y realizó alguna que otra llamada? —comenta el oficial en voz baja—. Hoy me han dado un toque para sugerirme que actuemos con delicadeza, pero también con celeridad. Quieren respuestas ya, y si puede ser sin importunar más a la familia, mejor.

—¿Sugerirte? —plantea Aitor.

Madrazo tuerce el gesto.

—Digámoslo así… Esa gente no está acostumbrada a esperar. Quieren al asesino de su hija y lo quieren ya. Cada día que pase sin que puedan descargar su rabia sobre él lo dedicarán a machacarnos a nosotros. Ya viste cómo nos trató la madre.

Aitor apura su café mientras recuerda la visita de la víspera. El oficial tiene razón. Mari Carmen no fue amable. Sin embargo, prefiere darle un voto de confianza. Tiene que ser muy duro ver salir de casa a tu hija y que la siguiente vez que la veas sea para identificar su cadáver en la morgue.

Ajena a su conversación, la mujer de las flores se ha tomado ya su café.

—No me quito de la cabeza lo de esa pobre chica. Da miedo pensar que aquí al lado, en nuestra propia casa, se ha producido un asesinato así —confiesa con un suspiro.

—¿Te dije que la conocí? —pregunta la tabernera mientras pesa el fiambre—. Hará un mes, más o menos. Estuvo ahí sentada, en ese taburete. Yo no sabía quién era. Me lo dijo después Amador, el de Idoia. Él la reconoció… Pidió un té. Verde. Muy educada, me dejó propina y todo. —La mujer sacude la cabeza con gesto de pesar—. Pobrecilla.

—Esa chavala tenía que ser buena gente. Renunció a todo por amor, eh. A ver quién se queda con un simple pescador cuando tus padres son quienes son. Sería una chica muy especial… Y espérate, porque yo soy de las que piensan que esto no ha hecho más que comenzar. En mala hora les ha dado por volver a abrir esas minas. El capricho de los Echegaray lo vamos a pagar caro. ¿Tú has oído los llantos esta noche?

—Alma Negra… —indica la tabernera—. Yo no. Pero a varios clientes los han despertado sus lamentos. ¿A ti también?

—No, yo tampoco lo he oído —aclara la mujer—. Lo que sí escuché fueron los cascabeles en la Magdalena. Fue horrible. Se me metieron aquí dentro y me dio por llorar. No he parado en toda la noche. Vaya angustia… Es como si me hubieran robado las ganas de vivir.

—Menos mal que estaba trabajando y no pude ir a la novena. A mí esas cosas me impresionan mucho.

—Tres malos presagios en solo tres días, no es para menos: Alma Negra, la joven danzante y los ojos en la roca… Estaban ahí, observándonos a todos. —Conforme lo explica, el gesto de la clienta se ensombrece. Ni el rosa de sus labios consigue iluminarlo.

Madrazo y Aitor intercambian una mirada seria. La sugestión colectiva comienza a hacer estragos en los Montes de Hierro.

—La mina está bien como está. ¿Qué necesidad hay de volver a llenar estos pueblos de miseria? Porque me dirás tú que cuando funcionaba daba trabajo de calidad… Todos mal pagados y peor tratados —lamenta la tabernera mientras garabatea unos números en una libreta—. Son seis con veinte, seis euros por ser tú.

—Cóbreme a mí también, por favor —se adelanta el oficial.

De nuevo los números en el cuaderno. Nada de tíquets ni máquinas registradoras.

—Dos ochenta. —Para ellos no hay descuento.

—Disculpen —se decide Aitor dando un paso al frente—. ¿Quién es ese Alma Negra del que hablaban?

La tabernera lo observa con desconfianza.

—¿Por qué lo preguntas? ¿Sois periodistas?

—No. Somos ertzainas —responde Madrazo mostrándole la placa después de guardar las vueltas.

La tabernera deja escapar un suspiro mientras niega con gesto sombrío.

—Pues a ese no le pondréis las esposas… Alma Negra solo es alguien al que hubiera sido mejor dejar tranquilo. —Un dedo torcido por la artrosis señala a su clienta—. Ella os explicará mejor que yo. Trabajó de bibliotecaria y sabe más que nadie de la historia de los Montes de Hierro.

—Ay, calla, que ya hace mucho que me jubilé —replica la mujer floreada.

—Todavía vas un día a la semana a contar cuentos a los niños. Estarás jubilada, pero no del todo.

La clienta se encoge de hombros.

—Está bien… ¿Queréis saber quién es? —pregunta dejando su compra sobre una mesa—. Se trate de una leyenda o de un personaje real, Alma Negra es la encarnación misma del mal. Su nombre, que nadie por aquí quiere recordar, es Roque. Un vecino de estos montes que se fue a hacer las Américas y cuando regresó lo hizo con la maleta llena de oro logrado con la trata de esclavos.

—Las dotes de cuentacuentos de la mujer saltan a la vista en sus gestos y la entonación que imprime a la narración—. Dicen que su pasatiempo preferido era observar cómo las águilas arrebataban a sus madres los corderillos recién nacidos. Parece que incluso pagaba a los pastores para que dejaran las crías en lugares expuestos a los ataques. Ver el dolor de sus madres lo hacía feliz. También lo hacía con gatitos… Invitaba a los niños del barrio a jugar y a encariñarse con las crías. Después los colocaba sobre un poste y aguardaba a que una rapaz se los llevara delante de los chavales.

—¿Eso sucedió aquí? ¿Cuándo? —interviene Aitor.

—Hará más de cien años. Bastante más, supongo —responde sin acotar la fecha. Quizá nadie en los Montes de Hierro sea capaz de hacerlo. Quizá ni siquiera puedan señalar con exactitud el lugar donde moraba Roque, ni tampoco a qué familia pertenecía—. Lo que no sabía Alma Negra es que esa mala costumbre suya se convertiría en su final.

—Se te ha olvidado contarles que cuando regresó de América mató al gato más querido por sus padres y se hizo fabricar un bolso con su piel —indica la tabernera.

—Ahora voy, mujer. No corras tanto… —exclama la bibliotecaria, que paladea su don para contar historias—. Pues sí, eso hizo. Y era en ese bolso donde guardaba todo su oro. Todo. También sus títulos de propiedad. Hasta que un día, sin darse cuenta, lo apoyó en el poste en el que realizaba sus espantosos sacrificios gatunos… Y el águila se lo llevó pensando que era un gato. Lo dejó sin nada, arruinado. Dicen que durante varios días con sus noches Alma Negra vagó tras sus riquezas. Sus lamentos helaban la sangre de quienes los oían. Y de pronto una noche se hizo el silencio. Ese desgraciado se había arrojado a una sima cercana a la cueva de la Magdalena. Lo supieron porque las aguas del arroyo que mana de la gruta se tiñeron de rojo.

—¿La misma sima en la que apareció Teresa Echegaray? —pregunta Madrazo.

—La misma —asegura la mujer clavando la mirada en los policías—. Y no puede ser casual que desde que ella murió los lamentos de Alma Negra hayan vuelto a herir las noches de los Montes de Hierro.

13

Sábado, 19 de febrero de 2022

—¡Tengo otra!

Irati frunce los labios mientras se afana en levantar piedras. Ella también quiere cazar una rana, como su amiga Sira, que acaba de capturar la tercera.

—¿Cómo lo haces? —pregunta cuando termina de revisar el remanso del torrente en el que confiaba encontrar alguna.

Su amiga se encoge de hombros dando a entender que no es tan difícil.

—Les gustan las piedras más oscuras. Y si tienen musgo por encima, mejor. Solo tienes que abrir bien los ojos.

Irati no da mucho crédito a su aclaración. Quizá Sira haya tenido suerte, y nada más, porque no se imagina a las ranas eligiendo en función de su color las rocas bajo las que se esconden.

La caza continúa en silencio. Un petirrojo trina desde alguna rama cercana y se suma a las notas graves del arroyo, que salta cantarín entre los pinos. Agua limpia y cristalina, prácticamente recién nacida de las profundidades de la tierra.

—Nunca había cogido tantas —comenta su amiga mientras Irati continúa levantando piedras sin éxito.

Sira tiene razón. No es habitual una caza tan generosa. Si acaso en verano, cuando lo que va a parar al cubo son tritones. Un buen día pueden llegar a coger unos diez. Y hasta más de veinte en alguna ocasión. Resultan más fáciles de atrapar que las ranas, porque sus movimientos son más lentos. Pero ahora no es época. Cuando llega el frío los tritones inician su fase terrestre y solo volverán al agua cuando la primavera les diga que es tiempo de regresar al torrente a procrear.

—¡Otra! ¡Ya van cuatro! —exclama Sira mostrándole su nuevo logro.

—Eso es un sapo —dice Irati asomándose al cubo de su amiga, que niega convencida.

—Es una rana gorda. ¿La quieres? Aquí no caben más.

A Irati le parece bien. Sigue pensando que es un sapo, pero al menos tendrá algo en su cubo. Serán solo unos minutos, porque antes de regresar a casa las liberarán en su hábitat.

—¿Has oído eso? —El rostro de Sira se ha teñido de preocupación.

—¿Qué?

—¿No lo oyes?

Irati siente un escalofrío. Claro que ha oído algo.

—Es el viento.

—¿Qué viento? —pregunta Sira chupándose el dedo índice y alzándolo para comprobar si sopla de algún lado. Su cabeza niega de inmediato.

Irati se encoge de hombros.

—Igual más arriba sí que hay viento.

Más arriba el arroyo discurre por terreno abierto. Brota de la cueva de la Magdalena para regar un mundo donde la hierba ha colonizado los viejos desmontes mineros. Aquí, cerca ya de las primeras casas de Atxuriaga, los pinos lo envuelven en el último tramo de una vida efímera, que culmina alimentando las aguas del río Barbadún.

—¿Y si es Alma Negra...? —susurra Sira.

—Alma Negra no existe.

—Y entonces, ¿quién empujó a la sima a la señora esa de la mina? —pregunta su amiga—. Mi abuela dice que fue él, y que no parará hasta que dejen tranquila su casa.

—A casa deberíamos ir nosotras —decide Irati liberando su sapo. Ya no le interesan los batracios.

Sira la observa con una mueca burlona.

—¿Tienes miedo?

Irati niega con un gesto, pero está temblando de los pies a la cabeza.

—Pues entonces podríamos ir a verlo.

Irati sabe que tras la aparente valentía de Sira hay tanto miedo como el que siente ella. Solo pretende hacerse la fuerte para poder contar en la escuela que no fueron más allá por la cobardía de su amiga. Por un momento está tentada de responderle que sí, que adelante, que subirá con ella hasta la cueva donde vive Alma Negra. Seguro que así desenmascara a Sira, que se verá obligada a recular.

Sin embargo, el terror que siente le impide arriesgarse. En el pueblo no se habla de otra cosa que no sea la extraña y horrible muerte de esa mujer.

—Yo me voy a casa —anuncia Irati vaciando en el río el cubo de agua donde pretendía que nadaran esas ranas que no ha logrado cazar.

—Está bien, te acompaño. Pero conste que lo hago por ti. Si por mí fuera... —replica Sira con fingida resignación mientras se agacha para liberar sus capturas.

Todavía no lo ha hecho cuando da un paso atrás y deja escapar un grito que hiere todo el bosque.

Irati, que encaraba ya el camino de regreso al pueblo, se gira hacia ella. Lo que ve la deja petrificada, igual que a su amiga, que ha soltado el cubo y observa el torrente sin dejar de gritar.

Se trata del agua. Continúa cantando alegre, formando sus saltos y remansos, pero ya no es cristalina. Se ha teñido de rojo, se ha convertido en sangre, una herida que desgarra el bosque y viste de certezas las viejas leyendas.

Ya no hay falsas valentías ni desafíos que se saben ganados. Esta vez las dos niñas corren como no lo han hecho jamás. Ni siquiera tienen tiempo de recoger sus cosas. Solo de alejarse a toda velocidad de un campo de juegos que acaba de convertirse en un lugar maldito.

14

Sábado, 19 de febrero de 2022

Son seis. Solo seis medios de comunicación. No puede decirse que la rueda de prensa para anunciar la reapertura de la mina lograra una gran repercusión, a juzgar por los escasos periodistas que acudieron a la cita y a los que la UHI ha reunido esta mañana. El lugar elegido es el mismo donde Teresa les presentó su proyecto: la cueva de la Magdalena.

—En primer lugar, recordarles a todos ustedes que esto forma parte de una investigación en curso y que todo lo que aquí suceda es estrictamente confidencial —comienza Madrazo recorriendo a todos con la mirada. Cuatro mujeres, dos hombres. Miradas de decepción. Gestos de circunstancias. Calculan mentalmente el espacio en papel o los minutos de televisión que podrían llenar con esta visita al escenario del crimen y que no llegarán a ver la luz.

—Teresa estaba muy nerviosa. Ella misma lo admitió cuando entramos en la cueva —apunta la reportera de la televisión vasca. Madrazo reconoce su cara porque se cuela a menudo en el salón de su casa. ¿Gurutze? Sí, Gurutze. Ese es su nombre.

—Sí, pero no tergiversemos —le corrige un chico joven, casi adolescente. Viene de una revista local de la zona minera—. Se refería a nervios por tener que hablar ante las cámaras, en ningún caso dijo que se sintiera amenazada.

—Yo no he tergiversado nada —le interrumpe secamente Gurutze—. En ningún momento he dicho que la viera asustada. Solo he hablado de nervios.

Madrazo alza una mirada contrariada hacia la cubierta pétrea de la cueva. No ha venido hasta aquí para asistir a uno de esos debates televisivos donde todos creen tener razón y se quitan la palabra para demostrarlo.

—Un momento —les pide alzando la mano. Necesita ordenar los datos para que todo esto sirva para algo—. ¿Quién llegó primero?

—Subimos todos juntos desde Galdames. La mayoría de nosotros no sabíamos cómo llegar aquí y por eso Teresa nos citó allí abajo. Después la seguimos en comitiva hasta la casa donde acaba el camino transitable. —Gurutze señala el tejado que asoma entre los árboles—. No sé si vive alguien en ella.

—Supongo que sí, porque hay un perro atado con una cadena —indica otra chica, locutora de radio—. No es muy grande, pero vaya cómo ladra...

—¿Dónde fue exactamente la rueda de prensa? —interviene Aitor.

La reportera de televisión se acerca a la fachada de la ermita de la Magdalena.

—Aquí —dice golpeando el suelo con el pie—. Mi cámara sugirió a Teresa que se colocara con la ermita detrás. Así el encuadre quedaba mejor.

—Sí, aquí fue —corrobora un fotógrafo mostrando en su cámara una instantánea de la víctima con el micrófono en la mano. El templo aparece ligeramente desenfocado, pero se reconoce como telón de fondo—. Ella nos presentó el proyecto durante veinte minutos, más o menos, y después abrió un turno de preguntas. Creo que se arrepintió de no haber traído con ella a algún ingeniero, porque en cuanto alguien le planteaba una cuestión técnica titubeaba bastante. Nos remitía al dosier que nos hizo llegar junto con la convocatoria.

—Sí, estaba un poco verde. Se le notaba la falta de experiencia

—apunta la chica de la radio. Sus labios se curvan en un rictus mientras sacude la cabeza—. Pobre mujer.

Las gotas que se desprenden de la bóveda de roca llenan el vacío que sigue a sus palabras. Nadie añade nada más en lo que parece un minuto de silencio improvisado por la fallecida.

Es el mayor de los periodistas, que lleva bajo el brazo una carpeta con el logotipo de un periódico, quien se ocupa de dar sepultura al tiempo de duelo. Y no parece contento precisamente.

—Tenía entendido que lo que se pretendía con este encuentro era reunirnos a todos los que estuvimos aquí. Nadie me dijo que venir fuera opcional. Si lo llego a saber, yo también hubiera preferido irme de barbacoa con mis nietos. Después de trabajar toda la semana no me hace ninguna gracia tener que sacrificar un sábado.

—¿Y acaso no les hemos reunido a todos? —objeta Madrazo—. Ustedes son los que figuraban en su listado.

—No, aquí no estamos todos —niega ostensiblemente el hombre.

El oficial se gira hacia Aitor. Ha sido él quien ha convocado a los periodistas basándose en los documentos que les entregó la familia de Teresa.

—Hubo dos medios de comunicación que aparecían en la lista de confirmados, pero cuando llamé para citarlos me dijeron que finalmente no acudieron —aclara el agente.

—¿Cuáles? —pregunta Madrazo.

Aitor lee los nombres en voz alta.

—No, ellos no vinieron —corrobora uno que hasta ahora no ha abierto la boca.

—Pero confirmaron su asistencia —indica un extrañado Madrazo.

—Es algo habitual, por desgracia. Cada vez somos menos en las redacciones y los planes que haces se tuercen en el último momento —aclara la chica de la radio—. Esa misma mañana que Teresa Echegaray nos convocó aquí, sin ir más lejos, se nos citó por sorpresa desde el puerto de Bilbao para cubrir un simulacro de ataque terrorista a un crucero. Los medios que no cuentan con reporteros suficientes se vieron obligados a escoger, y venir de excursión a esta cueva te roba todo el día.

—Traernos a un lugar tan apartado no fue la mejor idea si los Echegaray pretendían una buena difusión de la noticia —recalca el de la revista local.

—Y el rollo terrorista vende mucho —añade Gurutze—. Nosotros también enviamos un equipo a cubrirlo para el informativo.

Madrazo recorre la cueva con la mirada. Un arroyo surca sus entrañas sin apresurarse rumbo a un exterior donde se pierde entre arbustos. Un suspiro brota de su pecho. No esperaba este contratiempo.

—¿Cuántos periodistas echan en falta? —inquiere volviendo a dirigirse a los congregados.

—Uno.

—Sí, uno.

—Es probable que no estuviera seguro de poder asistir y que se sumara a última hora. Eso explicaría que Teresa no lo tuviera apuntado en su lista —comenta Aitor mientras coge el bolígrafo para tomar nota.

—Es probable —reconoce la de la radio—. El pan nuestro de cada día. Vivimos a salto de mata.

—¿Nos pueden decir su nombre? —pide el oficial—. Contactaremos con él.

Ninguno de los reporteros contesta. Se miran unos a otros a la espera de que alguno pueda aportar algo.

—¿Tampoco saben a qué medio pertenecía? —pregunta Madrazo.

Tampoco. Nadie lo conocía.

—Yo nunca lo había visto. Es más, por sus preguntas se me pasó por la cabeza que quizá fuera sueco —plantea la locutora.

La televisiva Gurutze chasquea los dedos.

—¡Pensé lo mismo! Sus preguntas parecían más destinadas a boicotear la presentación del proyecto que a informar sobre él. Que si no les parecía a los Echegaray que era irresponsable iniciar la explotación sin esperar la resolución judicial, que si podía demostrar que el proyecto que nos estaba presentando no era una mera copia del aportado por la sueca Molibden Resources...

—Si lo que pretendía era desquiciar a Teresa, lo consiguió —afirma el joven de la revista local—. Se la veía muy incómoda. Supongo que no preveía encontrarse algo así...

Madrazo levanta ambas manos para pedir silencio. Necesita retroceder a un dato concreto de la conversación que nadie había mencionado hasta ahora.

—Más despacio, por favor. ¿Cuál es esa empresa sueca de la que hablan?

—¿Molibden? —pregunta Gurutze—. Se trata de un grupo inversor sueco que explota varios yacimientos de mineral en Ucrania y Polonia. Trataron de comprar los derechos de explotación a los Echegaray hará cosa de un año. Lo recuerdo porque nosotros le dedicamos una pieza de dos minutos en el informativo. El encarecimiento de las materias primas y las nuevas técnicas de extracción permitían hacer rentable lo que hace treinta años dejó de serlo.

—¿Y qué sucedió?

—Que los Echegaray anunciaron meses después que retomaban la actividad minera —interviene la chica de la radio—. Molibden Resources AB los acusó de apropiarse de su proyecto de explotación y fue a los tribunales para paralizar la reapertura. Y en ello están, entre denuncias y requerimientos.

Los ertzainas intercambian una mirada. Un nuevo hilo del que tirar. El móvil económico gana puntos frente al misterioso espíritu del suicida errante de los Montes de Hierro.

—¿Vio si Teresa había invitado a algún medio de comunicación extranjero? —pregunta Madrazo.

Aitor sacude la cabeza. La convocatoria fue enviada a periódicos, radios y televisiones. Algunos con sede en otras provincias, pero ninguno del extranjero.

—Pero ese tipo no tenía acento de fuera —aclara Gurutze.

—No. Ese era de aquí. Te lo digo yo —añade otro reportero.

Un tercero corrobora esa impresión antes de que se enzarcen de nuevo en teorías y elucubraciones diversas.

El oficial carraspea para recuperar su atención. La extraña acústica de la cueva amplifica el sonido de su garganta y se lo devuelve en forma de eco fantasmal desde diferentes rincones. No le sorprende que las leyendas populares hayan convertido la cavidad en la morada de un espectro vengativo.

—Como saben y han publicado en sus respectivos medios, Teresa murió poco después del encuentro con ustedes —dice cuando logra que se giren hacia él—. Necesitaría saber qué hicieron una vez que terminó la rueda de prensa.

—Marcharnos a la redacción.

—Yo regresé a Galdames a entrevistar a un tabernero que se jubila después de cuarenta y siete años al frente del bar del pueblo.

El señor del periódico es el que más tarda en recordarlo.

—Fui a La Arboleda a completar mi reportaje. Tenía la versión oficial, la de los Echegaray. Me faltaba la voz de los vecinos. ¿Qué opinión les merece que sus montes vuelvan a convertirse en un motor económico? Me quedó bien claro: la gente no quiere la mina. Dicen que solo traerá problemas.

En resumen, todos abandonaron la zona. Los de la televisión fueron los últimos en hacerlo, porque precisaban grabar diferentes planos de la caverna para vestir la pieza del informativo.

—Mi cámara estuvo trabajando por la cueva y yo aproveché para hacer un par de llamadas que tenía pendientes —explica Gurutze cuando le piden que amplíe la información.

—¿Y Teresa? —pregunta Aitor.

—Ella se alejó de nosotros en cuanto terminó. Pero no se marchó —explica la reportera—. La rueda de prensa no había salido bien y mi impresión es que quería quedarse sola. No se sentía satisfecha de su intervención. Al contrario.

Un silencio incómodo brinda de nuevo todo el protagonismo a las gotas que rompen en diferentes rincones de la cueva. Madrazo observa a los reporteros en acción. Una nueva teoría está tomando forma en sus cabezas y es el hombre del periódico quien finalmente se atreve a expresarla en voz alta:

—¿Y no pudo ser que la sima se convirtiera en su válvula de escape? La desesperación pudo empujarla al vacío.

Madrazo recuerda que ellos también valoraron la opción del suicidio antes de conocer los indicios de forcejeo hallados en la escena. Sin embargo, no puede compartir con ellos que esa hipótesis está descartada.

—Por favor, no hagamos conjeturas —zanja sin profundizar en el tema—. Gurutze, ¿cuánto tiempo calcula que estuvo grabando?

—Diez minutos. No creo que más. Espere, deme un segundo. —La periodista saca su móvil del bolsillo—. Llamé a la redacción para avisar de que habíamos terminado. A veces surge algo de última hora y nos piden que antes de regresar pasemos por algún lugar… Mire, aquí lo tengo. Eran las doce y treinta y ocho minutos.

Madrazo se gira hacia Aitor. No hace falta que le pida que lo apunte. Ya lo ha hecho.

—¿Os despedisteis de Teresa?

Gurutze niega al tiempo que se encoge de hombros.

—Quise hacerlo, pero no la vi. Supuse que ella también habría acabado por marcharse. Aunque me fijé en que su coche seguía allí, donde el perro.

—¿Había más vehículos aparte del suyo?

—No.

—¿Está segura?

—Sí —replica Gurutze sin dudar—. Los demás se habían marchado.

—¿Y el periodista sueco? ¿Él también se fue?

—Que ese no era sueco. Era más de aquí que Marijaia —le corrige el del periódico.

—Solo pretendía que me entendieran —apunta Madrazo.

—Ese también se marchó. Había llegado andando, y andando se fue. Yo lo vi subir hacia las ruinas de El Saúco —apunta la locutora de radio—. Supongo que habría dejado allí el coche. No me extrañó que lo hiciera así. Si quieres unas buenas fotos de la desolación que deja tras de sí la explotación minera no hay mejor entorno.

—Eso es cierto —apunta el muchacho de la revista local—. Y El Saúco es el acceso más lógico a esta cueva. Si Teresa Echegaray nos trajo en comitiva por la vertiente de Galdames fue para evitar que pasáramos por La Arboleda. Cualquiera que se pare a tomar un café en el pueblo solo oirá testimonios contrarios a que la mina reabra.

—Doy fe de ello —corrobora el del periódico antes de detenerse en seco—. ¿Qué ha sido eso?

Madrazo también ha oído el grito.

Los gritos.

Porque al primero siguen otros, toda una sucesión de alaridos de terror que sacuden la mañana de los Montes de Hierro.

15

Sábado, 19 de febrero de 2022

Las niñas están fuera de sí.

La protección que les brindan los brazos de su madre no es suficiente consuelo. Tampoco el alero del caserío bajo el que se han resguardado.

—¡El río era de sangre! —explica una de ellas.

—¡Estaba todo rojo! ¡Todo! Hasta las cascadas… —añade la otra—. Es Alma Negra… ¡Quiere matarnos!

Algunos de los reporteros han llegado al mismo tiempo que Aitor y Madrazo. Parece que sí tendrán con qué llenar los informativos hoy, después de todo. Ha sido una carrera de varios cientos de metros a través de un pinar. Las siluetas de las niñas se recortaban de cuando en cuando entre los árboles, pero corrían tanto que ha sido imposible alcanzarlas hasta que se han detenido al llegar a su casa. Se trata de un caserío sencillo y solitario, levantado a medio camino entre la cueva de la Magdalena y el barrio de Atxuriaga, que ocupa el fondo del valle del río Barbadún.

—¿Lo habéis visto? —se adelanta uno de los reporteros.

—¿Qué os ha hecho? —pregunta otro.

La madre trata de proteger a las pequeñas. No entiende qué está ocurriendo.

Los ertzainas la conocen. Se trata de Lorea, la enfermera que dirige la Plataforma en Defensa de los Montes de Hierro. Han coincidido con ella en el bar que su madre regenta en La Arboleda.

—¡Ya basta! —exclama la mujer—. Las estáis asustando.

Madrazo se interpone entre las niñas y los periodistas. Les ordena que se aparten unos metros. Y, por supuesto, nada de fotos ni preguntas. Se trata de dos menores y lo principal es protegerlas.

—¿Vivís aquí? ¿Podemos entrar? —plantea el oficial dirigiéndose a Lorea. Prefiere hablar dentro de casa, lejos de cámaras y oídos indiscretos.

Ella asiente sin dejar de abrazar a las pequeñas. Antes de perderse en el interior del caserío, la enfermera se gira hacia los periodistas.

—Ya podéis contar alto y claro que todo esto no estaría pasando de no ser por ese maldito proyecto de la mina.

Madrazo le apoya la mano en la espalda para invitarla a entrar a casa.

Una chimenea en la que crepita un fuego generoso preside el comedor. Las paredes de piedra a la vista y las vigas de madera realzan un toque rústico del que reniega un mobiliario de diseño. Las niñas se dirigen a unos taburetes cerca de las llamas. Están nerviosas. Gesticulan mucho mientras explican atropelladamente lo sucedido.

—Tranquilas. Somos ertzainas y vamos a protegeros —les dice Aitor agachándose para ponerse a su altura. Después se presenta por su nombre y hace lo mismo con su superior.

—Yo soy Sira.

—Y yo Irati. Sira es mi amiga. Ha venido a jugar. Vive abajo, en el pueblo.

Madrazo observa en silencio a su compañero. No es fácil tomar declaración a niños y él lo está haciendo bien. Con paciencia y hablando en su idioma. Se nota que en casa tiene ocasión de ensayar.

—¿Podríais explicarme qué ha pasado? —continúa Aitor—. Desde el principio. ¿Qué hacíais vosotras allí arriba?

—Sí, yo también necesito que os calméis para entender algo. Menudo susto me habéis dado con esos gritos —lamenta Lorea antes de coger a su hija por la muñeca—. ¿Cuántas veces te he dicho que no subáis donde el loco? No quiero problemas con él. ¿Me entiendes?

Su hija sacude la cabeza.

—No, ama. No hemos subido allí. Solo estábamos cazando ranas —explica Irati.

—Las cazamos y después las liberamos —se apresura a aclarar su amiga. No le apetece pasar por una asesina de batracios.

—¿Dónde estabais exactamente? —inquiere Aitor mientras despliega un mapa.

Las niñas observan ese papel repleto de curvas de nivel por el que corren ríos azules y los árboles pintan de verde áreas extensas.

—¿Aquí? —Sira clava el dedo en un arroyo que discurre por un pequeño valle alejado de la Magdalena.

—No sé. ¿Dónde está la cueva? —pregunta Irati acercando la nariz al mapa.

Su madre niega con la cabeza y decide intervenir. Coge un lápiz y marca un lugar con una equis.

—Suelen ir a esta zona. Hay un pequeño salto que forma una poza que gusta bastante a las ranas —explica antes de volverse hacia las niñas—. ¿Era allí donde estabais?

—Sí. El agua estaba limpia y la caza iba bien —dice su hija en tono serio—. Sobre todo para Sira.

—Y entonces ha empezado a oírse eso —añade la otra niña—. Era como si el bosque entero llorara. Daba mucho miedo. Pero lo peor ha sido cuando el río se ha vuelto rojo.

—¡Era sangre! ¡Muchísima sangre!

Madrazo se hace con el mapa.

—Voy a acercarme a comprobarlo —anuncia dirigiéndose a la puerta, donde aguardan todavía los periodistas.

Entretanto Aitor continúa junto a las pequeñas.

—¿Quién os ha hablado de Alma Negra? —les pregunta mientras interroga con la mirada a Lorea.

—Yo no. Jamás —interviene ella—. Intento que mi hija crezca en un ambiente positivo donde no cabe el miedo.

—En el cole —responde la pequeña.

—¿Los profesores? —continúa el ertzaina.

—No. Los otros niños. Todos hablan de él y de su maldición.

—¿Y qué dicen? —pregunta Aitor.

—Que ha regresado por culpa de quienes quieren volver a abrir la mina. Es muy malo. Si te ve, estás perdida —explica Sira—. Dicen que te conviertes en un espíritu malvado, igual que él.

—Hasta que encuentres a otro al que pasarle tu maldición —matiza su amiga.

El ertzaina les apoya una mano en el hombro a cada una.

—Todo eso no son más que supersticiones. No tenéis que creerlas. Se las inventaron para dar miedo a la gente.

—¿Y por qué bajaba su sangre por el río?

—¡Era sangre! —añade Sira, cada vez más nerviosa—. ¡Venía a por nosotras! Creo que nos ha visto. ¿Y si regresa esta noche mientras dormimos?

Aitor alza la mirada hacia Lorea, que sacude la cabeza, furiosa. Después vuelve a dirigirse a las pequeñas.

—¿Y no puede ser que os lo hayáis imaginado? A veces, de tanto escuchar una historia de miedo creemos que es real y nos parece ver lo que no es.

Irati se zafa de él.

—¡No nos lo estamos inventando!

—Lo hemos visto. Lo hemos oído. ¡No somos unas mentirosas! —exclama la otra, apartándose también del ertzaina.

Lorea les coge la mano y trata de brindarles un sosiego imposible.

—¡Había mucha sangre, ama! —clama su hija—. Estamos diciendo la verdad…

—¡Todo un río de sangre! ¡Era horrible! El monte entero se desangraba. Tengo miedo… Me quiero ir a mi casa —ruega su amiga.

Lorea le acaricia la cabeza mientras regaña al policía con la mirada.

—Claro que es verdad. Yo os creo, y él también —intenta calmarlas.

—Me quiero ir a mi casa —insiste Sira.

Mientras Lorea se agacha para ponerse a su altura, Aitor se aparta unos pasos. No quiere contribuir al nerviosismo de las pequeñas. Su mirada recorre el salón. Es acogedor. La calidez que emerge de las llamas se confabula con la que brindan dos lámparas de pared que realzan la belleza de las vigas de madera. La decoración no es excesiva. Al contrario, todo parece tener alguna utilidad entre esas paredes de piedra vista. Todo salvo las fotos enmarcadas que penden de ellas.

Las instantáneas hablan de una madre y su hija. La de mayor tamaño muestra a una Irati que no tendrá más de un año dentro de una mochila que Lorea lleva a la espalda. La cruz del monte Gorbeia asoma detrás. Ambas sonríen, la madre con evidente satisfacción. El resto de las fotos repasan otros capítulos entrañables de su vida, desde un viaje a Venecia hasta el abrazo de la abuela en el bar de La Arboleda.

Solo uno de los cuadros, compuesto por media docena de imágenes, se centra exclusivamente en la enfermera. Es evidente que el deporte marca un papel capital en su vida. Ahí está pasando el kilómetro cuarenta de una maratón, mordiendo una medalla, bajando un río en piragua y con un casco amarillo entre estalactitas de tonos dorados. También hay un diploma de una sociedad de espeleología y la clasificación de una carrera de montaña que la acredita como la primera mujer de más de cuarenta años en llegar a meta.

Cuando el ertzaina regresa junto a las niñas, Lorea ha tirado la toalla.

—Enseguida te llevo a casa, no te preocupes. Llamaré a tus padres para saber dónde están. Mientras tanto podéis jugar un poco —dice la enfermera con una sonrisa triste.

—Sí, ven. Te enseñaré mis juguetes —añade Irati cogiendo de la mano a su amiga.

Sira no se mueve de allí. Está aterrorizada.

—No. Quiero irme a casa.

—Ahora mismo te llevo —concede Lorea con suavidad.

—Esperad —indica Aitor apoyando una mano en el hombro de cada una de las niñas—. ¿Nos dejáis hablar un momento a los mayores? Después mi compañero y yo te llevaremos a casa, Sira. Irás protegida por dos polis… ¿Te parece bien?

—Sí, pero no tardéis. Quiero marcharme.

El ertzaina aprovecha la tregua para apartar unos metros a Lorea.

—¿Quién es ese loco del que hablaba?

Una sombra de preocupación nubla la mirada de la enfermera.

—No me hables de usted, por favor. No me siento cómoda… Me refería a Evaristo. Es el único vecino que queda en el barrio minero de la Magdalena. Los únicos dos, en realidad —se corrige a sí misma—. Su padre y él. Son ganaderos. Viven entre todas aquellas ruinas en unas condiciones deplorables. No son de fiar. No lo han sido nunca. Cuanto más lejos los tengas, mejor.

Aitor recuerda el perro que han mencionado los periodistas, la casa habitada junto a la cueva.

—Evaristo —repite el ertzaina tomando nota del nombre—. ¿A qué te refieres con que no son de fiar?

Lorea piensa la respuesta unos instantes. Después se limita a encogerse de hombros.

—No sé, pero no me gusta que mi hija suba por allí. A veces paso por la puerta de su casa cuando salgo a entrenar y te aseguro que lo último que te hacen sentir es bienvenida. El padre se pasa el día con sus prismáticos y si Evaristo te suelta un gruñido como saludo, puedes darte por satisfecha. No, no me gustan. No son unos vecinos a cuya puerta llamaría si me quedara sin sal, no sé si me explico.

—¿Nos vamos ya? —la interrumpe Sira acercándose.

Aitor asiente mientras Lorea lo coge del brazo.

—Haced algo, por favor. Detened esa locura de los Echegaray. Queremos volver a vivir como antes. No había un lugar mejor que los Montes de Hierro para ver crecer a una hija. ¿Y ahora qué? ¿Qué amiga va a querer venir a jugar con Irati? —No hay furia en su voz. Solo impotencia—. Entre los sucesos de estos días y la amenaza de que cualquier día entrarán las máquinas para destruirlo todo, esto se ha convertido en una pesadilla.

El ertzaina la observa sin saber qué responder. Le gustaría asegurarle que las aguas volverán a su cauce, pero sabe que no puede hacerlo. Cuando el miedo y las supersticiones se adueñan del latido de una comarca el regreso a la calma requiere de tiempo. Podrán dar con el asesino de Teresa y meterlo entre rejas, pero no doblegarán fácilmente a las sombras siniestras regresadas del pasado.

Diez horas... Todavía me duelen las manos. Me cuesta escribirte, pero quería contártelo. Diez horas limpiando mineral en ese maldito lavadero. Las aristas afiladas del carbonato de hierro se me clavaban en las yemas de los dedos cuando las despojaba de restos de arcilla. Ese sitio es espantoso. Hay agua por todos lados. Agua que corre por la cinta transportadora empujando el mineral, agua que brota de las mangueras que ayudan a eliminar el barro... Agua que se cuela por los resquicios de mis botas y me empapa los calcetines...

No sé cuántas veces he mirado el reloj. Las agujas se empeñaban en no avanzar. Nunca imaginé que pudieran existir trabajos tan duros, pero no he encontrado otro. María Mendoza no tiene títulos ni diplomas que ofrecer. Solo mis manos y el deseo de salir adelante por ti.

Mis compañeras son todas jóvenes. Alicia es la mayor. Aparenta cuarenta años, aunque solo tiene treinta y dos. Dice que es por la mina, que le ha chupado la juventud igual que un vampiro. Se preocupa mucho por mí y me pregunta de dónde he salido porque, según ella, se me nota que no pertenezco a este mundo. Me repite cada día que soy lista y que podría seguir estudiando para labrarme un futuro mejor. Insiste mucho en que soy muy joven y que aún estoy a tiempo de marcharme de este infierno que engulle vidas sin parar.

¿Y a dónde iba a ir? Tu padre me pide con insistencia que me reúna con él y sigamos buscándote desde América. Ha gastado todo su dinero en preparar nuestra llegada, los billetes de avión, el pasaporte falso y la casa en que viviremos juntos, pero yo no puedo irme sin ti. Hay algo que ancla mi corazón a esta tierra y ese algo eres tú.

Si no quiero volver con mis padres necesito trabajar.

He estado a punto de decirle a Alicia que conozco lugares peores. Un paritorio clandestino en un convento, por ejemplo, o incluso un hogar donde el honor se sitúa por encima del amor. Sin embargo, he preferido callar y continuar con mi trabajo.

16

Sábado, 19 de febrero de 2022

Madrazo apoya las manos sobre la mesa. Sostienen un bolígrafo negro que observa con la mirada perdida. La situación no es fácil. El encuentro con los periodistas ha sido un desastre. Ese supuesto río de sangre ha echado tanta leña al fuego que la situación en los Montes de Hierro ha colonizado de nuevo el primer plano informativo.

Por si fuera poco, la UHI trabaja esta tarde en plena boca del lobo. La comisaría de Erandio es la sede de la Unidad Central de Investigación de la Ertzaintza, y es en sus dependencias, precisamente, donde se ha instalado el puesto de mando de la UHI para el caso de la sima. La sede de la policía vasca más cercana al escenario del crimen, Barakaldo, no disponía de una sala libre para ceder a su equipo. La de Muskiz, tampoco.

El oficial mira alrededor.

Solo una mesa con tres sillas.

Nada más. Ni siquiera una triste pizarra donde ordenar los acontecimientos.

Todavía no ha comenzado el análisis de los últimos sucesos cuando la puerta se abre sin que nadie llame previamente. Madrazo reconoce al hombre que entra sin saludar. Cincuenta y tres años, una sonrisa que se adivina postiza, ojillos pequeños que contrastan con una nariz de patata y, sobre todo, una camisa blanca planchada a conciencia y unos pantalones de pinzas tan impolutos que se dirían recién comprados. Siempre listo para la foto, y más ahora que ha sido elevado de rango. Ya no es oficial sino subcomisario.

Se trata de Andrés Izaguirre.

—Muchachos… —saluda el viejo conocido de la UHI. Trae unos folios que deja caer sobre la mesa. Son portadas de medios de comunicación digitales. Ya no es necesario esperar al día después para tener acceso a las últimas noticias. En ellas, una variedad de titulares, a cuál más escandaloso. Aunque el plato fuerte son las fotografías que los acompañan: imágenes pixeladas de dos niñas aterrorizadas, figuras espectrales y el supuesto arroyo sangriento. Alguno incluso ha recurrido a un fotomontaje y coloreado el agua de rojo—. Parece que esto se os está yendo de las manos. Ríos de sangre, almas errantes en la noche, la zona minera se ha convertido en el lugar más espeluznante de Europa gracias a vosotros, que llevasteis a los periodistas de visita guiada, ¿no? Los Echegaray están furiosos. No solo han perdido a su querida hija Teresa, sino que la mala gestión del equipo policial que se ocupa del caso está poniendo en riesgo su plan de negocio. ¿Sois conscientes de lo importante que es el proyecto de reapertura? ¿Entendéis los cientos de puestos de trabajo que puede generar la mina?

Julia y Aitor se revuelven en sus sillas. Quieren responder, pero es Madrazo quien debe hacerlo. Lo sabe y está midiendo las palabras que puede emplear. El hombre que les está recriminando su actuación es un superior. Que la UHI no dependa de él no significa que no le deban obediencia y respeto.

—¿Qué pretendes con esta visita? —insta el oficial.

Izaguirre muestra las manos como quien trata de demostrar que está limpio.

—Yo solo he pasado a daros la bienvenida y de paso algún consejo. Este es un asunto difícil y los Echegaray no son una familia cualquiera. Ya sabéis que nunca he sido partidario de recurrir a una unidad especial para abordar casos delicados o mediáticos y parece que esta investigación me está dando la razón... Hoy estamos peor que ayer. El terror campa a sus anchas por los Montes de Hierro y...

Madrazo se pone en pie para estar a su altura.

—¿Y no sería mejor que en lugar de estar aquí soltándonos una parrafada sobre cómo hacer nuestro trabajo activaras un dispositivo de vigilancia en la zona? Pon patrullas veinticuatro horas en cada rincón de esas montañas y sus vecinos no se sentirán tan desprotegidos. Llena los Montes de Hierro de ertzainas y verás cómo no volvemos a lamentar ríos de sangre ni cascabeles malditos.

—Sabes que no está en mi mano, Madrazo. Yo dirijo unidades de investigación. Si quieres un despliegue de uniformados allí arriba habla con Seguridad Ciudadana.

—Ya lo he hecho... ¿Y qué me responden? —pregunta el oficial sin poder ocultar su rabia—. Que argumente mejor la petición. No les parece suficiente que todo un pueblo asegure haber oído ruidos extraños mientras trata de dormir. La UHI establecerá guardias nocturnas en el entorno de La Arboleda a partir de esta noche, pero ¿no debería de ser Erandio quien envíe los efectivos? ¡Nosotros solo somos tres! No olvides que nos han arrebatado a una integrante.

—A ver si ahora los de la Unidad Central de Investigación vamos a tener la culpa de que la suboficial Cestero le metiera un tiro a un hombre desarmado... —El subcomisario apoya una mano en la espalda de Madrazo—. Déjame que te haga una sugerencia de compañero a compañero: ata más en corto a tus cachorros o la UHI seguirá menguando hasta desaparecer.

—¿Ahora vienes con amenazas? —replica Madrazo furioso.

—Ni mucho menos. Solo pretendo ayudar. Si decidís haceros a un lado, la Unidad Central de Investigación cuenta con medios y agentes sobradamente preparados para hacerse cargo del caso.

Madrazo no se molesta en forzar una sonrisa de cortesía.

—No te preocupes por nosotros. Estamos avanzando a buen ritmo y pronto tendréis noticias positivas —dice dando un paso hacia la puerta para invitarlo a marcharse.

—Nos alegrará mucho oír esas buenas nuevas —dice Izaguirre dirigiéndose a la salida. Apenas ha puesto un pie fuera cuando recoge algo del pasillo y vuelve a entrar—. Casi se me olvida... Habíais pedido una pizarra. Las tenemos todas en uso, pero os he conseguido esta. Tiene tizas de colores. Todo un lujo para la UHI.

El oficial observa el dibujo de Bob Esponja que adorna el extremo inferior.

—Llévate eso de esta sala —escupe Madrazo lentamente.

—Chico, no es para tanto. Mejor una pizarra así que nada. Venga, quédatela, que luego te arrepentirás de haberla rechazado. ¿Dónde vais a plasmar si no vuestros grandes avances? —Mientras lo dice deja el juguete sobre la mesa.

Es Aitor quien lo coge y se lo entrega de vuelta.

—Hay una persona muerta que no merece que un responsable policial le falte al respeto con esta broma de mal gusto. Si no le importa —añade señalando la salida—, permítanos seguir trabajando.

El subcomisario observa desconcertado al agente. Sus labios tiemblan a la espera de encontrar algo que decir. Finalmente se limita a dirigirse en voz baja a Madrazo.

—No digas que no te lo he advertido: átalos en corto.

Cuando la puerta se cierra y la UHI vuelve a quedarse a solas, Aitor es el primero en romper el silencio.

—Maldito imbécil...

El oficial se gira sorprendido hacia su compañero. ¿Ha oído bien? ¿Ha sido Aitor quien ha hablado así? ¿El mismo Aitor que acaba de encararse con Izaguirre?

De pronto toda la tensión acumulada desemboca en una carcajada. Las risas de Julia se suman a las de su superior.

—¿Puedes repetirlo? —le pide Madrazo.

Aitor no lo hace. Solo se ruboriza.

—Es que… No sé… No me digáis que a vosotros no os ha sacado de vuestras casillas.

Sus compañeros ríen de buena gana.

—Me encanta este nuevo Aitor —celebra Madrazo—. Ha merecido la pena aguantar a ese idiota por vivir este momento.

—Creo que echamos demasiado de menos a Ane —comenta Julia.

—Calla, no mientes al diablo —le advierte Aitor—. Si Cestero llega a estar aquí cuando nos ha sacado la pizarra de su sobrino, le arranca los ojos. Habría conseguido la disolución de la UHI antes de que ese idiota abandonara esta sala.

—En realidad es lo que pretende —reconoce Madrazo—. Trata de hacerme perder los papeles para suspenderme como a Cestero. Lo que sea con tal de cargarse una unidad que no puede controlar y cuyas medallas no se puede colgar. A partir de ahora intentaremos evitar este lugar en la medida de lo posible.

—Ni siquiera nos han ofrecido café —añade Aitor.

—¡Ni agua! —exclama Julia—. Oye, Madrazo, eso que le has dicho de que montaremos guardia por la noche…

—Os lo pensaba proponer ahora —admite el oficial sin dejarla terminar—. Creo que tenemos que estar ahí. Necesitamos saber qué hay de cierto en esos lamentos de los que hablan los vecinos. ¿Son reales, como los cascabeles de la cueva, o sugestión colectiva?

—Comienzo yo esta noche, si os parece —se ofrece Aitor.

Madrazo le da una serie de instrucciones. Después coge papel y boli para trazar un croquis de lo que tienen hasta el momento. Una pizarra de andar por casa.

—Olvidemos este episodio tan desagradable. Si pretenden desestabilizarnos no lo van a conseguir —mientras habla retira de la mesa las noticias sobre el río de sangre. Muchas de ellas contienen declaraciones de Lorea—. ¿Habéis visto? Parece que la presidenta de la Plataforma en Defensa de los Montes de Hierro ha sabido aprovechar el suceso del río para atraer la atención de la prensa. Aquí el que no corre vuela.

—De pronto se ha encontrado con todos los periodistas en la puerta de su casa. Una ocasión así no se presenta todos los días —apunta Aitor.

—Muy oportuna la sangre de Alma Negra, sí —reconoce Madrazo—. Parece que el viejo suicida rema en la trainera de quienes se oponen a la reapertura... En fin... ¿Y qué sabemos de esa chica?

—¿De Lorea? —pregunta Aitor buscando unos apuntes en una libreta—. Es la mediana de tres hermanas y cumplió cuarenta y ocho años el mes pasado. Solo tiene una hija, Irati.

—¿Tiene pareja?

—No. Es madre soltera. —El agente aparta la mirada del papel—. Esto habrá que subrayarlo: ella apenas conoció a su padre. Murió cuando era una niña. Sufrió un accidente en la mina.

—Eso explica su odio tan visceral al proyecto. En su caso, reabrir esa mina es reabrir también una herida muy profunda —comprende Julia.

—Y quizá también explique el odio a los Echegaray —añade Madrazo antes de girarse hacia su compañero—. Aitor, ¿han enviado las imágenes?

No precisa especificar que se refiere a las fotografías que los periodistas realizaron durante la rueda de prensa. Les han pedido que se las hagan llegar todas. Quizá en alguna de ellas aparezca ese reportero misterioso del que les han hablado.

—Han llegado bastantes, sí —responde su compañero girando su portátil para mostrárselas—. La televisión también ha enviado su vídeo en bruto, y no solo la pieza editada que emitieron en el informativo.

—¿Has podido revisar todo?

Aitor asiente. La expresión de su rostro no anuncia nada positivo.

—No lo tenemos —anuncia pasando rápidamente de una imagen a otra—. Todos los objetivos enfocaban a Teresa Echegaray o se centraban en detalles de la ermita o de la propia cueva. En algún caso tenemos panorámicas generales, pero ni siquiera en ellas aparecen periodistas.

—Es lógico —reconoce Julia emergiendo de su ensimismamiento—. Para ilustrar la noticia en sus diarios o revistas no necesitan nada más.

—En cambio, hay un momento en el vídeo que nos ha pasado la televisión en el que llegan a verse los asistentes a la rueda de prensa —continúa Aitor—. Es este.

Madrazo y Julia se acercan a la pantalla.

La secuencia comienza con la cueva vista desde el exterior. Un ojo siniestro sobre el valle de Somorrostro. La cámara realiza después un lento zoom en busca de lo que tiene lugar en el interior. Se aprecia un pequeño atril de metacrilato ante la ermita y se observan varias personas caminando por la cueva o charlando en un corrillo. Ahí está el señor del periódico, la chica de la radio y el joven de la revista local. Sí, ahí están todos los que han regresado hace solo unas horas al lugar del crimen y se han convertido en voceros del percance con las niñas, pero hay alguien más. Aitor lleva el dedo sobre él.

—Solo se ven sus pantalones.

Madrazo le pide que amplíe la imagen. Es en vano, las sombras de la cueva se ocupan de devorar la imagen del hombre misterioso.

—Sabe dónde colocarse. No creo que sea casualidad que en ninguna de las tres tomas lo veamos. Si os fijáis, es el único de los presentes aquel día en la gruta del que no tenemos la más mínima imagen. Cada vez que la cámara se activa se las apaña para estar oculto detrás de otros periodistas o para fundirse con las sombras —resume Aitor.

Madrazo abre su cuaderno. Él también tiene algo que contarles.

—He llamado a los medios de comunicación a los que Teresa Echegaray invitó a la rueda de prensa y que no confirmaron asistencia. Podría haberse dado el caso de que alguno no respondiera y, en cambio, enviara a alguien a cubrir la noticia —explica mostrándoles un listado en el que cada línea aparece tachada—. Negativo. No sé de dónde pudo salir nuestro reportero sin nombre.

—Varios testigos afirman haberlo visto remontar la ladera hacia las ruinas de El Saúco —recuerda Aitor—. Aunque eso no lo exime de haber podido regresar sin ser visto para empujar a Teresa a la sima. Toda esa zona es un laberinto de desmontes y grietas abiertas por la explotación minera. Un mundo ideal para caminar sin ser visto, vaya.

—No aparcó junto al resto y se las apañó para no dejarse grabar ni fotografiar —resume el oficial—. Yo creo que es nuestro hombre.

Aitor discrepa. ¿Por qué iba a exponerse ante los periodistas alguien que lo que pretendía era asesinar a Teresa? Supondría dejar pistas sin ningún sentido.

Madrazo se gira hacia Julia en busca de una opinión que no llega. Se la ve ausente. No parece que la mañana de surf haya obrado mejora alguna en su estado de ánimo.

—¿Y si la intención inicial de nuestro hombre fuera únicamente boicotear la presentación, pero una vez allí decidiera ir más allá? —plantea el oficial—. Parece evidente que durante la rueda de prensa se dedicó a poner palos en las ruedas de Teresa. Quizá no le pareció suficiente y, cuando se le presentó la ocasión, la arrojó al vacío.

Aitor insiste en que sigue sin verlo claro, a pesar de que reconoce que el *modus operandi* podría encajar con la improvisación. Al fin y al cabo, para empujar a alguien a un agujero no es necesaria una gran preparación previa.

—Tendremos que preguntárselo a él. Vamos a centrarnos en identificarlo. Realizaremos un retrato robot —decide Madrazo—. Gurutze, la reportera de la tele, podrá ayudarnos con la descripción del sospechoso. Me ha dado la impresión de que lo recordaba bien.

—Creo que deberíamos hacer una visita también a los vecinos de la Magdalena —señala Aitor—. Lorea no me ha hablado bien de ellos. Es probable que se trate de simples desencuentros vecinales, pero no estaría de más pasar a saludarlos. Además, si viven tan cerca del escenario, quizá vieran algo el día del crimen.

El oficial aplaude la idea.

—Si no te importa, Aitor, hazles tú mismo una visita antes de tu guardia nocturna.

Mientras organizan los turnos de vigilancia de los siguientes días, Julia echa un vistazo a las portadas de medios digitales que les ha obsequiado el subcomisario.

—Ya es mala suerte que nosotros citáramos a los periodistas justo cuando sucedió esto... —comenta revisándolas—. Madre mía. ¿Cómo les gusta tanto el sensacionalismo?

—Ya me dirás qué sentido tiene esto —lamenta Madrazo cogiendo uno de los papeles—. Dos niñas asustadas por cuentos de terror inducidos... Yo mismo he comprobado que por ese arroyo corría un agua tan cristalina que hasta podrías beber de ella. Y lo peor de todo es que el chaval de la revista local y la chica de la radio me han seguido y lo han visto de primera mano.

—Pues el muchachito no cuenta eso —anuncia Julia empujando otro de los folios hacia su jefe.

Madrazo lee el titular y se lleva las manos a la cara.

—¿Cómo que los Montes de Hierro se desangran? ¿Y esto de que varios testigos afirman haber visto sangre corriendo por los ríos? —lee en la primera plana de la revista—. ¿Qué mierda es todo esto?

Julia se encoge de hombros.

—Técnicamente no es mentira. Dos son varios.

Madrazo resopla.

—Dos niñas que han oído historias de terror en la escuela y se adentran en el bosque tan sugestionadas que acaban viendo lo que no es... ¿Por qué esos malditos periodistas no explican exactamente lo que ocurrió? No podemos andar persiguiendo espíritus de ultratumba cuando un asesino real anda suelto...

—¿Y si ese río se tiñó realmente de rojo? —plantea Aitor—. Podría estar vinculado con el suceso de los cascabeles. Nosotros mismos los oímos.

Julia asiente, pensativa.

—¿Se sabe algo de los cascabeles que encontré junto al belén?

—Nada interesante —resume Madrazo—. Estaban tan cubiertos de barro que no ha sido posible obtener de ellos ninguna huella dactilar. Tampoco el modelo nos ofrece grandes pistas. Se puede encontrar en cualquier bazar barato o incluso en internet.

—Lo tuve al alcance de la mano —se lamenta Julia—. Era alguien que conocía perfectamente la cueva, de eso no tengo ninguna duda. Eso debería permitirnos acotar la búsqueda.

—Lorea tenía un diploma de espeleología en casa —recuerda Aitor.

—Yo también me fijé. De todos modos, no me parece concluyente —objeta Madrazo—. Media comarca ha trabajado en esa mina y la otra mitad la ha utilizado como escenario de juegos durante su infancia. Todos en los Montes de Hierro conocen la Magdalena.

—Lo que está claro es que hay alguien empeñado en manipular la situación. Devolver a la vida todas esas supersticiones no se hace sin un objetivo —apunta Aitor—. Probablemente el mismo que perseguía nuestro periodista misterioso boicoteando la presentación de Teresa, y también quien la asesinó en aquella sima.

—Quizá debamos comenzar por centrar la búsqueda entre los contrarios a la mina —plantea Aitor antes de reparar en una noticia que goza de menor protagonismo en las portadas—. ¿Y esto? ¿Lo habéis visto? —pregunta mostrándosela a sus compañeros—. Los Echegaray ya tienen sustituta para dirigir su empresa minera. No han perdido el tiempo.

—Itziar, la cuñada de la víctima —lee Madrazo.

—Acertó el pescador —señala Julia—. Aventuró que ocurriría exactamente esto. Según él, su cuñada estaba en la cuerda floja en el banco y no tardaría en postularse para reemplazar a Teresa. Lo que no imaginaba era que lo haría tan rápido. Todavía ni la han enterrado.

—El rey ha muerto, viva el rey —resume Madrazo—. Lucha de poder en el clan Echegaray.

—Supongo que quieren dejar claro cuanto antes que la reapertura sigue adelante a pesar de lo sucedido —admite Aitor—. Los negocios y los sentimientos no acostumbran a ir de la mano.

—Habla con ella, Julia. A ver qué cuenta. Parece que la muerte de su cuñada no le ha venido mal laboralmente —dice el oficial mientras observa que su compañera sigue sin estar del todo allí. Quizá sea el momento de tratar de abrir su coraza—. Chicos… Es sábado. Dejémoslo por hoy. No deberíamos estar trabajando y en cambio aquí estáis. ¿Qué os parece si os invito a una caña para rematar el día? Podríamos ir al Puerto Viejo de Algorta. Conozco un bar que aunque no sea domingo sirve rabas. Las mejores de toda la zona. ¿Os animáis?

Aitor consulta el reloj y Madrazo comprende que va a excusarse.

—Te da tiempo antes de la guardia. Así cenas algo. Puedes tomarte una sin alcohol —se apresura a decirle.

Pero no es él sino Julia quien llega con el jarro de agua fría.

—Id vosotros —responde mientras recoge sus cosas—. Parece un buen plan, pero hoy estoy hecha polvo. Me voy a casa.

17

Aitor observa la casa a través del parabrisas. Se trata de una construcción precaria, de dos alturas y cargada de años. Sobrecargada en realidad, a decir de las grietas y desconchados que hieren su fachada. A simple vista se diría deshabitada y, sin embargo, la luz tras las ventanas cuenta lo contrario. Ahí dentro vive alguien.

—Vamos allá —dice saliendo del coche.

La noche ha comenzado a extender su manto sobre los Montes de Hierro. El cielo, de un tono moribundo, no tardará en apagarse del todo. Y entonces ese lugar, separado por apenas cien metros de la sima donde murió Teresa Echegaray, resultará todavía menos acogedor.

Los cráneos de carnero que flanquean la puerta tampoco ofrecen precisamente el mejor comité de bienvenida. Y menos los ladridos enloquecidos de un perro mil leches que tiene bien asumido el papel de guardián.

Pero no son ellos quienes atraen la atención del ertzaina, sino las letras rojas que cubren buena parte de la fachada.

TRAIDOR

Es solo una palabra, escrita con espray rojo y de manera apresurada. Solo siete letras pero que dicen demasiado.

El timbre no funciona y obliga a Aitor a recurrir a sus nudillos.

No hay respuesta. Sin embargo, el crujido de una ramita seca le dice que no está solo ahí fuera.

Apenas ha tenido tiempo de girarse hacia la fuente del sonido cuando un torrente de luz lo ciega.

—Vuelve a tu coche y vete por donde has llegado —escupe una voz fría y ajada.

—Soy policía —anuncia Aitor mostrándole su identificación—. Aparte ahora mismo esa linterna. Me gustaría hablar con usted.

El foco todavía se entretiene unos incómodos segundos en el rostro del agente. Después desciende hacia sus pies y la silueta de un hombre toma forma frente a él. Sostiene una barra de hierro en la mano que la linterna deja libre.

—¿Policía? ¿Es por lo de la chica de los Echegaray?

—¿Evaristo? —trata de asegurarse Aitor.

El hombre asiente secamente. Los ojos del ertzaina todavía necesitarán tiempo para sacudirse de encima el exceso de luz, pero los rasgos de su anfitrión comienzan a ganar la partida a las sombras. Se trata de un tipo ancho de hombros, pero no muy alto.

—Evaristo, sí. El último de la Magdalena. Penúltimo, mejor dicho —aclara el vecino dirigiendo una mirada a la ventana iluminada del piso superior—. Mi padre y yo somos los únicos que resistimos en esta barriada miserable. Cuando nos marchemos este lugar solo será un mal recuerdo. ¿Quién va a querer vivir aquí arriba? Mire cómo está todo.

El haz de su linterna recorre otras construcciones aledañas. Todas en ruinas. Todas cubiertas de pintadas en contra de la reapertura.

—Como sabe, se produjo un accidente en la cueva y estamos tratando de averiguar qué ocurrió —indica Aitor.

—Un accidente no —le corrige Evaristo—. Todos sabemos que alguien empujó a esa chica a la sima.

—¿Se encontraba usted aquí esa mañana?

—Por aquí anduve, sí. Menudo día me dieron. Primero todos aquellos periodistas, después los de rescate. Hasta un helicóptero vino a sacarla del agujero. Apostaría a que no movilizarían a tanta gente de ser mi padre o yo quienes necesitáramos ayuda —sugiere con una risa amarga—. Los Echegaray siempre han estado bien relacionados.

Aitor no pierde el tiempo en corregirle, a pesar de saber que la Unidad de Rescate no escatima en recursos se trate de quien se trate la persona accidentada.

—Volvamos a esa mañana —requiere el ertzaina—. ¿Oyó o vio usted algo que se saliera de la normalidad?

Evaristo se aparta un paso y vuelve a enfocar los alrededores con la linterna.

Árboles, muros derrumbados y hasta un viejo Land Rover convertido en un amasijo de chatarra.

—Pase a casa. No quiero seguir hablando aquí —decide abriendo la puerta—. No me extrañaría que estuvieran espiándonos. No se preocupe por Tor. No hace nada.

—¿Quién iba a querer espiarlo? —pregunta Aitor mientras esquiva al perro.

—Ellos.

—¿Quiénes son ellos?

—Mis vecinos. ¿Acaso no ha visto las pintadas?

El hedor que inunda las fosas nasales de Aitor en cuanto pone el primer pie en la casa le hace contener la respiración.

Humedad, mugre, basura… Demasiados aromas que se funden en uno solo para sugerirle que dé la vuelta y se marche por donde ha llegado.

—No me gusta que traigas desconocidos a casa —clama de pronto una voz que llega del piso superior.

—Mi padre —aclara Evaristo. Después se gira hacia las escaleras y alza la voz—. Es ertzaina. Investiga lo de la chica de los Echegaray.

—Pues aquí no hay nada que investigar. Que se marche.

Su hijo niega con un gesto de hastío. La bombilla desnuda que pende en mitad del comedor permite a Aitor ver con claridad a su interlocutor. Se trata de un hombre que puntuaría alto en un casting para escoger actores que encarnaran a un leñador canadiense en una superproducción de Hollywood. Camisa de cuadros, pantalones de trabajo y hasta una gorra raída de la que escapan unos caracolillos canosos... En su bigote se adivinan pelos amarillos. Algún día fue rubio.

Su aspecto desaliñado dificulta calcularle la edad, pero Aitor apuesta a que pasará por poco de los cincuenta. O quizá sean menos. Tiempo atrás debió de ser un tipo atractivo. Sus ojos llaman la atención, desde luego. Son de un color a caballo entre el verde y el azul, igual que los pastos de montaña cuando se funden con el cielo despejado del verano.

—Ni caso a mi padre. Lleva así cuarenta años. Le amargaron la vida. Un accidente en la mina... Estaba intentando avisar a sus compañeros de las grietas que estaban aflorando en un túnel cuando la galería entera se vino abajo. Salvó la vida de milagro. —El hombre se lleva la mano a la cadera—. Las rocas que le cayeron encima se la hicieron puré. Acabó en una silla de ruedas. Ahora, con la edad, le está dando mucha guerra. Rara es la semana que no bajamos dos o tres veces al médico, pero ni todo el Nolotil del mundo logra calmarle el dolor.

—Que investigue la basura de indemnización que me dieron, si tiene cojones —brama su padre.

—No se portaron bien —aclara Evaristo—. Nos regalaron estos terrenos del barrio de la Magdalena a cambio de que lo dejásemos estar. ¿Qué íbamos a hacer? ¿Contratar un abogado? Al principio no parecía un mal acuerdo. Podríamos cobrar por el alquiler de las viviendas y por el derecho a tránsito de la maquinaria y el mineral... Lo que los Echegaray callaban era que la mina estaba condenada y que el cierre estaba a punto de convertir este paraje en el último lugar donde alguien querría vivir.

—Mientras habla, Evaristo sirve dos cafés de una cazuela—. Toda la vida, desde crío, trabajando en la mina... ¿Y cómo se lo pagaron? Con engaños y miseria. Y ahora que podemos salir de este agujero vienen cuatro ecologistas y pretenden que no lo hagamos. ¿Qué derecho tienen? ¿Qué han hecho ellos por nosotros todo este tiempo?

Aitor observa el vaso. No es el más limpio que ha visto en su vida, pero tampoco quiere despreciar la invitación.

—Muy rico —masculla por pura cortesía. Es agua sucia.

—Café de calcetín. El único secreto es que hierva lentamente. No se ponga tanta azúcar, hombre. —Evaristo le señala el bolsillo—. ¿Tiene un cigarrillo?

—No —replica Aitor. Comienza a sentirse incómodo. Más incómodo. Las ganas de levantarse y salir de allí son ya difíciles de aplacar. No soporta ese lugar gobernado por la desidia y el abandono que empeora cada vez que los aspavientos de su anfitrión suman al ambiente notas rancias de olor corporal—. No entiendo a qué se refiere. ¿Qué ha cambiado para que su padre y usted puedan irse de aquí?

El hombre abre las manos para indicar que es evidente.

—La reapertura. Los Echegaray necesitan recuperar este terreno. Sin él no hay manera de acceder a la cueva. Mi padre ha tenido que esperar demasiados años, pero por fin va a cobrar por lo que le hicieron.

—Y sus vecinos no quieren que venda la finca —comprende Aitor.

—La primera que vino fue la enfermera esa que ahora se cree Robin Hood y anda enfrentándose a los Echegaray.

—¿Lorea?

—Lorea, sí. Esa marimacho pretendía convencerme de que no vendiera el terreno. Me dijo que soy el único que puede impedir la reapertura de las minas. Me habló de contaminación, de que no quiere para su hija modos de vida que nadie desea para los suyos... ¿Y sabe qué? No es mi problema. Mi padre y yo estamos cansados de vivir aquí. Con lo que van a pagarnos podremos mudarnos lejos de este maldito pueblo. Es la oportunidad de nuestra vida. ¿Acaso el resto no haría lo mismo? —Evaristo señala una ventana rota—. Mire, eso nos lo han hecho esta noche de una pedrada.

Aitor se gira hacia allí. La piedra todavía está en una esquina de la encimera. No le gustaría encontrarse en la piel de ese hombre. Las presiones no habrán hecho sino comenzar.

—Bueno, dejémonos de charla... —decide de pronto su anfitrión—. Si está usted aquí es porque quiere que le diga quién mató a la chica de los Echegaray. —El hombre apoya ambas manos en la mesa y se adelanta hacia Aitor—. Fue Angelillo.

—¿Quién? —El ertzaina frunce el ceño. Teme estar a punto de descubrir que Alma Negra y la joven que baila con cascabeles no son las únicas leyendas que vagan por los Montes de Hierro.

—Angelillo, el de las hierbas. Alguien que hace tiempo que debería estar entre rejas. Viene por aquí cada mañana. Y le puedo asegurar que no es trigo limpio.

Comprender que se trata de alguien de carne y hueso despierta el interés del ertzaina.

—Explíquese, por favor.

—Angelillo es malo. Un buscavidas, un estafador y lo que es peor: un violador. Y la mañana que la chica esa fue asesinada él estuvo aquí.

—¿Lo vio usted?

—No, pero no hace falta que lo viera para saber que estuvo en la cueva.

—¿Por qué?

—¿Acaso no se lo he dicho? —replica el hombre. Después continúa su argumento con el tono que emplearía alguien obligado a repetir demasiadas veces una obviedad—. Porque viene cada día a recoger plantas para sus mejunjes. Dice que es curandero.

—Pero usted no lo vio —objeta Aitor.

—Yo no lo vi. Pero Tor sí. Ese día mi perro estuvo especialmente nervioso. Me despertó ladrando desde primera hora. Al principio no entendí qué sucedía. Después vi que eran periodistas. La mayoría dejó el coche junto a mi casa. A partir de allí, o tienes poco cariño a tu vehículo o no continúas hasta la cueva.

También llegó la chica esa, Teresa. Ella venía en un buen coche. Sola. El pobre Tor no paró de ladrar. Por aquí no acostumbra a pasar gente. Solo los fines de semana, cuando vienen los domingueros. Ahora les ha dado por los bastones de esquiar. Uno en cada mano. Modas. A ver si esta se les pasa pronto, porque a Tor no le gustan los palos y me vuelve loco, ladra que te ladra. Ciclistas también pasan, pero esos más hacia el verano. Y Tor también les ladra. —El hombre detiene la narración y arruga el entrecejo—. ¿A qué venía todo esto?

—Decía que su perro vio a Angelillo, el de las hierbas —le recuerda Aitor.

Evaristo asiente.

—Sí, Tor lo vio. O lo olió, da igual. Lo sé porque con él es diferente. A Angelillo no le ladra. A él le gruñe. Le tiene miedo. Es la única persona con la que actúa así. Los perros son capaces de oler la maldad.

—¿Recuerda qué hora era?

—No. Solo sé que todavía estaban aquí todos esos coches. ¿Y sabe qué? Por aquí no ha vuelto. Mayor motivo para desconfiar. ¿No le parece? Teme que ustedes lo vean y sospechen de él.

Aitor decide que será interesante hablar con él. Quizá viera algo.

—¿Podría ayudarme a encontrarlo? ¿Sabe dónde vive? Nombre, apellidos… Comprenderá que como Angelillo, el de las hierbas, no podemos buscarlo.

—¿Cómo que no? Pregunte por él en La Arboleda. Por aquí nos conocemos todos. Y a Angelillo más que a nadie.

—¿Por qué?

—Porque es un violador, ya se lo he dicho. ¿Quiere que le cuente lo que pasó con la chica de los Echegaray? Angelillo debió de intentar aprovecharse de ella y la tiró a la sima porque se le resistió. No sería la primera vez. Hace años intentó forzar a una chica. Era día de romería. Estaba aquí toda La Arboleda, y esa pobre muchacha, hija y nieta de mineros, se perdió entre unos arbustos. A mear, claro. Menudos gritos pegó. Cuando llegamos el muy cerdo todavía intentaba bajarle los pantalones. La blusa ya se la había arrancado… Luego alegó que estaba borracho y como el padre de la muchacha le dio una buena tunda la cosa quedó así. A nadie le interesaba seguir adelante y airear aquello… Si es mi hija habría matado a ese cabrón con mis propias manos. Y no se queda ahí, no. Es un estafador. —El hombre se pone en pie y se pierde en la habitación contigua. La oscuridad impide ver gran cosa, pero el breve resplandor de un mechero permite adivinar una cantidad ingente de ropa amontonada. Ropa y trastos varios. Cuando regresa lo hace con un cigarrillo humeante en los labios—. Eso de las hierbas es todo mentira. Pregunte en el pueblo a cuánta gente le ha sacado los cuartos con promesas de curaciones milagrosas. Pregunte y verá.

—¿Y usted no salió de casa en toda la mañana? ¿No se acercó por la cueva? ¿Su padre tampoco?

—¿Mi padre? Usted no lo ha visto, ¿verdad? ¡No puede moverse! Se pasa el día mirando por la ventana con sus prismáticos. Así se siente útil. Dice que cuida de nuestros caballos. Tenemos más de cien. Para carne.

Aitor trata de calcular si desde ahí arriba podría verse la zona del crimen. Quizá haya dado con un testigo. Necesita asomarse a esa ventana.

—¿Puedo subir un momento?

Evaristo sacude de inmediato la cabeza.

—Lo siento, pero mi padre no está en condiciones.

Aitor se acerca a la escalera y alza la voz para hacerse oír.

—Disculpe, señor. ¿Vio usted…?

Sus palabras son interrumpidas por un rugido que llega desde arriba.

—¡Fuera de esta casa! ¡Aquí no hay nada que investigar!

—¿Le importaría hablar conmigo un instante? Solo serán unos segundos.

—¡Sácalo de casa! —clama la voz.

Evaristo apoya una mano en la espalda del ertzaina y lo empuja ligeramente hacia la puerta.

—Lo siento, pero tiene que irse. Paren los pies a Angelillo antes de que sea demasiado tarde —dice a modo de despedida.

Aitor solo ha dado unos pasos en el exterior cuando el tono amargo del padre vuelve a colarse desde el piso superior.

—¡No vuelvas a traer desconocidos a casa! ¿Me has entendido?

Aitor busca la ventana con la mirada. El reflejo de un farol que pende de la fachada le impide ver con claridad lo que hay detrás, pero alcanza a intuir una silueta corpulenta. Tiene unos prismáticos en la mano.

Al retomar su camino de regreso al coche, un sonido llama su atención hacia unos matorrales. Parecen aleteos. Pero al acercarse a comprobar de qué se trata, se escuchan una serie de manotazos en la ventana tras la que se parapeta el padre.

Aitor continúa su avance entre las malas hierbas.

Los golpes en el cristal vuelven a hacerse oír. Esta vez con mayor insistencia.

—¡Apártalo de ahí! —se oye desde el interior de la casa.

El ertzaina logra asomarse por encima de los arbustos antes de que Evaristo llegue hasta él para obligarlo a recular. Cuatro buitres alzan el vuelo, contrariados por la intromisión. Las cuencas negras y repletas de moscas que algún día acogieron unos ojos inquietos se clavan en Aitor, que da un paso atrás por puro instinto. Lo que tiene delante es un pequeño potro a medio devorar. Sus entrañas abiertas muestran un vacío donde apenas queda espacio para los huesos y la piel. Las partes blandas han desaparecido casi por completo.

—No tendría más de dos semanas —apunta Evaristo tirando del brazo del policía—. El pobre se nos despeñó. Esto está lleno de grietas. Los mineros sacaban hierro de donde podían y hoy el terreno es traicionero. No es el primero que se nos mata, y tampoco será el último, por desgracia.

—¡Saca a ese imbécil de ahí! ¡Fuera! —Los golpes en la ventana llegan ahora acompañados de todo tipo de insultos y juramentos.

—No se lo tenga en cuenta —le ruega Evaristo mientras acompaña a Aitor hasta el coche—. Cuando te has pasado media vida prisionero de tu propio cuerpo aprendes a vivir a través de los animales. Ellos lo mantienen vivo. Hoy son esos buitres, otro día serán unos herrerillos que buscan nido o un milano que se lanza a por un ratón de campo. Las aves vuelan y desbordan vida. Igual que nuestros caballos. Para mi padre observarlos es olvidar que vive postrado en una silla de ruedas. Es recuperar de algún modo esa vida que le robó aquel maldito accidente y volar en libertad.

18

Sábado, 19 de febrero de 2022

Las luces de posición de las chipironeras bailan en un mar negro sobre el que se recortan las escasas estrellas que logran esquivar las nubes. Es un vals vienés, o más bien un tango argentino donde varios pasos serenos se alternan con vitales golpes de cintura cuando una ola sacude las pequeñas embarcaciones.

El Cantábrico está inquieto esta tarde. Apenas son las siete y ya es noche cerrada, pero las crestas blancas de las olas que atacan la costa se dibujan en la oscuridad.

Cestero elige para sentarse uno de los escalones que descienden al viejo cargadero de mineral. Espera no haberse equivocado de lugar. Es su primera vez en Punta Castillo, un paraje solitario, abierto a pico en los acantilados para embarcar rumbo a Inglaterra el hierro de las minas cercanas. Un corredor pasa resoplando por el trazado del antiguo tren minero y se aleja rumbo a Muskiz.

No hay nadie más a la vista.

Es Julia quien ha escogido el lugar. No quiere testigos.

Todavía transcurren unos minutos antes de que unos pasos que se aproximan llamen la atención de Cestero.

—Gracias por estar aquí, Ane.

El abrazo con el que Julia acompaña sus palabras envuelve a Cestero en una ola cálida en la que se percibe la fuerza del mar de fondo. Resaca de desesperanza, marejada de emociones. Algunas lágrimas queman el hombro de Ane, que se limita a guardar silencio y abrazar la espalda de su amiga. Sabe que lo que necesita no son palabras. No hay ninguna capaz de reconfortar su dolor.

—Lo siento mucho —acierta a pronunciar Cestero. Todavía no hace veinticuatro horas que su compañera le ha contado lo de su madre.

—Mira —dice Julia mostrándole su teléfono móvil. Directa al grano, sin pérdidas de tiempo ni laberintos de palabras. Varios renglones manuscritos ocupan la pantalla—. Mi madre escribió el mensaje de arriba. Lo encontré oculto en una Biblia de la celda donde la encerraron. Lo de abajo es la nota que apareció junto a su cadáver. Estarás de acuerdo en que no han salido del puño de la misma persona.

Cestero compara unas letras con otras. Las diferencias entre ellas son tan acusadas que parece improbable que su autora sea la misma.

—Han pasado más de cuarenta años —argumenta poco convencida.

—Se las he enviado al grafólogo forense —aclara Julia.

—Bien hecho. ¿Qué ha dicho?

—Que es evidente que no se trata de la misma persona. Hay rasgos en la escritura que pueden cambiar a lo largo de la vida, incluso de manera muy radical. Otros, por el contrario, son inmutables, inherentes a nuestra propia personalidad. Y concluye que esas dos notas no fueron escritas por un mismo autor. —Julia respira para reforzar las palabras que le resta pronunciar—. En ningún caso. No lo valora ni como mera hipótesis.

—Y temes que tu madre pueda haber sido asesinada —comprende Cestero.

—No solo lo temo, Ane. Estoy segura de ello. Alguien la mató y lo dispuso todo para que pareciera un suicidio. —La voz de su compañera se ha ido cargando de rabia. Ya no es la mujer que ha llegado tarde al reencuentro con su madre biológica, sino una hija decidida a rebuscar donde haga falta para encontrar respuestas.

—Creo que será mejor si comienzas desde el principio —sugiere Cestero—. Hasta hoy no sabía que hubieras logrado avanzar tanto en tu búsqueda.

Julia respira hondo sin apartar su mirada de ese mar que tanto ama. Ane observa que parece cansada. Todo esto le estará pasando factura. A pesar de ello está guapa. Siempre lo está. Le queda bien ese piercing que se ha puesto en la aleta de la nariz, una diminuta estrella de plata. Todavía está lejos de alcanzarla a ella, que lleva dos en una ceja y uno en la nariz. Además del que luce en la lengua, por supuesto.

—Cuando aquellas monjas me arrebataron de sus brazos, mi madre se hizo con una nueva identidad: María Mendoza. Norteamericana. Begoña Larzabal se esfumó para siempre. Quizá consiguiera su nueva identidad con la ayuda de mi padre. En la carta que me escribió mientras aguardaba mi nacimiento en aquel maldito convento mencionaba que se trataba de uno de esos americanos que vinieron a poner en marcha la plataforma de gas de Urdaibai.

—¿Y por qué no se fue con él a Estados Unidos?

—No lo sé. He pensado sobre ello desde que supe que vivía en Muskiz.

—¿Cómo averiguaste dónde vivía? ¿Se puso en contacto contigo?

Julia niega con la cabeza.

—Nunca. Lo supe en Oñati, cuando resolvimos el caso del Apóstol.

—El que me costó mi empleo —recuerda Cestero.

Su compañera le explica que el prior del santuario de Arantzazu le ayudó a dar con una vieja demanda presentada por su madre ante tribunales eclesiásticos.

—Y en esos papeles aparece con su nombre real y su dirección. Ella no lo sabrá nunca, pero gracias a esos trámites con los que trató de recuperarme logró que la encontrara.

—¿No cambió de domicilio a lo largo de toda su vida?

Julia le pide paciencia con la mano. No ha terminado.

—Me presenté en la dirección que aparecía en aquellos documentos, pero la pareja que vivía allí no sabía nada de ella.

—Y recurriste a nuestras bases de datos —plantea Cestero. Es lo que hubiera hecho ella.

Julia asiente.

—También consulté los censos históricos. Encontré que en el momento en que se produjo aquella demanda no había ninguna Begoña empadronada en aquel domicilio. Quien allí vivía era una ciudadana norteamericana.

—María Mendoza —apunta Ane.

—Exacto. Supe que se trataba de mi madre con una nueva identidad en cuanto leí la nacionalidad. Era una jugada inteligente para que su familia no pudiera dar con ella. Debía de odiarlos por haberla encerrado en aquel convento tras haberse quedado embarazada. —Julia suspira—. Una vez logrado desvelar el nombre tras el que se ocultaba, solo necesité seguirle la pista en los registros municipales hasta dar con su domicilio actual.

Cestero le apoya la mano en la espalda.

—Espectacular, Julia. Un gran trabajo.

—No tanto… He tardado demasiado tiempo en llamar a esa puerta y ahora es tarde. —La ertzaina coge aire y lo suelta lentamente—. Pero te aseguro que no pienso parar hasta dar con su asesino.

Sus palabras quedan enmarañadas en el estrépito de una ola que salta cerca.

—¿Vas a denunciarlo? —plantea Cestero, aunque tiene la certeza de conocer la respuesta.

—No.

—¿Por qué? La prueba de la caligrafía es clara. El caso debe tratarse como un homicidio.

—No puedo, Ane. No se lo he contado a nadie porque sé que me cuestionarían. Me dirán que me niego a aceptar la realidad. Tú me conoces, sabes que no me lo invento y que no estaría aquí pidiéndote ayuda de no estar absolutamente segura del todo. —Julia traga saliva y coge del brazo a su compañera—. Eres la mejor policía, suboficial Cestero. Y eres la mejor amiga. Tú encontrarás las respuestas que necesito. Mi madre las merece. ¿Quién la ha matado y por qué?

Cestero comprende a dónde quiere llegar Julia. Algo que se parece mucho al vértigo le pide que cierre los ojos y respire con calma. El salitre que trepa desde la base del acantilado inunda sus pulmones. Lejos de convertirse en un bálsamo calmante, la lleva de regreso a su casa familiar. También allí, a orillas del puerto de Pasaia, olía a mar. De pronto se ve de nuevo entre sus paredes, llamando a comisaría para que acudan a detener a su propio padre. Aquella última agresión no fue la mayor, pero sí la que colmó el vaso de años de violencia machista. Si su madre no estaba dispuesta a denunciarlo sería ella quien lo hiciera.

Apenas han pasado tres años del que fuera el momento más duro de su carrera. Porque si perseguir a un asesino en serie es complicado, enfrentarte cara a cara con tus propios fantasmas lo es mucho más.

Hoy Julia se encuentra en una encrucijada semejante.

—Ya no soy ertzaina. Solo una chica de poco más de treinta años que tuesta café y vive en un pueblo perdido entre montañas.

—Eso no es verdad. No conozco a nadie con más vocación que tú. Si estás suspendida es precisamente por no dejarte condicionar por todos esos protocolos que no nos permiten ser efectivas. Trabajamos atadas de pies y manos. Cada día es peor. Más derechos para los criminales y lupas más implacables sobre nuestras actuaciones. A este paso nos van a enviar a detener asesinos con un ramo de rosas como arma… —La mirada de Julia navega por el mar en busca de una tabla de salvación—. No puedo dejar esto en manos de nadie que no seas tú. Te necesito, Ane. No puedo hacer esto sola. Nadie es más tozuda e inteligente que tú.

Cestero alza la vista hacia el cielo. La Osa Mayor se asoma entre unas nubes próximas al horizonte. Algo más arriba irrumpe un astro en movimiento. Su primera reacción es pensar en una estrella fugaz. Sin embargo, su trayectoria limpia y una velocidad contenida desechan la idea. Se trata de uno de esos satélites que están falseando las noches de todo el mundo. Estrellas fugaces modernas, a las que resulta inútil pedir deseos.

—Cuéntame todo lo que sepas —dice finalmente.

—¿Eso es un sí? —celebra Julia cogiéndola de los hombros y achuchándola.

—No: es un cuéntame lo que sepas.

—Te daría un beso en los morros, suboficial Cestero —exclama Julia mientras coge algo de su mochila—. Te he traído una copia de la documentación del caso, incluido el informe del forense.

Ane abre la carpeta y enciende la linterna de su móvil. El torrente de luz baña de colores fríos las fotos del escenario del crimen y de otras dependencias del piso. No se aprecia nada revuelto: ni armarios abiertos ni cajones vaciados en el suelo. El robo no parece estar detrás del crimen.

—¿Qué dice la autopsia? —masculla deteniéndose en las conclusiones del examen.

—Las lesiones habituales en un ahorcamiento —resume Julia.

Cestero las repasa rápidamente. Se menciona el surco dejado por la soga en el cuello, algunas erosiones en la piel cercana, la proyección hacia el exterior de la lengua y cierto sangrado nasal. También pequeñas fracturas en el cartílago tiroideo y desgarros internos en la arteria carótida.

Un zumbido grave tira mar adentro de su mirada. La brisa del noroeste se ocupa de que los motores de un enorme carguero que se dirige a un horizonte incierto se sientan cercanos.

—¿Dices que la puerta estaba abierta cuando llegaste?

—Sí. Por eso entré.

—Esa puerta podría ser una clave. Quienquiera que matara a tu madre pretendía que la encontraran pronto. Alguien que construye la escena con tanto cuidado no se la deja abierta por un descuido. —Cestero hace una pausa para mirar a su amiga a los ojos—. ¿Te has planteado quién podría tener interés en matarla?

Julia asiente.

—Sí. Por supuesto que sí. Llevo desde anoche dándole vueltas. Pero me faltan datos. ¿Qué digo datos? Lo que me falta es toda una vida. Sé algunas cosas de Begoña Larzabal. Sin embargo, María Mendoza es un completo misterio para mí. Sé que vivió en Muskiz y también que regentaba una pescadería en Santurtzi. Aparte de eso, nada más. Son tantos años perdidos entre nieblas que temo que la respuesta a tu pregunta no está al alcance de mi mano.

Cestero comprende que no va a ser fácil, y precisamente por ese motivo, y porque no puede cerrar los oídos ante el grito desesperado de una amiga, decide que va a ayudarla.

—Voy a encontrar esas respuestas, Julia —asegura convencida—. Cazaremos al asesino de tu madre.

19

Madrugada del domingo, 20 de febrero de 2022

Aitor desenrosca el tapón para dar un nuevo trago al café. Se ha pasado con el azúcar. Tanto que sus papilas gustativas protestan al recibirlo.

El termo pesa cada vez menos y, según el reloj del salpicadero, todavía pasan pocos minutos de la una de la madrugada. A ese ritmo no aguantará despierto toda la noche.

La panorámica que se cuela a través del parabrisas no ayuda. Las casas de La Arboleda están dormidas. Hace más de media hora que se ha apagado la última luz tras sus ventanas. El lago Hostión, de aguas negras y serenas, refleja sus fachadas y los montes de alrededor. Una luna menguante, tacaña en su luz, brinda un leve tono plateado a ese mundo aletargado. Se trata de una estampa que invita al sosiego, a cerrar los ojos y dejarse mecer por el sueño.

Las únicas que se atreven a desafiar el silencio son las campanas de la iglesia. Tocan cada quince minutos, igual que haría un sereno empeñado en arrullar con sus palabras el sueño de los vecinos.

Aitor deja de lado el termo y pasa la página de la revista. El artículo habla sobre los lagos de los Montes de Hierro. Un paisaje modelado por la acción humana hasta darle una forma que, a pesar de su dureza, resulta amable. Todo el mérito es en realidad del agua. Fue ella quien acudió al rescate de la naturaleza para borrar las huellas de un pasado marcado por la dinamita.

Porque fue a golpe de explosivos como se abrieron los enormes cráteres en una obsesión por arañarle a la tierra cada pedazo de hierro.

El ertzaina alza la mirada hacia el pozo que tiene más cerca. Es el mayor de todos y ocupa los terrenos de tres minas: Orconera, Mamen y Carmen. No heredó el nombre de ninguna porque prevaleció el recuerdo de un capataz que no hablaba bien castellano y siempre decía «yo dar hostión» para emplazar a los mineros a trabajar mejor.

Aitor aguza el oído y echa un vistazo alrededor.

Todo permanece en calma.

Las páginas que siguen le cuentan que el color marrón del lago Parkotxa se debe al lavadero de mineral cercano y sus vertidos de lodos sobrantes. Y también que el lago Blondis es el más escarpado de todos porque sus vetas de mineral alcanzaban una gran profundidad.

Un bostezo se abre camino en el pecho del ertzaina. Sus párpados pesan. A pesar de la cafeína, el sueño va sumando triples al marcador. Cierra la revista y la deja sobre el asiento del copiloto. Quizá leer no haya sido la mejor idea si pretende mantenerse despierto.

Será mejor salir del coche y estirar las piernas. El aire fresco de la noche lo ayudará a desperezarse para continuar una guardia que no acabará hasta que el amanecer anuncie el nuevo día.

Un chapoteo cercano lo recibe en cuanto abre la puerta.

Una serie de anillos concéntricos se dibujan en el agua.

No es la única rana asustada. A medida que Aitor va dando pasos otras como ella van saltando al lago. Sus chapoteos agitan el espejo perfecto en el que se mira La Arboleda. Sus casas aparecen ahora rotas, danzan inquietas en la lámina de agua. El canto lejano de un búho suma una nota de desasosiego a la imagen. El ulular fantasmal se repite cada pocos segundos y logra erizar el vello del ertzaina.

Aitor se frota los brazos. Hace frío. Y por más horas que pasen no se oye nada que no entre dentro de lo normal. Ni lamentos de almas en pena ni nada que se le parezca.

La campana de la iglesia toca tres veces. Las dos menos cuarto. Y sereno.

Unos leves jirones de niebla han comenzado a formarse sobre el agua. Bailan con parsimonia un vals desganado, repetido demasiadas noches ante un público poco agradecido.

Aitor piensa en su trompeta. Le gustaría tenerla consigo. El anfiteatro natural que los montes forman en torno al lago dotará a ese lugar de una acústica especial. Aunque, pensándolo bien, no quiere que los vecinos sufran un ataque de pánico al escucharlo. Quizá sería el nacimiento de una nueva leyenda en la comarca…

El silencio es cada vez más pesado. Hasta el propio búho parece haberse cansado de tocar la nota discordante.

Y entonces, en medio de ese mundo que duerme, o que al menos parece hacerlo, hay algo que llama la atención de Aitor.

Una luz.

Se mueve lentamente por lo alto de una colina que se asoma a las antiguas minas. El ertzaina no necesita mirar el mapa para recordar que allá arriba, apartado del núcleo urbano por unos cientos de metros, se encuentra el cementerio.

¿Una visita a algún ser querido yacente a esas horas de la madrugada?

No parece muy probable.

Aitor comprueba que lleva consigo el arma antes de encaminarse hacia allí. Pistola, linterna, móvil… Está todo ahí, repartido entre su arnés y sus bolsillos.

La luz continúa desplazándose. Lenta pero constante. De vez en cuando desaparece unos segundos y el ertzaina comprende que son las propias tumbas quienes la ocultan.

A pesar de que no existe un sendero claro para llegar al cementerio desde el lago, el agente logra abrirse camino entre los arbustos y en pocos minutos alcanza el murete que lo rodea.

Para entonces la luz que ha venido siguiendo ha desaparecido.

Las cruces de piedra y los angelotes cobran vida cuando rebusca con su linterna entre ellos. Las sombras de las lápidas se arrastran aquí y allá, en un akelarre silencioso que amplifica los crujidos de las pisadas del ertzaina en la gravilla.

—¿Dónde te has metido? —sisea mientras dirige el haz de luz hacia cada fila de tumbas, hacia cada uno de los senderos de nostalgia que duermen sin prisa alguna por que llegue el nuevo día.

Sabe que no se ha tratado de una trampa de su imaginación. Había alguien en el camposanto hace solo unos minutos.

Un escalofrío recorre de pronto su espina dorsal.

Ha oído algo.

Se trata de un sonido grave y quedo, una especie de salmodia a la que se suma enseguida el toque de las dos.

Y allí está de nuevo la luz.

Se mueve poco a poco, avanza por el camino asfaltado que comunica el pueblo con las minas de la zona alta. Y también con la cueva de la Magdalena.

Aitor abandona el cementerio y corre en esa dirección.

El bosque devora sus pasos en cuanto deja atrás las afueras durmientes de La Arboleda. Algunas bifurcaciones le hacen dudar, pero a pesar de haber vuelto a perder de vista la luz puede guiarse por ese sonido gutural que hiere la noche.

Un banco de niebla hace detenerse al ertzaina. Se aferra al cauce de un riachuelo y se enreda entre los troncos de los pinos.

La música, si se le puede llamar así, está ganando intensidad. Se está acercando.

Solo unos segundos después vuelve a ver la luz. Viene directa hacia él.

Se trata de una vieja lámpara de carburo, una de esas que se empleaban en las minas. Es una mujer quien la sostiene. Su rostro se dibuja entre las sombras. Tras ella avanzan otras dos señoras que entonan con voz solemne la canción que ha guiado a Aitor hasta ellas.

Una extraña santa compaña en los Montes de Hierro.

El ertzaina cuenta cinco personas: tres mujeres y dos hombres.

Ellos también lo han visto.

—¡Eh, tú! Ni se te ocurra moverte —ordena de repente uno enfocándolo con una linterna—. ¿Qué haces aquí a estas horas?

—¡No des ni un paso más! —añade la mujer que sostiene la lámpara.

Aitor estira la mano para protegerse del chorro de luz que impacta de lleno en sus ojos y le impide verles la cara. La tentación de echar mano a la pistola es grande, pero el tono de sus voces le dice que solo son unos vecinos asustados.

—Soy policía —anuncia mostrándoles la empuñadura del arma.

—¿Policía? ¿Y qué haces aquí? —pregunta el de la linterna. Su otra mano sostiene firmemente un palo a modo de defensa.

—Son ustedes quienes deben responder a eso —zanja el ertzaina dando un paso al frente—. ¿A qué viene todo esto? ¿Qué estaban haciendo en el cementerio a estas horas?

—Hemos decidido organizarnos para mantener a salvo a nuestras familias.

—Pues pueden regresar a la cama. Yo estoy ahí abajo desde hace horas y no pienso moverme hasta que se haga de día —explica Aitor señalando el lago, una irregular masa negra desde allí arriba—. Y mañana volveremos a estar aquí.

Sus palabras generan una breve discusión entre los miembros de la comitiva vecinal. Los partidarios de continuar patrullando son mayoría, pero hay quien aboga por dejarlo en manos de la policía. Finalmente, uno de sus integrantes se retira. No le ve sentido a seguir perdiendo sueño cuando ya hay alguien velando por su seguridad.

Los otros cuatro, entre quienes se encuentra la mujer que sostiene la lámpara de carburo, optan por quedarse. Aitor observa que se trata de un grupo muy heterogéneo. Hay una evidente facción, formada por las dos cantoras, que busca una solución espiritual, y otra más terrenal liderada por el hombre que blande una vara.

—Vuelvan todos a casa, por favor. Esto no es buena idea. Déjennos a los profesionales las labores de vigilancia.

—¿Los profesionales? —se le encara el del palo—. Yo solo veo uno. ¿Dónde están los demás? ¿Un poli para proteger a todo un pueblo?

La mujer que sostiene la lámpara se la acerca al rostro. La luz baña su piel con una pátina de calidez que contrasta con su expresión gélida.

—Tú no lo has oído, ¿verdad? —pregunta, clavando en Aitor unos ojos tan negros como la noche más oscura—. No nos comprenderás mientras los lamentos de Alma Negra no te despierten de madrugada. Te hielan el corazón. Vaga por estos montes buscando a alguien a quien pasar su maldición. Si te cruzas con él estás perdido. Es un espíritu errante, un espanto, no lo detendrás con tus armas.

—Maite tiene razón —asegura el hombre de la vara—. La policía no puede protegernos de él.

—Pues caminar a estas horas por el bosque no parece la mejor idea frente a algo así —les reprocha el ertzaina—. Váyanse a casa.

—La Virgen de la Magdalena alumbra nuestros pasos —le corrige una de las que cantaban.

Aitor respira hondo. No le gusta nada que haya un grupo de fanáticos patrullando los alrededores del pueblo, pero no puede impedírselo. No existe ningún toque de queda ni nada parecido que prohíba salir de casa de noche.

—¿A dónde se dirigen ahora?

—A la cueva de la Magdalena —responde una de las cantoras.

—Calla. No es su problema —la interrumpe Maite secamente—. No tenemos por qué darle explicaciones.

El ertzaina resopla mientras recuerda la orografía complicada de la zona. La sima en la que murió Teresa Echegaray no es la única que fractura el terreno. Los heridos por caídas durante la estampida provocada por los cascabeles dan buena fe de ello.

—Es peligroso andar por allí a estas horas. Hay grietas y... —comienza a objetar.

—Conocemos bien nuestros montes —le replica Maite—. El único peligro en la Magdalena es la gente que vive allí.

—Sí, vamos a echar un vistazo —se suma el de la vara—. Hay personas a las que es mejor tener vigiladas. Esos dos no me dan buena espina.

—A nadie se la dan —corrobora otra—. Dicen que realizan sacrificios animales por pura diversión.

—Igual que Alma Negra —señala una de las cantoras.

—Porque son la reencarnación de Alma Negra —asegura Maite.

Su afirmación queda flotando en un silencio tenso hasta que la pareja que encabeza la marcha rompe a cantar. Es un himno triste, que alaba a la Magdalena y le ruega protección para los mineros y para todos los demás.

20

Domingo, 20 de febrero de 2022

Cestero observa el extraño *skyline* de Muskiz. Algún día debió de ser un entorno hermoso, con sus marismas y sus arenales trazando dibujos al ritmo de las mareas. Hoy las chimeneas de la refinería, sus conducciones infinitas y los depósitos de combustible se ocupan de afear un paisaje extremadamente industrial. El río, que discurre entre el complejo fabril y las casas del pueblo, está limpio. Incluso huele al salitre del mar cercano ahora que la pleamar empuja el agua cauce arriba.

Su mirada se detiene en la casa de dos alturas donde fue asesinada la madre de Julia. El color amarillo mostaza de su fachada resulta inconfundible. No se aprecia movimiento, ni en el piso de abajo, donde residía Begoña, ni en el superior.

Cestero toma algunas fotos desde la distancia antes de entrar en un bar cercano. Necesita una dosis de cafeína antes de comenzar. Así tiene tiempo de pensar por dónde hacerlo.

—¿Solo? —le pregunta el camarero cuando le pide un café.

—Como una noche sin luna —contesta la investigadora dejando un par de euros sobre la barra.

El tipo es parco en palabras. No se molesta en responder. Solo en servirle su taza y devolverle su cambio.

Ane se lo lleva a los labios, con una breve parada ante la nariz.

Le sobra tueste y amarga en exceso, tal como haría un puñado de hollín puesto a infusionar. Pero es café y ella lo necesita para seguir adelante.

—Hola —saluda alguien entrando por la puerta. Se trata de un chico joven. El logotipo de su camiseta cuenta que es repartidor. El comercio electrónico ha desterrado el obligado descanso en los días de guardar—. Caña y pincho de tortilla, por favor.

No hay más palabras. Ni siquiera cuando unas monedas cambian de mano. El cliente no levanta la mirada de su teléfono móvil y el tabernero saca brillo a la cafetera y ordena azucarillos. Lo que sea con tal de no interactuar con quienes están al otro lado de la barra.

Cestero suspira. Le gustan las cafeterías de pueblo. Le parecen el mejor lugar para tomar el pulso a una zona. Pero esta no es una de ellas.

Apura su café y se dirige a la puerta.

—Agur.

Alguien le responde por lo bajo. No le queda claro si se trata del camarero o el cliente. Tampoco importa.

Al alzar de nuevo la mirada hacia el edificio del color de la mostaza, la investigadora percibe un cambio. Una de las ventanas del piso superior está abierta y hay una persona asomada a ella: una chica en camiseta de tirantes. Habla por teléfono, gesticulando despreocupadamente.

La vecina de arriba. Cestero no lo duda. Difícilmente hallará alguien mejor para comenzar.

El portal está abierto. Entornado, pero abierto. No hay indicios de que haya sido forzado. Es solo que la puerta no acaba de cerrar a no ser que se acompañe con las manos.

Dentro solo hay dos buzones y ni siquiera son iguales. Uno es de madera y el otro es metálico, de color verde. Todavía está ahí el nombre de la madre de Julia. El que adoptó para su nueva vida: María Mendoza. En el de hierro no pone nada.

La investigadora se detiene junto a la entrada de la única vivienda del bajo. Sus labios se curvan en un mohín al pensar en Julia.

Tras esa puerta, sencilla, sin pretensiones, su compañera se dio de bruces con la escena más dura de su vida. Como ertzainas están obligadas a enfrentarse a situaciones complicadas, algunas más allá de todos los límites imaginables. Sin embargo, entrar a ese piso con la ilusión de reencontrarse por fin con su madre biológica y verla colgando de una soga tuvo que superarlo todo.

El felpudo todavía da la bienvenida en euskera.

Cestero realiza un rápido examen visual de la puerta. A primera vista no hay signos que indiquen nada extraño. Las marcas que muestra la madera son las propias de largos años de uso cotidiano. Aunque eso no implica necesariamente que quien asesinó a Begoña accediera con invitación. Al fin y al cabo, a nadie le llevaría más de un minuto desbloquear una cerradura tan sencilla ayudándose de una tarjeta de plástico o una radiografía.

Completada la exploración, la investigadora continúa hasta el piso superior. Allí también hay solo una vivienda. La alfombra que guarda la entrada muestra unos dibujos cabezones de estilo oriental: una chica, un gato canela y un chico.

El timbre despierta un ding-dong que suena anticuado.

Unos pasos se aproximan, aunque se detienen sin que nadie llegue a abrir.

Cestero muestra a la mirilla una amplia sonrisa. A falta de placa solo le queda tirar de amabilidad y meterse a conciencia en el papel para no levantar sospechas. No es una policía con derecho a hacer preguntas sino una simple ciudadana que va a necesitar ganarse la confianza de las personas a las que interrogue.

—Soy amiga de su vecina de abajo. ¿Sería tan amable de abrirme? —miente de manera improvisada.

Un clic y un chirrido acompañan la puerta.

—Hola —saluda la vecina. Es más joven de lo que la distancia permitía imaginar. Cestero le calcula no más de veinticinco años de edad y, aunque de complexión más atlética que ella, podría tratarse de un espejo. Lleva tatuajes en sus brazos y un aro entre los orificios de la nariz. Seguramente sea ese el motivo por el que la muchacha frunce el ceño mientras la observa—. Amiga de María, ¿dices?

El piercing que la investigadora lleva en la lengua acaricia a toda velocidad sus incisivos. Es incapaz de refrenar ese gesto cuando está nerviosa.

—Bueno... Mi madre... Ellas eran íntimas. Está completamente rota por lo sucedido —explica atropelladamente—. No entiende nada. Dice que tiene que haber algo que se nos escapa. Y quiero ayudarle a comprender qué pudo llevar a María a... Vaya, ya me entiendes.

La joven la observa con un mohín de tristeza.

—Yo tampoco me lo explico. Es muy fuerte todo esto. Fui yo quien dio aviso a la policía. Me encontré la puerta abierta y me extrañó. Lo que no esperaba era encontrármela así...

—Qué duro —comenta Ane sin necesidad de fingir. Ha asistido a suficientes escenas de suicidios como para saber que el dolor y la soledad que destilan es difícilmente superable—. Lo siento.

La joven se hace a un lado.

—¿Quieres pasar?

—No es necesario. Solo será un minuto —responde Cestero mientras un gato como el de la alfombra se restriega en sus piernas.

—Perdona, no me he presentado. Me llamo Amaia —comenta la vecina—. ¿Y tú eres...?

—Ane. —La investigadora se arrepiente en el acto. Quizá no sea buena idea ir aireando su nombre por ahí—. ¿Hace mucho que vives aquí?

—El otro día hizo tres años. —Amaia señala la refinería, cuyas chimeneas se asoman por la ventana que brinda claridad a las escaleras—. Mi chico encontró un buen puesto en la planta. Yo también trabajo cerca, pero entro más tarde. Soy monitora en el gimnasio del Max Center.

—¿Teníais mucha relación con ella?

—¿Con María? La verdad es que más de la que esperábamos cuando vinimos, porque mi novio y yo somos de los que vamos a lo nuestro. Pero era un encanto de mujer, ya sabes. Nos recogía los paquetes y algunos días nos traía pescado. —Amaia esboza una sonrisa triste—. Era ese tipo de persona que te lo da todo sin esperar nada a cambio.

—Sí, era muy buena gente —señala Ane—. ¿Oísteis algo el día que...?

—No —se adelanta Amaia—. Estábamos trabajando. Fue al regresar a casa cuando me di cuenta de que algo iba mal.

—¿No notasteis nada extraño los últimos días?

La joven niega con la cabeza.

—Nada, aunque ya te digo que vamos a lo nuestro...

—Mi madre dice que María era muy sociable, que tenía muchas amigas —explica Cestero—. Recibiría mucha gente en casa.

Amaia niega convencida.

—Si te digo la verdad, no es mi sensación. Quizá quedara con ellas por ahí. Aquí acostumbraba a estar sola. Aunque tampoco soy de fijarme en esas cosas. Bastante tengo con las mil horas que paso trabajando. Y mi chico también. Cuando estamos aquí ponemos nuestra música o vemos una serie. Si alguien molesta seremos nosotros, pero María nunca nos echó nada en cara. Al contrario. Era la mejor vecina que te puede tocar. Como si no existiera salvo que realmente la necesitaras por algo, ya me entiendes.

Cestero no quiere darse por vencida todavía.

—¿No hubo nada que llamara vuestra atención en los últimos días? Perdona que insista, pero es que no me lo explico.

—Qué va. Eso es lo que no entiendo. Se la veía normal. Ya sabes que no es que fuera unas castañuelas, pero no se la veía triste.

—¿Y no parecía más nerviosa de lo habitual? ¿Ni preocupada? —aventura Ane.

Amaia sacude la cabeza con gesto de derrota.

—Me da rabia ser de tan poca ayuda, pero los primeros sorprendidos fuimos nosotros. Todavía no doy crédito. Fue terrible... Ertzainas, médicos... Hubo gente por aquí toda la tarde. Y encima me tocó pasar a reconocerla cuando se la llevaban en una bolsa negra... No quería ni mirar. Como si no hubiera sido suficiente ver su cuerpo colgando de aquella soga. Esto me va a perseguir toda la vida. —La joven parpadea varias veces en señal de incredulidad—. Y pensar que me la crucé la víspera al sacar la basura y estaba normal. Hablamos de la lluvia y de que esa noche olía a goma quemada. Vivir al lado de la refinería tiene esas cosas. No sé... También a mí me sorprende que se quitara la vida. ¿Por qué no pidió ayuda? Pobrecilla. Debía de sentirse muy sola para hacer algo tan horrible.

Cestero no responde. Se limita a apretar los labios en señal de tristeza.

—Perdona... No me malinterpretes... Seguro que tu madre la cuidaba un montón, eh. No me refería a... —trata de aclarar Amaia, visiblemente azorada.

La investigadora alza levemente la mano para que no siga.

—No te disculpes. Es normal lo que dices. Por eso nos confunde tanto lo ocurrido. Mi madre se siente culpable, cree que le ha fallado.

La joven le apoya una mano en el hombro.

—¿Le dirás que la acompañamos en el sentimiento? Creo que la conozco. Es muy maja.

Ane se pone en guardia ante las palabras de Amaia, no quiere ver comprometido su disfraz de buena hija preocupada.

—¿A mi madre? —inquiere Cestero.

—Sí. Creo que me la crucé la semana pasada. Salía del piso de María. Supongo que era ella porque menudo repaso me pegó a los tatuajes. Tú me entiendes qué tipo de mirada. No era un aplauso precisamente. Ahora lo comprendo, claro —comenta señalando la culebra mitológica y la diosa Mari que ocupan buena parte del cuello de la investigadora con una mueca de complicidad—. Estará tan contenta con tu amor por la tinta como la mía conmigo. Y al verme se acordaría de ti y de vuestra última discusión a cuenta del tema.

Cestero trata de improvisar una manera de hacerle describir a esa mujer.

—Uf, sí, lo de los tatuajes es muy suyo... Seguro que sería ella. Es menuda y lleva el pelo teñido de morado —comenta con fingida despreocupación.

Amaia sacude la cabeza.

—Ah, no, entonces no es de quien te hablo. Esa mujer era morena.

—¿Morena? ¿Y qué más? ¿Cómo era? —insiste Ane, arrepintiéndose en el acto por ser tan directa—. Seguro que era alguna de las amigas de la plaza. Kontxi o Pepi...

—Pues era... normal. La verdad es que no soy la mejor para acordarme de las caras. Veo tanta gente en mi trabajo... Tendría más o menos la edad de María, unos sesenta. —Amaia entorna los ojos para tratar de recordar—. Me la crucé dos veces con pocos días de diferencia.

—¿Cuándo?

—La primera vez hará unas dos semanas... Sí, exactamente el cuatro de febrero. Lo sé porque era el cumple de mi novio y venía yo con la tarta. Me sostuvo la puerta del portal... Y la segunda vez que me la encontré sería tres o cuatro días antes de lo de María. Ahí sí que no te sabré concretar la fecha. Iba yo al gimnasio, y eso no me da muchas pistas.

—¿Y hasta el día del cumpleaños de tu novio no la habías visto por aquí?

—Creo que no.

Cestero se muerde la lengua. Odia no poder mostrarle una placa policial y pedirle que concrete. ¿Cree que no o seguro que no? Porque no es lo mismo. Y esa visita repetida tan próxima al día de su muerte huele a pista de la que tirar.

—Lástima no saber quién era esa amiga. A mi madre le hubiera gustado saber quién estuvo apoyando a María —dice en un intento de empujarla a recordar algo más que le permita identificar a la visitante.

Amaia se encoge de hombros mientras consulta su reloj.

—No quiero ser maleducada, Ane, pero tengo que cambiarme. En media hora doy una clase de pilates.

—Sí, claro. No llegues tarde por mi culpa —se despide la investigadora—. Muchas gracias por tu tiempo.

De regreso a la calle, Cestero vaga por la orilla de la ría. El zumbido constante de alguna turbina de la refinería se funde con sus pensamientos. El simulacro de interrogatorio le ha dejado una sensación pobre. Apenas ha conseguido una somera descripción de una mujer morena que visitó a Begoña al menos dos veces en las semanas previas al crimen... Algo es algo, pero tiene que ponerse las pilas porque ya ha entendido que esta investigación tendrá que hacerla en modo difícil, sin los medios que da el estatus de policía. No cuenta con una placa que le permita analizar la escena del crimen o acceder a las pruebas recogidas. Ni siquiera puede presentarse con su nombre a una vecina y apretarle las tuercas hasta que le cuente con todo lujo de detalles qué sucedía en el piso inferior.

Tiene que centrarse en descubrir quién era realmente Begoña Larzabal, o María Mendoza.

—¿Quién querría matar a una pescadera y fingir su suicidio? —pregunta en voz alta apoyándose en la barandilla y dejando vagar la mirada por el cauce del Barbadún.

Una sombra de duda aletea por la mente de Cestero. ¿Y si se trató realmente de un suicidio? ¿Y si Julia está llevando demasiado lejos la primera de las fases del duelo? La primera reacción ante la muerte de alguien cercano acostumbra a ser precisamente la negación. Tras ella deberían abrirse paso la ira, la negociación, la depresión y, por último, la aceptación.

Ane, sin embargo, se obliga a sacudirse esa idea de la cabeza. Julia es su amiga y la necesita en este momento.

Quizá el próximo paso deba ser la pescadería que la víctima regentaba en Santurtzi. Sus clientes probablemente la conozcan mejor que la pareja joven que vivía encima.

Ajeno a sus pensamientos, un banco de mújoles nada contracorriente, agitando a su paso la lámina de agua. Un cormorán se zambulle junto a ellos, obligándolos a dispersarse a toda velocidad. Más allá se yergue el bosque de tuberías y chimeneas. La más alta escupe fuego, un pebetero implacable, coronado por el logotipo de la empresa petrolera.

El ave emerge unos metros más allá. No ha tenido suerte en su pesca. Vuela hasta un poste que se alza en el centro del río y extiende sus alas para secarlas.

Cestero repara en un artilugio de color negro coronando el palo. Hay un pequeño rótulo colgando de él.

Propiedad de Urdaibai Bird Center. No tocar.

La investigadora comprende que se trata de una cámara de vídeo. Compacta y sencilla, pero una cámara que habrá tomado imágenes en los últimos días. Un testigo silencioso con el que no tendrá que improvisar un personaje y poner a prueba sus dotes de actriz.

21

Domingo, 20 de febrero de 2022

Cuando Julia empuja la puerta se ve obligada a parpadear para acostumbrarse a la claridad. Las paredes blancas, desnudas de decoración salvo por dos cuadros de trazos ligeros, amplifican el torrente de luz que entra por los ventanales. Del otro lado se abre el Puerto Viejo de Algorta, una postal tan perfecta que de no ser por las olas que baten contra el dique parecería un cuadro más. Es un lugar que no tiene nada que ver con la idea preconcebida que tenía del despacho desde el que se dirige una naviera. Se había imaginado un espacio con tintes más barrocos. Quizá sea así en el palacete familiar, que visitaron Aitor y Madrazo y que se encuentra a poco más de quinientos metros de distancia, pero en ningún caso en las oficinas desde las que gobiernan sus negocios.

—Gracias por venir tan rápido —la saluda Iñaki Echegaray, el hermano de Teresa, saliendo de detrás de un escritorio donde no hay montañas de documentos ni botes de clips. Solo la pantalla plana y el teclado de diseño de un ordenador de alta gama.

—Soy la agente Lizardi. Julia Lizardi. El oficial Madrazo me ha pedido que les diga que le ha sido imposible venir.

Iñaki asiente sin darle importancia. La mujer que está de espaldas, con la mirada perdida en el paisaje marinero, no se muestra tan conforme.

—Ahora resulta que no tenemos suficiente categoría como para que acuda un oficial a interesarse por lo nuestro... —masculla girándose hacia la recién llegada—. Claro, como es domingo, tendrá el día libre.

Julia abre la boca para defender a su jefe. No hay días festivos para la UHI. En estos momentos estará en La Arboleda buscando a un curandero que al parecer es asiduo del lugar del crimen. El gesto altivo de su interlocutora, sin embargo, la empuja a no abrir la boca. No tiene por qué darle explicaciones. No necesita que nadie se la presente para saber que se encuentra ante Mari Carmen, la madre de la víctima. Madrazo la ha advertido de que no esperara un comité de bienvenida por su parte.

Su hijo cierra los ojos, avergonzado, mientras ruega paciencia a la ertzaina con un gesto. Es un hombre en el que tal vez el rasgo más notorio sea la raya a un lado con la que se peina a fuerza de fijador. Por lo demás es demasiado normal. Si el mundo se dividiera exclusivamente en gordos o en delgados, o en guapos o feos, Iñaki sería un apátrida. Tampoco parece un gran deportista ni tiene rasgos faciales excesivamente marcados.

—Parece ser que han recibido amenazas —indica Julia yendo directamente al grano.

—Nosotros no —aclara secamente la madre—. Fue Teresa quien las recibió. En mala hora no las compartió con el resto de la familia. Si llego a saber algo de esos anónimos no le habría permitido andar sola por esos malditos montes.

—Ninguno de nosotros se lo habría permitido —se suma Iñaki con un suspiro—. Ven, por favor, acompáñanos arriba. El anónimo está en el despacho de Teresa. Mi madre ha venido hoy a recoger las cosas de mi hermana y se lo ha encontrado allí. ¿Quieres un té? ¿Café? ¿Agua?

—Nada. Gracias —dice Julia siguiéndolos hacia las escaleras.

—Pues yo necesito un café —interviene secamente Mari Carmen—. ¿Dónde tienes la cafetera?

—Claro, ama. Ya te preparo uno. La tengo abajo —dice el naviero señalando hacia el suelo—. Id subiendo vosotras.

Su madre niega ostensiblemente.

—No, que tú lo haces muy largo y no hay quien se lo beba.

—Ni que fuera tan difícil. Solo es meter la cápsula y darle al botón.

—Pues siempre me lo hacéis mal. Tu hermana también, pero ella al menos tenía excusa porque detestaba el café —protesta la matriarca mientras baja a prepararlo.

Julia se apoya en la barandilla para comenzar a subir al despacho de Teresa, pero Iñaki no la sigue. Parece decidido a aguardar el regreso de su madre antes de subir.

—Teresa siempre decía que hay dos tipos de personas: bebedores de café y de té —comenta el empresario con la mirada perdida en los recuerdos—. Tenía la teoría de que puedes conocer el carácter de una persona atendiendo solo a lo que bebe. Los que toman té son serenos, reflexivos y encaran la vida con menos estrés; en cambio, si prefieres el café eres más impulsivo y te dejas llevar por los sentimientos del momento.

Julia piensa en lo bien que encaja esa teoría con Cestero y ella.

—Yo prefiero el té, pero si un día tengo que tomar café no me pasa nada —reconoce la agente.

Iñaki se ha girado hacia la ventana para disimular sus lágrimas.

—Todavía no me creo que estemos viviendo esta pesadilla —confiesa siguiendo con la mirada un velero blanco que se dirige hacia mar abierto—. Estaba tan ilusionada…. No me oirás reconocer esto delante de mi madre, pero mi padre y ella no se portaron bien con Teresa. Les sentó fatal que decidiera casarse con Alejandro. Se lo tomaron como algo personal. La niña rebelde que después de pasar unos años cuidando de los pobres de la India decide seguir llevando la contraria a sus padres… —Saca una cajetilla de tabaco del bolsillo y se lleva un cigarrillo a los labios. Ofrece uno a Julia, pero ella lo rechaza con un gesto—. Pues yo tampoco, venga —decide devolviendo el suyo al paquete—. En realidad, debería dejarlo. De hecho, lo había dejado, pero…

La ertzaina aguarda a que reanude la narración que el tabaco ha interrumpido. Iñaki, en cambio, se limita a seguir navegando en silencio a bordo de aquel velero que la distancia comienza a desdibujar.

—¿A qué te refieres? ¿Cómo reaccionaron tus padres? —plantea finalmente. Conoce la versión de Alejandro, su viudo, y tiene curiosidad por saber cómo se vivió aquello desde este lado.

El naviero se gira hacia ella. Las lágrimas otorgan un brillo especial a sus ojos marrones.

—La apartaron. Para mí fue desagradable. De repente me vi de director absoluto de la compañía mientras mi hermana era relegada a la nada. Y no porque no fuera válida para la gestión del negocio, sino porque no había obedecido las normas no escritas que rigen una familia como la nuestra. Qué mayor muestra de liderazgo que la suya: impuso su criterio sin doblegarse, sacó su carácter… Yo, sin embargo, no supe ponerme de su lado. Traté de mantenerme neutral, aunque ahora comprendo que mi silencio dio alas realmente a la intransigencia de mis padres. Le fallé. —Iñaki se seca las lágrimas—. Perdona. No sé por qué te cuento todo esto…

—Ahora era diferente, ¿verdad? Ella iba a dirigir la mina.

—Supongo que el tiempo lo cura todo. Tardaron en verlo, pero acabaron por comprender que Alejandro era la mejor pareja posible para Teresa. ¿Lo conoces?

—Estuve hablando con él, sí.

—¿Y qué te pareció?

Julia se encoge de hombros. El pescador pudo parecerle muchas cosas, pero quiere oírlas de labios de Iñaki.

—A mí me parece un buen tipo y no hay duda de que mantenía a mi hermana con los pies en la tierra. Ella era demasiado soñadora, necesitaba alguien como él —reconoce el empresario—. Creo que me entenderás si te digo que Teresa era de café y fue Alejandro quien la arrastró al té.

—¿Todavía estáis aquí? ¿A qué esperas para mostrarle el anónimo? —Es Mari Carmen. Huele a café.

Su hijo se disculpa e invita a Julia a seguirlos por unas escaleras de madera lustradas a conciencia.

La puerta del despacho de Teresa se encuentra abierta. Ocupa un espacio menor que la oficina de su hermano, pero cuenta con abundante claridad natural. Se cuela por las ventanas laterales y la claraboya que se abre en el techo abuhardillado.

—Todavía tenía que hacerlo suyo —indica Iñaki arrugando la nariz—. Los pintores terminaron la semana pasada.

Una lámina de gran formato, apoyada en una esquina a la espera de que alguien la cuelgue para presidir la estancia, muestra la cueva de la Magdalena. Unos caprichosos jirones de niebla bailan ante ella y realzan el verde intenso de la vegetación que la rodea.

No hay mucho más. Solo una estantería vacía y una mesa de trabajo cubierta en gran parte por una alfombrilla decorada por un mapamundi. Las pequeñas pegatinas redondas que marcan los países visitados por Teresa se agolpan especialmente en el Sudeste Asiático y América Central.

Mari Carmen suspira mientras se acerca a la mesa y levanta el mapa.

—Aquí está.

Es un folio, un simple folio oculto bajo el cartapacio.

El mensaje está impreso en letras grandes que ocupan buena parte del papel.

SI ABRES LA MINA,
LO PAGARÁS CARO.

La mujer se dispone a cogerlo.

—No lo toque —advierte Julia.

—Demasiado tarde —indica Iñaki—. Cuando lo ha encontrado ha venido a mostrármelo. Ya le he dicho que no debería haberlo tocado. Ahora tus huellas estarán por todo el papel, ama.

Mari Carmen le replica secamente.

—Las huellas no se marcan en el papel.

Julia no le corrige. No está allí para enseñar ciencia forense a esa mujer. En su lugar, observa que el anónimo conserva las marcas de haber estado doblado en cuatro partes. Es probable que Teresa lo recibiera en cualquier otro lugar y lo llevara al despacho guardado en el bolso.

—La han matado esos desgraciados —interviene Mari Carmen mientras la ertzaina introduce el papel en una bolsa de pruebas.

—¿A quién se refiere?

—A quienes se oponen a la mina.

Su hijo asiente con gesto sombrío.

—La asesinaron allí, el día en que vestíamos de largo el proyecto ante la prensa y en una sima cuya leyenda negra iba a amplificar la noticia de su muerte. No puede tratarse de una casualidad. Querían que pareciera un suicidio alentado por esa absurda leyenda de Alma Negra.

Julia no quiere proyectar la sombra del suicidio de su madre sobre este caso, pero está de acuerdo en que el asesino de Teresa quería que creyeran que ella había provocado su propia muerte.

—Tengo la sensación de que el rechazo a la reapertura es mayoritario en los Montes de Hierro. ¿Me equivoco?

Iñaki la observa unos instantes en silencio. Después niega con la cabeza.

—Los que hacen ruido siempre parecen más. —Su propia argumentación no parece convencerlo—. Es cierto que prevalece una opinión general contraria a la mina, pero es porque no se nos ha dado la ocasión de explicar en detalle el proyecto. Me consta que es precisamente lo que estaba tratando de hacer mi hermana. La rueda de prensa era solo el primer paso. Tenía previstos encuentros con los vecinos en Galdames, La Arboleda, Gallarta… Iba a visitar todos los pueblos de la cuenca minera, vaya.

Su madre clava el dedo en la mesa.

—La reapertura no traerá consigo el cataclismo ecológico que cuatro alborotadores están cantando a los cuatro vientos. Ni vamos a arrasar los montes ni vamos a generar empleos precarios. Y todo eso de los lodos tóxicos también es falso. No vamos a verterlos al mar hasta haberlos depurado por completo. Nuestra mina solo proporcionará riqueza a una zona deprimida. Deberían estar agradecidos en lugar de extender bulos sobre maldiciones y almas en pena.

—Tampoco ayuda el escándalo que están montando los suecos —añade su hijo.

—¡Esa gente no supo perder! Todo lo que alegan es mentira —interviene Mari Carmen.

—Es evidente que los estudios que hemos realizado enfocan a lo mismo propuesto por Molibden Resources —aclara Iñaki dirigiéndose a Julia—. No existe otra opción. Las salas más bajas de La Orconera están inundadas, igual que los pozos cercanos a La Arboleda. Allí no hay nada que hacer sin una inversión difícil de rentabilizar. Retomar los trabajos en las minas Pepita y Elvira, atacando desde la cueva de la Magdalena, es la única opción viable. El agua solo cubre algunas galerías secundarias y bombearla al mar no requerirá más de unos meses. Después retomaremos la explotación como si no la hubiéramos abandonado nunca. Es brillante, pero no hace falta ser sueco para darse cuenta de ello.

Julia le muestra la bolsa donde ha introducido el anónimo.

—¿Por qué creen que Teresa les ocultó que lo había recibido?

Iñaki aprieta los labios y niega con la cabeza.

—Quizá no quiso darle importancia —plantea.

—Pero lo guardó —dice Julia señalando el mapamundi—. Eso nos cuenta que cierta importancia le dio.

El naviero asiente, pensativo.

—No sé. La verdad es que no me lo explico. Quizá temiera que si lo hablaba con nosotros pensáramos que la tarea de dirigir la mina le quedaba grande.

—Era muy orgullosa —resume su madre.

—¿Y la policía? ¿Por qué no acudir a nosotros? Hubiéramos tomado medidas.

El comentario de la ertzaina despierta el genio de Mari Carmen, que clava en ella una mirada furiosa.

—¿Medidas? ¿Como las que estáis tomando ahora? —escupe lentamente—. ¿Qué habéis hecho? ¿Dónde están las detenciones? Los días pasan y quien arrojó a mi hija a esa sima sigue en libertad.

Julia se limita a esbozar una sonrisa de compromiso mientras dedica una última mirada al anónimo.

Vecinos de la zona y un grupo inversor del norte de Europa, dos enemigos muy diferentes para un proyecto cuya cabeza visible ha sido asesinada.

—¿Necesitas llevarte algo más? —pregunta Iñaki mostrándole la caja donde la matriarca ha guardado las últimas pertenencias de su hermana.

Julia se asoma a ellas. Una grapadora, una taladradora de papel, bolígrafos, lápices… A simple vista no parece que haya nada que le pueda servir.

—Un momento. Esta foto de mis nietos me la quedo yo. —Se adelanta Mari Carmen para salvar un pequeño marco de madera de la maraña de objetos. Su voz, tan fría durante toda la conversación, se ha templado al referirse a los niños. También la expresión de su rostro se permite ahora un rictus de tristeza—. La tomó mi marido días antes de saber que estaba enfermo. Es terrible lo mucho que nos ha cambiado la vida en tan poco tiempo. De ser una familia feliz a estar completamente rotos. —La mujer observa a Julia. Sus ojos se ven cansados, llorosos. De pronto su mano derecha se estira y busca apoyo en el brazo de la ertzaina—. Detened a quien me ha robado a mi niña, por favor. Estos pequeños merecen que se haga justicia.

Julia asiente mientras traga saliva. Lo necesita para abrir paso a las palabras que trata de hilvanar su garganta y con las que le asegura que van a detener al asesino de su hija.

—No tenga ninguna duda.

22

Domingo, 20 de febrero de 2022

—Es por allí —indica Aitor en cuanto ponen un pie en la plaza de La Arboleda.

Madrazo le sigue. Se dirigen al domicilio de Ángel, el curandero al que señaló Evaristo.

Conforme suben hacia la iglesia, los pasos de ambos ertzainas van dejando atrás diferentes filas de viejas viviendas mineras. Se trata de construcciones humildes, arregladas algunas durante los últimos años, aunque sin grandes pretensiones.

El quiosco de música, ese que cuando las minas estaban a pleno rendimiento acogía conciertos cada fin de semana, es la primera cita de los agentes con el miedo. Una imagen de la Virgen de la Magdalena pende de su sencilla cubierta a cuatro aguas.

—Parece que no es la única —observa Aitor.

La plaza está vigilada por numerosas imágenes de la patrona de la zona. Cuelgan de balcones, puertas, se asoman a las ventanas… Las estampitas que repartía la gitana también están por todas partes. Apenas han pasado veinticuatro horas desde la última visita de los ertzainas, pero los blasones protectores se han multiplicado. Y también ha ganado fuerza el movimiento contrario a la mina, o al menos eso cuentan las abundantes pancartas que penden de las fachadas.

Están a punto de llegar al extremo más alto de esa plaza en pendiente cuando pasan junto a una carnicería, hoy cerrada, que anuncia las mejores morcillas de la comarca. No son ellas quienes llaman la atención de los ertzainas, sino las imágenes de la santa que forran por completo la puerta. Están impresas en blanco y negro. Parece que la calidad no es un problema cuando no se trata de decoración sino de protección.

Unos metros más allá dos ancianos están sentados en un banco.

—Qué bien estáis ahí... —los saluda una chica que pasa con un pan bajo el brazo.

—Mejor estaríamos con unos años menos —contesta uno de ellos.

—Venga, hombre... Ya quisiera yo llegar así a vuestra edad... —La joven se detiene junto a ellos—. ¿Os habéis enterado de lo que sucedió en la misa?

—Como para no enterarnos. Nadie habla de otra cosa. Hacía mucho tiempo que la muchacha de los cascabeles no se aparecía.

—Mala señal —admite su amigo.

—En menudo lío nos han metido con eso de reabrir la mina —lamenta la chica mientras se enciende un cigarrillo—. ¿Habéis oído esta noche a Alma Negra?

—Yo no —reconoce uno de los ancianos—. Mi señora ronca como las trompetas del apocalipsis. ¿Cómo pretendes que oiga nada?

El otro se da unos toques en el audífono.

—Yo en cuanto me quito esto...

—Mejor para vosotros —asevera la chica después de una larga calada—. Dicen que esta noche ha sido horrible. Por lo visto parece el aullido de un lobo triste.

—Pues según Mentxu, la de los quesos, era como el llanto de un bebé —aclara uno de los jubilados.

—Pero uno constipado —corrige el otro—. Ha dicho un bebé constipado.

—Mentxu lo habrá oído... Allí abajo, junto al lago, se oye todo —apunta la joven.

Aitor se gira hacia Madrazo y niega con la cabeza. Ha pasado nueve horas junto al pueblo y allí no ha habido más sonido que las campanas de la iglesia y los himnos religiosos de la patrulla vecinal a la que ha tratado de mandar a casa.

—Y espérate a que abran la mina… —sentencia uno de los ancianos—. Que la Magdalena nos asista.

—Es pura sugestión —indica Madrazo en cuanto se alejan—. De todos modos, seguiremos con nuestros turnos de vigilancia. Hoy me quedaré yo.

La escasa vitalidad del pueblo se esfuma en cuanto doblan una esquina. No se ve un alma en esa calle secundaria, aunque la ropa tendida y algunas ventanas abiertas delatan que hay vida en esas casas de porte humilde.

—Aquí es —indica Aitor deteniéndose ante una de las viviendas más precarias de la calle. Es de madera, pintada en un vibrante color rojo y con las ventanas de un tono verde que casa bien, no solo con el edificio, sino también con los muchos tiestos de igual color que penden de ellas.

Madrazo pulsa el timbre.

—Esto no funciona —comenta antes de llamar con los nudillos.

No hay respuesta.

Aitor se acerca a una de las ventanas. Está sucia, cubierta de polvo. Uno de los cristales se ve roto, reparado de forma tosca con silicona.

—Tiene que ser aquí. Hay hierbas extendidas secándose —anuncia asomándose al interior.

—¿Qué estáis haciendo ahí? —La voz les hace dar un respingo—. ¿Me vais a obligar a llamar a la policía?

El oficial se gira hacia atrás. No hay nadie. Después repara en unas sábanas que se mueven algo más arriba. Hay un hombre tendiéndolas. Es él, vecino del primer piso del otro lado de la calle, quien les ha llamado la atención.

—Somos ertzainas. Estamos buscando a Ángel… —Madrazo se detiene para buscar su apellido en la libreta.

—Angelillo, el de las hierbas —se adelanta el vecino. Parece que todos lo conocen por el mismo nombre—. ¿Qué ha hecho?

Ambos policías intercambian una mirada. La frase ha sonado incompleta, como si faltara un «esta vez».

—¿No vive aquí? —pregunta Aitor dando unos golpecitos con las uñas en el marco de la ventana.

Mientras aguarda su respuesta, una pinza cae en la bota de Madrazo. No es la única. Hay alguna más por el suelo. Parece que el hombre no es muy hábil con eso de tender la ropa.

El oficial se agacha a recogerla.

—No se preocupe. Luego bajo a por ellas. La mina me regaló este reuma. Ya ven qué dedos. Bastante hago —lamenta mostrándoles las manos. Después niega con la cabeza—. Angelillo ya no vive ahí. Ahora es solo el lugar donde prepara sus potingues. Él se mudó.

Aitor mira a Madrazo con gesto de fastidio.

Van a tener que comenzar de cero.

—¿No sabrá su nueva dirección?

El vecino señala el edificio aledaño al taller del curandero: una vivienda alicatada con azulejos que imitan a piedra.

—Ahí mismo. —El hombre baja la voz hasta resultar prácticamente inaudible—. Y mejor no pregunten cómo consiguió que la pobre Margarita le dejara su casa, porque ese será siempre el enigma de esta calle. Ella era una viuda que no se llevaba bien con nadie. Yo diría que tampoco con Angelillo, pero vaya, algo habría cuando lo convirtió en heredero universal. Le prometería alguna curación milagrosa, la vida eterna… Cualquier cosa con tal de que firmara.

Madrazo se dirige a la puerta y pulsa el timbre. Este sí funciona, aunque pasan los segundos y nadie abre.

—A esta hora estará en el monte. Sube a por sus hierbas —anuncia el vecino mientras las pinzas continúan atacando a los policías.

—¿Va todas las mañanas?

El hombre está tendiendo ahora una toalla tan raída que se diría que ya era suya cuando trabajaba en la mina.

—Yo diría que sí. Lo veo venir con plantas un día sí y otro también.

Madrazo comprende que coincide con lo señalado por Evaristo.

—¿No sabrá usted dónde las recoge?

—Eso pregúntenselo a él. Serán secretos de brujo —sugiere con una mueca burlona—. Aunque sé que la cueva de la Magdalena es uno de sus lugares preferidos. Algo suele mencionar de energías y chorradas de esas. —La voz del señor vuelve a convertirse en poco más que un susurro para añadir algo—. Lo de esa chica que murió el otro día no es nuevo. Hace tiempo se suicidó allí un pobre diablo. Alma Negra lo llaman, y hay quien dice que su espíritu vaga por la cueva. Angelillo cree que eso alimenta las hierbas con poderes sobrenaturales. Ya me dirán qué lógica tiene algo así. Charlatanería y ganas de perder el tiempo.

—¿Lo encontraremos allí arriba, entonces?

El anciano se encoge de hombros.

—¿Por qué no preguntan a su hermana? Ella sabrá dónde se mete. Es guía en la ferrería de El Pobal, no les costará dar con ella.

—El vecino está recogiendo sus trastos. Ha terminado con la ropa. Y por la cantidad de pinzas en el suelo se diría que también con ellas.

—Por cierto, ¿no habrá oído usted algo esta noche? —plantea el oficial.

El tipo arruga el ceño. No entiende a qué se refiere.

—Hay vecinos que aseguran haber oído lamentos en mitad de la noche —indica Aitor.

—Vamos, hombre… ¿Ya están a vueltas con Alma Negra? —El anciano niega con la cabeza antes de perderse en el interior de su casa—. ¿Cuántos años tienen? ¿De verdad creen en esos cuentos chinos?

23

Domingo, 20 de febrero de 2022

El hombre que se acerca a atenderla lleva una camiseta de camuflaje y la expresión afable de quien disfruta de un trabajo vinculado a la naturaleza. Su tono de voz es sereno, contagiado quizá por tantas horas mimetizándose con el entorno para identificar y anillar las aves que recalan en las marismas que rodean el Bird Center de Urdaibai.

Cestero no se ha presentado como ertzaina. El trayecto en coche le ha permitido construirse un nuevo personaje, aunque lo cierto es que el ornitólogo no le ha pedido explicación alguna. Debe de haber interpretado su interés como algo relacionado con la observación de las aves, un alma gemela.

—La cámara de Muskiz… —comenta, pensativo—. ¿Cuál de ellas? ¿La de las golondrinas o la del águila pescadora?

Cestero se encoge de hombros antes de explicarle que se trata de una que parece grabar un puente.

—Esa es la de las golondrinas —aclara el hombre—. La instalamos el año pasado. Hay una pequeña colonia que anida en las vigas del puente y estamos haciéndoles seguimiento. Por un lado, aprendemos sobre las costumbres de esta especie que se encuentra en regresión en nuestra costa y por otro colaboramos con los entes locales que están trabajando en la recuperación de los valores naturales de la ría de Muskiz. No hace tanto que aquello era un hermoso estuario, rebosante de vida. Lástima que desecaran las marismas para levantar la refinería.

—¿Cuántos días se guardan las grabaciones? —pregunta Cestero. Han pasado ya tres desde el supuesto asesinato y teme que las imágenes hayan sido borradas.

—Muchos. Tendremos almacenado el último año, más o menos. En realidad, no necesitabas venir para esto. Lo tienes en internet. Mira —dice el ornitólogo mientras abre YouTube y busca la página del Bird Center. La pantalla muestra decenas de vídeos disponibles. Los primeros cuentan con una señal de color rojo que indica que se trata de emisiones en directo—. Es este de aquí. ¿Ves? Tienes las doce últimas horas en la web.

—¿Podríamos verlo?

—Sí, aunque ahora no apreciarás nada interesante. En invierno las golondrinas se encuentran en África. Como mucho se colará en pantalla algún que otro gorrión. A veces ocupan los nidos y cuando las propietarias vuelven de su migración se ven obligadas a comenzar desde cero. —El hombre se gira hacia Cestero con una mueca divertida—. Como los humanos... Llegas a tu casa de veraneo y te la encuentras ocupada. Al final somos más parecidos a los animales de lo que creemos...

Una leve sonrisa se dibuja en los labios de Cestero al reconocer algo que se cuela en el extremo superior de la imagen. Se trata, efectivamente, de la casa de Begoña. Su inconfundible tono mostaza flota sobre el río y brinda una nota de color a un mundo tristón.

—¿Siempre es el mismo encuadre? —pregunta con la esperanza de que en algún momento se vean las ventanas del piso inferior. Esas tras las que murió la madre de Julia.

—Siempre el mismo. Un plano fijo de esos seis nidos. El año pasado nacieron más de veinte golondrinas. No todas sobrevivieron, pero no es un mal número. —El ornitólogo se pierde en una serie de explicaciones entusiastas sobre las perspectivas de recuperación de la especie en la costa cantábrica. Cestero, en cambio, recibe la información como un jarro de agua fría. Lo que hace unos instantes parecía un avance considerable acaba de quedar en agua de borrajas. Solo aparece en pantalla la zona más baja de la fachada posterior. Ni rastro de las ventanas que podrían satisfacer su curiosidad.

—¿Cómo se pueden consultar las grabaciones que ya no están disponibles online? La de hace una semana, por ejemplo.

El ornitólogo la interroga con la mirada.

—¿Por qué quieres verlas? ¿Eres periodista?

Cestero mordisquea el piercing de la lengua antes de contestar. Ha llegado el momento de dejar volar a su nuevo personaje.

—Qué va. Vivo cerca de ahí y llevo días sin ver a mi gato. Ya sabes cómo son los felinos. A veces se escapa a hacer sus cosas y tenía la esperanza de que la cámara lo hubiera captado paseándose por los tejados o molestando en alguno de los nidos...

El hombre esboza una mueca de fastidio al escuchar que quizá haya atacado a sus queridos gorriones.

—Pues espero que los haya dejado tranquilos... De todos modos, aunque hubiese pasado horas atrás frente a la cámara, vete a saber dónde se ha metido ahora...

—Ya... —admite Ane con fingida preocupación—. Pero al menos sabré que está bien y tendré una pista de la dirección que tomó.

La mano del ornitólogo arrastra el ratón por la mesa para cerrar internet y abrir el vídeo archivado.

—¿Cuándo se escapó?

—El jueves. Alrededor de la hora de comer, más o menos.

El hombre mueve el cursor hasta que el reloj sobreimpreso en la imagen muestra las doce y cuarto del día de la muerte de Begoña. Ahí están los nidos vacíos y ese pedacito inferior de la casa.

—Ya ves, justo lo que te explicaba... Qué gracioso. ¿Ves el gorrión? Acaba de meterse en ese nido. Es una hembra. Pues como le haya gustado ya no la sacan de ahí. ¡Una okupa! Menudo disgusto se va a llevar la parejita de golondrinas. Tendrán que construir una nueva casa para sus crías.

—Qué graciosa —comenta Cestero exagerando su interés—. ¿Podemos avanzar un poco?

El ornitólogo mueve levemente el cursor, arrastra la línea del tiempo unos milímetros más allá.

—Ay, mírala, ha cambiado de nido. Qué tía... Los está probando todos... Perdona, que te estoy entreteniendo y tú lo que quieres es ver a tu gato —recuerda antes de consultar su reloj de muñeca—. Lo siento, pero voy a tener que dejarte. Tengo que atender una videoconferencia con escolares. Si quieres puedes quedarte. Ya has visto cómo se maneja esto. Es muy fácil.

Cestero le da las gracias mientras se hace con el ratón. Mientras el naturalista se dirige a otro ordenador, ella mueve el cursor hasta el momento que le interesa.

Son las tres de la tarde del día del asesinato. La marea se aprecia ahora más baja y ha aparecido un cormorán que seca sus alas sobre un poste cercano a los nidos. Por lo demás no hay grandes cambios. Algo más de luz natural, quizá.

—Más rápido —sisea la investigadora mientras acelera la velocidad de reproducción hasta que los movimientos de los gorriones y de una gaviota que se acerca a curiosear son apenas unos destellos fugaces en la pantalla.

En solo un par de minutos el cormorán ha tenido tiempo de zambullirse en la ría, regresar con la barriga llena de pescado y volver a extender sus alas al aire. Y así en dos ocasiones.

Cestero se aproxima al monitor. Ha percibido movimiento junto a la casa de la madre de Julia.

Son las cuatro y tres minutos de la tarde.

El corazón de la investigadora late con fuerza. Sabe que esa mujer que corre por la orilla de la ría acaba de saltar por la ventana de la planta baja y huye de la escena de un crimen.

Julia dijo que eran alrededor de las cuatro de la tarde cuando se presentó en esa casa con la esperanza de conocer a su madre biológica.

Las imágenes que tiene delante confirman que su muerte no fue un suicidio. Había alguien con ella cuando murió. Alguien que lo dispuso todo para que un asesinato pareciera algo muy diferente. Alguien que se escapó por la ventana al oír llegar a Julia.

La mano de Cestero arrastra el cursor hacia la izquierda. Muy poco. Solo lo suficiente para que la mujer vuelva a irrumpir de nuevo en la pantalla. Quiere volver a verla, en esta ocasión a cámara lenta.

—Aquí estás —masculla congelando el vídeo cuando la ve girarse para comprobar si alguien la persigue.

Quizá la imagen no sea tan nítida como le gustaría, pero es un buen punto de partida.

Al activar la visualización a pantalla completa la calidad no mejora. La cámara está preparada para grabar con todo detalle lo que sucede en los nidos de las golondrinas. Lo que queda más allá aparece ligeramente desenfocado.

Cestero comprende que necesita llevarse una copia de esas imágenes.

Se gira hacia el ornitólogo. Se encuentra a unos escasos cinco metros, sentado delante de una pantalla que muestra un aula repleta de alumnos. Su charla aún no ha comenzado.

La investigadora no se lo piensa. Saca del bolsillo la memoria extraíble que lleva siempre colgada del llavero y se agacha disimuladamente para introducirla en la ranura del ordenador.

—¿Todo bien por ahí? —pregunta el naturalista girándose hacia ella.

La investigadora contiene la respiración mientras esboza una sonrisa.

—Todo en orden, sí.

—¿Has encontrado a tu gato?

Ane chasquea el piercing contra los dientes al verlo apoyarse en los brazos de la silla para levantarse. Parece decidido a acercarse a ayudarla.

—No ha habido suerte por el momento. Se escaparía hacia otro lado. Quizá a casa de mi exnovio, que siempre le abre una lata de sardinas —responde ella precipitadamente.

El ornitólogo continúa poniéndose en pie. Desde su posición no puede ver la pantalla de Ane, pero en cuanto dé el primer paso tendrá a la vista la imagen congelada de una mujer que huye. Afortunadamente, el saludo de una profesora a través de los altavoces devuelve su atención a la videoconferencia.

—¿Qué tal? ¿Cómo estáis por ahí? ¿Os gustan las aves? —pregunta el ornitólogo acercándose al micrófono.

Mientras las voces desordenadas de una veintena de alumnos de primaria le responden, Cestero retira la memoria extraíble y la devuelve al llavero.

Premio. Ha conseguido la imagen de la asesina.

Alicia ha descubierto mi secreto. Nuestro secreto.

Hoy he salido por primera vez desde que empezó esta nueva vida. Al terminar nuestro turno en el lavadero, hemos bajado todas juntas hasta el viejo matadero de Gallarta, donde había un concierto de Eskorbuto.

He visto el infierno allí...

Algunas de mis compañeras se inyectaban droga. Heroína. Me han ofrecido probar, pero Alicia me ha apartado de ellas. Me protege como una hermana mayor, como no lo hizo mi madre. Tampoco ella ha tenido una vida sencilla. Su marido murió en la mina y quedó viuda con tres hijas pequeñas. Todavía espera alguna indemnización que no acaba de llegar.

Me ha enseñado dónde vivía hasta que la avaricia los echó de casa. Ahora solo hay un agujero en el lugar que no hace tanto ocupaba su pueblo. Los dueños de la mina sacaron de sus pisos a miles de familias para excavar debajo.

Estábamos allí, observando las explosiones que no cesan ni de noche en esa boca abierta al infierno, cuando me ha preguntado por ti. Me he quedado de piedra. Dice que lo sabe desde el día en que llegué, que se ha dado cuenta de cómo se me reducían los pechos y cómo mis caderas perdían anchura. Sabe que di a luz poco antes de comenzar a trabajar con ella. Como también sabe que huyo de mi vida anterior.

No sé si ha sido culpa de los dos kalimotxos que me había bebido o de los nervios al sentirme descubierta, pero he vomitado toda la verdad.

No me arrepiento de haber bajado la guardia. Después de tantos meses viviendo entre miradas acusadoras y sintiendo el rechazo de todos a mi alrededor, Alicia no me ha juzgado. Todavía siento la calidez del abrazo con el que ha tratado de consolarme. Lo necesitaba. Necesitaba que mi dolor se perdiera también en el fondo de ese agujero que se ha tragado las lágrimas de tanta gente.

24

Domingo, 20 de febrero de 2022

La Virgen del Carmen que preside el altar recuerda el carácter marinero de la iglesia de San Jorge. No podía ser de otra manera en un templo situado a orillas del puerto de Santurtzi. ¿Cuántos pescadores se habrán encomendado a su patrona en los días de temporal? ¿Cuántas familias habrán rogado por sus favores cuando sus seres queridos tardaban en regresar de las pesquerías?

Julia se coge del brazo de su madre. Su otra madre. Porque siempre considerará como tal a esa mujer que la ha querido como solo puede hacerlo quien te ha dado la vida.

Es una sensación extraña.

Sus dos madres reunidas en un acto. La mujer a la que le fue robado su bebé y aquella a la que unas monjas decidieron entregárselo.

La primera reacción de Julia fue culpar a sus padres adoptivos. Odiarlos por lo que habían hecho. Sin embargo, enseguida comprendió que las únicas culpables eran esas mujeres que jugaban a ser Dios y determinar quién debía ver crecer a sus hijos y quién no. Se aprovechaban de la vergüenza de unas familias y de los anhelos de otras a quienes la naturaleza negaba la descendencia.

Por eso esta mañana se encuentra aquí con ella. Cuando ha sabido que los clientes de su otra madre, la que la trajo realmente al mundo, han promovido una misa en el pueblo marinero donde regentó su pescadería ha tenido claro que quería acudir con ella. Nadie más apropiada para acompañarla en un momento tan triste, nadie más indicada para compartir con ella el secreto de que, aunque demasiado tarde, logró dar con Begoña Larzabal.

Madre e hija se han colocado en una de las últimas filas. A pesar de que a Julia le correspondería ocupar el primer banco y recibir los pésames de todos los presentes, la ertzaina ha preferido el anonimato. Si Begoña quiso comenzar de nuevo como María y enterrar su pasado tras una nueva identidad, no será ella quien ahora vaya a echar por tierra los esfuerzos de toda una vida.

—Lo siento mucho, hija. Yo no quería hacerte daño —balbucea su madre abrazándola con fuerza.

Julia esconde la cara en su cuello y da libertad a las lágrimas.

—No es culpa tuya, ama —contesta con la voz partida.

La mujer le acaricia el cabello, igual que hacía cuando era solo una niña dolida por alguna discusión.

—Nosotros no sabíamos que esas monjas... —Un sollozo le impide continuar—. Nos dijeron que tus padres te habían abandonado.

Julia se aparta y la coge por los hombros. Al hacerlo siente un estremecimiento. ¿Dónde están esos brazos fuertes que la arropaban de pequeña? Por primera vez intuye que su madre es también vulnerable. El reloj es implacable, sus agujas corren demasiado en contra de quienes más quieres.

—No fue culpa vuestra —insiste obligándole a mirarla a los ojos—. Solo de esas monjas sin alma. La vida que me habéis dado ha sido la mejor que cualquiera podría soñar. Ojalá todos los niños del mundo crecieran entre tanto amor como he recibido de vosotros.

Las palabras del párroco suben de volumen. A pesar de que desliza el nombre de María cada vez que su sermón se lo permite, Julia tiene la sensación de que podría estar hablando de cualquier otro difunto. Palabras genéricas, poco comprometidas y hasta desganadas.

La ertzaina se muerde el labio. Ella también sabe muy poco sobre esa mujer que le dio la vida. ¿Cómo fue su día a día? ¿Cuáles fueron sus alegrías y sus penas? ¿A quién amó y quién la quiso? ¿Hasta qué punto pesó a lo largo de su existencia el haber sido despojada de su bebé?

Conforme lo piensa, ajena por completo a las palabras del sacerdote, siente una mano apoyándose en su hombro.

Es Cestero.

Julia se abraza a ella con fuerza.

—Gracias, Ane —dice con un nudo en la garganta—. Gracias por estar siempre ahí.

Su compañera guarda silencio mientras le acaricia la espalda. Después saca el móvil del bolsillo y le susurra al oído.

—Tienes que ver algo.

Julia señala el altar con el mentón. El sacerdote continúa con su sermón.

—¿No puedes esperar?

—Es importante —insiste Cestero.

Julia suspira.

—Ahora vengo, ama —susurra en el oído de su madre.

La mujer esboza una mueca de circunstancias. A estas alturas de la vida ha asumido que su hija nunca asistirá de buen grado a la iglesia.

La claridad del exterior obliga a Julia a entrecerrar los ojos. El aire puro, cargado de notas marinas, la reconforta fugazmente. Solo fugazmente.

—Joder, Ane. ¿A qué viene tanta prisa? Es una misa por mi madre...

Cestero no responde. Solo le muestra su móvil.

Es un vídeo.

Un puente, unos nidos... Julia reconoce esa casa que aparece en la parte alta del encuadre. A pesar de que solo se ve la parte más baja de su fachada posterior, sabe perfectamente que se trata del edificio donde vivía su madre.

—Fíjate bien. Estás a punto de ver movimiento —indica Cestero.

Apenas ha terminado de decirlo cuando una mujer irrumpe en la imagen. Julia comprende que solo ha podido salir por una de las ventanas del piso donde su madre fue asesinada. La marea baja le permite correr por el lecho del río. En un momento dado la mujer mira hacia atrás y es entonces cuando Ane congela la imagen.

—Las cuatro y tres minutos del jueves pasado —lee Julia en la pantalla—. Es la hora a la que llegué yo.

—Eso es —corrobora Cestero—. Fíjate en la actitud de la mujer. Solo tenemos cinco metros de su recorrido, pero nos brinda suficiente información. Camina deprisa, casi podríamos asegurar que corre.

—Está huyendo.

—Exacto. Y de pronto se gira para comprobar que nadie la sigue. ¿Por qué? —Una leve pausa para permitir pensar a su amiga—. Porque llegó alguien. Llegaste tú. La sorprendiste en casa y tuvo que huir por la ventana.

Julia comprende lo que eso significa. Si hubiera llegado solo unos minutos antes habría podido evitar el crimen. Pero no es momento de mirar atrás sino de dar caza a esa mujer que escapa después de simular el suicidio de Begoña.

Un tañido agudo la saca de sus pensamientos. Le sigue otro grave. La campana llora, toca a difuntos. El oficio religioso ha terminado. La puerta de la iglesia de San Jorge se abre y comienza a vomitar fieles. Mujeres en su mayoría. Algunas se llevan pañuelos a los ojos para secarse las lágrimas, otras se detienen ante el libro de condolencias o dejan sus tarjetas de visita en una bandeja dispuesta junto a la pila de agua bendita.

Julia alza levemente la mano para que su madre, su segunda madre, pueda localizarla.

—Todavía tienes que ver algo más. —Cestero arrastra dos dedos sobre la pantalla para ampliar la imagen. El rostro de la mujer, borroso, falto de definición, ocupa ahora toda la pantalla—. Aquí no se aprecia gran cosa, pero he conseguido mejorar la nitidez... ¿Qué te parece ahora?

Julia observa el fotograma y siente que le da un vuelco el corazón.

No necesita comparar a esa mujer que huye con la esquela que le entrega Cestero, esa con la que los clientes de María Mendoza convocaban a una misa por su eterno descanso. Resulta demasiado evidente que se trata de la misma persona.

—No puede ser... —masculla cuando consigue que las palabras broten de su garganta.

A su lado, Cestero asiente con gesto serio. Sí puede ser.

Su madre biológica está viva.

Ya no es una víctima a la que llorar.

Es la asesina.

25

Hay cinco coches en un aparcamiento que está completamente a oscuras, igual que el sendero empedrado que desciende hacia el fondo del valle. Una vez en él, un sencillo puente de madera lleva a Aitor a la otra orilla de un cauce que llena el ambiente de notas frescas que no se agradecen especialmente en una tarde como esta. Tras una tregua matinal que ha permitido soñar con climas de otras latitudes, ha roto a llover con fuerza.

El río que acompaña sus pasos es el Barbadún. Recoge las aguas de los diferentes arroyos que surcan la zona minera para llevarlas al mar. Aguas hechas de hierro y sudor, aguas que hoy corren limpias y acogen salmones y truchas en lugar de la escoria y los detritos que arrastraban cuando las minas funcionaban.

La puerta de la ferrería de El Pobal se encuentra entornada. Se oyen voces en el interior. Hablan de años de construcción y toneladas de producción.

Una visita guiada.

Aitor duda entre aguardar fuera a que la hermana de Ángel termine o entrar al edificio.

Es la lluvia quien decide por él y lo empuja al interior.

Ahí tiene a la guía. Viste un jubón de lana basta y se cubre la cabeza con un sombrero de fieltro que apenas le permite atisbar sus facciones.

—La visita ha comenzado hace diez minutos —le recrimina la mujer dándose unos golpecitos en el reloj. Ni siquiera se gira hacia él. Tampoco lo invita a unirse al resto del grupo. Tras ese puñado de palabras lo ignora y nada más.

Algunos de los visitantes, hombres y mujeres de mediana edad, observan a Aitor con incomodidad. No hay reproche en sus miradas, solo vergüenza ajena.

Él recula hacia las sombras de la entrada y se dispone a esperar. La visita no durará para siempre.

—Os decía que esta ferrería y otras como ella fueron el motor de este valle. Aquí arrancó la gran epopeya del hierro vasco. Siglos de bonanza económica que, sin embargo, algunos se empeñaron en acelerar. La avaricia, como siempre. Era el siglo veinte… Maquinaria, inmigración desde zonas rurales, mano de obra barata… Destruyeron la vida de varias generaciones que se consumieron en la miseria, la contaminación y el ruido solo para llenar aún más los bolsillos de otros.

Mientras habla, la guía se dedica a girar una larga barra de hierro en unas brasas que un fuelle gigantesco mantiene encendidas. Y entonces Aitor repara en su rostro por primera vez. La ha visto antes, hace solo unas horas, cuando portaba la lámpara de carburo en la noche de La Arboleda. Es Maite. Las formas redondeadas de su cara le otorgan un aspecto afable que sus ojos desmienten. Son duros, fríos, enmarcados por profundas ojeras fruto de la noche en vela. Tal vez sea por ellas o quizá por algún otro estrago de la vida, pero el ertzaina tiene la impresión de que aparenta más años de los que tendrá. Probablemente no alcance los cincuenta, a pesar de que cualquiera le calcularía varios más.

—También trajo dinero —interviene uno de los asistentes—. ¿Qué sería del Bilbao que conocemos hoy sin el metal que se extrajo de estos montes?

Maite lo observa seria. Muy seria. Sus labios se arrugan mientras prepara su respuesta. A su espalda, el fuelle respira como un gigantesco dragón medieval.

—¿Dinero? Sí, pero ¿a qué precio? —replica en tono gélido. No hay rastro de amabilidad en su voz. Tampoco en su gesto. No le ha gustado que alguien discuta sus argumentos—. Los Montes de Hierro se convirtieron en un lugar espantoso. La mina solo trajo dolor a estas tierras. Fue la sangre de nuestros padres y abuelos la que regó la prosperidad de la margen derecha del Nervión, mientras que aquí no dejó nada más que pobreza. Porque hasta la Gran Vía bilbaína o las mansiones de Neguri no llegaba el olor a podredumbre y contaminación. No, allí todo eran celebraciones y perfumes caros. ¿Cuánta gente murió cavando las galerías kilométricas que surcan nuestros montes? ¿Cuántas vidas se malgastaron para hacer ricos a unos pocos que ni siquiera se pasaban por aquí? —Una pausa en sus palabras permite al dragón adueñarse del protagonismo. Está despertando—. Y ahora pretenden devolvernos a esos tiempos infames. Por eso han regresado las viejas maldiciones.

El dragón, de nuevo el dragón. Un sinfín de chispas danza sobre el horno con cada una de sus exhalaciones.

—¿De qué maldiciones habla? —pregunta una de las visitantes.

Maite extrae la barra de hierro y la observa. Su punta está al rojo vivo. Sin embargo, decide que aún no es suficiente y vuelve a introducirla entre las brasas. Ahora sí, se gira hacia la mujer y asiente con gravedad.

—Supongo que habéis visto en las noticias lo sucedido en la cueva de la Magdalena, la mujer asesinada. ¿No creeréis que algo así es fruto de la casualidad? —La guía recorre a los asistentes con la mirada. Ninguno se atreve a contestar. Están deseando saber cómo continúa la historia. O quizá teman que el dragón decida calcinarlos con su aliento si osan abrir la boca—. ¿Sabéis por qué se construyó esa ermita en la gruta? —Algunas cabezas se mueven de un lado a otro en señal de negación. Aitor se descubre conteniendo la respiración. Es evidente que Maite no tiene rival como narradora—. Subid hasta allí un día de niebla. Subid y escuchad.

¿No lo habéis visto en la tele? Sucedió durante la primera misa de la novena. ¡Los cascabeles del espíritu danzante! Y hay quien la ha visto en la boca de la cueva. Dicen que es una mujer hermosa y etérea: un alma errante. No es la primera vez que sucede, pero hacía tiempo que no se aparecía.

—¿De quién se trata? —pregunta una mujer.

—Es una joven que intentó suicidarse saltando al vacío en aquel lugar —explica Maite antes de adentrarse en todo tipo de detalles sobre la leyenda—. También ha regresado Alma Negra. Sus lamentos no nos dejan dormir por las noches.

—¿Y ese quién es? ¿Otro fantasma? —plantea otro de los visitantes.

Maite no responde de inmediato. No le ha gustado el tono de sorna con el que ha realizado la pregunta. Su mano tira de un pasador que detiene el fuelle y regala un silencio sepulcral al interior de la ferrería. El runrún amable del río Barbadún se cuela a través de la puerta. Huele a hierro candente, a óxido. Y también a carbón y a la humedad de unas paredes expuestas a la dura climatología de los valles cantábricos desde hace cientos de años.

—Alma Negra es la verdadera sombra de estos montes. Y ahora los Echegaray lo han despertado. —Las manos enguantadas de Maite se hacen con la barra candente y la portan hasta el yunque. El enorme martillo empieza a hacer su trabajo. Golpe tras golpe aplana el hierro como si se tratara de mera plastilina. El olor dulzón del metal se vuelve protagonista único—. En realidad, ese suicida maldito nunca se fue del todo. Su espíritu vaga en pena por las tinieblas de la cueva de la Magdalena. Los mineros que trabajaron en ella oían sus lamentos en las galerías. Se llevó las almas de muchos allí dentro, su maldición está detrás de las muertes que se cobró la mina. Por eso debemos evitar la reapertura. Tenemos que impedir que la desdicha vuelva a apoderarse de estas tierras. La mujer muerta en la sima es solo el primer aviso, pero Alma Negra no cesará. Quiere vivir solo ahí arriba. Solo con su dolor y con su corazón de hierro... —La guía recorre a todos con la mirada. Lentamente, muy lentamente. Después detiene el martillo pilón y el único sonido vuelve a llegar del cauce cercano. Su siguiente aseveración resuena así con toda la fuerza del mundo—. O ponemos freno a la codicia de los Echegaray o nos arrepentiremos.

Nadie abre la boca mientras Maite les muestra el resultado del trabajo de la ferrería. La barra de hierro ha quedado tan plana como una moneda de cinco céntimos. Después les da las gracias por la visita y cuelga el sombrero en un clavo que asoma de la pared.

Mientras los visitantes abandonan la ferrería, Aitor da un paso al frente y emerge de las sombras. Sabe que no es necesario mostrarle su identificación policial.

—Buenas tardes, Maite.

La mujer lo observa sorprendida. En realidad, el ertzaina lee algo más en sus ojos negros. Son muchos años tomando declaración a testigos y sospechosos como para saber que eso que la ha obligado a retirar la mirada ha sido una sombra de preocupación.

—Buenas tardes, agente…

—Agente Goenaga. Unidad de Homicidios de Impacto. Muy lograda su explicación, aunque no creo que asegurar que Alma Negra ha regresado sea un relato histórico precisamente…

—¿Y qué pretende que diga? ¿Acaso no es lo que está sucediendo? —replica la guía mientras abre el cuadro eléctrico para apagar las luces—. Dani, vámonos, anda.

Una figura en la que Aitor no había reparado se levanta de una mesa sobre la que quedan desperdigados diferentes instrumentos de marquetería. Es un joven de alrededor de veinte años que camina hacia la puerta con una cojera evidente.

—Ay, mi niño. Qué bonito eso que has hecho. —Maite emplea un tono infantil para dirigirse a él, tan cargado de calidez que contrasta con todo lo que le ha escuchado Aitor hasta ahora.

—Otro caballo —dice el muchacho acariciándole la cabecita de madera. Después rompe a aplaudir sin aparente motivo—. ¡Un caballo! ¡Es un caballo!

Aitor observa que el animal está muy bien hecho. Los detalles de su musculatura y hasta las crines parecen reales.

—Es precioso —insiste su madre acompañándolo a la puerta.

—Maite, no es mi intención robarle tiempo —explica el ertzaina—. Estamos tratando de localizar a su hermano, Ángel. Quizá pueda ayudarme.

La mano que la guía ha apoyado en la espalda de su hijo se crispa. La expresión de su rostro también queda congelada. Son solo unos instantes, pero suficientes para que Aitor ratifique su primera impresión. Está incómoda, es evidente. Y ahora todavía más.

—¿Por qué lo buscan? Él no ha hecho nada.

—¡El tío Ángel! —exclama el joven con entusiasmo.

Aitor aguarda a que cesen los aplausos antes de insistir.

—¿Sabe dónde podemos localizarlo? Quizá pueda facilitarme su número de teléfono.

Una sonrisa en la que se adivina un cierto aire de superioridad se asoma a los labios de Maite.

—Mi hermano no tiene móvil. Nada es más importante para él que la salud. Alguien que tiene el don de curar a través de remedios ancestrales no puede vivir sometido a semejante bombardeo de ondas perniciosas. ¿Qué pretende, que las plantas que recoge con tanto mimo pierdan sus poderes sanadores? —Ahora sí, la mujer pulsa el interruptor y las dos únicas bombillas se apagan. Queda el resplandor que brindan las brasas y la leve luz de luna que se cuela a través de la puerta abierta—. Vamos saliendo, si no le importa. Tengo que cerrar. Vamos, Dani, cariño.

Aitor aguarda en el exterior a que Maite cierre la puerta con llave. A su lado el joven continúa acariciando su caballo de madera.

—¿Va a ayudarme a encontrar a su hermano? Solo queremos hacerle algunas preguntas en el curso normal de una investigación.

—¿De qué lo acusáis? —inquiere la guía guardando las llaves.

—Debemos hablar con él. Eso es todo.

Maite coge la mano de su hijo.

—Mi hermano no tiene nada que ver con la muerte de Teresa. No hace falta que le molestéis. Ya respondo yo. —La mujer lo observa con los ojos inyectados de rabia—. ¿Quién os ha hablado de él? ¿Quién le ha echado mierda encima? Porque si ha sido

Evaristo, el primero que tiene cosas que callar es él. Lo que pretende es que no busquéis donde realmente deberíais hacerlo. ¿Acaso él, que vive a cien metros de la mina, no es el principal sospechoso de haber matado a esa pobre chica?

Aitor respira hondo. Ya están aquí las rencillas personales.

—Por favor, Maite... Necesito ver a su hermano.

—¡Con quien tenéis que hablar es con esa alimaña que se cree que la cueva es suya! —exclama ella fuera de sí—. Evaristo es Alma Negra. No, ¡su padre es Alma Negra! —corrige escupiendo al suelo para maldecirlos—. Ese viejo era capataz en la mina. Un sucio negrero. Un traidor a los suyos. Obligaba a los hombres a acceder a galerías en mal estado con tal de obtener unas migajas más de hierro. Cuando les tocaba como jefe de turno acudían aterrorizados a trabajar... Si Ángel y yo crecimos huérfanos es por su culpa. Ese monstruo podrá contar que quedó postrado en silla de ruedas por aquel derrumbe, pero nuestro padre murió en el mismo accidente. Él y cuatro mineros más a los que ese sádico arrastró con amenazas a aquel túnel que apenas se sostenía en pie. —La oscuridad impide a Aitor ver la expresión de Maite, pero no le cuesta imaginarla crispada—. Y ese viejo no ha cambiado. Que les pregunten a las pobres yeguas que se pasan horas junto a sus potrillos muertos mientras él espía por sus prismáticos cómo los devoran los buitres. Mi hermano lo ha visto... ¡Ese viejo es el mismísimo Alma Negra!

—Alma Negra... Alma Negra... —repite Daniel aferrado al brazo de su madre.

Aitor se muerde el labio. Parece que hay demasiadas emociones a flor de piel en los Montes de Hierro, demasiadas heridas que quizá jamás lleguen a cicatrizar.

—Lo tendremos en cuenta —asegura—. Pero dígame dónde encontrar a su hermano, por favor.

Maite tarda todavía unos segundos en responder.

—En San Sebastián —escupe finalmente—. En el salón de las Terapias Naturales. Ve y mira. Solo tienes que seguir la fila, porque te aseguro que será el más deseado. En cuanto sales de estos montes, Angelillo es una eminencia. Y aquí lo vilipendian y lo ningunean. ¡Envidias! No soportan que alguien nacido en una humilde familia de huérfanos de la mina sea tan brillante.

—¡El tío Ángel! —exclama su hijo mientras ambos dan la espalda al ertzaina para alejarse por el único camino. El joven levanta después su pieza de marquetería, apenas una sombra en ese mundo que duerme ya—. ¡Mira, es un caballo! ¡Un caballo!

El rumor del Barbadún devora la respuesta paciente de su madre y también el ruido de sus pasos. La noche hace lo propio con sus siluetas, que acaban por licuarse como si no hubieran existido jamás. El chillido de una lechuza llega entonces desde las profundidades del bosque. Un siseo gélido que se transforma en escalofrío en el cuerpo de Aitor y le recuerda que los Montes de Hierro no están dispuestos a dormir.

26

Domingo, 20 de febrero de 2022

El sonido de las copas al chocar pone una nota de color a la noche de Pasaia. Un nuevo brindis por Nagore. El tercero ya y todavía llegarán algunos más. La bocina de un mercante que abandona el puerto obliga al grupo de amigas a alzar la voz para hacer oír sus parabienes.

Las nubes, tan presentes las últimas semanas, han querido dar una tregua, fugaz probablemente, aunque suficiente para que la celebración no tenga lugar bajo los paraguas.

Es el cumpleaños de Nagore. Treinta y dos años ya, treinta y dos todavía.

Hay quien ha propuesto abrir una botella de cava, pero la idea no ha llegado lejos. La cerveza reina en las copas. La que sostiene Cestero es sin alcohol. Le espera un buen trecho de coche para regresar a Oñati y no quiere sustos en la carretera.

Su mirada recorre la plaza. Tres fachadas, solo tres, porque la cuarta la pone el entrante de mar. Una pareja se ha sentado en el embarcadero. Algo más cerca, junto a la ventana de un restaurante cerrado a estas alturas del invierno, un pescador aguarda alguna captura que no parece dispuesta a llegar.

El mundo de Ane, sin embargo, está más cerca, en ese grupo de chicas que alza las copas y baila la música que vomita un teléfono móvil.

Son sus amigas. Compañeras de clase de la infancia y vecinas hasta que dejó las calles de Pasaia para mudarse a Oñati. Y de eso hace solo unos meses.

Ane está allí, con ellas, pero también se encuentra muy lejos.

Es imposible no pensar en Julia. Tiene que ser muy duro todo lo que le está tocando vivir. Se resiste a admitir que su madre es una asesina. Insiste en que es un error, que algo se les escapa, que hay flecos sueltos... Cestero, en cambio, lo tiene claro. La grabación de la cámara no le deja lugar a dudas. Begoña huyó de la escena del crimen y lo hizo en el preciso momento en que Julia irrumpió en la casa.

La situación ha cambiado por completo. Ane ya no busca al supuesto asesino de Begoña. No. Ahora la busca a ella. Su objetivo es que Julia pueda darle ese abrazo que hasta hace unas horas parecía imposible. Pero con él llegará una detención que pondrá un abrupto final al esperado reencuentro.

Es complicado. Tanto que Ane le ha ofrecido olvidarlo todo y dejar de buscarla.

Julia no lo ha dudado ni un segundo. Quiere que siga adelante, que la encuentre y se la traiga. Ya no necesita solo su abrazo. Necesita respuestas.

—¿Estás bien, Ane? —pregunta Nagore acercándose hasta ella.

—Sí, claro.

Su amiga le apoya en la espalda la mano que el botellín le deja libre.

—No hace falta que me lo cuentes si no quieres, pero te conozco y sé que esa cabeza tuya no está aquí. ¿Todo bien con Gaizka?

—Sí. Todo muy bien. Estoy feliz con él.

—Podrías haberlo traído. No mordemos.

Cestero se ríe.

—No sé yo... De todos modos, no hubiera podido. Se ha ido a Escocia, a esquilar ovejas. Mira, hoy ha pelado casi trescientas.

—Conforme lo dice le muestra una foto que le ha hecho llegar su novio, en camiseta de tirantes, con los brazos brillantes por el sudor y rodeado por decenas de cabezas de ganado.

—¡Qué dices! —Ahora es Nagore quien estalla en una carcajada—. Está tremendo el tío, pero no te pega nada, la verdad. ¡La indomable Ane Cestero con un pastor! Me lo dicen hace un par de años y no me lo creo.

—¡Oye! —La investigadora le propina un empujón afectuoso—. ¿Y qué me pega entonces?

—No sé... Un poli surfero, por ejemplo.

—¿Madrazo? No, gracias. Eso ya lo probé y no funcionó. Es un tipo fantástico y lo pasamos bien, pero tenía demasiada prisa por quemar etapas y buscaba un nivel de compromiso que yo no podía darle.

—Pues tu pastor ha conseguido llevarte a Oñati. Más compromiso que eso... ¿Y cómo es la vida con él? ¿Se parece al día a día de Heidi?

Cestero vuelve a empujarla entre risas.

—No es pastor. No todavía. Ahora está volcado en la miel. Los frailes de Arantzazu tienen un montón de colmenas y no pueden atenderlas... La vida con él mola, y no, no se parece a la de Heidi y Pedro. Vamos a escalar casi cada día. En Oñati hay vías por todos lados. Y sigue enseñándome a boxear... El día que quieras te hago una demostración —plantea Ane cerrando los puños para ponerse en guardia.

—Y también te echa unos polvos de escándalo. Ahora no me digas que no, porque te lo veo en la cara.

Cestero se ríe con ganas.

—¿Por qué tenemos que acabar hablando siempre de lo mismo?

Nagore le saca la lengua. Ella también lleva un piercing. Se lo pusieron a la vez. Las tres. Ellas dos y Olaia. Después recupera la seriedad.

—Yo te echo de menos, Ane. Muchísimo. Esto no es lo mismo sin ti. Pero mereces lo que estás viviendo. Yo también me iría a las montañas si encontrara mi pastor. O mi pastora. —Nagore señala hacia las sombras—. ¿Me acompañas un momento?

—Huy, qué miedo… ¿Qué pretendes? ¿Vas a proponerme algo?

Su amiga no responde. Solo la toma de la mano y la saca de la plaza. Cestero no entiende adónde quiere llevarla. Si continúan por allí, y tras dejar atrás la iglesia y las últimas viviendas, la calle se volverá camino y abandonará el pueblo en dirección a mar abierto.

Nagore, sin embargo, no va tan allá. Se detiene a escasos metros de la plaza, ante la puerta de un sótano que Ane conoce muy bien.

—No —dice la investigadora soltando la mano de su amiga—. No quiero entrar.

—Solo un momento.

Cestero observa esa cerradura que abrió tantas veces mientras niega con la cabeza.

—No puedo.

Nagore vuelve a cogerla de la mano.

—Puedes, Ane. Podemos.

La investigadora respira hondo mientras su amiga abre la puerta. Un fuerte olor a humedad golpea sus fosas nasales. Es el mismo de siempre, el que las acompañaba durante cada ensayo, pero concentrado por años de encierro.

La bombilla desnuda que pende del techo brinda un tono amarillento al local. Allí siguen los instrumentos y también el calendario donde marcaron las fechas de los pocos conciertos que dieron.

—Ane, no te castigues más. Aquello no fue culpa tuya. Todas la echamos de menos. No hay día que no me acuerde de ella, pero tenemos que seguir adelante. A Olaia no le gustaría ver que hemos enterrado con ella nuestro grupo de música. Llevamos tres años sin tocar. ¿No crees que deberíamos darnos una nueva oportunidad?

Cestero observa la batería. Está igual que el último día que la tocó. Y esa guitarra que descansa contra una pared está como la dejó Olaia. El local de ensayo quedó congelado tras esa última noche de música. El energúmeno que asesinó a su amiga en un triste callejón de Pasaia acabó también con The Lamiak.

Ane sacude lentamente la cabeza. No se siente capaz de coger de nuevo las baquetas. Sabe que cada sonido que logre arrancar a esos platillos será una puñalada de recuerdos que duelen demasiado. Porque Olaia era mucho más que una amiga. Durante una época feliz de su vida lo compartieron todo: piso, música, sexo y confidencias. No puede evitar la culpa al recordar que ella tenía que haber muerto en su lugar. Y en cierto modo ha sido así, porque una parte importante de Ane murió aquel día. Por eso no puede aceptar la propuesta de Nagore. Su batería enmudeció con Olaia, quizá para siempre.

27

Madrugada del lunes, 21 de febrero de 2022

El lamento hiela la noche. Brota desde las profundidades del bosque y se desliza entre las casas de La Arboleda antes de alcanzar unos lagos que hasta entonces dormían plácidamente.

Un llanto de bebé.

El aullido de un lobo herido.

La última advertencia de un suicida.

Son tantas las formas de referirse a él que ha oído en los últimos días que Madrazo no sabe con cuál quedarse. Lo único que tiene claro es que no se trata de su imaginación.

No, lo que está oyendo es real.

El desasosiego que contagia también lo es.

El oficial se lleva la mano al arnés antes de salir del coche. Ahí está su pistola. Cargada, lista para ser desenfundada en caso de peligro. También lleva su linterna, unas esposas y el teléfono móvil.

Solo ha dado unos pasos cuando el sonido se repite. Esta vez con mayor intensidad y durante más tiempo.

No es fácil determinar de dónde procede exactamente.

—El bosque —decide dejándose guiar más por la lógica que por el oído. Un pinar tan extenso que cubre buena parte de los Montes de Hierro parece un buen lugar para ocultarse a las puertas del pueblo.

El oficial corre hacia allí. No piensa permitirle la más mínima ventaja. Tras ese aullido lastimero puede esconderse la persona que asesinó a Teresa Echegaray, alguien empeñado en impedir la reapertura de la mina a costa de resucitar los miedos de los vecinos.

Apenas ha alcanzado los primeros árboles cuando el lamento regresa, esta vez con mayor claridad. Ha elegido el camino correcto.

La linterna del oficial busca entre los pinos, despertando sombras siniestras que se enredan entre la niebla. El aleteo de alguna que otra ave nocturna, molesta por esa intromisión en su espacio, resuena entre las ramas altas. Aparte de eso el silencio lo envuelve todo.

Madrazo trata a duras penas de abrirse camino. A su alrededor se despliega todo un laberinto vegetal. Los pinos forman un caos perfecto. Algunos árboles caídos le obligan a trazar rodeos que le desorientan. No son los únicos. Las ramas más bajas impiden su paso una y otra vez.

La sensación de encontrarse en el vientre de un gigantesco organismo vivo no es agradable. Su mirada busca una vía de escape en un cielo que no ayuda.

Las nubes son del color de la sangre.

Saber que se trata únicamente del reflejo del fuego que corona las chimeneas de la refinería de Muskiz no evita que resuenen en su mente las leyendas más oscuras de los Montes de Hierro.

Y en ese mundo que le exige que dé media vuelta, que regrese por donde ha venido y que deje de perseguir a espectros del pasado, un lamento gélido vuelve a herir el silencio.

Esta vez se oye muy cerca, casi al alcance de la mano. Tanto que el oficial siente un escalofrío.

Pero no va a lograr asustarlo. Por supuesto que no.

Sus piernas se ponen de nuevo en marcha. No dudan. Porque no piensa regresar al coche con las manos vacías.

De nuevo están ahí las tretas de los pinos, de nuevo la sensación de que esos árboles se alían con el espíritu sombrío y le piden que se marche.

Pero Madrazo no está dispuesto a tirar la toalla.

De pronto una silueta se dibuja entre los troncos, apenas una sombra que danza con los jirones de niebla.

—¡Alto! ¡Policía! —ordena el oficial.

Sus palabras obran el efecto contrario. Quienquiera que estuviera allí acaba de esfumarse. Sus pisadas apresuradas son evidentes, crujidos de ramitas que se suceden sin descanso.

El bosque obliga a Madrazo a avanzar más despacio de lo que quisiera. Sus ramas más bajas son tramposas, malintencionadas. Se alían para zancadillearlo o golpearle en la cara al menor descuido. Tampoco la niebla ayuda. Refleja la luz de su linterna sin darle opción a ver lo que hay un par de metros más allá. Lo único que le permite orientarse son las pisadas que oye en la distancia.

Y cada vez suenan más lejos, hasta que prácticamente dejan de escucharse.

Está perdiendo la partida.

Dejar atrás ese maldito pinar logra animarlo. En terreno abierto será más fácil.

Se equivoca, porque tras los últimos pinos comienzan las calles de La Arboleda. Es su primera farola precisamente la que le permite ver fugazmente al fantasma del bosque, pero cuando Madrazo alcanza ese rincón allí no hay nadie. Ni allí ni en las calles que lo separan de la plaza.

La pancarta contraria a la mina que cuelga del quiosco de música se agita levemente con el viento. Por lo demás no se aprecia movimiento.

El pueblo minero duerme ajeno a todo. O eso parece a simple vista. No es difícil imaginar a sus habitantes arrebujados bajo la manta mientras la sombra de las leyendas sacude sus sueños.

Madrazo camina en silencio. Es consciente de que la sorpresa es la única arma a la que puede recurrir. Cada ciertos pasos se detiene y escucha.

Ya no hay lamentos en la noche. Tampoco pasos apresurados ni sombras fugitivas. Son tantas las puertas que se abren a esas calles durmientes, tantas las esquinas y recovecos, que es consciente de que lo más probable es que lo haya perdido.

Comienza a perder la esperanza cuando un sonido metálico resuena tras una esquina.

El oficial olvida la cautela y corre hasta allí, una pequeña plaza, apenas un cruce de calles que se ensanchan al encontrarse. Hay dos coches estacionados. También algunos contenedores de reciclaje.

La linterna barre el interior de los vehículos.

Nadie.

Madrazo repara entonces en la lata de refresco que rueda lentamente junto a los depósitos de basura. Contiene la respiración.

Está allí. Se esconde a solo unos metros de él. Solo tiene que estirar la mano y será suyo.

La linterna que sostenía su mano derecha va a parar al mismo arnés del que extrae su arma reglamentaria.

—¡Salga de ahí con las manos en alto!

No hay respuesta.

El oficial avanza hacia los contenedores con la USP Compact por delante. El único escondrijo posible es tras ellos. Un nuevo ruido le dice que no va mal encaminado. Alguien se ha movido ahí.

—Le estoy apuntando con un arma. Salga inmediatamente.

No ha terminado de decirlo cuando una sombra se abalanza sobre él y huye a toda velocidad.

Es solo un gato. Negro, muy negro. Tanto como esa silueta etérea que bailaba un vals con la niebla del bosque.

Madrazo resopla mientras baja la pistola. Una mirada detrás de los contenedores le confirma que allí no hay nadie.

Lo ha perdido. Alma Negra y su tristeza inmortal han logrado evaporarse.

28

Lunes, 21 de febrero de 2022

La bahía de la Concha está en calma. Gris y fría, pero en calma. Un mar de tonos metálicos da continuidad a las nubes, cargadas de agua, que flotan en el cielo. No hay viento y tampoco olas. Solo un silencio tenso que vaga entre los montes Igeldo y Urgull a la espera de que los sonidos propios de la ciudad se decidan a romperlo. Un puñado escaso de bañistas, a los que Julia imitaría de buen grado, desafían al calendario allí abajo, en una playa por la que corretean numerosos perros. Son dueños de la arena hasta que las sombrillas y las normativas los desalojen en verano.

La fachada de ladrillo del palacio Miramar es una de las escasas notas de color. De las otras se ocupan los pocos árboles que no se han desprendido de sus hojas.

—Esto parece el gran bazar —comenta Julia en cuanto Madrazo y ella ponen un pie en el palacio.

Hay mesas aquí y allá, biombos, cortinas y, sobre todo, gente. Decenas de personas que curiosean entre los diferentes stands de la feria y se agolpan ante algunos de ellos.

—No sabía que las echadoras de cartas formaran parte de las terapias naturales —señala Madrazo.

La mujer a la que se refiere le hace un gesto con la mano.

—Ven aquí, majo. Tengo algo importante que decirte... ¿No quieres saber lo que te depara el futuro?

El oficial declina la invitación con una sonrisa forzada.

—Deberíamos preguntar por nuestro curandero —plantea sin ocultar la incomodidad—. Yo no estoy para tonterías. Me he pasado la noche persiguiendo a un fantasma.

—No será tan difícil —argumenta Julia dirigiéndose a otra de las salas del palacio—. Tampoco habrá tantos sanadores. Según su hermana es el que tiene más éxito. Tendrá cola.

—Qué va a decir ella... —suspira Madrazo.

La siguiente sala, presidida por un piano de cola, está más concurrida. Es el espacio de los lectores de iris, los expertos en flores de Bach y curanderos de diversa ralea. Huele a incienso, aunque eso no es una novedad. Sus efluvios se han adueñado de todo el palacio.

—Nunca hubiera imaginado que una feria como esta pudiera congregar a tanto público —comenta Madrazo.

Julia no responde. También las iglesias están llenas cada domingo.

—¿Será ese de ahí? —La ertzaina señala el puesto ante el que se agolpan más visitantes.

—Es una señora —anuncia Madrazo cuando consiguen abrirse paso y leer su rótulo—. Reflexoterapia podal. Pues tiene éxito el asunto.

Ángel no está lejos. Ocupa el siguiente stand. Su fila no es tan generosa, aunque hay unas cuantas personas aguardando su turno.

—¿Cómo actuamos? —pregunta Julia cuando confirman que se trata de él.

Un biombo impide ver en detalle lo que está ocurriendo, pero los ertzainas alcanzan a atisbar unas manos sobre la barriga de un hombre.

—Vamos —decide Madrazo adelantándose—. No podemos esperar a que termine con todos.

Las protestas los envuelven de inmediato...

—Oye... No os coléis, que no estamos aquí por gusto.

—Sí, vosotros… ¡A la cola!

—Los listillos de turno…

Julia esboza una sonrisa de circunstancias mientras el oficial les muestra su placa.

—Ertzaintza. Necesitamos hablar con Ángel. Espero que no les importe que se lo robemos unos minutos.

—Pues vaya gracia… Justo cuando me toca —protesta la primera de la fila.

—Ángel es buena gente, eh. A ver qué le hacéis —se les encara otra.

—¿Qué esperabais? —interviene un tipo de chaqueta elegante pero raída por el uso—. Las farmacéuticas no van a permitir que existan personas que puedan curar sin tener que recurrir a medicamentos.

Mientras eso ocurre a este lado del biombo, el curandero ha terminado con su paciente.

—¿Quién es el siguiente? —pregunta mientras el tipo al que atendía se viste tras la cortina.

Madrazo le muestra la identificación.

—Unidad de Homicidios de Impacto —se presenta bajando la voz para evitar que lo oigan quienes aguardan su turno—. ¿Tiene cinco minutos para nosotros?

La sombra que cruza por el rostro del curandero se disuelve rápidamente.

Es un tipo atractivo. En sus cincuenta, aunque bien llevados. La melena gris que le cae generosa hasta la altura de los hombros y el tono moreno de su piel le dan un cierto aire de galán de cine.

—Cinco. Ni un minuto más. No me perdonaría hacer esperar a mis pacientes. —Lo dice en voz alta para asegurarse de que todos en la fila puedan oírlo. Después hace un gesto a los agentes para que lo acompañen tras el biombo—. Sentaos, por favor.

Las sillas están alrededor de una camilla que también hace las veces de mesa. Julia y Madrazo se acomodan a un lado y el curandero elige el contrario, frente a ellos.

—Solo serán unas preguntas muy breves —comienza el oficial.

—Adelante. Es por Teresa Echegaray, ¿verdad? Alguien, con muy mala intención, os habrá dicho que frecuento la cueva de la Magdalena...

—¿Acaso no es cierto?

—Visito ese lugar y otros muchos de la zona minera. ¿De dónde iba a sacar mis plantas curativas si no?

—¿Estuvo usted en el entorno de la cueva el pasado jueves entre las doce y la una del mediodía?

La respuesta del curandero no llega. Se limita a observar fijamente a Julia, que acaba por apartar la mirada, incómoda.

Ángel se inclina después hacia atrás y rebusca entre las muchas cajas con nombres de plantas garabateados.

—Tómala media hora antes de acostarte —dice empujando hacia la ertzaina una bolsita transparente repleta de hierbas.

—¿Qué...?

—Tus ojos hablan por ti. Necesitas descansar en condiciones y esta mezcla te ayudará. —El curandero se gira hacia el oficial—. Para ti también tengo. Fenogreco. Una cucharadita al día en infusión y tu hígado mejorará en cuestión de semanas.

—¿Qué le pasa a mi hígado? —inquiere Madrazo en tono molesto.

—Esas marquitas púrpuras en tu piel me cuentan que lo tienes graso. No es grave. Todavía —matiza Ángel entregándole un sobre—. Y sería interesante que dejaras el alcohol. Todos esos arañazos por la cara me dicen que esta noche se te ha ido la mano y has acabado en un zarzal. ¿Me equivoco? Toma, hazte unas friegas con rosa mosqueta o te quedarán cicatrices.

Madrazo resopla.

—¿Qué locura es esta? Le hemos preguntado dónde estaba el jueves entre las doce y la una del mediodía. Haga el favor de responder.

El curandero le ruega paciencia con una mueca.

—No te alteres. Las enzimas que libera la tensión tampoco ayudan al hígado. Déjame pensar... ¿El jueves, dices?

Su parsimonia desborda la paciencia de Madrazo.

—Sí. El día que fue asesinada Teresa Echegaray en una cueva a la que, según testigos, acude usted cada día —escupe masticando con rabia cada palabra.

Julia piensa en Cestero. Echa de menos sus interrogatorios. Hace rato que ella habría puesto fin a esta tomadura de pelo.

—Los remedios que os acabo de recetar son mi coartada —señala finalmente Ángel—. Estaba en casa. Es cierto que recojo hierbas en la zona minera, Evaristo no os ha mentido. No hace falta que ocultéis su nombre. A ese tipo nada le haría más feliz que perderme de vista. Pero esa mañana estaba preparando mis fórmulas magistrales. Como comprenderéis, a una feria como esta no se puede acudir sin el trabajo adelantado. Algunas mixturas de hierbas debo prepararlas aquí. Cada diagnóstico requiere su propio tratamiento. Sin embargo, existen males tan extendidos que preparo varias mezclas de antemano. —El curandero señala la bolsa que ha entregado a Julia—. Ahí tienes un ejemplo. La tisana para recobrar la paz mental antes de dormir es un básico.

—¿Hay alguien que pueda confirmar que se encontraba usted en casa? —plantea la agente.

Ángel la observa sin perder la sonrisa.

—¿Qué os ha contado exactamente Evaristo? Seguro que me vio arrojando al vacío a Teresa y devorando sus vísceras a dos carrillos. Y hasta bailando un akelarre a su alrededor… Se cree el ladrón que todos son de su condición. ¿Os habéis planteado que quizá esa chica se suicidó? ¿No dicen acaso que era tan especial? Tan humana… ¿Y si tener que defender lo indefendible la superó y…?

La mención al suicidio estruja la garganta de Julia, que traga saliva a duras penas. No ha pegado ojo en toda la noche. Cestero tiene que estar en un error. Su madre no puede ser una asesina. No, claro que no. Tiene que estar equivocada.

—¿Qué interés podría tener un vecino en acusarlo falsamente? —La pregunta de Madrazo la devuelve a la conversación.

—¿Evaristo? —El gesto del curandero lo dice todo—. Digamos que le molesta mi presencia. No le gusta que ronde por la Magdalena.

—¿Por qué?

—Quizá porque Evaristo y su padre no quieren testigos.

—¿De qué?

—De lo que puedan hacer. A mí no me gusta señalar, como hacen ellos.

—¿Conocía a Teresa Echegaray? ¿La había visto previamente? —plantea Julia.

El hombre niega sin dudarlo.

—Hasta que vi la noticia de su muerte en el periódico no había oído su nombre.

—¿Qué opinión le merece la reapertura de la mina? —pregunta Madrazo.

—Tengo pacientes esperando. ¿Es necesario todo esto? —protesta Ángel.

Cuando queda claro que no va a añadir nada más, el oficial pone un documento sobre la camilla.

—Me he tomado la molestia de indagar en su expediente. Hace unos años lo investigaron a usted por abusar sexualmente de una mujer, casualmente en la propia cueva de la Magdalena. Supongo que no le parecerá extraño que nos sorprenda ese afán suyo por regresar una y otra vez al lugar de los presuntos hechos. No puedo evitar hacerme a mí mismo una pregunta, Ángel... ¿Y si Teresa se resistió y la empujó usted a la sima?

El rostro del curandero trasluce crispación por primera vez. La mención a su pasado lo ha descolocado. Aun así, logra reponerse rápidamente.

—Todo es mentira. ¿Le digo por qué voy a la Magdalena? ¿Se lo digo? —pregunta con rabia—. Porque la extracción del hierro dejó a flor de piel minerales que acostumbran a estar bajo tierra. Eso se traduce en una flora tan rica en nutrientes que es parte del secreto del éxito de mis tratamientos. Por eso recojo mis hierbas en los alrededores de la cueva. ¿Es suficiente explicación? Yo no he matado a nadie.

El oficial pone otro papel sobre la camilla.

—Otra denuncia más por abuso sexual. Una paciente declaró haber sido víctima de tocamientos en su consulta.

Ángel frunce los labios.

—Desestimada. Esa listilla no aportó pruebas y se contradijo en sus versiones. Se quejaba de dolores de vejiga. Solo le impuse las manos en el bajo vientre. He curado a cientos de personas con problemas similares. Y también a ella. ¡Qué casualidad que hasta que le pasé la minuta no tuviera queja alguna! Y de pronto yo había intentado propasarme... —El curandero coge el papel y lo lee—. No entiendo que esto continúe en vuestros archivos si el juez me dio la razón.

—Hay más denuncias —dispara el oficial desplegando varios documentos más—. Estas cuatro lo acusan a usted de estafa.

Julia respira hondo para ocultar su incomodidad. No le entusiasma emplear datos de los ficheros policiales cuando la justicia ha fallado a favor del acusado.

—¿Hay alguien que pueda corroborar que se encontraba en su domicilio la mañana en que murió Teresa Echegaray? —interrumpe la agente.

Ángel no responde. En su lugar señala la fila de personas que se adivina al otro lado del biombo.

—¿Habéis visto eso? Aguardan su turno durante horas. La confianza de la gente no se gana fácilmente. ¿De verdad creéis que un estafador o abusador sexual iba a tener la agenda hasta arriba de pacientes? —El curandero se pone en pie—. Y, ahora, si no os importa, me debo a ellos. Os he dado cinco minutos y si lo permito acabaréis por robarles media hora.

—Sería interesante que recordara si alguien lo vio esa mañana —insiste Julia.

—Pensaré en ello. Lástima que ahora no pueda perder más tiempo. Tengo personas a las que sanar —dice Ángel apartando el biombo para invitarlos a salir del reservado.

Madrazo recoge sus papeles antes de levantarse.

—Me temo que tendremos que volver a hablar con usted.

—Claro, cuando gustéis y traigáis una orden. —El curandero señala la camilla—. Pero no te dejes el fenogreco. Tu hígado lo agradecerá.

29

Lunes, 21 de febrero de 2022

Es una mujer menuda, con el pelo muy blanco y bien peinado, probablemente recién salido de la peluquería. Su rostro es sereno, con unos ojillos ligeramente rasgados y una tez clara que no oculta su edad, aunque sin excesivas arrugas. Sostiene un bolso negro bajo el brazo derecho. El bastón que descansa contra la pared más cercana debe de ser suyo también.

Cestero mira el reloj. Faltan cinco minutos para la cita, pero solo puede tratarse de ella. No hay nadie más bajo el pórtico de la iglesia de San Jorge.

—¿Ángela? —saluda la investigadora.

La mujer sonríe a modo de respuesta. Sí, es ella.

Cestero se adelanta para darle dos besos. Huele igual que su abuela.

—Es usted muy amable. Gracias por atenderme.

—Ay, hija. Qué menos. Menudo disgusto nos ha dado a todos. No sé cómo se le ocurrió hacer algo así. Ella, que era la vitalidad en persona. —Todo rastro de sonrisa se ha borrado de su cara mientras niega con la cabeza.

—Qué duro… —admite Cestero.

—Así que eres escritora… Qué oficio tan interesante. Yo he leído mucho. El poco tiempo libre que me dejaba la pescadería lo pasaba entre letras. Por estas manos arrugadas han pasado cientos de novelas. —La anciana esboza un mohín—. Ahora me cuesta. Leo dos páginas y me canso. Estoy esperando a que me operen de cataratas. ¿Cómo dijiste que te llamabas? Igual hasta he leído algo tuyo...

—Leire —improvisa a toda prisa. No recuerda haberle dado ningún nombre cuando la llamó por teléfono—. Leire Osuna. Pero me dedico más al ensayo que a la novela. Ahora estoy escribiendo una serie de biografías de mujeres anónimas. Quiero reivindicar que detrás de cada vida hay mucho que merece ser contado y recordado.

—Es una idea bonita —admite Ángela—. En un mundo donde las mujeres han hecho tanto y se les ha reconocido tan poco, son necesarios libros como el tuyo. Y María, nuestra María, merece estar ahí. ¿Qué quieres que te cuente? A ver si puedo ser de ayuda... Yo solo era una clienta. La veía los martes y jueves, cuando tocaba pescado.

—Pero también fue su jefa durante muchos años. Y quien le traspasó el negocio cuando se jubiló —apunta Cestero.

—Quince años la tuve conmigo, que se dice pronto —aclara Ángela con una sonrisa orgullosa que destierra fugazmente la tristeza—. Vino la pobre cuando el cierre de los Altos Hornos y las minas sumieron toda esta orilla del Nervión en una crisis que daba miedo. Tanta gente sin trabajo de repente... La cosa es que no tenía ni idea de limpiar pescado. Menudos estropicios me hacía al principio. La de género que tuve que tirar porque no había manera de arreglarlo. Y, ya ves, acabó siendo la mejor. Era muy tozuda. Si algo no le salía a la primera no era de las que tiran la toalla. Lo intentaba una y otra vez hasta que lograba hacerlo.

Cestero respira hondo. Le gusta lo que está oyendo. Por primera vez tiene la impresión de comenzar a conocer a Begoña. Y necesita hacerlo para comprender qué la pudo llevar a fingir su propia muerte asesinando a otra mujer.

—¿Vienes de lejos? —se interesa la pescadera cogiendo su bastón—. Igual hasta es tu primera vez en Santurtzi. Ven, vamos. Pasearemos un poco. A mí me va bien andar. Si me quedo de pie se me encharcan las piernas. Los años no perdonan. —La pescadera jubilada coge su bastón y da un toque con él en uno de los pilares del pórtico. Hay muescas en los sillares de arenisca—. ¿Has visto dónde afilaban sus cuchillos las sardineras que se ponían aquí a vender? Menudos cabreos debía de cogerse el párroco. Ya ves que no le hacían mucho caso. Esas sí que eran mujeres de tomo y lomo… Otras que merecerían su capítulo entre esas biografías tuyas.

—Lo tendré en cuenta, sí. Si le parece comenzamos por el final: los motivos que pudieron llevar a una mujer tan luchadora a quitarse la vida. ¿Percibió usted algo extraño en su comportamiento reciente?

Ángela piensa en silencio, fijando la mirada en las nubes del cielo.

—Yo no diría que estaba especialmente contenta. De hecho, hará un par de semanas me pareció que algo la preocupaba. Estaba… ¿Cómo decirlo? —Hace una pausa para buscar la palabra correcta—. Ausente. Eso es, la vi ausente. Siempre era muy atenta con las clientas. Esa mañana, sin embargo, se limitaba a responder con monosílabos y poco más.

—¿Y eso cuándo fue?

—Ay, hija… La memoria de una ya no está para tanto. Fue una de mis últimas visitas. La semana pasada o la anterior. Estuve a punto de preguntarle si le pasaba algo, pero todos tenemos derecho a tener nuestros días malos. Después, ya en casa, pensé que quizá habían vuelto las apreturas de dinero, pero la verdad es que no lo creo. Le iba bien.

Una lucecita de alarma se enciende en la mente de Cestero. Ahí puede haber algo.

—¿Tuvo problemas económicos?

La pescadera camina en silencio durante un tiempo que a Cestero se le hace largo. Teme que su interlocutora no esté dispuesta a hablar de determinados temas por respeto a la fallecida.

—Hace mucho de eso —responde Ángela finalmente—. Llegué a sentirme culpable, pero yo no la engañé. Fueron los propietarios del local. Llevaban muchos años sin subirme el alquiler y aprovecharon mi marcha para actualizar el precio. Fue terrible para ella. No le llegaba ni para hacerse con buen género. —Los pasos de la pescadera son cortos, pero seguros—. La ayudé en lo que pude. Para que no necesitara contratar a nadie y para que los clientes de toda la vida no notaran un cambio radical estuve echándole una mano unos meses. Me metía un par de horas al día detrás del mostrador. Sin cobrarle nada, por supuesto, que ya tenía mi paga.

—Y fue saliendo adelante —añade Cestero para invitarla a continuar.

—Sí, porque ya te digo que era muy tozuda. Otra se hubiera rendido. Ella no.

—¿Y cree que Begoña volvía a tener deudas? —plantea Cestero para devolverla al presente.

—¿Begoña? ¿Qué Begoña? —pregunta la pescadera con expresión confundida—. ¿María?

La investigadora traga saliva.

—Claro… ¡María! ¿Qué he dicho? ¿Begoña? —Se da un manotazo en la frente—. Menuda cabeza tengo. Escribo sobre tantas mujeres que los nombres se me mezclan…

—No creo que María tuviera deudas. Ya no. Le iba bien. No para hacerse rica, que si eres honrada la pescadería da para vivir y poco más, pero no creo que debiera dinero… Mira, hubo un pescador que se portó muy bien. Sin su ayuda no sé si la pobre hubiera salido adelante. Por suerte todavía hay gente buena en el mundo.

—¿Cómo la ayudó?

—Pues como puede hacerlo un pescador.

—¡Ángela! —interrumpe una mujer que empuja un carrito de bebé—. Enhorabuena… Estuve con tu hijo el otro día y me contó que se casa el año que viene.

—Calla, calla, tonterías de mi nuera. Ya me dirás qué necesidad habrá de pasar por el altar ahora que la mayor les cumple dieciocho años.

—Bueno, mira el lado bueno, mujer... ¿Cuánto hace que no ves a toda la familia junta? Vendrán todos. Hasta el que se te fue a Londres. —La señora observa de arriba abajo a Cestero. Después se gira de nuevo hacia la pescadera—. ¿Es la mujer del pequeño?

—¿Nekane? No. Qué va. Ha venido a preguntarme por María, mi empleada, que en paz descanse.

La mujer no se da por vencida. Estudia a Cestero sin molestarse en disimular.

—¿Y qué haces aquí? ¿Eres familia de la pobre María?

La investigadora todavía piensa una respuesta cuando Ángela se adelanta.

—No. Es una escritora famosa. Prepara una biografía. María no tenía familia aquí. Sus dos hermanos viven en América y, que yo sepa, no venían a verla. Ella tampoco fue para allá en los años que trabajó conmigo. A saber por qué se marchó de allí. —Su semblante se entristece—. Ahora los sobrinos reclamarán su casa y el dinero que pudiera tener ahorrado la pobre. A ver cuánto tardan en aparecer...

—Nada. En una semana los tienes aquí. Ya verás —añade la otra.

—¿Usted también era clienta suya? —interviene Cestero.

—Yo no. Era clienta de Ángela, pero cuando se jubiló ya no era lo mismo. —La mujer se dirige a la pescadera—. Tú sabes que lo intenté... Era un desastre. Tenía poca variedad. Fresco era, eso no se puede negar, pero el día que le daba por traer sardina teníamos sardina, y si traía platijas, platijas comíamos. No sé vosotras, pero yo cuando voy a la pescadería me gusta tener dónde elegir. Eso de que sea el pescadero quien decida por mí no va conmigo.

—Eso era antes, mujer. Cuando estaba empezando y solo tenía un proveedor. Ahora María compraba a más pescadores. Iba a la subasta cada día, igual que hacía yo —la defiende Ángela.

—Y yo qué sé… Cuando me cansé de no poder comprar lo que yo quería me pasé a la pescadería de la plaza y ahí sigo. Allí sí que tienen variedad y buen género.

Ángela se coge del brazo de Cestero y le da un apretón.

—No hagas caso. María lo hacía muy bien y tenía el negocio lleno cada mañana. Esta se ha quedado en esos primeros meses de los que te hablaba antes. La pobre vendía lo que le traía el único pescador que le fiaba. Unos días era anchoa y otros cualquier otra cosa. Pero siempre fresco, recién desembarcado.

—¿Quién es ese pescador? —pregunta Cestero. Tendrá que hablar con él. Probablemente pueda ayudarla a seguir conociendo a la madre de Julia.

La mujer del carrito señala a Ángela con la cabeza.

—Eso pregúntaselo a ella. Yo no sé nada.

—Yo tampoco —aclara la pescadera—. Siempre tuve mi teoría, pero no voy a señalar a nadie sin estar segura.

Cestero mordisquea el piercing de la lengua. Después lo intenta una vez más:

—Tampoco estamos crucificándolo. Es loable lo que hizo ayudando a una persona a labrarse un futuro.

La pescadera niega con la cabeza.

—Si ellos no querían que se supiera, por algo sería —sentencia sin dudar.

—Por algo sería, sí. Que la gente es muy malpensada y luego hablan en exceso —corrobora la del carro—. Seguro que tenían un romance o algo y no querían que se supiera. Vete a saber. ¿Y si el hombre estaba casado?

Un llanto estridente brota de pronto de debajo de la capota.

—Ay, pobre. Ya lo hemos despertado —comenta Ángela acercándose—. ¿Es el de la mayor? Ay, mira cómo se parece a ella… Y qué boca más abierta… Cógelo, anda, menudo disgusto lleva.

La otra busca el chupete, pero apenas se lo ha colocado en la boca al pequeño cuando él lo escupe. El llanto se hace todavía más intenso.

—Siempre tiene hambre. En eso ha salido al padre. Mi hija ya me dirás lo que comía. Si era un pajarito —suspira su abuela, antes de alzar la voz para hacerse oír por encima de los berridos—. Nos vamos. Que os vaya bien el paseo. Voy a ver si consigo que se duerma.

Cestero celebra que la pescadera vuelva a fijar la atención en ella.

—¿Sabes que todo esto era mar? Yo no llegué a verlo, pero mis padres sí. Contaban que todo este parque era el puerto. La iglesia de San Jorge estaba en los mismísimos muelles. Por eso se ponían allí las sardineras.

La investigadora mira alrededor fingiendo interés. No quiere disgustar a su anfitriona, pero no es el mejor momento para una visita turística. Todavía no ha logrado suficientes trazos para el esbozo de la madre de Julia que está tratando de dibujar.

—¿Cómo era María? —pregunta sin pensarlo—. ¿Cómo era su vida? ¿Tenía amigas? ¿Amigos? ¿Alguien especial?

—No. Ella pasaba muchas horas al día trabajando. ¿Cómo no? Una pescadería es muy esclava. Siempre adoré mi trabajo, pero sabe Dios que me quitó la vida. Vas a la lonja cuando todavía es de noche y al caer la tarde continúas limpiando con las botas puestas. María tenía una buena relación con sus clientes, pero juraría que nada más. Cuando salía del trabajo se iba para casa, que es donde quería estar. A ella lo que le llenaba era nadar. Se bañaba cada día en la playa de La Arena, allí en Muskiz, donde vivía. En pleno invierno también. Hay que ser valiente o estar tocada de aquí. —Ángela se lleva un dedo a la cabeza.

—Yo tengo una amiga que hace lo mismo. —Ane sonríe para sus adentros. A Julia le gustará oírlo—. ¿No me va a decir quién era ese pescador? —insiste apoyándole una mano en la espalda. Es su último intento—. Me gustaría hablar con él para que me ayude con la biografía.

—No, hija. No puedo. María nunca quiso airear el nombre de su benefactor. Supongo que fue él quien le rogó que fuera así. No creo que otras pescaderías estuvieran felices de saber que a ellas les cobraba el género al momento mientras a ella le fiaba. No. No puedo decir más. Y tampoco estoy segura de saberlo a ciencia cierta. Solo hago mis cábalas y no sería justo que apareciera su nombre en tu libro sin su permiso. Lo mínimo que podemos hacer hoy que ella ya no está es respetar su decisión. ¿A que tú piensas igual?

La investigadora esboza una sonrisa de circunstancias ante las palabras de Ángela. Sabe que la única respuesta que cabe es la afirmativa.

30

Lunes, 21 de febrero de 2022

Cuando Julia aparta la cortina antimoscas varios rostros se giran hacia ella. Hay quien enseguida regresa a las diferentes conversaciones interrumpidas y quien la estudia de arriba abajo sin disimulo alguno. Tampoco le sorprende. No es necesario que una mujer haya sido arrojada a una sima para que una forastera llame la atención en un pueblo de apenas unos centenares de habitantes.

El bar-tienda se encuentra lleno a rebosar. Varias filas de sillas de toda forma y color se alinean en el escaso espacio. No hay una sola libre.

La propietaria corta pan y lo reparte en varias paneras de mimbre. Sobre la barra ha dispuesto platos con morcilla y cuñas de queso de la zona. También hay bebida: botellines de cerveza, con y sin alcohol, y varias jarras de agua del grifo.

Julia se dirige al fondo. Cuanto más inadvertida pase, mejor. Si han decidido que sea ella quien acuda a la asamblea es precisamente porque todavía no se ha dejado ver por las calles de La Arboleda. Los vecinos se sentirán menos cohibidos a la hora de hablar si no saben que hay una ertzaina presente.

Las miradas que continúa recibiendo, sin embargo, le dicen que será difícil mantener el anonimato. Y más cuando Lorea, la presidenta de la Plataforma en Defensa de los Montes de Hierro, abre una carpeta y tiende un papel hacia ella.

—Los que venís por primera vez, apuntad aquí vuestro correo electrónico para que os mantengamos informados de todas las acciones que organicemos.

Julia dibuja una sonrisa de circunstancias mientras rellena sus datos en la primera fila libre.

Aunque en un primer momento duda, decide escribir un email real. Estar al día de las futuras convocatorias y novedades podría resultar de utilidad para la investigación.

Mientras lo hace oye un cuchicheo lejano que sugiere que quizá se trate de la mayor de las hijas del Bosco. ¿O han dicho el Tosco? De algún otro rincón llega la idea de que podría ser la profesora nueva de la escuela.

Nadie aventura que pueda tratarse de una ertzaina. Tampoco periodista.

Afortunadamente el momento de incomodidad se esfuma en cuanto Lorea se dirige a una pareja joven que acaba de entrar.

—Vosotros también podéis apuntaros —indica entregándoles el bolígrafo que Julia acaba de dejar libre.

Y no son los últimos. Todavía entran algunos nuevos más. Parece que la asamblea será un éxito.

La madre de Lorea distribuye las paneras sobre la barra antes de colgar el delantal junto a la cafetera.

—Yo me voy arriba. Ahora os toca a los jóvenes luchar. No permitáis que vuelvan a abrir la mina. Comenzarán por la Magdalena y la codicia los llevará a querer más y más… Mirad si no qué pasó en Gallarta. Siete mil vecinos expulsados de casa porque debajo había un filón de hierro. De la noche a la mañana vimos cómo la dinamita terminaba con nuestro pueblo. La compañía nos reubicó, pero nuestra infancia, nuestros recuerdos, se los llevaron por delante sin miramientos. No, no lo permitáis. —La mujer hace una pausa para sacudir la cabeza con una mueca abatida—. Luego dejádmelo todo bien recogido, ya podéis ayudar a mi hija, que mañana no quiero tener que fregar antes de abrir.

—Gracias, guapa. Eres un sol —dice una de las que ocupan una de las sillas de la primera fila.

—¿Qué haríamos sin ti? No cierres nunca —se suma otro que pasará por poco de los cuarenta años y que apoya la espalda en la barra mientras lía un cigarrillo.

—¿Que no cierre…? Lo que tenéis que hacer es animaros alguno a seguir con el negocio, que una ya no está para estos trotes. ¿Cuántos años me echáis?

—Setenta y cinco. Nos lo dices todos los días —se burla una que debe de rondar su misma edad.

—Pues eso. Ya es hora de cerrar y quedarme en casa a hacer ganchillo —afirma la mujer.

—¿Tú en casa? —interviene otra—. El día que hagas eso te mueres de pena.

La tabernera se ríe por lo bajo.

—Y tú, a fumar a la calle. No quiero humos aquí dentro —dice señalando al del cigarrillo antes de perderse escaleras arriba.

En ese momento vuelve a tintinear la cortina. Un murmullo creciente se extiende rápidamente por el bar mientras todos se giran hacia la entrada.

—¿Qué tenéis hoy? ¿Una fiesta? —espeta Evaristo en tono sarcástico.

Lorea se acerca a él.

—¿Qué quieres?

—Un vino.

La enfermera señala la salida.

—Está cerrado.

—Pues no lo parece. ¡Ponme un vino!

—Me parece que ya has bebido suficiente.

Evaristo niega con gesto altivo.

—Eso lo tendré que decidir yo. Igual que vender o no mis tierras a los Echegaray. ¡Que me pongas un vino! —repite dirigiéndose hacia la barra.

Lorea se interpone en su camino.

—Sal de aquí ahora mismo.

—¿Por qué? ¿Para que decidáis quién será el próximo que me rompa una ventana? ¿Qué va a ser lo siguiente? ¿Incendiar la casa con mi padre dentro?

El rostro del ganadero está tan enrojecido por la rabia y se acerca tan peligrosamente al de Lorea que Julia resiste a duras penas la tentación de mediar entre ambos.

—Vete de aquí o me obligarás a llamar a la policía —sisea la enfermera sin recular un centímetro.

—Haz caso, Evaristo. Deja de liarla —se suma el tipo del cigarrillo.

El ganadero los recorre a todos con la mirada. Sus manos están crispadas, los puños cerrados.

—No creáis que me dais miedo… Voy a firmar la venta de esas tierras aunque sea lo último que haga en la vida —escupe lentamente. Después se da la vuelta y se marcha por donde ha llegado.

Lorea dirige una mirada al reloj de pared. Pasan diez minutos de la hora a la que estaba anunciado el encuentro.

—¿Quién le ha roto los cristales? ¿De qué habla? —pregunta una mujer.

—Se lo inventa. Es un loco —zanja otra.

—Alma Negra —masculla alguna otra voz.

—¿Os parece que comencemos? —propone la enfermera—. No merece la pena que perdamos más tiempo con él.

Un chico joven, vestido con una sudadera negra, se dirige a la única silla que está vuelta hacia las demás. Se presenta como el secretario de la plataforma.

—Creo que hoy que hay gente nueva es importante recordar que somos una organización vecinal que rechaza cualquier tipo de violencia —explica recorriendo a todos con la mirada—. Y más cuando hace escasas jornadas se ha producido un asesinato. Nos dolerá reconocerlo, pero la muerte de Teresa Echegaray nos ha otorgado visibilidad. Hace una semana nadie que no viviera en los Montes de Hierro se había preocupado por la reapertura de las minas. Problemas lejanos que no les incumbían. De repente nos hemos colado en el primer plano.

—Pues es un logro. ¿No queríamos publicidad? —comenta Lorea, acodada en la barra.

—A mí no me parece logro alguno —discute una mujer de su misma edad—. La muerte de alguien nunca es una buena noticia.

—¿He dicho yo que me parezca bien que la hayan matado? A ver si vais a poner en mi boca palabras que no son mías —se defiende la enfermera.

—Lorea tiene razón. Ella solo ha dicho que a nivel publicitario nos ha abierto puertas. ¿Y acaso no es verdad? —plantea el secretario.

—Pero no podemos aplaudirlo.

—¿Y quién lo está aplaudiendo? —discrepa Lorea levantando la voz.

—A mí me parece que tú lo has hecho. Has dicho que...

Julia respira hondo. Esa asamblea promete alargarse hasta el infinito.

—Basta, por favor —ruega el secretario levantando las manos como haría un árbitro de boxeo.

Después vuelve a ceder la palabra a Lorea.

—Los Echegaray van a seguir adelante con este proyecto. Por lo que hemos sabido, el inicio de las labores de bombeo para vaciar las galerías inundadas sigue previsto para comienzos del próximo mes. Aseguran que los lodos serán filtrados y depurados antes de verterlos al mar... —Su gesto incrédulo habla por sí mismo—. ¿Alguien se lo cree? La contaminación de la costa cercana a los Montes de Hierro será solo el inicio. Después llegarán los desmontes y las heridas sociales. Riqueza para los de siempre, miseria para todos los demás.

—A mí me parece que ha llegado el momento de montar una manifestación en Bilbao —plantea el tipo que liaba un cigarrillo—. Si hay una oportunidad de reunir a miles de personas es ahora que el tema de la reapertura está en boca de todos.

—En este sentido, creo que tenemos una buena noticia —anuncia el secretario—. ¿No es verdad, Lorea?

—Muy buena. Alejandro Usategui, el viudo de Teresa, se ha

puesto en contacto conmigo. Muchos lo conoceréis por las redes sociales. No hay pescador más popular en toda la cornisa cantábrica. ¿Qué os parece si os digo que está dispuesto a sumarse a nuestro movimiento? Está horrorizado con el vertido al mar de las aguas cargadas de minerales pesados que se extraerán de las viejas galerías inundadas.

Julia escucha con atención. Ese giro de guion no se lo esperaba. La noticia levantará ampollas en la familia Echegaray. Mari Carmen, la suegra del pescador, montará en cólera cuando lo sepa.

—Le hemos propuesto que sea él quien lea el manifiesto final de la concentración —interviene el secretario.

—¿Por qué no dio el paso antes? ¿No se atrevía con su mujer? —se mofa uno de barba desaliñada.

—Quizá precisamente por lealtad a su pareja —replica Lorea.

—No sé. A mí no me convence. Me parece un oportunista. Llevamos meses denunciando esos vertidos y hasta ahora no le ha importado. Qué casualidad que se preocupe por el tema justo cuando tenemos protagonismo en los medios… Lo que busca ese es fama —objeta el de barba.

—Fama ya tiene.

—Pues yo es la primera vez que oigo hablar de él. Mi voto es negativo. Si quiere participar en nuestra plataforma, que sea uno más.

La aguja del reloj vuelve a enredarse entre opiniones y palabras que no arriban a puerto alguno. La mente de Julia busca refugio volando lejos de allí, pero se estrella en los lodos del río Barbadún. Allí, en Muskiz, una mujer huye tras asesinar a…

No. No puede ser.

Cestero no sabe lo que dice. Nunca hubiera imaginado que iba a estar en desacuerdo con ella, pero, aunque sea la mejor policía que Julia ha conocido jamás, esta vez se ha equivocado.

—Silencio, por favor… Así no podemos avanzar. —El secretario alza la voz para interrumpir la discusión—. ¿Qué os parece si vamos por partes? Lo primero es decidir si convocamos o no la manifestación.

—Yo voto a favor. Deberíamos hacerla antes de que comience el vaciado de las galerías. De lo contrario, llegaremos tarde —plantea una voz femenina.

Julia observa angustiada la puerta. Está cerrada, igual que las ventanas. El aire está cargado, falta oxígeno.

—Votos favorables a la propuesta —plantea el secretario recuperando la palabra.

Las manos alzadas representan una mayoría aplastante.

—¿Os parece que en el lema hagamos mención a nuestro rechazo de toda violencia? —propone alguien—. Tal cual están las cosas, podrían señalarnos si no lo hacemos.

—Ya publicamos el otro día una nota de prensa expresando nuestra absoluta repulsa al crimen. No creo que sea necesario que insistamos en ello —comenta el del cigarrillo.

—Estoy de acuerdo —se suma Lorea—. No podemos permitir que lo de Teresa Echegaray nos marque la agenda.

La sensación de ahogo gana terreno en el pecho de Julia. Necesita salir de allí. ¿Es que no se dan cuenta de que no se puede respirar? La puerta no está lejos, pero no podrá llegar sin obligar a levantarse a unos cuantos vecinos.

Eso no. Lo último que quiere hacer es llamar la atención.

La ertzaina cierra los ojos y trata de abstraerse, de poner la mente en blanco. Sin embargo, ahí siguen esas voces enredadas en un ovillo infinito. La imagen de su madre huyendo de la escena del crimen se apodera de todo.

No puede seguir ni un minuto más en ese bar de La Arboleda.

Poco importa ya si todos se fijan en ella. O sale de allí de inmediato o la tendrán que sacar en una ambulancia.

31

Lunes, 21 de febrero de 2022

Silvia se lleva la taza a los labios.

—Con leche y azúcar me gustaría más, pero está rico.

Cestero la observa horrorizada.

—¿Un café de las tierras altas de Etiopía y pretendes estropearlo así? —exclama fingiendo que va a retirarle la taza para que no incurra en semejante sacrilegio.

La psicóloga se encoge de hombros.

—Para gustos los colores.

—No está hecha la miel para la boca del asno —zanja Cestero mostrándole el piercing de la lengua.

Silvia se ríe mientras da un nuevo trago al café. Se trata de la psicóloga que trabaja con la UHI y otras unidades de la Ertzaintza. No hay nadie mejor trazando perfiles criminales que acostumbran a ser de gran utilidad a la hora de resolver los casos más complicados.

—Gracias por venir —le dice Ane.

—Gracias a ti por llamarme. Tenía ganas de verte. Me preocupaba que estuvieras pasando un mal trago, pero te veo feliz. —Silvia remata su café y deja la taza sobre la mesa—. Está realmente bueno. Enhorabuena.

Ane arruga la nariz. No está conforme.

—No he acertado con el tueste. Le falta un poco de desarrollo. ¿Quieres otro? —ofrece mientras recoge las tazas.

—No, gracias. Me gusta dormir por la noche... Oye, cuéntame. ¿Qué es lo que te preocupa? Supongo que no me has llamado para que te ayude con el punto de tostado.

Cestero no responde de inmediato. No sabe por dónde comenzar.

—Antes de nada, confío en que todo lo que hablemos a partir de ahora será confidencial. No te he llamado por mí, sino por Julia. ¿Recuerdas lo del convento y todo eso? —arranca finalmente. Su compañera le ha dado permiso para contar con Silvia. En un caso en el que Ane no puede recurrir a las facilidades propias de una policía, la complicidad de una amiga como la psicóloga podría ser de gran utilidad.

—¿Cómo olvidar todo aquello? El caso del robo de bebés fue uno de los más duros a los que me he enfrentado.

Ane le explica lo sucedido. La llegada de Julia a ese piso de Muskiz, las indagaciones previas que la llevaron hasta su madre y el hallazgo de la mujer ahorcada.

—Qué espanto. Pobre Julia. No me gustaría estar en su lugar.

—Y si te digo que la mujer que apareció muerta no era Begoña... ¿Cómo te quedas? —Antes de que la psicóloga abra la boca para responder, Cestero le cuenta todos los detalles.

—Joder... —es todo lo que alcanza a decir Silvia.

Cestero se pone en pie para servirse otro café.

—¿Seguro que no quieres más? —pregunta antes de regresar junto a ella—. Es un asunto muy delicado el que tenemos que abordar. El caso se ha cerrado como un suicidio y Julia no quiere ni plantearse que su madre sea una asesina. Me he comprometido a encontrarla y entonces ella tendrá que enfrentarse a la verdad.

—Ahora entiendo que me hayas pedido que esta conversación no salga de aquí —asiente Silvia—. ¿Qué necesitáis de mí?

—Te he llamado porque sé lo mucho que te importa Julia y porque solo tú puedes ayudarnos. Hay un fleco suelto en el caso: la caligrafía. Gracias a ella supimos que la nota de despedida no la había escrito su madre. Ahora, en cambio, nos plantea una contradicción. Si esa letra no salió del puño de Begoña, tiene que pertenecer a su víctima. Sin embargo, si lo que la madre de Julia pretende con su desaparición es hacernos creer que la muerta es ella, ¿por qué no redactar de su puño y letra la nota de suicidio?

Silvia entorna los ojos, pensativa.

—No sé qué decirte —reconoce—. Lo único que se me ocurre es la intención de que la víctima sepa de antemano cuál va a ser su final. El ensañamiento. Esto descartaría por completo la improvisación. No estranguló a su víctima en un arrebato y fingió después que se había ahorcado, sino que obró premeditadamente.

Cestero está de acuerdo. Ella llega una y otra vez a la misma conclusión, pero le parece de una crueldad extrema, un crimen a cámara lenta.

—Obligar a alguien a escribir una nota fingiendo que se va a quitar la vida para después asesinarla me parece endiablado.

—Se trataría de una actuación propia de una venganza.

—¿Conocemos la identidad de la víctima?

—Todavía no.

Silvia observa la maquinaria de tueste de café. La observa sin verla. Sus labios se arrugan y se mueven de un lado a otro.

—¿Y no cabe la posibilidad de que esa mujer se suicidara realmente?

—Una cámara captó a Begoña huyendo cuando Julia entró en la casa —replica Cestero—. ¿Por qué escapar si no has tenido nada que ver con la muerte?

Los labios de Silvia vuelven a bailar de aquí para allá. Después niega con la cabeza.

—No tiene lógica. ¿Y la Ertzaintza no vio nada extraño en el piso?

—Nada. Lo han archivado como un simple suicidio. Quizá tampoco hayan indagado en exceso. El escenario no ofrecía muchas dudas: mujer colgada, nota de despedida…

—¿Nadie identificó a la fallecida? —pregunta la psicóloga.

—Sí. Su vecina, la misma chica joven que se extrañó al ver la puerta abierta y avisó a la policía. Fue a ella a quien hicieron pasar para que reconociera el cadáver.

—¿Y reconoció a la madre de Julia? —plantea Silvia con expresión confundida.

—Lo hizo, pero he ido a verla esta tarde y me ha confesado que apenas dirigió una mirada fugaz a la mujer muerta. Que bastante tenía con la impresión de saber que su vecina se había suicidado, que ella no está acostumbrada a ver muertos... Vaya, que procuró no mirar demasiado, podría haber asegurado que ese rostro que le mostraban era el de la reina de Saba. Solo quería que la dejaran volver a casa con su novio. Se me ha echado a llorar. Dice que lo están pasando fatal, que acabarán mudándose, que es incapaz de dormir sin pesadillas por culpa de todo esto.

—¿Por qué la identificó ella y no un familiar?

—Porque María Mendoza no tiene a nadie aquí. Si tiene a alguien será al otro lado del océano.

—Así que tenemos a una mujer en una cámara frigorífica y no hay manera de saber de quién se trata... —resopla Silvia—. Creo que necesitas empezar por poner nombre a la víctima. Sin eso no puedo aportar mucho más. ¿Cómo vamos a saber por qué la mató si no tenemos ni idea de quién es?

Cestero sabe que tiene razón, aunque odia ser consciente de que sigue enquistada en el mismo punto. Esperaba más de la visita de Silvia.

—Voy a entrar al piso de Begoña —decide en voz alta—. Quizá encuentre alguna pista.

—Ten cuidado, Ane. No te compliques la vida.

—Sabré hacerlo —asegura la investigadora.

—Conozco de primera mano tus cualidades, pero si los de Asuntos Internos descubrieran lo que estás haciendo, puedes despedirte de tu puesto —insiste la psicóloga—. La revisión de tu caso será en unos días. Hasta entonces, ¿no puedes ir con pies de plomo?

—Julia merece respuestas y voy a dárselas. —Cestero repasa visualmente sus sacos de café, la tostadora y los granos que descansan en la bandeja de enfriado—. Y, la verdad, tampoco estoy tan mal sin mi placa.

Silvia esboza una sonrisa triste.

—Eres una gran persona, Ane. Y una gran policía. Tienes que regresar.

Cestero se pone en pie y la empuja hacia la puerta fingiendo enfado.

—No me hagas la pelota, anda. ¿Qué quieres pedirme? ¿Más café? ¿Es eso lo que quieres? ¿Café gratis a cambio de halagos?

Silvia estalla en una carcajada.

—¿Le darás a Julia un abrazo muy fuerte de mi parte? —plantea cogiendo el abrigo.

—Ni hablar. Quedemos una tarde las tres y se lo das tú. Le irá bien verte. ¿Te apetece que organicemos algo? ¿Una cena? ¿Unas cañas?

La psicóloga está de acuerdo. Le parece la mejor idea.

32

Lunes, 21 de febrero de 2022

La bandeja de sushi se le resiste. Solo ha conseguido llevarse tres piezas a la boca. Las demás aguardan su turno con resignación. Porque Julia acaricia los palillos mientras su mirada se clava en algún lugar incierto que ni siquiera alcanza a ver.

Una voz habla de lluvias. Otro frente entrando por Galicia. Es el televisor. Lo ha encendido nada más entrar en casa. Esta noche necesita sentirse acompañada, tiene miedo de estar sola y pensar demasiado. No entiende bien qué le ha pasado esta tarde, y se avergüenza de sí misma por haber tenido que abandonar la asamblea mientras todas esas mujeres le preguntaban si se encontraba bien.

La agente suspira y dirige la vista hacia una ventana que solo le devuelve su propio reflejo. El mundo exterior no existe. Hace horas que es noche cerrada y el Cantábrico, que debería desplegarse al otro lado del cristal, está tan negro como el café que toma habitualmente Cestero.

Julia piensa en su amiga. Está haciendo un gran trabajo. Sigue siendo la mejor, a pesar de no contar con las mismas herramientas que cuando estaba en la UHI. Reparar en la cámara que espía a las aves fue brillante.

Sin embargo, el giro de ciento ochenta grados que esa prueba ha dado al caso desgarra el alma de Julia. Al pesar por la muerte de una madre le sigue ahora un nuevo luto: la duda de que la mujer que le dio la vida sea capaz de arrebatársela a otros.

¿Por qué haría su madre algo así?

¿Quién es esa mujer cuyo cadáver descansa en una cámara frigorífica con el nombre de su asesina colgando de una etiqueta?

¿Quién es en realidad Begoña Larzabal?

Julia se aferra a la esperanza de que Ane esté equivocada.

La ertzaina estira la mano, los palillos pinzan una nueva pieza de sushi. Maki de atún. El envase del supermercado dice que es rojo y de almadraba. La moja en la salsa de soja y, antes de llevarla a la boca, suspira y vuelve a depositarla en la bandeja.

No tiene hambre.

Lo que necesita es algo diferente.

Porque si alguien puede hacerla sentir mejor es él.

Su mirada se aparta del plato y busca esa ventana oscura. Ahí está, el océano, la pareja más estable que ha tenido jamás. Su abrazo la reconforta cada noche antes de dormir y la colma también de adrenalina y dopamina cuando se lanza a cabalgar sus olas antes de ir a trabajar por las mañanas.

Julia deja de lado la mesa, apaga un televisor que ahora habla de una posible invasión rusa de Ucrania y deja caer su ropa sobre las escaleras que bajan al Cantábrico directamente desde su salón. La brisa nocturna acaricia cada centímetro de su piel mientras desciende por ellas en busca del abrazo reconfortante del mar.

El agua está fría. Más que ayer, y todavía continuará enfriándose hasta alcanzar los nueve grados a comienzos de marzo. Pero Julia no duda. En cuanto sus pies la tocan, une las manos y se lanza de cabeza. Unas brazadas, rápidas y furiosas, la alejan velozmente de la orilla. Ni siquiera se molesta en abrir los ojos. Conoce el camino. Una huida, en realidad. Necesita despojarse de sus pensamientos, poner su mente a cero, dejar atrás las dudas que la están devorando desde que Cestero le mostró el vídeo que arrebató todo su sentido al duelo.

Sus brazos tiran de ella, la impulsan con fuerza, se convierten, como cada noche, en sus mejores aliados. Hoy, más que nunca, quiere fundirse con el mar, diluirse en él y olvidar los horrores del día. Porque si ser ertzaina no es fácil, descubrir que tu madre es una asesina resulta un plato más difícil de digerir.

—Un poco más —se anima para sus adentros.

Más rápido. Más lejos. Solo así logrará escapar de sus pensamientos. Ellos son cobardes, se quedan cerca de la orilla. Nunca se atreven a acompañarla mar adentro.

Cuando por fin se detiene para recuperar el resuello, Julia alza la mirada hacia el cielo.

No hay luna. No hay estrellas.

No hay nada.

Solo ella y el Cantábrico.

Es su momento y su lugar. Porque aquí se siente ella y nada más que ella.

Pero hoy esa sensación es solo un espejismo.

Las farolas que marcan la línea de la costa se ven tan lejanas como cada noche. Tanto como el tren regional que desfila sobre los acantilados como un ciempiés de luz. Su traqueteo le llega perdido por la distancia, un ritmo constante que acalla por un instante el de las olas batiendo contra las rocas.

No ha llegado más lejos que otros días. Sin embargo, de pronto siente que no debería estar ahí. ¿Cuántos metros la separan de la orilla? ¿Doscientos? ¿Trescientos, quizá? Traducido en minutos son alrededor de cinco. Lo sabe bien. Cinco minutos, cientos de brazadas... No es nada para alguien acostumbrado a nadar cada día, como ella, pero hoy todo es diferente. Sus sensaciones son diferentes.

El primer síntoma es su respiración. Acelerada y superficial, inquieta e insuficiente. Julia intenta llenar a fondo sus pulmones, pero entonces llega el pinchazo. Su corazón protesta como si le estuvieran clavando un puñal.

Al mismo tiempo que eso sucede en su pecho, una oleada de fuego invade cada milímetro de su cabeza. Parece que toda la sangre de su cuerpo estuviera allí de pronto, pretendiendo que su cráneo explote como el globo de un niño.

Julia intenta calmarse. Está diciéndose que no es nada cuando el dolor en el corazón se repite. Es tan intenso que le impide incluso respirar.

Necesita pedir ayuda.

Mira alrededor.

Nada.

Nadie.

El miedo atenaza sus músculos.

¿Es un infarto?

—Puedes llegar —se asegura en voz alta mientras comienza a nadar de vuelta.

Es en vano. Su mente le pone la zancadilla a cada brazada.

No vas a poder.

Te vas a ahogar, Julia.

Te vas a ahogar de noche y sola.

La puñalada en el pecho se repite más intensa que un minuto atrás. Es tan paralizante que la obliga a doblarse sobre sí misma. Las farolas siguen estando lejos. Muy lejos. Ya no hay rastro del tren. Se ha perdido rumbo a Gernika.

Julia tiene ganas de gritar, de llorar de impotencia, de pedir un auxilio que sabe que no llegará, porque le está dando un infarto y jamás logrará alcanzar la orilla.

Me siento tan cansada de luchar que escribirte estas cartas que no sé cuándo podrás leer se me hace difícil. A veces la tristeza me supera y me susurra al oído que nada de esto tiene sentido y que, como dice tu padre, tengo que aceptar la posibilidad de que nunca te encuentre y que por eso debemos continuar con nuestras vidas. Ha vuelto a comprar un billete para María Mendoza y, aunque quisiera volar lejos de este agujero de angustia en el que vivo, sé que mis pies no alzarán el vuelo si no es contigo en mis brazos. Sigo aquí. No te he olvidado y no lo haré. Quiero que lo sepas y que a pesar de estar separadas estás presente en cada segundo de mi vida.

Por primera vez en muchos meses una tenue luz se ha abierto paso entre las tinieblas que nos cubren. Hoy, día de la patrona de La Arboleda, hemos subido de romería a la cueva de la Magdalena. Al principio me he sentido muy sola al ver tantas familias felices disfrutando de una fiesta de verano. Miraba todos los rostros de las niñas de tres años buscando en ellas algún rasgo mío o de tu padre con la esperanza de reconocerte. Pero hoy tampoco estabas allá arriba.

¿Cuánto habrás crecido? ¿En qué brazos encontrarás caricias y consuelo cuando tus pasos titubeantes te hagan tropezar?

Alicia sigue siendo la mejor amiga posible. Me ha invitado a sentarme con su familia. Hemos comido sardinas a la brasa y su padre me ha contado historias de la mina. Y leyendas, los Montes de Hierro están plagados de leyendas hermosas y terribles.

Y entonces, se ha acercado a nosotros don Pedro, el cura de La Arboleda. Es simpático, sencillo. La gente de la mina lo adora. Ayuda en lo que puede a las familias más necesitadas, que aquí son muchas.

Alicia me ha empujado a contarle lo del convento. Me he enfadado por su atrevimiento y le he dicho que no puedo confiar en alguien que lleva una cruz y se escuda en los rezos y las oraciones, igual que esas malditas monjas de Gernika. Pero entre ambos han vencido mi resistencia y le he contado nuestra historia.

Me ha escuchado horrorizado y ha prometido escribir a instancias eclesiásticas para que actúen. Don Pedro es una buena persona y está seguro de que obrará resultado.

Hoy me acuesto con la ilusión renacida de que hay más brazos remando hacia nuestro reencuentro.

Espero que sea muy pronto.

33

Martes, 22 de febrero de 2022

—Has sufrido un ataque de pánico —resume la doctora—. Es un cuadro evidente de ansiedad.

Julia observa la vía intravenosa que le han abierto en el brazo izquierdo. La han empleado para extraerle una muestra de sangre y, por el momento, no lleva conectado suero ni medicación alguna.

—No puede ser. Era mi corazón. Estoy segura —replica llevándose la mano al pecho.

La doctora le apoya una mano en el hombro.

—El electrocardiograma no ha detectado el más mínimo problema. Tu corazón está sano. La analítica tampoco indica presencia de troponinas en sangre, y cuando se produce un infarto sus valores se disparan... Ha sido un ataque de pánico. Tu mente está mandando una señal y tú deberías escucharla. —La mirada de la sanitaria viaja a su carpeta y revisa algunos datos—. Eres ertzaina... Un trabajo exigente con excesiva carga de estrés. Necesitas parar. Tienes que pedir cita con tu médico de familia para que te tramite la baja.

Julia asiente mecánicamente.

—Ansiedad —repite en voz baja. No le gusta el sonido de esa palabra. La ha oído miles de veces y eso no le puede estar pasando a ella. Imposible.

—Descartar un infarto es una buena noticia —admite la doctora—. Pero no te lo tomes como un problema menor. La ansiedad hay que tratarla… No la dejes pasar con la esperanza de que no se repita. Si no haces nada, volverá. —La sanitaria firma el alta y le da un apretón en el brazo a modo de despedida—. Ahora te retirarán la vía y traerán tu ropa. Tómatelo con calma y, sobre todo, no salgas a nadar sola de nuevo. Que no se trate de un infarto no significa que estés a salvo. En esta ocasión un ataque de pánico en mar abierto te ha hecho pasar un mal rato, pero podría haber acabado mucho peor… La mente puede convertirse en nuestra enemiga más peligrosa.

Julia asiente mientras la ve alejarse. Lo que ha vivido esta noche ha sido terrorífico. Antes de llegar a la orilla ha tenido tiempo de llorar, gritar y, sobre todo, de sentirse terriblemente vulnerable en medio de un mar que se negaba a abrazarla. Le costará volver a internarse en él tan alegremente.

Una enfermera se acerca con un carro en el que porta diferente instrumental.

—¿Qué tal estás?

—He estado mejor —reconoce Julia estirando el brazo para que le retire la vía.

—No te va a doler. Solo una molestia leve al quitarte el esparadrapo. —Es joven. No debe de pasar de los treinta años. Y guapa. Su sonrisa es serena, igual que su mirada—. ¿Ves? Ya está. ¿Es tu primera vez con un ataque de pánico? Yo llevo unos cuantos años con problemas de ansiedad. Ahora la tengo controlada. Mira —indica mostrándole la sencilla goma que lleva a modo de pulsera—. Esto es para detener los pensamientos antes de que me hagan daño. Cuando a mi cerebro le da por ponerse a construir mensajes que lo único que pretenden es torturarme, tiro de la goma y la suelto. Te aseguro que es efectivo. Sientes algo parecido a una picadura. Y si tu cabeza sigue por ese camino vuelves a dejar que la goma te sacuda. Ya verás cómo antes o después consigues domarla.

Julia esboza una sonrisa de compromiso. Ella también tenía su propia goma: el mar. Era él quien la ayudaba a calmarse, a reconectar consigo misma. Pero ahora es peligroso.

Mientras trata en vano de sacudirse la sensación de vulnerabilidad, abre la bolsa con su nombre escrito a rotulador. Ahí está la ropa que se puso a duras penas mientras aguardaba la llegada de la ambulancia. También su teléfono móvil.

Tiene dos llamadas de Madrazo. Son ya las diez de la mañana. Ese mundo de luz blanca y pitidos a todas horas le había robado por completo la perspectiva del tiempo. ¿De verdad se ha pasado toda la noche metida en ese box del hospital?

En cuanto la enfermera se aleja y cierra la cortina para brindarle la intimidad que precisa para cambiarse de ropa, Julia devuelve la llamada a su jefe.

—¡Julia! ¿Todo bien? —responde al primer tono la voz de Madrazo.

—Sí, sí... Todo en orden —acierta a mentir sobre la marcha. No está dispuesta a mencionar su noche aciaga, igual que tampoco lo está a solicitar la baja.

—¿A que no sabes quién ha llamado para regalarle una coartada a Angelillo? Su hermana, Maite. Dice que estuvo con él toda la mañana del asesinato. Secando hierbas y eso... De repente lo ha recordado. Parece que nuestra visita de ayer al curandero le ha activado la memoria.

Julia suspira. La experiencia le dicta que desconfíe de esas coartadas cogidas con pinzas.

—¿Estás ahí? ¿Julia?

—Sí, sí. Sigo aquí. Solo pensaba en todo esto.

—Vale. Creía que te había perdido... Oye, he conseguido que nos realicen el retrato robot —celebra el oficial—. Me ha costado unas cuantas llamadas desactivar las excusas de Izaguirre, pero de esta mañana no pasa. Aitor está en Erandio con la periodista. ¿Podrías pasarte por allí y echarles una mano? Yo necesito dormir un poco. Estoy hecho polvo. Esta noche no ha habido lamentos ni carreras por el bosque, pero llevo dos días sin pegar ojo.

Julia observa la pulsera con su nombre y el membrete de Osakidetza, el Sistema Vasco de Salud. También la tirita que la enfermera le ha puesto sobre el pinchazo. Un suspiro brota de algún lugar de su pecho. También ella necesita dormir. Dormir y desconectar de todo, dar un paseo por la orilla del mar o sentarse a leer junto a la ventana de casa, pero ser policía supone olvidar a menudo los mimos que una misma debería de darse.

Incluso cuando una doctora acaba de decirte que guardes reposo.

—Sí. Por supuesto. Cuenta conmigo.

34

Martes, 22 de febrero de 2022

Cestero extrae de la cartera el pedazo de radiografía y lo introduce por la rendija de la puerta. El primer encuentro con el resbalón no da resultado. Un olor desagradable, a gas y goma quemada, flota en el portal, aunque en el exterior, junto al bosque de chimeneas y conducciones, resultaba todavía más penetrante. Ni rastro de vivificante brisa marina. La vida junto a una refinería desmiente a menudo la cercanía del mar que muestran los mapas.

Para la segunda intentona, Ane tira levemente del pomo mientras arrastra la lámina hacia abajo.

Clic.

Esta vez sí. La puerta se abre limpiamente. Sin chirridos ni protestas.

Mejor así. Lo último que quisiera es alertar a los vecinos y que la descubran en pleno allanamiento de morada.

La primera visión del piso de Begoña se limita a un recibidor al que se abre la puerta que da paso a la cocina y del que parte un pasillo hacia el salón.

Cestero respira hondo. Lo que está haciendo es grave. Sin embargo, no se le ocurre una forma mejor de buscar respuestas. Cuanto más investiga, cuantas más personas del entorno de la madre de Julia conoce, más borroso se vuelve el retrato de Begoña Larzabal.

Las preguntas se agolpan en su mente mientras cierra con cuidado la puerta.

¿Por qué Begoña fingió su propia muerte asesinando a una mujer en su salón?

¿Cuál es la identidad real de esa víctima?

¿Dónde se esconde ahora?

¿Hay alguien ayudándola?

La investigadora se asoma a la cocina.

Una mesa sencilla, con tres sillas del mismo tono cereza que los armarios, ocupa gran parte del espacio.

El alpiste que salpica el extremo más apartado de una encimera de imitación a granito le cuenta que Begoña tenía un pájaro. Un espacio redondo limpio de granos muestra el lugar que ocupaba la jaula. Quienes participaron en el levantamiento del cadáver debieron de llevar el ave a la protectora de animales.

Por lo demás, y aparte de esa gota que cae cada pocos segundos en el fregadero, no hay nada fuera de lugar.

Sus pasos continúan hacia el salón.

Las dos únicas pinturas que adornan el pasillo tienen el mar como protagonista.

El mar.

En el recibidor, junto al cuadro eléctrico, Cestero también ha visto una lamparita en forma de faro.

El mar. De nuevo el mar.

Parece que Julia ha heredado de su madre esa pasión por él.

No hay nada más de camino al salón. Solo un espejo de cuerpo entero que le devuelve una imagen incómoda de sí misma. Se siente una ladrona, no de dinero ni joyas, pero sí de intimidad. Ha entrado a ese piso humilde de Muskiz con intención de revisar cada rincón. Fotos, objetos, documentos… Piensa mirarlo todo. Lo que haga falta con tal de poder ir componiendo un fresco realista de quién es esa mujer a quien la cámara que espía a las golondrinas grabó huyendo.

Porque nadie que no tenga algo vital que ocultar finge su propia muerte y desaparece de la faz de la tierra.

Un ligero aroma cítrico la recibe cuando entra al salón. Todo parece en su sitio. Nada queda de la escena que Julia se vio obligada a enfrentar. La soga de la que pendía esa víctima sin nombre ha sido retirada por los equipos de limpieza. Una marca en la pared delimita el lugar que ocupó mientras formó parte de la decoración. Hoy solo quedan las boyas de vidrio y un pedazo de red de pescar. Una huella zigzagueante en la pintura es el único recuerdo del cabo marinero que presidía la estancia hasta que se convirtió en arma homicida.

Cestero se detiene en los portafotos que pueblan las estanterías. El parecido con Julia de esa mujer que la observa desde ellos es evidente. La muestran feliz, sonriente, aunque tampoco es algo a tener en cuenta, porque nadie elegiría malos momentos para colocar en su salón.

La pescadera que Cestero conoció en Santurtzi aparece en una de las fotos. Begoña está entregándole un ramo de flores ante un mostrador bien surtido de pescado. Y sonríen, tanto como harían una mujer que se jubila y otra que emprende un negocio por primera vez en su vida.

Otra de las imágenes habla de lucha. Una Begoña muy joven con el puño en alto en una manifestación. Los colores se ven ajados. Es la madrileña Puerta del Sol. Tampoco aquí está sola. Se coge del hombro de otra chica, algo mayor en edad pero no en tamaño. Y hay más gente, mucha más, pero en segundo plano. Las pancartas piden justicia para los trabajadores del hierro.

Antes de comenzar a abrir cajones y armarios, Cestero decide continuar con un primer examen visual del piso. Sus pasos la llevan al dormitorio tras descartar el lavabo y un diminuto cuarto trastero del que asoman el tubo curvo de un aspirador y una tabla de planchar.

La habitación no destaca por ser grande. Solo hay espacio para una cama de matrimonio. De las pequeñas. Eso y una cómoda. Nada más a no ser que se tenga en cuenta el armario empotrado.

También allí hay un portafotos. Está sobre la cajonera, junto a un televisor antiguo, de culo gordo.

La investigadora se inclina para observarlo de cerca. La imagen es algo más moderna que las anteriores, pero la mujer que posa junto a Begoña le resulta familiar. Sí, es la misma que estaba con ella en la protesta. En esta ocasión se encuentran en San Juan de Gaztelugatxe. Una excursión años después... Una amiga.

Cestero activa la cámara del móvil para llevarse una foto de ella. Nunca se sabe.

Alguno de los cajones de la cómoda está abierto.

La investigadora se asoma al primero.

Collares, pulseras, un despertador sin pilas...

Pero lo que tira de su atención se encuentra encima de la cama.

Se trata de una carpeta de color rosa. Está abierta y muestra una serie de papeles. A simple vista, reconoce recibos bancarios y varias hojas con asientos contables. Nadie ha entrado, o nadie debería haber entrado, en ese domicilio tras la retirada del cadáver. De modo que Begoña, o su víctima, o quizá ambas, estuvieron consultando esa documentación antes del crimen, antes de la huida.

Uno a uno, la investigadora fotografía los papeles. No es el momento ni el lugar de detenerse a estudiarlos en detalle, pero sabe que ha dado con algo importante. Es más que probable que cuando se siente a revisarlos pueda comenzar a comprender lo que ha ocurrido en esa casa hace solo unos días.

Todavía le faltan algunas fotos por tomar cuando las notas cítricas se acentúan.

Es un olor agradable, que enmascara por completo los efluvios de la planta de hidrocarburos. Cestero alza la mirada en busca de algún ambientador.

No hay ninguno a la vista.

De pronto, un sonido llama su atención hacia su espalda.

Apenas ha comenzado a girarse cuando percibe movimiento por el rabillo del ojo. Su mano viaja instintivamente a su cintura, solo para comprobar con impotencia que no lleva encima su arma reglamentaria. La entregó junto con su placa tras recibir el vara-palo de los de Asuntos Internos.

Después no tiene tiempo de nada más.

El golpe que recibe es tan brutal que para cuando su rostro impacta contra el suelo ha perdido el conocimiento.

35

La pantalla muestra un catálogo interminable de narices. Las hay más anchas, más estrechas, puntiagudas, redondas... Decenas de modelos que van avanzando a las órdenes de la agente Landa, de la sección de Identificación de Personas de la Policía Científica.

Dos tazas de té humean junto al teclado.

Una es de la ertzaina. La otra, de Gurutze, la periodista sentada a su lado.

—Más fina —dice la reportera.

—¿Nariz de aguja? —plantea la agente haciendo desfilar rápidamente varias filas de narices más.

—No tanto. Y el hueso este de aquí un poco más abultado —apunta Gurutze llevándose el índice a su propia nariz.

—El hueso nasal... —aclara la agente buscando más arriba.

—Eso es, algo así —señala la periodista antes de cerrar los ojos para recordar mejor—. Sí. Así era.

El retrato robot va tomando forma. Las orejas han sido lo más complicado y lo único que todavía despierta alguna duda en Gurutze. Lo demás casa bien con sus recuerdos.

—¿Cuántas narices hay en ese programa?

—Casi cincuenta —responde Landa sin apartar la mirada de su trabajo.

—Muchas menos que ojos —observa la reportera—. ¿No me has dicho que eran más de doscientos modelos?

—Doscientas treinta y una miradas —canta la agente de memoria—. Y bocas solo contamos con diecinueve para elegir. Créeme que no hacen falta más. Con lo que tenemos podemos replicar casi a la perfección cualquier rostro humano. ¿Cómo ves los pómulos?

Gurutze observa la pantalla.

—¿Puedes hundirlos un poco? —plantea dibujando en el aire con el dedo.

La agente introduce varios comandos con ayuda del teclado.

—¿Más?

—No. Perfecto. Era así. Bastante delgado.

—Sí, eso lo tengo claro. Me lo has puesto aquí —recuerda Landa consultando el cuestionario que ha rellenado Gurutze antes de sentarse junto a ella para afinar el retrato—. Delgado, aunque no flaco. ¿Me lo puedes explicar un poco más?

—Sí. A mí también me gustaría entender la diferencia —admite Aitor. Está de pie, tras ellas, tomando algunas notas que puedan resultar de utilidad para la UHI.

Gurutze se rasca la nuca.

—Quizá no me haya explicado bien. Ese hombre era de complexión delgada, pero no era un enclenque, a ver si ahora me entendéis mejor.

—Aquí me has puesto que vestía pantalones y camisa larga —interviene la agente Landa tras volver a leer las respuestas del cuestionario—. No es que eso permita ver mucho.

—Soy periodista. Me fijo mucho en todo. También en las personas. Se movía con agilidad, tenía hombros rectos, llenaba bien la camisa y no porque tuviera barriga. No sé, pero diría que se trata de alguien que no se pasa la vida sentado en una silla.

Aitor lo apunta. Es un detalle que el retrato robot no mostrará, pero que podría ser clave en la identificación.

—¿Cómo ves la boca? —pregunta la agente.

—Los labios eran más finos. —Mientras Landa realiza los

cambios, Gurutze recorre la sala con la mirada—. Casi todas sois mujeres aquí...

Aitor ha llegado a la misma conclusión. No hay más que ver a las varias ertzainas vestidas con bata blanca que se mueven por un espacio amplio, iluminado sin tacañería por unos grandes ventanales. Algunas trabajan frente a un ordenador. Otras lo hacen entre aparatos que él no es capaz de identificar.

—En la Científica somos muchas, sí —responde la agente sin dejar de trabajar el retrato—. ¿Lo damos por bueno así?

Gurutze estudia el rostro unos instantes. Después acerca el dedo a la pantalla.

—El mentón no estaba tan marcado. Suavízalo un poco. Eso es, así... ¿Y no podríamos grabar algún día un reportaje? Me parece interesante que la gente sepa cómo trabajáis. Sois el CSI vasco.

La agente Landa no aparta la mirada del retrato mientras señala hacia arriba.

—Eso lo tendréis que hablar con los jefes. No sé si les parecerá buena idea.

—Pues yo creo que todo lo que sea acercar la labor policial al ciudadano es positivo —defiende la periodista girándose hacia Aitor en busca de apoyo.

Él se limita a encogerse de hombros. ¿Qué puede responder a eso? Su experiencia con la prensa no siempre es la mejor. Los casos de la UHI acostumbran a complicarse por culpa de informaciones sesgadas o magnificadas por los medios de comunicación.

—¿Lo doy por bueno así? —pregunta Landa volviéndose hacia la periodista.

Gurutze se aparta ligeramente de la pantalla y entorna los ojos. Después mueve la cabeza afirmativamente.

—Es él. Y los ojos son tal cual, con esa mirada neutra que no inspiraba desconfianza. —La periodista se vuelve hacia Aitor—. ¿De verdad creéis que puede tratarse del asesino de Teresa?

El ertzaina abre la boca para responder, pero opta por volver a cerrarla. Diga lo que diga será una mala respuesta. Con la prensa es mejor guardar silencio.

La agente Landa acude a su rescate. Se pone en pie y tiende una mano hacia la periodista.

—Muchas gracias, Gurutze. Por mi parte hemos terminado. Has sido de gran utilidad, no es habitual dar con testigos con tan buena memoria. —La policía se dirige después a Aitor—. Si me das unos minutos lo perfecciono un poco más para cohesionar mejor las partes. Enseguida te lo envío a tu correo.

—¿Queréis que me lleve una copia para meterlo en el informativo? —propone la reportera.

Aitor respira hondo. Gurutze es incombustible persiguiendo la noticia. Le produce vértigo dar ese paso. No existe prueba alguna que incrimine al misterioso periodista sin nombre en el crimen de Teresa.

No, no pueden hacerlo.

—Por el momento vamos a moverlo de forma más discreta —explica, a pesar de que no sabe cuáles son las pretensiones de Madrazo. Lo primero es siempre cotejar el retrato con las setenta mil fichas policiales de detenidos con las que cuenta la Ertzaintza y distribuirlo a todas las unidades. La difusión a gran escala a través de los medios de comunicación debería ser el último paso—. Os solicitaremos vuestra colaboración cuando la precisemos. Serás la primera en saberlo, te lo aseguro.

Gurutze le mira decepcionada. Es evidente que le hubiera gustado llevarse algo para poder abrir el informativo. El crimen de la mina sigue dando mucho que hablar y los medios pugnan por obtener la más mínima novedad que les permita ir un paso por delante de la competencia.

Aitor acompaña a la reportera a la salida. La despide con un apretón de manos mientras le repite el agradecimiento de la UHI. Y, por supuesto, le insiste en que no corra la voz. Ni una sola palabra de que están buscando a ese hombre. No pueden complicar la vida a alguien que seguirá siendo inocente mientras no puedan demostrar lo contrario.

—Menuda entrevista te ha hecho —bromea el ertzaina cuando vuelve junto a su compañera.

—Bueno, es normal tener curiosidad por lo que hacemos —reconoce Landa mientras arrastra el ratón aquí y allá. Cada uno de sus movimientos logra dotar de mayor realismo a un rostro que nadie sospecharía que está construido a partir de diferentes piezas.

Aitor va a darle la razón cuando la puerta se abre.

—¿Qué tal? ¿Cómo lo lleváis? —Se trata de Julia—. Siento llegar tarde... ¿Y la periodista? ¿No ha venido?

—Sí. Ya hemos terminado con ella —indica su compañero señalando el retrato.

—¿De verdad? ¿Tan rápido?

—Tiene muy buena memoria. Ojalá todos los testigos fueran así —reconoce la agente Landa dándole a la tecla de guardar—. Esto ya está listo. Aquí tenéis a vuestro hombre.

—A ver... —Julia se acerca a la pantalla y observa el rostro que han construido. Aitor la ve parpadear y arrugar el ceño—. Joder... ¿En serio? ¿Este es el hombre que buscamos?

—¿Lo conoces? —pregunta Aitor sin ocultar su sorpresa.

Julia mueve afirmativamente la cabeza. No tiene la más mínima duda de que se trata de él.

36

Martes, 22 de febrero de 2022

El zumbido es insoportable. Reverbera en sus oídos hasta obligarla a abrir la boca en un grito sordo. Lo peor, sin embargo, es el dolor que lo acompaña. Atraviesa su cabeza como una puñalada implacable. Penetra por la sien derecha y viaja por cada rincón de su cráneo, rebotando de un lado a otro para amplificar su potencia con cada latido del corazón.

Cestero se lleva la mano al lugar donde ha recibido el impacto. Teme descubrir que el hueso está roto, pero lo único que encuentra es un bulto de tamaño considerable.

También siente doloridos el pómulo izquierdo y la frente. No le cuesta imaginar que ha sido esa la parte de su cuerpo que se ha golpeado primero con el suelo.

Es hora de abrir los ojos.

Nada.

La oscuridad es absoluta. Tanto que la mano de la investigadora viaja a su rostro para comprobar si tiene los párpados abiertos.

Los tiene.

Comienza a temer que el golpe le haya afectado a la visión cuando repara en una fina línea de luz paralela al suelo.

Se trata del umbral de una puerta.

Es momento de ponerse en pie.

Poco a poco, no vaya a marearse.

Ha conseguido sentarse y comienza a incorporarse cuando algo le hace arrugar la nariz.

Humo…

Sí. No cabe duda. Algo se está quemando.

Cestero gatea hasta la puerta. Su contorno es evidente, pero en el lugar que debería ocupar la manilla no hay más que una placa metálica.

Una desagradable sensación de angustia atenaza su garganta al reparar en que solo es posible abrirla desde el exterior.

El humo es cada vez más intenso. Se cuela por las rendijas y la obliga a toser.

La investigadora comienza a recorrer la estancia con las manos. El dolor en la cabeza ha desaparecido. También el aturdimiento. Saberse en peligro la ha convertido en la Ane Cestero de siempre, la que se crece en los momentos complicados. Su tacto escanea rápidamente el lugar donde está atrapada.

Baldas repletas de trastos… Hay una aspiradora, varios botes que parecen de pintura… Sí, es pintura, porque eso que se apoya sobre ellos es un rodillo. También hay algunas garrafas de alrededor de cinco litros. De aceite, probablemente.

Y una tabla de planchar.

Y una escoba colgada.

La han encerrado en el pequeño trastero que ha visto entre el cuarto de baño y el dormitorio.

Es diminuto. Debe de medir un metro y medio de ancho por dos de largo.

La única salida es esa puerta cerrada.

Probablemente su atacante estuviera escondido precisamente allí.

El olor a cítricos regresa a la mente de Cestero. No se trataba de un ambientador. Olía a colonia. Una colonia fresca, que lo mismo podría ser de hombre que de mujer. Una colonia que ella misma podría llevar.

¿Quién estaba en el piso? ¿Begoña, quizá? ¿Ha regresado en busca de algo?

Esa carpeta abierta sobre la cama le da la respuesta. Quienquiera que estuviera allí cuando ella ha llegado buscaba algo entre esos papeles.

La certeza de que en ellos está la clave del falso suicidio crece por segundos.

Un ataque de tos le dice que no es el momento de pensar en ello. Ya tendrá tiempo de averiguarlo si consigue salir de ahí. Ha tomado fotos de cada uno de esos documentos. Las tiene en…

¡El teléfono!

Cestero lo busca en el bolsillo. La dificultad creciente para respirar sin romper a toser una y otra vez le apremia a buscar ayuda.

—¡Mierda!

No hay rastro del móvil por ningún lado. Su agresor se lo habrá arrebatado antes de encerrarla.

La tentación de gritar socorro y dejarse llevar por el pánico es enorme. Sin embargo, sabe que eso no solucionaría nada. ¿Quién va a oírla? ¿Quién va a venir a rescatarla? O encuentra la manera de salir de allí por sus propios medios o está muerta.

Cestero se aleja de la puerta tanto como la reducida estancia le permite y descarga todo su peso contra ella. Su hombro derecho impacta contra la madera, pero el único resultado es un implacable pinchazo en la cabeza.

Ahí están de nuevo los latidos, los malditos latidos que se clavan con saña en lo más profundo de su cerebro.

Se trata de un dolor tan atroz que la obliga a cerrar los ojos y apoyarse en una balda para mantenerse en pie.

Después lo intenta de nuevo con idéntico resultado.

Ese no es el camino.

La falta de oxígeno en el aire que respira es cada vez más evidente.

Sus manos buscan aquí y allá, palpan cada objeto de esas estanterías combadas por el peso. Tiene que haber algo que le sirva para escapar.

Un nuevo ataque de tos que la obliga a doblarse sobre sí misma se interpone en su búsqueda.

Después da con una caja de herramientas.

Destornilladores, alicates, una llave inglesa… El tacto del martillo le devuelve una cierta esperanza.

Los segundos, sin embargo, pasan demasiado rápido. Ya no es solo humo, también el calor comienza a asomarse desde el otro lado de esa lámina de madera que le impide la huida.

Cestero trata de no dejarse llevar por la angustia. No quiere pensarlo, pero sabe que derribar la puerta no supone el final de sus problemas. Ahí fuera está el infierno. La casa entera está en llamas y no va a ser fácil salir de ella.

El martillo le permite avanzar deprisa. El contrachapado de la puerta y su relleno ceden tras unos pocos golpes. Enseguida hay un agujero lo suficientemente grande como para introducir la mano y abrir desde el exterior.

—¡Jo-der! —exclama al comprobar que es peor de lo que esperaba.

Las llamas están devorando el salón y le cortan toda vía de escape hacia la salida.

La investigadora entra en el lavabo, coge una toalla y la empapa bajo el grifo abierto. Después se envuelve la cara con ella. La tela mojada la protegerá del calor y filtrará parcialmente el aire que respira.

El calor es insoportable. El crepitar del fuego lo llena todo.

Sin embargo, una sirena suma una nota de esperanza a un escenario dantesco.

Al principio es un sonido lejano y confuso, pero se oye cada vez con más fuerza.

La tos obliga a Cestero a agacharse. Allí abajo hay menos humo.

Sabe que los bomberos podrían significar su salvación, aunque también que con ellos llegará una más que segura detención. Lo que ha hecho se llama allanamiento de morada y es un delito grave. Además, es probable que la acusen de haber provocado ese incendio que está a punto de acabar con su vida.

Gatea hasta el dormitorio.

Hay un segundo foco del incendio en él. Los muebles están ardiendo. La cama, también. No hay rastro de la carpeta. Si seguía allí encima se la habrán comido las llamas.

Un fuerte estruendo proveniente de su espalda hace girarse a Cestero.

Voces. Han derribado la puerta.

—¡Bomberos! ¿Hay alguien ahí?

Cestero se aparta la toalla. Con la boca cubierta no podrá hacerse oír.

Va a gritar. Va a pedir auxilio. Va a rogar que acudan rápido a salvarla.

Después todo habrá acabado. Saldrá viva de ese piso, la trasladarán a algún centro sanitario para comprobar que todo está bien y la identificarán. Acabará detenida y las escasas esperanzas de volver a ser ertzaina se esfumarán para siempre.

Su mirada busca la ventana. Está cerca, a apenas tres o cuatro metros, pero las llamas se interponen en su camino. No hay nada que hacer.

Abre la boca para rogar que la ayuden, pero antes de que las palabras broten se produce una explosión. Es la ventana. El calor ha vencido al vidrio, que cae convertido en una lluvia de miles de fragmentos.

—¿Hay alguien? ¡Bomberos! —insisten las voces que llegan de su espalda.

La corriente de aire fresco aviva las llamas, pero también insufla un último hálito de esperanza a Cestero. Sin pensárselo dos veces, y en una decisión que sabe que puede resultar fatal, toma impulso y se lanza a través de la ventana.

37

La lluvia fina que los ha acompañado desde que han salido de La Arboleda ha cedido el testigo a una espesa niebla en cuanto han llegado al barrio abandonado de El Saúco. El manto lechoso apenas permite atisbar unas sombras allí donde deberían levantarse los restos mineros.

Julia se arrebuja en el impermeable. Estaba preparada para luchar contra la lluvia, no para que unos dedos gélidos y cargados de humedad se cuelen por todos los dobleces de su ropa.

—Cómo odio este lugar —masculla entre dientes mientras toman el sendero que desciende a la cueva—. No me digas que a ti no te pasa. No es solo la niebla. Flota entre estas ruinas algo desagradable. Es un sitio cargado de energía negativa. Te diría que no atrae estas nubes bajas por casualidad.

—Son todas esas historias de almas en pena las que nos hacen verlo así —señala Aitor.

Julia observa con aprensión dos siluetas encorvadas algo más allá. Conforme avanzan comprueba que se trata de unos espinos que los vientos del noroeste, dominantes en la zona, han inclinado. Se dirían espectros del pasado que vigilan de cerca los pasos de los intrusos.

—No creo en almas errantes, pero tengo la sensación de que

existen lugares cuya historia pesa sobre sí mismos como una losa —confiesa la ertzaina—. Y este paisaje fue torturado, le arrancaron toneladas de hierro a costa de unas condiciones de trabajo que no las quisiera para mí. Eso no sale gratis. Sangre, muerte, lágrimas... Todo eso no se esfuma de un territorio solo porque el silencio lo invada.

Aitor no responde. En su lugar, se detiene y mira alrededor.

—No estoy seguro de que sea por aquí. Estoy completamente desorientado.

Julia siente que su pulso se acelera al instante. La posibilidad de estar perdidos en medio de la niebla no le gusta. Su mente vuela rápidamente hasta ese mar del que creyó que jamás lograría salir.

—Seguro que vamos bien —se obliga a decir en voz alta. Necesita creérselo, aunque su cerebro esté lanzándole dardos envenenados.

Apenas ha terminado de decirlo cuando un sonido la pone alerta.

—¿Tú también lo has oído? —pregunta Aitor.

—Hay alguien ahí delante —confirma Julia.

Alguien o algo.

La agente acaricia la empuñadura de su USP Compact. Le tranquiliza saber que la lleva consigo.

El ruido se repite. Parece una zarpa arañando algo.

Mientras Aitor reemprende la marcha, Julia se obliga a respirar lentamente para calmarse.

—Ahí —señala su compañero en un susurro.

Se refiere a una de las muchas grietas que la explotación minera dejó a modo de recuerdo en toda el área.

—¿Hola? —saluda Julia deteniéndose al borde del agujero—. ¿Ángel? ¿Es usted?

La niebla subraya el silencio que brota de la grieta como única respuesta.

—¿Ángel? —insiste Aitor. Ha sido Maite, su hermana, quien les ha indicado a regañadientes que lo encontrarían allí.

En condiciones normales, la cueva de la Magdalena estaría a la vista. Ese ojo de piedra y supersticiones los observaría desde la distancia. Hoy solo se intuye su presencia a través de las partículas de humedad.

—¿Quién me busca? —pregunta una voz.

—Salga de ahí, por favor —se adelanta Julia—. Soy la ertzaina que habló hace unos días con usted en Donostia. Necesitamos hacerle unas preguntas.

—Enseguida. Acabo esto y subo.

Julia siente un escalofrío al reparar en la cuerda atada al tronco de un espino que cae hacia el fondo de la grieta. La mujer ahorcada en Muskiz regresa con fuerza a su cabeza. La mujer a la que todo apunta que su madre asesinó. La misma cuya desaparición nadie ha denunciado...

De pronto la imagen del curandero colgando de la soga la golpea con demasiada nitidez.

—¡Nooo! —exclama adelantándose para tirar de la cuerda, que sube sin oponer resistencia alguna.

—¿Qué hacéis? —protesta Ángel desde abajo—. Dejad eso ahí. ¿Cómo pretendéis que suba si la quitáis?

Aitor observa extrañado a su compañera mientras ella se disculpa y deja caer la cuerda.

Cuando el curandero asoma por la grieta no lo hace solo. Un chico que rondará los veinte años sube con él.

—Es el policía. ¡El policía! —señala el muchacho al reconocer a Aitor. Una de sus manos sostiene la talla de un caballo de madera.

—Son amigos, Dani. No te preocupes —le dice Ángel acariciándole el brazo—. Mi sobrino y yo estamos recogiendo líquenes. Ahí abajo no da nunca el sol y la abundancia de carbonatos los hace muy especiales —explica mostrando a los agentes una bolsa transparente llena de hebras de un tono gris verdoso. Después se dirige a Julia—. ¿Y tu otro compañero? Seguro que no me hizo caso con el fenogreco que le receté y ahora está sufriendo del hígado.

Julia no pierde el tiempo en aclaraciones. No han subido hasta allí para pasar consulta.

—Nos mintió, Ángel. Le voy a dar una nueva oportunidad. Quizá estos días haya tenido tiempo de recuperar la memoria… ¿Dónde estaba cuando fue asesinada Teresa Echegaray?

La expresión del curandero se hiela mientras su sobrino repite una y otra vez que su tío no es ningún mentiroso.

—Vaya, hombre. Sabéis de mi propia vida más que yo… —comenta Ángel soltándose la melena, que llevaba recogida en una sencilla coleta. La barba de dos días que luce esta mañana no le brinda el toque interesante que tal vez pretende, sino un cierto aire descuidado—. ¿Acaso no testificó mi hermana que estaba conmigo secando hierbas?

—Maite mintió para protegerlo. Deje de jugar con nosotros. ¿Por qué no nos dijo que estuvo usted en la cueva esa mañana? Una periodista presente en la rueda de prensa de Teresa lo ha reconocido. —Julia le muestra el retrato robot. Es hora de ir al grano—. Y no lo vio recogiendo hierbas precisamente. Participó usted en el encuentro como un reportero más.

El curandero estudia a Julia de cerca. Incluso llega a estirar la mano para tocar su rostro, pero ella da un paso atrás. Tiene suficiente con los dedos húmedos de la niebla.

—Veo que tampoco tú has tomado las hierbas que te di para dormir. Tu cabeza gira como un torbellino.

La ertzaina parpadea incómoda. Lo cierto es que sí se ha tomado las infusiones que le recetó el curandero, pero ni siquiera con ellas es capaz de pegar ojo. Demasiadas emociones encontradas en los últimos días.

—Ángel, mi compañera le acaba de decir que existen testigos que lo vieron participar en la rueda de prensa —recuerda Aitor en tono cortante.

—Los jefes ansiosos construyen equipos enfermos —sentencia el curandero sin apartar la mirada de Julia—. Me temo que tus problemas de insomnio vienen de ahí.

—No soy su jefe. Y haga el favor de responder.

—¡El tío Ángel es bueno! —se le encara el sobrino.

—Tranquilo, Dani. No pasa nada. —El sospechoso le da un abrazo que los ertzainas respetan en silencio. Después se gira hacia ellos—. Ya sé que no eres su jefe. Salta a la vista que eres un mandado. El jefe es el del hígado graso. ¿Me equivoco?

—Me temo que va a tener que acompañarnos a comisaría —anuncia Julia mostrándole las esposas.

—Está bien, de acuerdo. No hace falta que os pongáis así… —se defiende Angelillo—. Era yo, sí. Estuve aquí. Me encontraba buscando hierbas cuando llegaron todos esos periodistas. Ni siquiera tenía noticia de que la directora de la mina fuera a dar una rueda de prensa. No tuve tiempo ni de pensarlo. Me uní al grupo y no negaré que en algún momento lancé alguna pregunta. ¿Qué mejor ocasión para aclarar las muchas dudas que me genera el proyecto?

—Parece que más que dudas eran críticas bien meditadas, destinadas a socavar la credibilidad de la empresa —anuncia Julia.

Ángel la observa furioso.

—A nada que escarbéis un poco en los ánimos de La Arboleda, Galdames, Gallarta y cualquiera de los pueblos que rodean los Montes de Hierro veréis que aquí nadie quiere que reabran la mina. ¡Nadie! —exclama el curandero recogiendo la cuerda que pendía de la grieta—. ¿Por qué tienen que venir los de fuera a decidir por nosotros? No podemos permitir que los Echegaray, por el mero hecho de contar con una licencia de explotación que alguien olvidó revocar, puedan hacernos retroceder medio siglo. Ese derecho debió extinguirse cuando decretaron el cierre y se marcharon dejando aquí miseria y abandono.

—¡La mina es mala! —grita Dani apretando el caballito de madera contra su pecho.

—¿Por eso trató de boicotear su presentación? —pregunta Julia.

Angelillo les dedica una mueca de desprecio.

—¿Y qué hay de malo en eso? A ver si no vamos a poder expresar nuestras opiniones en voz alta…

—¿Qué hizo usted cuándo terminó la rueda de prensa? —continúa Aitor.

—Me marché. Los demás no sé lo que hicieron, pero yo me fui a casa.

—¿Qué camino tomó?

—El de siempre. El mismo que seguiré ahora. Dejo la moto en El Saúco y continúo a pie hasta aquí.

—No hemos visto moto alguna —apunta Julia, aunque es consciente de que con semejante niebla es posible que hayan pasado a un par de palmos de ella.

—Sé dónde esconderla —replica Ángel—. No me voy a exponer a que me vuelvan a echar azúcar en el depósito.

Julia y Aitor intercambian una mirada. Ya tardaban en aflorar los desencuentros de los Montes de Hierro.

—De modo que subió a las ruinas del barrio minero, recuperó su moto y… —plantea Julia sin detenerse en el azúcar. Sabe que hacerlo solo puede desviar el foco de la conversación.

El curandero se encoge de hombros.

—Y me marché a casa.

—¿No regresó a la cueva?

—No, claro que no.

—Ni permaneció por la zona recogiendo más plantas…

Ángel respira hondo y niega con la cabeza.

—¿Por qué no me preguntáis directamente si regresé a escondidas para empujar a Teresa Echegaray a la sima? ¿Acaso no es donde estáis tratando de llegar con vuestros requiebros? Tomad el atajo y no perdamos más tiempo… No, no maté a esa mujer. Una cosa es estar en contra de su negocio, igual que todos los habitantes de estos montes, y otra matarla por ello.

Julia y Aitor intercambian una mirada. Saben que mientras no cuenten con más pruebas no hay nada que hacer.

—¿Por qué nos mintió?

—¡El tío Ángel no miente! —exclama el muchacho visiblemente dolido.

El curandero se encoge de hombros.

—Porque temía que la verdad me complicara la vida, y por lo que parece no me equivocaba —dice observándolos con gesto de circunstancias—. Y ahora, si no os importa, tengo que marcharme. Mi hermana se preocupará si Dani tarda en regresar.

38

Martes, 22 de febrero de 2022

Humo negro.

Se cuela en el extremo superior del encuadre antes de trepar hacia el cielo de Muskiz.

El fuego que está devorando el dormitorio no llega a percibirse. Si la cámara del Bird Center enfocara solo unos centímetros más arriba permitiría ver las llamas tras las ventanas. También la explosión que hace añicos el vidrio antes de que esa mujer salte desde el infierno al río Barbadún. Son apenas dos segundos los que el rostro de Cestero aparece en la pantalla, y la calidad de la imagen es mala. El gorrión que visita nidos ajenos en primer plano se aprecia con mayor claridad.

Solo dos segundos, pero pueden resultar incriminatorios.

—¿Ya? —le pregunta la joven a la que Ane ha pedido prestado el móvil.

—Solo un segundo más —le ruega la investigadora mientras regresa al momento en que salta por la ventana y pulsa la pantalla para detener la imagen. Ella se reconoce sin problema en ese río que le cubre hasta la cintura. Y esa, sin duda, es una mala noticia.

La muchacha extiende la mano para recuperar su teléfono.

—Lo siento, pero llega el autobús —dice señalando la carretera.

—Perdona. Toma.

La llegada del autocar no pasa desapercibida. Hace sonar repetidamente el claxon y gesticula para que Cestero aparte su Renault Clio de la parada.

—Ya va, ya va... —se disculpa la investigadora mientras corre a sentarse al volante.

Lejos de darle tregua, el chófer vocifera por la ventana e insiste con la bocina.

¿Cuántas veces se va a confabular el mundo entero para recordarle que ya no dispone de una placa policial? Con gusto se la hubiera enseñado para bajarle los humos a ese energúmeno.

Cestero no duda sobre su destino inmediato. No puede permitir que ese vídeo continúe delatándola durante las muchas horas que permanecerá en internet al alcance de cualquiera.

Cuando llega al Bird Center ha comenzado a llover. La triste pátina gris que afea los caseríos cercanos se ceba especialmente con el verde de las colinas y el espejo acuático que ofrece la ría de Urdaibai. La primavera todavía no asoma la pata por debajo de la puerta. Sus alegres tonos tardarán en llegar. Salvo unos pinos, el resto de los árboles están completamente desnudos.

Cestero detiene el Clio a una distancia prudencial de la vieja fábrica de salazones reconvertida en centro de observación de aves. No se aprecia movimiento en ella, aunque la moto estacionada ante la puerta augura que hay alguien dentro.

Y ahí está. No ha pasado un minuto cuando un hombre sale del interior.

La investigadora lo reconoce. Se trata del ornitólogo que la ayudó días atrás. Un impermeable verde, de camuflaje, lo protege de la lluvia. Lleva en las manos varios paquetes de comida para aves y se encamina hacia la parte posterior del edificio, la más cercana a las marismas.

Quizá solo tarde un par de minutos en regresar, pero le está brindando la ocasión perfecta.

Cestero tira hacia abajo de la capucha del chubasquero. No puede arriesgarse a que alguna cámara indiscreta la capte en plena operación. No otra vez.

Camina rápido hasta la puerta. En esta ocasión no hace falta recurrir a artimañas para abrirla. El naturalista no ha cerrado con llave.

Cuando la investigadora se asoma a la nave comprueba que no hay nadie más a la vista. Los reclamos y llamadas que brotan de algunas pantallas laterales destierran la sensación de soledad. Se trata de emisiones en directo desde humedales de diferentes lugares del mundo.

Pero no son ellas las que interesan a Cestero.

Un rótulo prohíbe el paso de los visitantes a la oficina donde está la computadora desde la que se dirigen las cámaras.

Un vistazo rápido le confirma que allí tampoco hay nadie.

La investigadora se dirige rápidamente al ordenador. La pantalla está dividida en cuatro ventanas. Una de ellas muestra los nidos de las golondrinas de Muskiz, con esa fachada de color mostaza ligeramente ennegrecida por el humo. Parece que los bomberos han podido apagar el fuego antes de que el resto del edificio se echara a perder.

Las demás cámaras muestran el entorno del propio Bird Center: marismas, un nido de águila pescadora y varios comederos para aves de jardín.

Hay movimiento en esta última cámara. La investigadora reconoce al ornitólogo. Está rellenando los comederos. Cacahuetes en unos, pipas de girasol en otros.

No puede perder tiempo. Mueve el cursor por la pantalla, rebobina el vídeo de Muskiz hasta mostrar su propia imagen saltando al cauce. Todavía es capaz de sentir el abrazo gélido con el que la ha recibido la marea alta.

Seleccionar el fragmento en cuestión y eliminarlo del disco duro apenas le lleva unos segundos. Sin embargo, todavía falta lo más importante: borrarlo de internet. Es allí donde se encuentra a la vista de todos. Y seguirá estándolo durante doce horas si no lo evita.

Mientras teclea la dirección web en el ordenador da un respingo. El ornitólogo la está observando a través de la pantalla. Directamente, sin filtros. Sus ojos se ven ahí mismo, taladrando a la investigadora sin ningún pudor.

Cestero regresa aliviada a su búsqueda cuando el hombre acerca un paño al objetivo. Solo está limpiándolo.

—Aquí estás —masculla al dar con el vídeo.

Ya solo falta eliminarlo.

Sin embargo, la red social le solicita que inicie sesión para poder hacerlo.

—Joder, joder, joder... —sisea Cestero al reparar en que ese no es su único problema.

El ornitólogo ha salido del encuadre. Ha terminado con la limpieza de la cámara y también con los comederos. No tardará en estar de regreso.

Afortunadamente, el ordenador rellena automáticamente el nombre de usuario y la contraseña. Gente confiada estos amantes de los pájaros.

Mientras el sonido de una puerta y unos pasos le indican que se acaba su tiempo, un cuadro de diálogo le pregunta si está segura de querer eliminar el vídeo.

Cestero pulsa deprisa el botón de aceptar y observa la pantalla por última vez.

Todo está en su sitio. Cuatro ventanas abiertas al mundo de los pájaros, exactamente igual que cuando ha llegado.

Las pisadas están ya aquí. Es demasiado tarde para dirigirse a la salida. El único camino la llevaría a darse de bruces con el ornitólogo. Solo puede agazaparse debajo de un escritorio cercano.

Las piernas del naturalista pasan muy cerca.

Lo oye olisquear el ambiente antes de agacharse a comprobar que los enchufes estén en su sitio.

Cestero comprende que ha olido el humo que todavía impregna su ropa.

El hombre camina de un lado para otro mientras ella contiene la respiración.

Las piernas del ornitólogo se detienen a apenas un palmo. Está a punto de descubrirla.

Cuando todo parece perdido, el hombre se aleja hacia un office que se abre en el extremo opuesto de la sala. Continúa buscando la fuente del olor a quemado entre los diferentes electrodomésticos.

El propio olor que la ha delatado se acaba de aliar con ella para ofrecerle una escapatoria.

Es su momento.

Cestero gatea hacia la sala principal. Oye al ornitólogo abriendo el horno y los armarios en la distancia, pero el sonido se mezcla con el de las marismas lejanas que muestran las pantallas.

Una vez en el exterior corre hacia su coche. Sus botas empapadas le recuerdan con cada pisada su chapuzón en el Barbadún.

Pero nada de eso importa ya. Ni el fuego ni el agua. Tampoco las cámaras indiscretas.

Se deja caer pesadamente en el asiento y, por primera vez desde que ha entrado en ese maldito piso de Muskiz, respira aliviada.

39

Martes, 22 de febrero de 2022

Don Pedro observa a los feligreses que abandonan la ermita. Las habituales mujeres de cierta edad que acostumbran a asistir a sus misas están ahí. Pero no solo ellas. Hay otras más jóvenes, y también bastantes más hombres de lo habitual. Algunos de los asistentes a la misa han tenido que quedarse en pie porque no había bancos para todos.

Es una sensación extraña.

En condiciones normales ver el templo lleno a rebosar sería motivo de felicidad. Esta tarde, sin embargo, no hay nada que celebrar.

No le gusta lo que está ocurriendo. Que el miedo llene iglesias nunca puede ser una buena noticia.

A sus setenta y cuatro años don Pedro ha vivido situaciones de todo tipo, pero ninguna como la de los últimos días. De Alma Negra siempre se ha oído hablar. Ese suicida maldito habitó en las pesadillas de varias generaciones de niños de la zona minera y su sombra los ha acompañado incluso en su edad adulta. Pero nunca ha ido más allá de ser un miedo intangible.

Ahora todo ha cambiado.

La muerte de Teresa Echegaray en la misma sima que eligió aquel vecino para quitarse la vida ha resucitado unos temores que el párroco creía enterrados para siempre.

Don Pedro no ha oído los lamentos que muchos juran que les han despertado en las últimas noches. Ni los ha oído ni cree que existan, pero eso no va a impedir que sus oraciones traten de alejar a ese mal espíritu de los Montes de Hierro. De alejarlo y de devolver el sosiego y la paz a sus habitantes.

Por eso aceptó celebrar una novena en busca de protección. Nueve misas.

Nueve jornadas para rogar a Dios que aleje los malos espíritus de la zona minera.

—¿Se queda a merendar, don Pedro? —le pregunta una de las habituales—. Hemos traído termos de café y Nerea ha preparado ese bizcocho que le queda tan rico.

El sacerdote rechaza la invitación mientras esboza una sonrisa. Tiene ganas de irse a casa. Ya no está acostumbrado a tanto trasiego. Su día a día se limita desde hace años a varias misas los sábados y domingos y solo algunos funerales de rigor entre semana. Esto de la novena le está superando.

—No. Recojo y me voy a casa. Gracias, Maribel.

—¿Quiere que le ayude?

—No, tranquila. Ve con ellas.

La mujer no se da por vencida hasta que el religioso repite su negativa por tercera vez.

Don Pedro la observa mientras se dirige al exterior. Cada día le cuesta más caminar, es evidente. La artrosis no perdona. Un mohín ensombrece el gesto del cura. Conoce a Maribel desde que ambos eran niños y su declive físico no es sino un espejo de sus propios achaques. Mientras limpia la patena y el cáliz piensa en aquellas romerías en la Magdalena. Él todavía estudiaba en el seminario y todas esas mujeres que hoy asisten a sus misas eran jóvenes rebosantes de energía. La vida se les ha escabullido entre los dedos antes de brindarles siquiera tiempo de disfrutarla.

Ha sido feliz, a pesar de haber visto durante años cómo sus misas se vaciaban de un domingo para el siguiente. Al principio se sentía culpable por ello y trató de luchar contra lo imposible. Después logró asumir que todo aquello no era sino un signo de los tiempos y que las iglesias estaban condenadas a quedarse huérfanas de fieles.

Y ahora, de pronto, la novena de desagravio vuelve a llenar los templos. Las peticiones para que oficiara esas nueve misas le llovieron en cuanto se corrió la voz de que Alma Negra había regresado. Solicitudes que llegaron desde todos los pueblos y barrios rurales en los que hunden las raíces los Montes de Hierro: Galdames, La Arboleda, Triano, Sopuerta... Todos querían celebrar su novena, pero con un solo párroco para toda una comarca no iba a resultar fácil. Suerte que a estas alturas de la vida, y tras años obligado a realizar encaje de bolillos para dar servicio a tantas iglesias de la cuenca minera, don Pedro encontró una solución: la novena se repartiría en nueve templos diferentes.

Hoy es el turno de El Regato, un barrio de Barakaldo encerrado entre bosques y montañas que huelen a hierro. No son solo sus vecinos quienes han llenado la ermita de San Roque. Ahí estaban también muchos llegados desde otros rincones de la zona. Quienes tienen facilidad para desplazarse lo están acompañando a lo largo de toda esa novena itinerante. Ayer tocó en el templo a orillas del Barbadún, en Atxuriaga, y mañana la misa será en San Pedro de Galdames.

Apenas ha terminado de guardar los objetos litúrgicos cuando oye los gritos de terror.

Son sus feligreses.

Se encuentran a escasos pasos de la ermita de la que acaban de salir, detenidos ante el espejo de agua en el que se miran unos plátanos desprovistos de todas sus hojas.

—¡Sangre, don Pedro! ¡Está todo lleno de sangre! —exclama Maribel cuando lo ve acercarse.

El párroco echa mano del rosario que lleva en el bolsillo y sostiene el crucifijo ante él a modo de protección. Paso a paso, sin apresurarse ni tampoco detenerse, camina hasta el borde mismo del lago.

Los fieles abren un pasillo a su paso. Si alguien puede protegerlos ante lo que está sucediendo es él.

Pero don Pedro no puede hacer más que observar horrorizado el agua.

Es roja.

Igual que la sangre que brotó de la cueva de la Magdalena para convertir en leyenda a aquel Alma Negra al que todos continúan temiendo como si hubiera muerto ayer.

Tengo el alma rota, mi niña. Durante diez años he creído en las promesas de don Pedro. Diez largos años en los que el único motor para continuar con mi vida ha sido la esperanza de volver a verte. He renunciado a todo: a mi nombre, a mi amor, solo por estar contigo, pero nos han traicionado. No había vuelto a llorar así desde que nos separaron.

No debía de haber confiado en don Pedro.

Todas esas cartas a instituciones eclesiásticas que decía que iban a escucharnos no han servido de nada.

¡De nada!

Tres veces ha reclamado en mi nombre. Cada vez ante una instancia diferente y cada vez llamando a puertas más altas.

Los dos anteriores intentos ni siquiera obtuvieron respuesta.

Esta vez ha sido diferente. En ese convento no se llevaba a cabo ese supuesto tráfico de bebés. Ni en ese ni en ninguno, defendía categórica la carta que me ha entregado.

Leer algo así me ha destrozado y he pagado con él mi impotencia.

Le he gritado que es igual que ellas, un mentiroso que se disfraza para hablar en nombre de Dios mientras sirve a los poderosos y permite que el mundo siga siendo igual de miserable e injusto. Lo he visto llorar mientras se alejaba, pero no me importa. Jamás volveré a confiar en alguien que vista hábitos y manosee palabras como «amor» o «sacrificio» para que nos resignemos a aceptar la derrota.

Estaba tan furiosa que cuando hemos llegado a la mina y la hemos encontrado clausurada me he sumado al grupo que se dirigía a cortar la carretera nacional junto con los trabajadores de los Altos Hornos de Vizcaya. Toda la rabia y la decepción acumuladas desde que te separaron de mí han aflorado en mi pecho y en mi garganta. He pasado horas gritando, llorando, arrojando piedras, botellas y cualquier cosa a mi alcance contra la policía. Sus uniformes negros me recordaban a la sotana de don Pedro. El mundo es un lugar horrible por culpa de gente como las monjas de Gernika o los dueños de la mina a los que no les importa dejar a todos los pueblos de la Margen Izquierda sin futuro. Solo merecen odio y desprecio.

40

Miércoles, 23 de febrero de 2022

Cuando Julia detiene el coche en la fila solo hay dos vehículos por delante. Apenas un minuto después son seis los que esperan su turno y la barquilla del puente colgante ha comenzado su trayecto desde la orilla opuesta. Dos furgonetas de reparto destacan entre quienes viajan entre Getxo y Portugalete en una escena que se lleva a cabo decenas de veces al día.

La ertzaina mira alrededor.

Un BMW blanco perla.

Eso ha dicho Itziar Ortuzar, la cuñada de la mujer arrojada a la sima.

Julia asoma la cabeza por la ventanilla para buscarlo en la fila.

Está ahí. Aguarda su turno unos metros más atrás.

Su conductora, que lleva puestas unas gafas de sol, aparta del volante un par de dedos para saludarla.

Cuando la plataforma que unos cables hacen volar sobre la ría alcanza la orilla, las barreras se abren y comienza el baile de vehículos y transeúntes. La operación de desembarque se realiza con la agilidad propia de las situaciones que se repiten una y otra vez.

Apenas un minuto después Julia arranca el motor y guía el coche a la barquilla.

El puente colgante devora rápidamente la fila. Seis vehículos en cada trayecto, menos de dos minutos para salvar la ría sin entorpecer el paso de los barcos que la remontan rumbo a Bilbao. Más de cien años uniendo dos orillas que son dos mundos al mismo tiempo.

Julia sale de su coche y se acerca al todoterreno de Itziar, que se limita a bajar la ventanilla.

—Gracias por hacerme un hueco en su agenda. —La ertzaina teme que se le haya colado un tono sarcástico en sus palabras. No ha sido fácil que la cuñada de la víctima encontrara un momento para atenderla. Lleva tres días llamándola y otros tantos recibiendo negativas. Reuniones, encuentros, entrevistas... La vida de Itziar es extremadamente agitada. O eso pretende hacer ver, porque si Julia la ha llamado para darle un ultimátum es porque acaba de descubrir que hace casi un mes que fue despedida del banco.

—Me gustaría poder dedicarte más tiempo, pero tengo una mañana complicada. Supongo que mejor esto que nada —comenta Itziar llevándose a los labios un cigarrillo que casa mal con su aspecto de deportista—. No te molesta que fume, ¿verdad?

Julia no responde. Solo dirige la mirada al rótulo que lo prohíbe. Su interlocutora también repara en él, pero no muestra la más mínima intención de acatar la norma.

—Comprenderás que haya preferido no acudir a comisaría, como me planteabas —dice tras una primera calada—. Para familias como la nuestra es importante salvaguardar nuestra reputación. Aquí podremos hablar tranquilas. Nada mejor para que un encuentro no dé que hablar que llevarlo a cabo a la vista de todos, una charla casual. Y este lugar, por el que pasan cientos de personas cada mañana, es perfecto.

Julia también prefiere no haber tenido que tomarle declaración en comisaría. No se siente cómoda entre esas paredes donde la sombra de Izaguirre y otros como él, que entienden la labor policial de forma opuesta a la suya, está por todos lados.

—¿Dónde se encontraba el pasado jueves entre las doce y la

una del mediodía? —plantea la ertzaina—. Mintió. No estaba en el banco.

Itziar expulsa el humo sin apresurarse.

—Sé que has estado haciendo preguntas entre mis compañeros. Todavía me queda algún amigo allí... Y tengo que pedirte que seas discreta. No me gustaría que se supiera que ya no formo parte de su dirección. Pacté confidencialidad en mi salida. Soy una persona conocida y me desagradaría que comenzaran con dimes y diretes. Además, si han prescindido de mí no ha sido porque lo haya hecho mal durante estos años sino porque mi familia ha salido del accionariado.

—No tengo ningún interés en contar nada. Tampoco me incumben los motivos de su cese. Solo quiero saber dónde se encontraba usted el día que Teresa Echegaray fue asesinada y por qué no dijo la verdad cuando le preguntamos.

—Mentí precisamente por no gritar a los cuatro vientos que estoy sin trabajo. Son asuntos delicados.

—Estaba —le corrige la ertzaina—. Ahora es directora de una empresa minera. Parece que la muerte de su cuñada ha llegado en el momento oportuno.

Itziar niega con un gesto crispado.

—Ese comentario me ofende. Y al mismo tiempo me da la razón. Es un motivo adicional para no airear mi salida del banco aún. Los envidiosos de siempre dirán que he matado a mi cuñada por hacerme con su puesto —lamenta volviendo a llevarse el cigarrillo a la boca. Está nerviosa, salta a la vista—. Nada más lejos de mi intención. No tengo ningún interés en dirigir esa mina. Ninguno. Pero los Echegaray me necesitan. Es mi familia. ¿Tengo que negarme a ayudarles? No, claro que no. Será algo temporal. Después me dedicaré a lo mío.

Julia comienza a cansarse de sus requiebros. Hace menos de veinticuatro horas Cestero ha estado a punto de morir en el piso de su madre. Alguien ha llegado demasiado lejos para evitar que continúe investigando. Lo último que está dispuesta a permitir esta mañana es que una sospechosa juegue con su paciencia.

—¿Dónde estaba cuando Teresa fue asesinada? —repite. En esta ocasión con mayor firmeza—. ¿Me va a obligar a pedir la localización de su móvil para comprobar si subió a la zona minera?

La ertzaina tiene la impresión de que la calada de Itziar es todavía más larga, mucho más larga, que las anteriores.

—¿Por qué no me preguntas directamente si la maté? Me indigna vuestra actitud, pero no puedo decir que me sorprenda. Llamáis trabajo a sospechar de quienes menos lo merecen. Acabemos de una vez con este trámite para que os dediquéis a detener a su asesino. —El cigarrillo regala una nueva pausa a sus palabras—. Mira, yo adoraba a Teresa. Éramos más que cuñadas. Éramos buenas amigas y por eso mismo compartía conmigo secretos que creo que debéis conocer. Me temo que no soy la única que os ha ocultado algo.

Julia comprende que va a optar por el ataque como defensa.

—Explíquese.

—Mi cuñada me llamó hace unos días. No soportaba a su marido un solo minuto más, pero él estaba presionándola para que cambiara de opinión. ¿Te imaginas lo que esa ruptura podría suponer para Alejandro? Estar casado con la hija de una de las familias más importantes de Bizkaia le daba caché. ¿Crees que se hubiera vuelto tan popular en las redes sociales de ser un cualquiera?

Julia piensa en los vídeos del pescador. No tiene la impresión de que formar parte de tal o cual familia influya en la repercusión que brinda liberar bogavantes ante una cámara.

—Es un egoísta —continúa Itziar—. Ella se enfrentó a su familia contra viento y marea por estar con él. Renunció a su gente. No te puedes imaginar lo mucho que sufrió la pobre. Conmigo se sinceraba y todos estos años alejada de los suyos se le hicieron insoportables. —El cigarrillo vuelve a viajar a sus labios—. ¿Y ahora qué? Teresa iba a tener por fin un cargo a la altura de lo que merecía. Dirigir una empresa minera con más de cien empleados... Y en lugar de apoyar a la mujer que lo había sacrificado todo por él, va y se pone del lado de unos peces. ¿Te parece de recibo? Y todo lo que dicen es mentira, además. No vamos a verter al mar ningún lodo tóxico. Ninguno.

—Alejandro no se ha pronunciado en contra de la mina hasta ahora —indica Julia.

—No lo ha hecho en público, al menos hasta que anoche compartió en sus redes un vídeo anunciando que asistirá a esa ridícula manifestación que han convocado contra nosotros. En casa, en cambio, no se mordía la lengua, no. Si mi cuñada estuviera viva te contaría lo de los niños. La pobre encontró un día a la pequeña dibujando un mar repleto de peces muertos. Cuando le preguntó, la cría se echó a llorar. Le dijo que esa tubería negra que había pintado era el tubo de su mina. Y el mayor se negó a volver a comer pescado porque estaba contaminado por los metales pesados que su madre vertía al mar. Menudo disgusto se llevó mi Teresa. Es un cobarde y la atacaba a través de lo que ella más quería.

—¿Sabía Alejandro que ella pretendía pedirle el divorcio? —pregunta Julia.

Itziar asiente con gesto grave. El único mechón que su coleta deja en libertad vuela con la brisa y le otorga un cierto aire relajado que la ansiedad con la que aspira una nueva calada se encarga de borrar de un plumazo.

—Él se oponía. No se lo estaba poniendo fácil. Por eso recomendé a Teresa recurrir a un abogado.

—¿Llegó a emprender acciones legales?

La barquilla está a punto de alcanzar la orilla de Getxo. Los escasos conductores que también han salido de sus vehículos comienzan a regresar a ellos para desembarcar.

—Todavía no. Yo misma le recomendé que dejara pasar la rueda de prensa para dar el paso. Ya estaba suficientemente nerviosa como para abrir otro frente que podía esperar unos días… ¿Ves cómo todos tenemos secretos? ¿A que Alejandro os ha pintado su relación de otra manera?

Julia arruga los labios. Las versiones son claramente contradictorias.

—¿Tiene pruebas de esto?

Itziar apura el cigarrillo. La colilla acaba en el suelo, muy cerca de los pies de la ertzaina. Después se gira hacia el asiento del copiloto y saca el teléfono de una bolsa de deporte de la que asoma una raqueta de tenis.

—No debería mostrártelo, porque se trata de una conversación privada, pero las circunstancias son las que son... Mira, aquí tienes mi última charla con ella. Es de la mañana de su muerte. Le escribí para darle ánimos por la rueda de prensa y Teresa respondió que esa misma tarde planeaba visitar al abogado que le había recomendado.

Julia lee los mensajes. Teresa menciona una discusión con su marido en plena cena y delante de los niños.

—Unas horas después estaba muerta —recuerda Itziar—. Te agradecería que Iñaki y mi suegra no se enteraran de que te he contado esto. Ellos son de la opinión de que los trapos sucios de la familia deben lavarse en casa, pero esto es grave. Me parece que debéis saber la verdad.

Una luz giratoria indica que es hora de salir del puente.

—Muy considerado por su parte, pero sigue sin responderme —recuerda Julia—. ¿Dónde estaba cuando su cuñada fue empujada a la sima?

El gesto de Itziar se endurece.

—Esperaba que te pareciera importante lo que te he mostrado.

—Y será tenido en cuenta. Igual que el resto de los elementos que forman parte de una investigación de estas características —aclara Julia—. Por eso le agradecería que me respondiera. De lo contrario me veré obligada a detenerla como sospechosa del asesinato de Teresa Echegaray y entonces sí tendrá que acercarse a comisaría.

La empresaria resopla con fuerza.

—Estaba en un hotel de Algorta —reconoce a regañadientes—. Puedes preguntar en él. Aunque me temo que no hace falta que te lo diga. En cuanto me pierdas de vista comenzarás a hurgar de nuevo en mi vida... Estuve allí con un... amigo. Vaya, con mi entrenador de tenis. Lo del banco no me está resultando fácil de digerir y necesitaba hablar con alguien en un entorno discreto. La habitación estaba a su nombre.

Julia observa el puente colgante, con sus coches alineados y sus decenas de pasajeros en las barquillas laterales. Con ella no ha necesitado recurrir a la discreción de un hotel.

—¡Vuelva al coche, vamos! ¡Tiene que abandonar la barquilla! —exclama un empleado acercándose.

Mientras regresa a su vehículo, la ertzaina señala un lateral de la plaza que se abre a orillas de la ría.

—Aparque en esa calle de la derecha para que podamos seguir hablando —dice alzando la voz para hacerse oír por encima de los motores.

Itziar niega con determinación.

—Imposible. Te he avisado de que podía dedicarte muy poco tiempo. Ya sabes todo lo que necesitabas. —Apenas ha terminado de decirlo cuando arranca su BMW para perderse con sus secretos en la orilla derecha del Nervión.

41

Miércoles, 23 de febrero de 2022

—¿Colorante alimentario? —lee Madrazo en el análisis del laboratorio que acaba de entregarle Aitor.

—Ponceau 4R, rojo cochinilla, E-124... Llámalo como quieras. Es un colorante azoico, muy habitual en todo tipo de alimentos —resume su compañero, que ha tenido tiempo de leerse el informe completo.

—¿De dónde lo sacaron? —pregunta el oficial.

Aitor le muestra su teléfono móvil.

—Lo tienes al alcance de un solo clic. ¿Qué formato prefieres? ¿Polvo o líquido? —Sus dedos hacen desfilar una serie de productos—. También se vende como tinte para fuentes ornamentales y piscinas. Mira, aquí está en botellas de litro. Por menos de cincuenta euros puedes convertir en sangre miles de litros de agua.

Madrazo es incapaz de no sentir desánimo. Guardaba la esperanza de que la muestra de pigmento que obtuvieron los submarinistas que peinaron el pantano en busca de pruebas pudiera ofrecer pistas concluyentes.

—Es demasiado fácil y accesible —reconoce observando las aguas negras de El Regato.

Nada queda del pánico que se adueñó de ese paraje a la salida de la misa. Hoy todo es silencio y quietud, como si se tratara de una fotografía suspendida en el tiempo.

—Muy fácil —corrobora Aitor—. Solo tuvo que acercarse mientras la misa tenía lugar en el interior de la ermita, verter el tinte y marcharse.

—No se le puede negar una buena dosis de acierto a la hora de escoger el momento y el lugar. Quizá ayer no hubiera aquí un puñado de periodistas, pero los fieles que asisten a una misa como esa son un altavoz inmejorable para extender el miedo. El impacto de salir del templo y darse de bruces con el pantano teñido de rojo fue demoledor. Eran el público ideal para la obra de teatro.

—Igual que en la cueva durante la procesión. Unos simples cascabeles fueron capaces de derivar en una estampida.

—Está aprovechando las viejas supersticiones presentes en la zona para amplificar el mensaje. Es tan maquiavélico como brillante —admite Madrazo mientras recorre la lámina de agua con la mirada. Los bancos de niebla que flotan sobre ella ayudan a brindar un cierto toque siniestro al embalse.

—Incluso la época del año se alía para generar mal rollo —apunta Aitor—. Dentro de un mes esto será muy diferente. Este mundo gris se teñirá de verde. Los árboles no serán simples esqueletos mirándose en el espejo de agua.

—Qué gran poeta se perdió el mundo el día que te hiciste policía —se burla el oficial.

—¿Acaso no es cierto lo que digo? —protesta su compañero.

El canto de un petirrojo que se ha posado en una valla cercana tira de la atención de Madrazo. Una nota de color en un mundo despojado de vida.

—El curandero no pudo teñir el agua. Julia y tú estabais con él en las minas cuando eso sucedió —apunta pensativo.

Aitor le entrega otro papel.

—Tengo algo más que mostrarte. —El oficial frunce el ceño al reparar en que se trata de una denuncia—. Estaba consultando casos de la zona minera para continuar trazando el perfil de Ángel, cuando he encontrado esto. Una empresa de ingeniería denunció a Lorea, la presidenta de la plataforma contra la mina, por daños en una perforadora. Hace tres años del suceso. Estaban realizando catas mineras en diferentes zonas de Galdames y sufrieron amenazas. Uno de los operarios la sorprendió cuando trataba de prender fuego a la máquina. La estaba rociando con gasolina.

—La empresa retiró la denuncia antes de que el juicio tuviera lugar —observa Madrazo.

—Debieron de llegar a algún acuerdo extrajudicial —supone Aitor.

El oficial se guarda el documento.

—Quemar maquinaria no parece coherente con el rechazo a la violencia del que hace gala su plataforma —comenta pensativo—. Espera un momento... Fue su propia hija quien descubrió el primer río teñido de rojo...

—También lo he pensado —reconoce Aitor—. Pero esas dos crías estaban traumatizadas. No creo que una madre les hiciera algo así.

Madrazo no está de acuerdo.

—¿Cuántas veces vemos en este trabajo situaciones que escapan de toda lógica? No podemos descartar nada por descabellado que parezca. Lorea sabía perfectamente dónde estaban las niñas y la reacción que tendrían al ver el río convertido en sangre.

—Y sabía que había periodistas muy cerca de ellas, porque la pista por la que subimos a la mina pasa por delante de su caserío —añade Aitor.

—Solicita una orden de registro. Tenemos que entrar en su casa. Si es Lorea quien está haciendo que los Montes de Hierro sangren, podría esconder más colorante. No va a detenerse ahora que la opinión pública está mirando hacia aquí. —Madrazo se dirige hacia el coche—. Yo voy a hacer una visita a nuestro pescador influencer. La cuñada le ha contado a Julia que la relación entre Teresa y él se había deteriorado a causa de la mina. Divorcio, abogados, niños... No suena bien.

Aitor sacude la cabeza.

—Qué poco ha tardado en declararse la guerra entre los Echegaray. Vete a saber dónde acaba la realidad y comienzan las acusaciones infundadas… Era evidente que el paso dado por Alejandro de pronunciarse públicamente contra la mina no iba a gustarles lo más mínimo.

Madrazo se sienta al volante.

—Julia ha visto mensajes que demuestran que Itziar dice la verdad. El pescador no fue honesto con nosotros. Pintó su relación como un cuento de hadas cuando estaba sentenciada. Va a tener que explicar por qué nos ocultó una información que podría ser importante.

Va a cerrar la puerta del coche cuando Aitor se lo impide.

—Un momento. ¿A qué hora dijo Alejandro que regresó a puerto la mañana del crimen? ¿A las doce? —pregunta con el móvil en la mano.

—Sí.

Aitor teclea algo en el aparato. Después muestra el resultado a Madrazo. La foto del Mistral, la embarcación del viudo de Teresa, ocupa un recuadro de la pantalla. El resto es un mapa de la costa cercana a Santurtzi y un trazo azul con el recorrido que realizó esa mañana. La hora de su arribada a los muelles también quedó registrada.

El oficial resopla.

—Me parece que el pescador va a tener que aclararnos demasiadas cosas…

42

Miércoles, 23 de febrero de 2022

El puntito azul en el mapa continúa su aproximación al puerto de Santurtzi. Los diques del Abra han quedado atrás y con ellos la navegación en mar abierto. La libertad del Cantábrico y sus anchos horizontes han cedido el testigo a las instalaciones portuarias. Grúas, almacenes, buques de gran tonelaje, ruido... A Madrazo no le cuesta imaginar la panorámica excesivamente humanizada que el Mistral de Alejandro Usategui está surcando en estos momentos.

Cuando la web de geolocalización de barcos lo muestra arribando por fin al muelle pesquero, el ertzaina aparta la mirada del móvil y la dirige a la dársena. Ahí está el barco del viudo de Teresa. Y ahí está él también. En esta ocasión no viajan a bordo sus hijos. Llega solo y no precisa de ayudante alguno para amarrar los cabos y manejar el timón casi al mismo tiempo.

Un hombre acostumbrado a navegar en solitario.

—Oficial Madrazo, UHI —se presenta mostrándole su placa.

El pescador olvida por un momento las cajas de pescado que había comenzado a descargar.

—¿Hay noticias? ¿Tienen al asesino? —pregunta visiblemente nervioso.

—¿Por qué mintió a mi compañera? —dispara Madrazo sin contemplaciones. No tiene ganas de perder el tiempo.

—No sé de qué habla.

Madrazo observa que en pleno desconcierto por su pregunta Alejandro ha cerrado disimuladamente la cabina del barco. Un movimiento extraño. Quizá el pescador bueno de Instagram haya recordado las langostas que ha capturado y que alguna veda le impide llevar a puerto.

—La mañana que su mujer fue asesinada no regresó a los muelles a las doce. Dos horas antes, a las diez y un par de minutos, su barco estaba amarrado aquí. Se hizo a la mar a las siete de la mañana. Tres horas después estaba de vuelta.

Mientras le resume sus movimientos, Madrazo le muestra en su móvil la posición que ocupaba su embarcación. Una sencilla página web que Aitor acostumbra a emplear con su hija para identificar los navíos que arriban al puerto de Pasaia ha sido suficiente para desenmascararlo.

El pescador se lleva la mano a la frente.

—Qué desastre soy con las horas... Si le digo la verdad, siempre me he guiado por la posición del sol. Salgo a pescar al alba y vuelvo a puerto cuando está alto. —Algo en el gesto de Madrazo le dice a Alejandro que la explicación no es suficiente—. Si hubiera querido ocultar mi posición, habría desconectado la baliza de localización. No hay mejor evidencia de que no hubo ninguna mala intención por mi parte. ¿No le parece?

—Le dijo a mi compañera que permaneció en el puerto hasta las dos de la tarde... ¿También lo calculó mirando al sol? —continúa el oficial sin detenerse a responderle.

—No. Eso lo sé con exactitud porque envié un mensaje a mi mujer antes de arrancar el coche.

—Cuatro horas aquí —observa Madrazo mirando alrededor con una mueca de incredulidad—. Ya me explicará qué hizo en todo ese tiempo.

—Nunca ha tenido un barco, ¿verdad? —pregunta Alejandro—. Le aseguro que cuatro horas no son nada. De todos modos, no me gusta cómo me habla. Perdí a la persona más importante de mi vida hace solo unos días. ¿Sabe que cuando llego a casa se me cae el mundo a los pies al ver a mis hijos y comprender que nunca más verán a su madre? ¿A qué viene tratarme como un sospechoso?

—Viene a que no me gusta que haga perder el tiempo a mi equipo. Si no hubiera mentido, yo no estaría aquí ahora. ¿Qué más nos ha ocultado?

El pescador salta a tierra con un gesto enérgico, alejando a Madrazo de la embarcación.

—Son demasiados años viviendo según los ritmos del mar. No creo que eso me haga culpable.

—¿Está seguro de que no se movió de aquí? —insiste Madrazo—. Solicitaremos la posición de su teléfono móvil. No tardaré en comprobar si su coartada es falsa. Y entonces sabrá de verdad lo que es que le traten como a un sospechoso.

—Ya se lo he dicho. Estuve aquí. Recogiendo y preparando aparejos —responde el pescador mientras se sienta en el bolardo al que ha amarrado el Mistral para quitarse las botas de agua. Después abre la mochila y saca unas deportivas.

—¿Qué talla de calzado gasta? —pregunta el oficial.

—Depende.

—Déjeme ver. —Madrazo le hace un gesto para que le entregue una de las zapatillas.

—Las botas de agua serán un cuarenta y tres.

—Y estas, un cuarenta y uno —observa el ertzaina antes de devolverle la deportiva. Encaja perfectamente con las huellas que encontraron en la escena del crimen.

—Ya veo que algunas cosas no cambian jamás. Debí suponer que el hecho de no ser un títere de mis suegros iba a tener consecuencias —lamenta Alejandro—. Los Echegaray siempre han tenido a la policía a su servicio.

—Se equivoca. Yo solo investigo un asesinato y voy a meter en la cárcel a quien empujó a su mujer a la sima.

—Pues pierde el tiempo aquí, oficial. Mientras me trata a mí de criminal, el asesino que me la arrebató sigue libre.

—No lo estoy tratando de criminal. Aclare por qué mintió a Julia y le dejaremos tranquilo.

—Ya le he dicho que no le mentí. Solo erré en el cálculo de la hora.

—¿Dos horas? —plantea el oficial—. Usted dijo que regresó a puerto a mediodía para contar con una coartada que desterrara la posibilidad de que fuera el asesino. Sin embargo, arribando a este muelle a las diez de la mañana todo cambia...

—¡Está usted mal de la cabeza si cree que maté a la mujer de mi vida! —exclama el pescador.

Madrazo respira hondo. Sabe que se dispone a pisar terreno pantanoso.

—¿Por qué no le dijo a mi compañera que Teresa le había pedido el divorcio?

El rostro de Alejandro se tensa. Ya no es el hombre afable que aparece en los vídeos que cuelga en redes sociales.

—Los problemas de casa se solucionan en casa.

—Su mujer tenía cita con el abogado que debía comenzar los trámites del divorcio pocas horas después de su asesinato...

El pescador parece realmente sorprendido.

—No sé por qué me pregunta, si sabe usted más que yo... Mis manos no están manchadas de sangre. De discutir como personas civilizadas a asesinar a alguien hay un mundo de distancia.

—También lo hay de hablar a una ertzaina de una relación de pareja idílica a hacerlo de una que se encuentra en plena ruptura.

—¿Qué quería que hiciera? ¿Que le hablara de nuestras miserias delante de nuestros hijos? —pregunta Alejandro. No parece furioso, solo triste—. ¿No cree que ellos merecen recordar a sus padres unidos?

Madrazo comprende que por este camino no va a llegar mucho más lejos. Al menos hasta que consigan acceso a la posición del móvil del pescador. Si los repetidores de telefonía lo sitúan en los Montes de Hierro, todo será diferente.

—Hay algo en el crimen de su esposa que me intriga —indica el oficial—. La sima no se encuentra junto al camino que recorre la zona, ni siquiera junto a la boca de la cueva donde tuvo lugar la rueda de prensa. No, para llegar a ella hay que seguir una senda que no es fácil de identificar.

—No entiendo adónde quiere llegar, oficial —objeta el pescador echándose la mochila a la espalda y cogiendo del suelo las cajas de pescado.

—Creo que quien asesinó a su mujer la llevó engañada hasta la sima.

—Tiene lógica —reconoce Alejandro echando un último vistazo al Mistral para asegurarse de que todo esté en su sitio. Su mirada se entretiene unos segundos en los cristales de la cabina, tras los que no se alcanza a ver nada—. Si no le importa, me esperan unos hijos a los que un cabrón ha dejado sin madre.

—También le parecerá lógico entonces que piense que si ella siguió a alguien ahí arriba es porque lo conocía y le inspiraba confianza. Alguien como usted, por ejemplo.

El pescador lo observa con hastío.

—¿No acaba de decirme que nuestra relación estaba rota? Decídase, hombre. ¿Estábamos a palos o confiaba en mí? —plantea antes de darle la espalda para alejarse de allí—. Hágame caso, oficial. Deje de perder el tiempo.

—No estoy perdiendo el tiempo —replica Madrazo alzando la voz—. Usted, por si acaso, no se vaya muy lejos.

Alejandro se detiene. Durante unos instantes parece que no va a contestar. Sin embargo, se gira hacia Madrazo y niega con la cabeza.

—¿Adónde pretende que vaya si tengo que sacar adelante a dos criaturas que si depende de ustedes nunca tendrán las respuestas que merecen?

Quizá no lo sepas, pero hoy cumples treinta años.

¿Guardas algún recuerdo del día en que naciste? ¿Del sol posándose dulcemente sobre los tulipanes del jardín del convento cuando me sentaba contigo en mi regazo? ¿Habrá en algún lugar de tu memoria un espacio para mi olor, el tono de mi voz cuando te cantaba nanas o el color de mis ojos?

No soporto la idea de que me hayas olvidado, de que no seas consciente de mi existencia, de que mi búsqueda haya sido en vano.

Deseo que tengas un cumpleaños muy feliz, rodeada de gente que te quiera mucho y bien. Yo no tuve esa suerte en mi juventud, pero al menos ahora la vida me ha premiado con algunas personas maravillosas, una familia elegida que sí me apoyó y me ayudó a salir adelante.

Si Alicia estuvo a mi lado en las minas, Ángela fue mi bastón en el tiempo que llegó después. Todavía recuerdo el día que me presenté en su pescadería rogando un trabajo que escaseaba. De pronto estábamos todos en el paro. El mundo del hierro se había desmoronado, ya no había mina ni esos Altos Hornos que creíamos eternos. Miles de personas deambulando en busca de faena por los pueblos de la Margen Izquierda… Y Ángela confió en mí a pesar de que no había limpiado un solo pescado en mi vida. Me cogió las manos, encallecidas por tantos años en el lavadero, y dijo que alguien acostumbrada a trabajar tan duro merecía una oportunidad.

Fue paciente y considerada conmigo, me lo enseñó todo de un oficio tan áspero como las afiladas escamas de los pescados que limpiábamos y preparábamos a diario.

La vi envejecer lentamente: primero su cabello, después su figura se fue encorvando, hasta que un día me dijo que le había llegado la hora de jubilarse. Volví a sentir el vértigo por quedarme sin trabajo, pero entonces me animó a hacerme cargo de su negocio.

Ángela se portó muy bien conmigo, pero la avaricia que te alejó de mi vida, la misma que sembró de miseria esta comarca, esa que todo lo corrompe, hizo acto de presencia otra vez. Los propietarios del local vieron la oportunidad de ganar más y más dinero y me doblaron el precio de la renta. Apenas tres meses más tarde, me veía obligada a bajar la persiana.

Y entonces apareció él. Es el único pescador con un corazón tan noble como para no permitir que me hunda. No sé por qué ha decidido ayudarme ni arriesgar el fruto de su trabajo por mí. Verlo entrar en la pescadería es un rayo de sol en pleno invierno, una pincelada de color en este mundo tan gris.

Tengo miedo de sentir esta alegría inesperada.

43

Jueves, 24 de febrero de 2022

La presidenta de la Plataforma en Defensa de los Montes de Hierro observa la orden de registro con más decepción que preocupación.

—No hacía falta que vinierais con algo así —dice devolviéndoles el papel—. Si me lo hubierais pedido, no habría tenido ningún problema en abriros mi casa. No tengo nada que ocultar.

Julia y Aitor la siguen al interior. El calor que brinda la chimenea se hace notar y los invita a despojarse de los abrigos.

—Podéis colgarlos ahí —dice Lorea señalando un perchero. Después abre la nevera y les ofrece una jarra de agua con limón—. Ahora os doy unos vasos.

—Gracias. Puede sentarse. Si la necesitamos, se lo diremos... —le indica Julia.

—No me trates de usted —la interrumpe la enfermera apoyando las nalgas en una cajonera. No parece muy dispuesta a sentarse, pero al menos desde allí no estorbará en el registro.

Los dos ertzainas empiezan su búsqueda por la cocina. Armarios altos, bajos, escoberos...

Madrazo les ha pedido que comiencen sin él. La comunicación del juez autorizando el registro lo ha sorprendido en la cama. Su cuarta noche consecutiva en vela no ha arrojado resultado alguno.

Tras la persecución entre los pinos días atrás, Alma Negra no parece muy dispuesto a dejarse oír. Y tampoco el oficial está por la labor de ceder el testigo de las guardias a sus compañeros. Se ha tomado su caza como algo casi personal.

La inspección avanza con rapidez. Los agentes tienen claro lo que buscan: colorante con el que convertir el agua en sangre. En polvo o líquido, tanto da.

La habitación de la hija es la que más tiempo los lleva inspeccionar. Entre tantos juguetes podría esconderse cualquier cosa. Tampoco el dormitorio de Lorea resulta mucho más fácil. Aitor se ocupa del armario ropero y Julia busca en la cómoda y también en las mesillas que escoltan la cama. Una foto en la que aparecen la enfermera y otra chica llama su atención. Las dos delante de una barandilla de la que están colgando un candado. Una promesa de amor eterno. Lorea parece radiante. Su acompañante quizá también lo esté, aunque su rostro es irreconocible. Alguien lo ha arañado con algún tipo de punzón. Un blíster de pastillas para dormir y algún que otro juguete que recuerda a Julia que hace días que no emplea los suyos completan el cajón de la mesilla.

—Nada —anuncia Aitor cuando termina su parte.

—Yo tampoco he encontrado nada.

Los pasos de Lorea se aproximan por el pasillo.

—Ya os he dicho que no tengo nada que ocultar.

Los ertzainas la siguen hacia la salida.

—¿Eres espeleóloga? —pregunta Aitor señalando una de las fotos que adornan el comedor.

—Aficionada —matiza la enfermera—. Cuando has crecido en unos montes horadados por decenas de kilómetros de túneles, el mundo subterráneo te llama. De críos siempre nos decían que no jugáramos en las minas… ¿Y qué hacíamos? Lo contrario, como todos los niños. Entrábamos con linternas y jugábamos al escondite. Era divertido. —Lorea sonríe con la mirada perdida en sus recuerdos—. Hasta que alguno decía que había oído a Alma Negra y salíamos todos pitando.

—Hace unos días perseguimos en la cueva de la Magdalena a alguien que conocía bien sus túneles —plantea Aitor.

—Lo sé —confiesa la enfermera—. Las noticias vuelan, y más cuando tu madre tiene un bar en el pueblo. Esos cascabeles… La gente es tan crédula… Parece que se montó una buena. Si lo que me estás preguntando es si conozco bien esa cueva, te diré que sí. Aunque no soy la única. Pocos vecinos encontrarás por aquí que no hayan entrado en ella unas cuantas veces. Tendríais que verla durante la romería de julio. La gente llega a caballo desde La Arboleda. Quizá la fiesta sea en las campas y la misa en la ermita, pero las galerías de la Magdalena vuelven a ser espacio de juegos. Esos son los Montes de Hierro que queremos: una tierra de risas y música, de baile y celebración. —Lorea sacude la cabeza sirviéndose un vaso de agua con limón—. Los Echegaray nos han robado todo eso.

—Todavía no han abierto la mina. Quizá finalmente no lo hagan —discrepa Julia.

La enfermera aprieta los labios y niega con la cabeza.

—El daño ya está hecho. Conseguiremos que las minas no reabran, pero ¿qué futuro nos espera? ¿Qué familia querrá venir a vivir a los Montes de Hierro?

Lorea les llena los vasos y abre una caja de galletas.

—El tiempo lo cura todo —comenta Julia sin poder evitar pensar en su propia situación. Necesita creer que el paso del tiempo disminuirá el dolor que siente tras descubrir que su madre huyó dejando una mujer muerta en su piso.

—Las heridas que la mina abrió en nuestra tierra no han cicatrizado aún y por eso se han reabierto con tanta facilidad. Yo nací aquí y sé de lo que hablo. Los Montes de Hierro forjan personas tan duras y resistentes como el mineral que late en su interior —argumenta la enfermera—. Hemos visto cómo nos quitaban todo, pero aquí seguimos. Este es un pueblo aferrado a la tradición. Mi hija tiene hoy diez años y todavía tengo que dar explicaciones sobre la decisión que tomé en su día. Conmigo apenas se atreven, pero a mi madre no hay semana que no le pregunten si sigo sola. Como si una mujer no pudiera criar una hija sin un hombre que la proteja. —Lorea se pasa la mano por la nuca—. Y ahora será peor. La muerte de Teresa Echegaray y todo eso de Alma Negra han reforzado el mensaje de quienes no pueden entender a los que decidimos vivir la vida a nuestra manera. Los diferentes representamos una amenaza y nos lo recuerdan a cada paso.

El timbre interrumpe sus palabras.

—Será el oficial Madrazo —anuncia Aitor adelantándose a la puerta.

—¿Qué tal? ¿Habéis empezado? —pregunta el recién llegado quitándose el abrigo—. Uf. Vaya calor hace aquí, ¿no?

—Hemos terminado —responde Julia, haciéndole un gesto que da a entender que no han encontrado nada.

—Yo tengo alguna pregunta, si no le importa —dice el oficial.

—De tú, por favor —le pide Lorea.

—Háblenos de su relación con Evaristo. Su vecino refirió presiones por su parte —continúa Madrazo haciendo oídos sordos a su petición.

—¿Presiones? ¿Yo? Jamás. No sé de dónde puede haber sacado eso.

—Parece que te presentaste en su casa para exigirle que no vendiera sus tierras a los Echegaray —interviene Aitor.

—Solo me acerqué por allí para tratar de convencerlo. Sin sus terrenos no hay reapertura. Frenar el proyecto está en su mano. ¿Qué menos que ir a pedírselo en persona? Somos vecinos.

—Alguien se ha tomado muy en serio lo de disuadirlo de vender sus tierras. Han aparecido pintadas amenazantes en su casa y también se han lanzado piedras contra sus ventanas —explica el oficial.

—Yo no sé nada de eso —zanja Lorea secamente.

Julia observa que tampoco parece sorprendida.

—Pero alguien lo ha hecho —apunta la ertzaina.

La enfermera se encoge de hombros.

—Y alguien ha teñido los ríos y ha causado el pánico en la Magdalena. Y también han asesinado a una mujer en una sima.

Están pasando demasiadas cosas en los Montes de Hierro. Me gustaría saber si Evaristo, que tanto se hace la víctima, tiene tan poco que ver con esos sucesos como lo tengo yo.

—¿Insinúa que su vecino podría estar detrás de lo que está sucediendo? —plantea Madrazo.

Lorea se muerde el labio inferior. Durante unos segundos el único sonido llega del crepitar de las llamas en la chimenea.

—Yo no voy a señalar a nadie, pero tampoco voy a ser yo quien niegue que ese hombre no me gusta —reconoce finalmente—. Es violento.

—Violencia es pretender dar fuego a la maquinaria que realizaba catas mineras —la corrige Madrazo.

Lorea niega ostensiblemente con la cabeza.

—Violencia es pretender sumir de nuevo los Montes de Hierro en la miseria y el dolor. Estas minas se tragaron la vida de cientos de trabajadores. Mi padre fue uno de ellos, fueron tantos los accidentes que no hay nadie por aquí que no perdiera algún ser querido en la mina. Se iban al alba, con su bocadillo bajo el brazo y un beso en la frente de sus hijos dormidos y ya no volvían. —El suspiro de la enfermera trasluce un dolor renacido—. Pueblos enteros desangrados por enriquecer a unos pocos. Eso es violencia. Y también lo son los apaños extrajudiciales con los que los Echegaray compensaban a las víctimas. Familias que merecían indemnizaciones millonarias y que tuvieron que contentarse con migajas porque no podían permitirse alguien que las defendiera ante gente con tanto poder y pocos escrúpulos. Tratar de impedir que vuelvan a hacerlo es solo justicia.

—¿Le parece justicia empujar a una sima a la mujer encargada de dirigir la reapertura? —dispara el oficial.

La enfermera le dedica una mirada glacial mientras Julia se revuelve incómoda en la silla. Entiende a su superior. Su odio a los Echegaray y su mina convierte a Lorea en sospechosa y precisamente por eso están en su casa. Sin embargo, la agresividad de la pregunta no encaja con el tono en el que se estaba desarrollando la conversación.

—Evidentemente no. ¿Cómo va a ser justicia algo así? Se trata de un asesinato cobarde y no representa a nuestro movimiento. Pero fingir que me sorprende el odio que despiertan los Echegaray sería cínico por mi parte. Esa familia gestionó las minas apenas una docena de años, pero fueron suficientes para que se buscaran demasiados enemigos en la zona. Cuando lograron la concesión, a mediados de los años ochenta, la gente lo celebró. Creímos que venían a salvar el modo de vida de esta comarca en los últimos dos siglos. ¿Sabéis qué hicieron en realidad? —pregunta con una mueca de desagrado—. Nada. No invirtieron una peseta en seguridad ni renovar instalación alguna. Su único propósito, desde el principio, era llenarse los bolsillos con las subvenciones que se otorgaron esos años para la reconversión industrial. Una vez esquilmados los fondos públicos, echaron la persiana dejando un reguero de víctimas y centenares de familias en la calle. Ninguno de nosotros ha olvidado ni perdonado la deuda que los Echegaray tienen con los Montes de Hierro.

Madrazo se dispone a rebatirle, pero Julia se adelanta. Quiere evitar nuevas tiranteces que impidan completar el registro.

—¿Te importaría que echáramos un vistazo en el bar de tu madre?

La enfermera inspira lentamente.

—Eso habría que preguntárselo a ella. ¿No os parece? —plantea tras un largo suspiro—. Está bien. Vamos, os acompaño. No creo que tenga problema. Allí tampoco hay nada que queramos ocultar.

44

Jueves, 24 de febrero de 2022

Cuando Cestero entra al bar, Silvia y Julia están apoyadas en la barra. Por sus expresiones es obvio que la conversación es desenfadada y eso ha sido precisamente lo que la ha empujado a promover el encuentro. Con la palentina es imposible no reírse. Seguro que a Julia le vendrá bien este rato entre amigas para tomar distancia por unas horas del asunto de su madre.

—¡Ane! —La abraza la psicóloga acercándose a recibirla.

Julia le guiña un ojo a la que antes de la suspensión era su jefa y finge hastío con una mueca divertida.

—Ya está quejándose del tiempo.

—¡Oye! Que solo te he preguntado si sabes cuándo piensa dejar de llover —se defiende Silvia dándole un empujón a Julia—. Tú también llevas un buen rato quejándote de que te has pasado horas buscando en vano colorante en armarios de casas y bares.

Cestero se ríe mientras coge su botellín de cerveza.

—Eres una exagerada, Silvia. Esto ya no es lo que era. Cuando yo era pequeña vivíamos en un sirimiri constante. Ahora no llueve tanto. Lo que pasa es que a ti te gusta quejarte —dice antes de dar un primer trago.

—¡Pues menos mal que no llueve! ¿Cuántos días hace que no vemos el sol?

Julia estalla en una carcajada.

—¿No te has planteado ir a una psicóloga que te ayude a sobrellevar mejor la lluvia?

Silvia finge enfado.

—No sé, quizá me podáis recomendar alguna vosotras, que veo que lo lleváis tan bien...

Julia chasquea los dedos.

—¡Más sexo! Ese es el secreto para apreciar lo bueno de los días malos. ¿Qué hay más bonito que despertarte, ver que llueve y quedarte remoloneando en la cama con tu pareja?

—Tiene razón —añade Cestero con una sonrisa cómplice—. Yo desde que vivo en Oñati lo estoy poniendo en práctica y, créeme, mis días son mejores. Me despierto de mejor humor y creo que tomo menos café.

Silvia se ríe.

—Ane siempre por delante en este tema... Estás guay con Gaizka, ¿no?

Cestero admite que sí. Está mejor que nunca. Aunque esta tarde se siente culpable. Acaba de hablar por teléfono con él y no le ha contado nada de lo sucedido. Ni fuego ni huida por los pelos... Nada de nada. Tampoco lo hizo ayer. No quiere preocuparlo ni discutir con él. En estos meses de suspensión forzosa no han tenido que enfrentarse a ello, pero a Gaizka le cuesta entender que el trabajo de policía conlleva ciertos riesgos. Esa es una de las diferencias más notables con respecto a su relación con Madrazo. Su jefe también la protegía en exceso, pero no era ajeno a la realidad del oficio que compartían.

—¿Sigues dándole al boxeo? —pregunta la psicóloga.

—Cada día. Deberíais probarlo. Nunca me había sentido tan bien. Y ya no me conformo con el saco. Ahora Gaizka y yo hemos empezado a luchar con contacto.

—¿Os zurráis?

—Más o menos —reconoce Cestero—. Con protecciones y eso. Si sabes pegar todo va bien.

—¿Y no acabáis enfadados?

La investigadora muestra una mueca que da a entender que más bien todo lo contrario.

—No precisamente.

Sus amigas estallan en una carcajada.

—¿Y tú, Julia? —pregunta Silvia cuando logran recomponerse—. ¿Qué tal de amores?

—¿Yo? No tengo nada que declarar. A ver... Tampoco me entendáis mal, que no he hecho voto de castidad, pero...

Silvia guiña un ojo a Cestero.

—Cuenta, cuenta. ¿Alguno de tu comisaría?

Julia niega ostensiblemente, aunque las tres saben perfectamente que en el mundo policial es más que habitual que surjan relaciones entre compañeros. Tantas horas de patrulla en común acaban forjando amistades que a menudo van más allá.

—Déjate de ertzainas —zanja ella alzando el botellín para brindar—. El verdadero paraíso es una playa llena de surfistas.

—Guau. Me encanta... —exclama Silvia—. Yo también quiero un surfista y hacerlo en el mar.

Julia se cubre la cara con las manos.

—Estás loca... —dice riéndose.

La psicóloga hace un gesto al camarero para que les ponga tres cervezas más. Después regresa a la conversación.

—Está claro que soy la más pringada de las tres. Mi chico ni boxea ni surfea. En mala hora le dio por la bici. Sus malditos entrenamientos de cinco horas me tienen frita. ¡Siempre está hecho polvo! Y eso por no mencionar las carreras de los fines de semana. ¡Que ya tiene cuarenta años! ¡No va a ganar el Tour!

—¡Ya sabía yo que tu problema no era la lluvia! —señala Cestero—. Pues a eso hay que ponerle solución.

—¿Cambiar de chico? —plantea la palentina con gesto burlón—. ¿Buscarme un buen castellano-leonés que me devuelva al sol de la meseta?

—Quizá no haga falta llegar tan lejos. ¿Por qué no le propones abrir la relación? Seguro que Julia puede presentarte alguno de esos reyes de las olas.

Silvia arruga los labios y niega con un movimiento leve de cabeza.

—No sé. Creo que no funcionaría. —Un trago a su cerveza—. Si yo estoy bien con Javi… No sé por qué estamos hablando de esto. ¡Ya me has liado! —La psicóloga señala a Cestero con su botellín—. ¿Qué tal el café? ¿Conseguiste el punto de tueste que querías?

Julia y Ane intercambian un gesto de disgusto. El cambio de tema no les convence.

—Me estoy acercando a un desarrollo balanceado. Os he traído unos paquetes a las dos para que lo probéis, pero no me fastidies… ¡Que hablábamos de hombres!

Silvia se ríe.

—Las psicólogas somos más de escuchar que de contar —comenta entrechocando su botellín con el de ellas—. Por cierto, Julia, donde se está liando una buena es en la zona minera. He seguido algunas informaciones y me ha sorprendido ver cómo el crimen de la sima ha despertado semejante temor colectivo. Mi sensación es que todo eso estaba ahí latente, bajo una fina sábana que alguien ha sabido retirar: Alma Negra, ríos de sangre, lamentos en la noche, patrullas vecinales… Menudo percal, ¿no?

—¿Qué tipo de patrullas? —se interesa Cestero.

—Vecinos que se organizan para deambular durante la noche por los alrededores de los pueblos. Lo más preocupante de todo es que no parece que busquen al asesino real que empujó a Teresa Echegaray a la muerte, sino que esperan encontrar un ser sobrenatural —explica Julia.

—Pues vaya ambiente —comenta Cestero.

—Bueno, es una respuesta habitual a los traumas —interviene Silvia—. Para combatir el miedo, los vecinos de zonas acostumbradas al sufrimiento constante suelen encomendarse a figuras protectoras. Pero todos esos mitos también vienen acompañados de su reverso: seres malditos que se aparecen para imponer un castigo o llevar a cabo su venganza. ¿Cuántas muertes habrán tenido lugar en esas minas? ¿Centenares? ¿Miles?

—Ríete de las pelis americanas y sus casas construidas sobre cementerios indios —comenta Cestero sin poder evitar una punzada de nostalgia. Son casos como el de los Montes de Hierro los que hacían especial su trabajo.

—A este paso voy a acabar con estampitas yo también… —admite Julia divertida—. Madrazo y Aitor llevan unas de la Virgen de la Magdalena en la funda del móvil. Se las dio una gitana y se han empeñado en que tirarlas da mal fario.

Silvia suelta una carcajada.

—Lo que os faltaba en la UHI… Ane, me parece que tienes que regresar para poner cordura.

—Qué más quisiéramos nosotros —admite Julia.

Cestero no quiere hablar de ese tema. Hoy no. Se gira hacia el camarero para pedir otra ronda y también unos bocadillos de tortilla. La noche promete alargarse.

Mientras espera sus cervezas hunde la mirada en el periódico que descansa sobre la barra. La probable invasión rusa de Ucrania, que a esas horas es ya una realidad que deja en papel mojado esas páginas, se lleva buena parte de la portada. Pero es otra la noticia que hace fruncir el ceño a la investigadora.

Que una monja desaparezca en un monasterio de Lerma ha despertado su curiosidad. Pero si algo le ha dicho que esas líneas debe leerlas con atención es que esa mujer llegara a tierras burgalesas proveniente del convento de Gernika donde Julia y otros bebés fueron robados.

Explica el periodista que sor Olga abandonó la clausura quince días atrás. Comunicó al resto de las religiosas que debía acudir a su Galicia natal para cuidar de una tía enferma. Fue una llamada del hermano de la desaparecida la que activó las alarmas. Pretendía saludarla, tal como hace regularmente todos los meses. En esta ocasión sin embargo solo encontró su ausencia y a una madre superiora alarmada al saber que la monja jamás había llegado a su casa familiar.

—¿Te aburrimos, Ane? —bromea Julia estirando el brazo para hacerse con uno de los botellines que el camarero ha dejado junto al periódico.

Cestero no escucha. Continúa inmersa en la noticia.

—Perdona, no pretendíamos agobiarte al hablar de tu inhabilitación. En la UHI te echamos muchísimo de menos, ¿sabes? —le dice Julia apoyándole una mano en el hombro—. ¿Qué lees?

Cuando Cestero clava el dedo en el subtítulo que menciona Gernika el gesto de Julia se tiñe de preocupación.

—Mira, aquí entrevistan al hermano —señala Ane—. Dice que de tía enferma nada. La única que tiene sor Olga está tan sana que la noticia la ha sorprendido en Benidorm en un viaje del Imserso. La familia no tiene ni idea sobre su paradero. En ningún momento les dijo que tuviera intención de abandonar el convento.

Cestero y Julia se miran sin añadir nada. Ambas saben lo que está pensando la otra. Ane consulta el reloj. Es tarde para ponerse en marcha, pero en cuanto amanezca cogerá su Renault Clio y se irá hasta Galicia. Necesita hablar con el hermano de la monja desaparecida. Porque si algo aprendió antes de que la obligaran a entregar su placa es a desconfiar de las casualidades.

Alejandro, el pescador que tanto me ha ayudado y que tanto significa para mí, ha venido a verme a la hora de cerrar. Sonreía, estaba radiante de felicidad y quería invitarme a tomar un aperitivo.

Me he puesto nerviosa como una adolescente. Estaba convencida de que iba a decirme que me quería.

He pedido lo mismo que él y he apoyado mi mano sobre la suya para que supiera que sus palabras iban a ser bien recibidas.

Y entonces me ha dado la noticia.

Se casa.

Una sonrisa rígida ha asomado a mis labios, que han acertado a darle tímidamente la enhorabuena mientras mi corazón volaba en pedazos.

Me ha contado que lleva dos años saliendo con Teresa, la hija de unos navieros de Getxo.

Mientras mi mente imaginaba la pedida de mano en el frondoso jardín de una de esas mansiones de la Margen Derecha, me ha invadido una mezcla de vergüenza y de rabia insoportables. ¿Cómo he podido estar tan ciega? Me he sentido estúpida e insignificante. ¿Quién en su sano juicio iba a enamorarse de una mujer como yo, una pescadera que a duras penas llega a fin de mes?

Me pregunto por qué te cuento esto y la respuesta es que no tengo fuerzas para desnudar mi alma así con otra persona. Tú eres *el vínculo que me une con un tiempo en el que la felicidad era posible. Pero Begoña, la joven inocente que te dio la vida, hace años que solo existe en estas cartas. Por más que me duela reconocerlo, ha llegado la hora de enterrarla para siempre.*

45

Viernes, 25 de febrero de 2022

Es una librería sencilla, de pueblo. De esas que lo mismo venden las revistas de la semana que despachan camisetas reivindicativas o lápices de colores. Y libros, por supuesto. Muchos libros. Un toldo más pensado para proteger de la frecuente lluvia con la que el Atlántico premia a las rías gallegas que del sol, confirma a Cestero que se trata del establecimiento que estaba buscando. Letras rojas sobre un fondo apagado.

La investigadora reconoce la portada azul de la última novela de Leire Altuna presidiendo el escaparate. La rodean otros libros, tanto en gallego como en castellano. El de su amiga, sin embargo, ocupa un espacio destacado. Le enviará una foto a Aitor, seguro que les hará ilusión verlo.

—Es el último que me queda y lo tengo reservado. Mañana me llegan más ejemplares —le cuenta una voz que se adelanta al hombre que se asoma a la puerta.

Desde que se encontró con el titular sobre la desaparición de la monja en ese bar, ha leído todas las noticias publicadas en los medios vascos y gallegos en busca de información. La investigadora lo reconoce en el acto. Esa cabeza brillante como una bola de billar y esa barba corta son inconfundibles. Se trata de Fernando, el hermano de la monja desaparecida. Es más alto de lo que las fotos permitían imaginar, pero es él.

—Menudo éxito esa novela. Media comarca del Morrazo está leyéndola. Y ni siquiera es una novedad reciente. Si es que cuando yo recomiendo algo... Ahora solo me falta traer un día a la autora a firmar. Lo conseguiré, no lo dudes.

Cestero sonríe mientras guarda el móvil. Después se gira hacia el librero y siente la ausencia de su piercing contra los dientes.

¿Cómo comenzar?

Lleva siete horas conduciendo para llegar a Bueu. Siete horas en las que ha valorado decenas de opciones mientras el paisaje corría veloz al otro lado del parabrisas. Tiene que conseguir respuestas para preguntas difíciles, así que esta vez no servirá hacerse pasar por una conocida lejana. La piel que vista en esta ocasión debe permitirle ser incisiva, como la Cestero de siempre. Pelo recogido, ropa oscura, y el cuello del abrigo subido para que su tatuaje de Sugaar y la diosa Mari no desvíen la atención durante su entrada. Todos sus pendientes, incluidos los de las orejas, han desaparecido.

—Soy investigadora. Me envía el Vaticano para encontrar a su hermana. Solo serán unas pocas preguntas —sonríe mientras calcula mentalmente cuántos padrenuestros y avemarías debería rezar para hacerse perdonar esta mentira.

Fernando recula como si hubiera visto un vampiro. Solo le falta dibujar una cruz ante su rostro y recitar alguna fórmula protectora.

—Lo que faltaba... ¿Cómo tenéis la poca vergüenza de presentaros en mi librería? Os llevasteis a mi querida hermana Eli, que ha tirado su vida entre los muros de la clausura, y ahora venís a preocuparos por ella... La Iglesia no pinta nada aquí. En este país ya tenemos policía para ocuparse del asunto.

Cestero acusa el golpe, no se esperaba semejante recibimiento. Por su cabeza cruzan a toda velocidad nuevas opciones, incluso abre la boca para hilvanar un giro que resulte creíble. Sin embargo, la mirada herida del librero la desarma. No se siente con derecho a seguir adelante con la farsa. Si quiere ganarse la confianza de este hombre, tendrá que ir con la verdad por delante.

Ane le mira a los ojos, se baja la cremallera del abrigo y le ofrece sus disculpas más sinceras. Esta segunda vez se presenta como Ane Cestero, ertzaina que estuvo al frente de la investigación del convento de clausura de Gernika en el que vivía su hermana y en el que descubrieron una red de tráfico de bebés robados a sus madres adolescentes. No le oculta su suspensión, ni tampoco sus sospechas de que a su hermana le haya sucedido algo grave. Solo le ahorra la dolorosa hipótesis que ha ido tomando forma en su cabeza: que Begoña haya descargado sobre ella toda su ira y deseos de venganza.

El librero asiste a la explicación con gesto serio y los ojos vidriosos.

—Vamos a dar una vuelta —dice Fernando mientras cuelga de la puerta un *vuelvo enseguida*—. No me gusta hablar en la librería. Estos días no para de entrar gente a interesarse por Eli y no hay manera de mantener una conversación cuerda.

Cestero le sigue en silencio por las calles mojadas. Sabe que el librero está evaluando si puede confiar en ella.

—¿Y por qué iba a estar Eli en ese pueblo? ¿Cómo dices que se llama?

—Muskiz —aclara la investigadora mientras el olor a puerto anuncia la cercanía de los muelles—. ¿Mencionó tu hermana alguna vez a Begoña Larzabal? —Fernando niega sin dudarlo un solo segundo. Tal vez la conociera por el nombre que adoptó tras el nacimiento de Julia—. ¿Y a María Mendoza?

—Tampoco. Eli es muy reservada. Y, además, vivía en clausura. A pesar de que hablamos por teléfono cada mes no profundizamos en nada. La última vez que pasamos tiempo juntos fue cuando mamá estuvo enferma. Para esas cosas las dejan salir y entonces se quedó en casa varias semanas. Pero incluso en esas situaciones es difícil que cuente mucho. Ella es más de escuchar. A empatía y ganas de ayudar nadie la supera. ¿Quiénes son esas mujeres de las que hablas?

Cestero no responde y replantea la conversación de otro modo. Quizá comenzar por el final no haya sido la mejor idea.

—Háblame de ella, por favor. ¿Cuándo ingresó en el convento? ¿Cómo decidió que quería ser monja?

Fernando introduce las manos en los bolsillos de la cazadora. Han llegado al puerto, que duerme a la espera de que regresen los barcos cargados de pescado. Algunas nasas apiladas aguardan remiendos que les permitan continuar llevando el preciado pulpo de la zona a las ferias de toda Galicia.

Durante unos minutos que suenan a homenaje, el hombre describe a una joven que devoraba libros y soñaba con tener una librería como la de su familia, pero más grande. Una bonita, como la que vio en Oporto de niña, pero en Santiago de Compostela.

—Estudió Económicas en la Universidad de Deusto porque la empujaron nuestros padres, no porque fuera su deseo. Si quería regentar una buena librería, lo primero era aprender a llevar un negocio. Y fue allí, en Bilbao, donde se le metió en la cabeza eso de ingresar en un convento.

—¿Sucedió algo que la empujara a tomar esa decisión?

Fernando se encoge de hombros.

—Era una cría, no estaba preparada para vivir sola. A saber quién le comió el coco en la residencia de estudiantes o qué le sucedió para que diera un paso tan radical. Si ni siquiera somos una familia de iglesia…

—¿Cuántos años hace de eso?

El librero no lo duda ni un instante.

—Me acordaré toda la vida. Fue una Nochebuena. 1986. Íbamos de camino a casa de mis abuelos cuando Eli nos dio la noticia. Quería hacerse monja… Si no nos matamos fue de milagro. Mi padre detuvo el coche en medio de la carretera. Menudo drama… Mi madre no paraba de llorar y de culparle a él por haberse empeñado en que se fuera a estudiar lejos de casa… El disgusto fue mayúsculo. —Fernando hace una pausa en la narración para saludar con la mano a unos pescadores que cargan aperos de pesca en la bodega de uno de los escasos barcos amarrados a los muelles—. Al principio nos consolábamos diciendo que aquello sería pasajero, pero tras cinco años de noviciado en Gernika Eli profesó los votos. A partir de entonces adoptó el nombre de sor Olga, aunque para nosotros siempre será Elisa.

—Ya sabes que en aquel convento se traficaba con recién nacidos —retoma Cestero el hilo que la ha llevado hasta allí.

—Sí... Esa redada de la que me hablabas antes la dinamitó por dentro. Eli había escogido aquel lugar para entregar su vida a Dios... —Fernando niega con la cabeza cada pocas palabras—. Cuando ella ingresó como novicia todo eso era pasado, pero descubrir que sus hermanas, sus referentes durante treinta años habían participado de eso... Fue terrible. Pobrecita.

A medida que escucha su historia, Cestero comprende que no puede abandonar Bueu sin una muestra de ADN del librero para cotejarlo con el de la mujer que todavía aguarda sepultura en una cámara frigorífica. Decirle a ese buen hombre la verdad de lo que está pensando puede resultar demoledor, pero no quiere recurrir a engaños para obtenerlo. No otra vez.

El paseo los ha llevado hasta el dique que protege el puerto de los embates del mar. Del otro lado se abre la ría de Pontevedra, un gigantesco brazo de océano que penetra hacia el corazón de Galicia. Decenas de plataformas de cría de mejillón flotan ante los ojos de Cestero en un orden perfecto, creando un paisaje humanizado que apenas desentona con el entorno natural.

—Algunas de esas bateas son de mi tío —señala el librero—. De niños íbamos a ayudarle. A Eli le encantaba ponerse las gafas de bucear y bajar al fondo. A veces, al emerger, se ponía unas algas en la cabeza y decía que era una sirena... Era una cría feliz.

Cestero no abre la boca. Le ha tocado dar demasiadas veces la noticia de la muerte de alguien cercano y sabe que hay momentos en los que hay que callar y escuchar con respeto.

—Yo sé que Eli está muerta. Lo sé desde el primer momento, desde que la voz de la madre superiora me dijo que pensaba que estaba aquí, en casa —mascula Fernando con la mirada posada en una gaviota que descansa sobre unas nasas.

La investigadora busca una vez más su piercing para encajarlo entre sus incisivos, pero en esta ocasión no se encuentra ahí para calmar sus nervios. No es habitual oír algo así por parte del familiar de una persona que, oficialmente, solo consta como desaparecida.

—¿Qué te hace pensar así?

El librero se vuelve hacia Cestero evitando mirarla.

—Es mi hermana —dice llevándose una mano al corazón—. Si estuviera viva, habría contactado conmigo. Nunca me haría sufrir de esta manera.

La investigadora no responde. No quiere lanzarle un salvavidas de falsas esperanzas que acabarán encallando en la primera escollera que encuentren.

—¿Te importaría que te tomara una muestra de ADN? Si la encuentro, te diré la verdad por dura que sea.

Fernando deja escapar un profundo suspiro.

—Hace dos semanas que vivo en una pesadilla. Las noticias que me has traído no son las que me hubiera gustado recibir, pero la incertidumbre es todavía peor. Te estoy más que agradecido por haber venido a Bueu. Toma tu muestra y esperaré tu llamada, inspectora Cestero.

Ane no se esfuerza en decirle que jamás fue inspectora, que en la Ertzaintza no emplean esos rangos. Ella era suboficial. De todos modos, le ha gustado que alguien, aunque fuera por unos minutos, la haya hecho sentirse policía.

46

Viernes, 25 de febrero de 2022

Julia siente frío. Un frío que la cala hasta los huesos. Un frío mayor que el del mar en pleno invierno. Lo ha sentido en cuanto ha detenido el motor del coche junto a esas casas en ruinas, meros espectros de lo que un día fueron. La única que permanece en pie no parece más habitada que el resto. No esta mañana. Evaristo debe de haber bajado al pueblo. La sombra de su padre tampoco se intuye tras la ventana.

El único habitante le da la bienvenida con ladridos furiosos al tiempo que tira con fuerza de la cadena que lo liga a la fachada.

La ertzaina deja atrás el minúsculo barrio y se dirige hacia la cueva de la Magdalena.

No busca nada en especial. No busca nada y lo busca todo.

Tiene la impresión de que algo se les escapa.

Lo que motivó el crimen de Teresa se esconde entre tanto ruido. Quizá el majestuoso silencio de la gruta le permita escuchar eso que están pasando por alto.

Odia sentirse tan lejos del caso. Por más que lo ha intentado no consigue entrar en él. Y hoy no es una excepción. Al contrario, su mente la lleva una y otra vez a Galicia. ¿Qué encontrará Cestero en Bueu?

Julia consulta su teléfono. No hay noticias todavía. Sabe que no pasará un minuto antes de que vuelva a comprobar si le ha llegado algún mensaje.

—Aquí, Julia. Estás aquí —se regaña en voz alta. Debe confiar en Ane, dejarla hacer. Su amiga es la mejor y cuando regrese lo hará con respuestas. Su caso es otro. Tiene que dejar de rumiar sobre lo que puede estar sucediendo en estos momentos a cientos de kilómetros de distancia y regresar a los Montes de Hierro.

Ese es precisamente el motivo que la ha llevado a las minas. Tiene la esperanza de que estar en contacto con el lugar donde sucedió todo la ayude a ser la Julia de siempre. La misma que encuentra respuestas y detiene culpables. Porque Teresa Echegaray también lo merece.

Son numerosas las cruces de cal pintadas por los vecinos sobre supuestos ojos de piedra que la reciben en la cueva. También las ramas de laurel bendecido colgadas de la puerta de la ermita.

Son las manifestaciones visibles del miedo de las que les hablaba Silvia la noche anterior.

El runrún del arroyo que corre por la gruta trata de resultar arrullador, pero solo logra magnificar la sensación de frío. Las corrientes de aire que brotan de los pasadizos que se adentran en el corazón de la montaña se suman hasta obligar a Julia a arrebujarse en el abrigo.

Aunque no es supersticiosa, algo siniestro flota en el ambiente. Una energía difícil de describir con palabras, pero que se hace demasiado evidente en las sensaciones.

Julia piensa en Teresa. En sus últimos minutos de vida. Tuvo que sentir frío en esa sima, un frío que va mucho más allá de lo físico y que tiene que ver con la propia alma de un lugar condenado.

Un alma negra.

Un escalofrío recorre su espina dorsal. Es hora de abandonar la cueva, aunque antes de hacerlo acaricia la cuerda que pende de la espadaña de la ermita.

El leve tirón se transforma en un tañido triste, quedo, que resuena en la cavidad antes de viajar al exterior.

Julia se detiene a escuchar el silencio que sigue a la llamada.

Nada.

Ni cascabeles ni lamentos.

—Aquí no hay nada. Es solo una cueva —se recuerda a sí misma con un nudo en la garganta.

Solo una cueva. Todo lo demás es fruto de la imaginación de los vecinos de la zona.

Se lo repite mientras camina ladera arriba, entre arbustos y restos de viejos desmontes. La senda se convierte en maraña de vez en cuando, se multiplica en diferentes ramales para salvar las zonas más abruptas, antes de volver a fundirse en una sola en los tramos más sencillos.

Un crujido hace detenerse a Julia.

La mirada que dirige a su pie le muestra una cruz rota. Una cruz formada por palitos ligados toscamente.

El intenso aroma que desprende le dice que se trata de ramitas de laurel.

El hilo que ligaba ambos brazos está roto, seguramente por la propia pisada de la agente.

La ertzaina introduce todo en una bolsa de pruebas y continúa su camino.

En cuanto avanza unos pocos pasos más descubre nuevas cruces. Pequeñas, formadas siempre por ramas de laurel ligadas entre sí con algún simple cordel. Jalonan el camino, igual que alguna que otra estampita de la Virgen que la lluvia y los caracoles han devorado parcialmente.

Julia opta por tomar algunas fotografías. Nada de embolsarlas. Es evidente que no se trata de pruebas, sino únicamente del rastro de alguna de tantas supersticiones que flotan por la zona minera. Cruces de desagravio, cruces que combaten al miedo y buscan protección.

No es difícil imaginar rogativas nocturnas armadas de luces y salmodias. No es difícil imaginarlas porque sabe, de hecho, que están teniendo lugar. Parten de La Arboleda, pero también de los diferentes pueblos que rodean los Montes de Hierro. Las noticias sobre ríos de sangre y lamentos en la noche corren por ellos como la pólvora y de nada sirven las notas de prensa que la UHI ha hecho llegar a los medios de comunicación. Los vecinos de la zona prefieren aferrarse a sus viejas leyendas que escuchar que los ríos rojos son producto de simples colorantes.

Cuando la pendiente se suaviza y los arbustos quedan atrás, Julia descubre que tiene compañía. Caballos. La presencia de la ertzaina no parece importunarlos. A lo sumo levantan la cabeza para verla pasar antes de hundir de nuevo el hocico en la hierba.

A ella, sin embargo, le inspiran cierta calma. Ya no se siente tan sola en medio de un mundo hostil.

Pero de pronto da un respingo.

Hay una mirada fija en ella.

Un joven de cabello castaño y ojos claros la observa, apoyado en una roca. El chándal gris que viste lo funde con el paisaje.

—Hola —le saluda Julia mientras pide calma a su corazón desbocado. Se trata del hijo de Maite, el sobrino de Angelillo, el de las hierbas.

El chico aparta la mirada. Sostiene en sus manos un caballito de madera al que acaricia la cabeza con delicadeza.

—Me has asustado. No te había visto —continúa la ertzaina—. Qué caballo tan bonito. ¿Lo has hecho tú?

El joven se limita a asentir con un leve movimiento de cabeza. Sus ojos siguen clavados en el suelo. Son bonitos, pero también escurridizos. Está incómodo, tanto como Julia o quizá más. Tras unos instantes, aprieta con fuerza la talla contra el pecho y corre a perderse entre los caballos de carne y hueso.

La ertzaina alza la mano a modo de disculpa antes de retomar su camino.

Son solo unos pasos más los que la separan de El Saúco, el viejo barrio que constituía el centro neurálgico de las minas de la zona.

El silencio de sus ruinas la recibe con la misma frialdad que el muchacho del caballo. No hay bienvenidas ni alfombras rojas. Solo un mundo áspero que trata de expulsarla sin cesar.

Julia se siente tentada de dar la vuelta y regresar al coche. No le gustan los Montes de Hierro. Con cada paso que da su respiración se vuelve más agitada. Teme que regresen las punzadas en el corazón. Saber que se trata únicamente de ansiedad no es suficiente para calmarla. Debe dejar de obsesionarse con la posibilidad de volver a ser presa de un ataque de pánico. Sin embargo, todos sus intentos son infructuosos. Cuanto más se pide que deje de buscar señales de alarma en su cuerpo, más lo observa con la aprensión de que en cualquier momento le lance un nuevo órdago.

—Todo va bien. Todo está en orden ahí dentro. Esos pinchazos son solo una trampa de tu cabeza. Es mentirosa, pretende engañarte. Vamos, Julia… Tienes que seguir —se exige. Si quiere respuestas no puede tirar la toalla.

¿Quién gana con la muerte de Teresa? ¿Quién lo hace con la expansión de un miedo que crece por momentos?

Quizá sea más sencillo fijarse en quién pierde. Y ahí es evidente que los principales perjudicados son la propia familia Echegaray. Ellos han enterrado a una hija, a una hermana, y ven cómo la opinión pública se muestra cada vez más contraria a su proyecto. Si antes del crimen de la sima eran solo unos pocos vecinos quienes se oponían claramente a la reapertura, ahora el sentimiento se diría mayoritario.

Itziar, la cuñada de la víctima, ha ganado laboralmente con el crimen, eso es innegable, pero le espera un duro camino para convencer a todos de las bondades de la mina. Lo hará siempre y cuando sus partidos de tenis le dejen tiempo libre. Si es que realmente llega a jugar alguno, porque Julia ha podido comprobar que, tal como ella confesó, se encontraba en un hotel mientras su cuñada era asesinada. No fue difícil convencer al hombre al borde de la jubilación que atendía la recepción para que le mostrara los registros de entrada y salida.

Itziar Ortuzar llegó al Reina del Mar junto con su entrenador pasadas las diez de la mañana y no abandonó la habitación hasta poco antes de las tres de la tarde.

Los pasos de Julia la llevan hasta el esqueleto del viejo economato. Sus formas desnudas duermen en medio de la montaña, entre bocaminas oscuras y otras infraestructuras mineras que el olvido ha devorado en parte.

Se encuentra entre sus paredes cuando oye que alguien se acerca. Pisadas rápidas, envueltas en una respiración agitada. Una ventana le permite comprobar que se trata de Lorea, la enfermera. Viste mallas y camiseta de deporte. Pasa corriendo junto al edificio y se aleja en dirección a las casas de la Magdalena.

Mientras la observa, Julia piensa en la plataforma que preside. Cuando alguien pierde, alguien acostumbra a ganar. Puede que sea una ley no escrita, pero es una ley al fin y al cabo. Y quien más gana con todo lo que está sucediendo son quienes se oponen al proyecto de los Echegaray.

Lorea fue denunciada por actos violentos en el pasado. Aunque de sabotear maquinaria industrial a perpetrar un asesinato hay todo un mundo.

Julia arruga la nariz. No le convence.

Quizá ella y su plataforma estén alimentando el miedo, aprovechando para pescar ahora que el río baja revuelto, pero no la ve dando el paso de arrojar a Teresa a la sima.

—¿Quién más gana? —se pregunta una vez más.

Su voz suena extraña entre las paredes del economato. Extraña y fría, como si ese mundo minero estuviera transformándola en otra persona.

Se echa por encima la capucha, pero el intento de entrar en calor es en vano. Ni siquiera la prenda más abrigada del mundo lograría despojarla del frío que la está corroyendo. Cada segundo que pasa allí odia más ese lugar. Quizá haya llegado el momento de regresar al coche y abandonarlo.

Mientras lo hace, su mente viaja hasta los suecos.

Si los Echegaray se retiran, ellos podrían seguir adelante con la reapertura. La presión vecinal a tantos miles de kilómetros de distancia apenas alcanzaría a hacerles cosquillas.

Sí, Molibden Resources podría ser la gran beneficiada de todo lo que está sucediendo. Sería interesante indagar más en esa dirección.

Cuando llega a la casa de Evaristo, Julia tiene una sensación extraña.

Falta algo.

Sí, los ladridos. Faltan los ladridos del perro.

En su lugar solo hay silencio. Un silencio ensordecedor.

La ertzaina lleva la mano a la empuñadura de su USP Compact. No está dispuesta a correr el más mínimo riesgo.

Solo unos pasos más y podrá comprobar si el animal continúa allí.

Julia contiene la respiración conforme avanza para descubrir que el perro sigue junto a la casa. Sin embargo, los ojos del animal, fijos en la nada, y la lengua que cuelga inerte de su boca no hablan de vida.

Como tampoco lo hace la cadena que estrangula su cuello.

47

Viernes, 25 de febrero de 2022

La piedra rebota seis veces en el agua antes de perderse definitivamente bajo el Atlántico. Seis saltos valientes de una huida condenada a naufragar. Más allá no hay nada. Solo agua. Los campos de bateas que se extienden frente a Bueu han quedado atrás al tiempo que Cestero conducía hacia el cabo Udra. Aquí, entre calas y bosques que cobijan las últimas fábricas de salazones que funcionaron antes de que la actividad industrial se retirara a los polígonos, la ría de Pontevedra abraza el Atlántico.

Las islas que conforman el parque nacional de las Islas Atlánticas cierran la panorámica. Y también algunos barcos que continúan faenando en la boca de la ría, tras el resguardo que les ofrece la isla de Ons.

Cestero camina sin rumbo por la arena. Necesita airearse unos minutos antes de sentarse de nuevo al volante. Siete horas, seis pisándole un poco, la separan de casa.

El encuentro con Fernando ha sido tan útil como pretendía, aunque todavía falta comprobar si el ADN confirma su hipótesis. Contar por fin con una posible identidad para la mujer asesinada por Begoña, sin embargo, no es motivo de celebración. Su orgullo todavía se resiente por haber dejado escapar una pista importante.

Es demasiado consciente de que aquella carpeta abierta en el piso de Begoña podría contener la clave de todo lo que está sucediendo. Y ella solo llegó a acariciarla. Las fotografías que tomó de los documentos se esfumaron con el móvil que su atacante arrojó al Barbadún.

Porque si de algo no tiene dudas es de que quien prendió fuego a la casa no se lo llevó consigo. Ha podido comprobarlo accediendo a la ubicación del dispositivo. La última vez que dio señales de vida fue en medio de la ría. Después el agua y los lodos debieron de ocuparse de inutilizarlo.

Números y más números.

Fechas, apellidos, importes…

¿Qué escondían los papeles del piso de Muskiz?

Alguien trató de matarla, de quemarla viva, por mantenerlos en secreto.

Cestero piensa en Begoña, esa madre despojada de su hija que renació de sus cenizas con otro nombre y que en los últimos años regentó una pescadería. Todavía no sabe gran cosa de ella, salvo que no parecía tener problemas con nadie. Deudas puntuales, un pescador que la ayudó a salir adelante y una mujer que la visitó en casa al menos un par de veces en las últimas semanas. Una mujer que si la pieza genética encaja tiene nombre: sor Olga.

Nada más.

Y, sin embargo, es muy probable que fuera Begoña quien trató de matarla incendiando su propia casa.

¿Qué podría pretender haciendo algo así?

Todo apunta a que su intención es comenzar de cero una vez más, enterrar a María Mendoza y reinventarse con otro nombre.

Pero ¿por qué?

La clave está en los papeles.

Cestero trata de hacer memoria. Necesita visualizar qué había en ellos. Lástima no haberse detenido a leerlos.

De pronto siente que el corazón le da un vuelco.

¿Y si…?

Una chispa de esperanza se abre paso mientras enciende el ordenador que lleva en la mochila.

Un par de claves y unos segundos de espera después la pantalla despliega una sucesión de imágenes que le hacen alzar el puño.

La copia de seguridad de su móvil estaba activada y las fotos se almacenaron en la nube antes de que el Barbadún se lo comiera para siempre.

Ahí están los documentos que alguien quiso impedir que viera. Un primer repaso la lleva de vuelta al convento de Gernika. Se trata, sin duda, de la contabilidad relacionada con el tráfico de recién nacidos. Un registro de los pagos que realizaban las familias. Transferencias, ingresos en ventanilla... Todo está reflejado en ellos.

Elisa Miranda, la hermana de Fernando, debió de obtener esa documentación en el convento. Lo que sucedió después, cómo encontró a la madre de Julia, es una incógnita.

—La denuncia... —comprende Cestero mientras guarda el portátil.

Sí, esa demanda que interpuso Begoña ante las autoridades eclesiásticas y que llevó a Julia hasta su madre pudo también guiar los pasos de la monja hasta ella.

¿Pero qué pretendía la religiosa visitando a esa mujer despojada de su bebé?

El salitre que inunda los pulmones de Cestero no le ofrece la respuesta, aunque le ayuda a pensar con claridad.

Fernando ha mencionado el sentimiento de culpa que embargó a su hermana al tener noticias de lo que sucedió en su convento.

Ane lanza al mar una nueva piedra, que da cuatro rebotes mientras ella termina de trazar una hipótesis: Elisa Miranda, sor Olga en su vida de clausura, era una mujer que se entregó por completo a la obra de Dios. Descubrir que entre los muros de su casa habían sucedido hechos terribles con la ayuda de sus hermanas la devastó por completo y sintió que tenía que hacer algo más que rezar por sus almas extraviadas.

Mientras sus pies forman un reguero de huellas a lo largo de la orilla, Cestero se imagina a la monja llamando a la puerta de Begoña. Su carpeta en una mano y en su corazón, la esperanza de hallar una paz para su alma atormentada.

Pero ¿qué llevó a la madre de Julia a asesinar a esa mujer que solo le traía explicaciones? ¿Y qué la arrastró a fingir su propia muerte?

—¿De qué huyes, Begoña? ¿De quién escapas? —matiza Ane sin dejar de caminar.

Esta vez ni el salitre ni el sonido amable de las olas son capaces de ayudarle a encontrar explicaciones. Sabe que por muchos kilómetros que recorra en esa playa que los mapas bautizan como cala Mourisca no logrará dar con una respuesta satisfactoria.

No la tendrá mientras no encuentre a Begoña, la mujer que dio la vida a Julia y se la arrebató a Elisa.

Es hora de regresar y mover una nueva ficha en el tablero. Tiene un buen trayecto por delante para decidir cómo hacerlo, pero sabe perfectamente que toca emplear un alfil. El jaque a la reina comienza a estar al alcance de la mano.

48

El perro gira lentamente, tan pronto observa a la ertzaina como le da la espalda. Su cuerpo pende de una rama del manzano que crece junto a la casa.

No está solo. Un petirrojo lo vela desde el comedero que cuelga unas ramas más allá.

Vida y muerte en el mismo árbol.

También hay flores. No muchas, pero las hay. La primavera comienza a llamar a la puerta y el árbol ha querido sumarse a la despedida con una explosión rosada en la misma rama de la que cuelga el cadáver del animal.

Julia traga saliva mientras retira el seguro de la pistola.

Quien haya matado al perro podría estar todavía en la zona y no va a darle ventaja alguna.

Apenas ha comenzado a rodear la casa cuando oye el motor de un coche. Sus ruedas hacen crujir la gravilla del camino. Se está acercando.

Es Evaristo. Llega con su padre en un viejo Lada cargado de años y observa sorprendido la pistola que sostiene Julia.

—¿Qué pasa? ¿A qué viene esto? —pregunta el hombre saliendo del vehículo.

La ertzaina no tiene tiempo de explicarle nada. Ve fruncirse el ceño del recién llegado y dirigir la mirada hacia su casa. También él ha reparado en el silencio.

—No lo toque, Evaristo. Podría contaminar pruebas —indica Julia cuando él se encamina hacia su perro.

El hombre no escucha. Solo corre hasta el animal y lo abraza con fuerza mientras trata de descolgarlo, como si eso todavía pudiera devolverle la vida.

—¡Tooooor! —grita completamente roto cuando el animal cae pesadamente al suelo—. ¡Qué te han hecho esos cobardes! ¡Qué te han hecho!

Desde el asiento del copiloto, su padre emite un sonido agudo y continuo. No hay lágrimas en el rostro inexpresivo del anciano, aunque Julia comprende que está llorando.

—Lo siento —masculla la ertzaina.

Evaristo no responde. Solo llora abrazado a su perro muerto.

—¿Dónde os escondéis? ¡Dónde! —pregunta fuera de sí. Después suelta al animal y se dirige hacia su casa sin dejar de dar voces.

—Espere. No entre —le advierte Julia empuñando la pistola—. Permítame a mí primero. Podría ser peligroso.

Un salón donde el desorden reina recibe a la ertzaina, pero un rápido barrido visual le dice que ahí no hay nadie.

Hay restos de galletas y un vaso con café reseco sobre un hule que hace demasiado que conoció mejores tiempos. También un cenicero con unas cuantas colillas apuradas hasta el filtro. Los platos sucios que se amontonan en un extremo de la mesa tampoco parecen fruto de la visita de ningún intruso.

Julia sube las escaleras hacia el piso superior. Los peldaños protestan cada vez que pone el pie en alguno de ellos, en un claro empeño por delatarla ante un posible asesino de perros oculto en alguno de los dormitorios.

El primero al que entra pertenece al padre. Unos prismáticos descansan en una banqueta junto a una ventana con vistas privilegiadas. Uno de sus cristales está roto y algunos fragmentos desprendidos cubren parcialmente un cuaderno de campo para identificar aves. Aparte de eso no hay mucho más. Solo desorden y olor a rancio y humedad. La cama es tan baja que difícilmente podría ocultarse alguien debajo.

El otro dormitorio se ve aún menos cuidado. Un crucifijo de tamaño considerable trata en vano de llevarse la atención, porque las humedades que asoman detrás ganan la partida. El papel de motivos florales que adorna las paredes está cubierto en muchos puntos de un moho blanquecino que impregna el ambiente de un olor que se intuye poco saludable. Cuesta imaginar que alguien pueda vivir en esas condiciones. Sin embargo, Evaristo y su padre lo hacen. Y lo harán hasta que la venta de sus terrenos les permita mudarse a una casa mejor.

Pero la escasa salubridad no acaba con el mal estado del edificio. Hay libros y revistas apilados por las esquinas y ropa sucia, mucha ropa sucia, sobre una cómoda. O quizá esté limpia, pero nadie se ha dedicado a doblarla y guardarla en el armario.

Julia observa que la panorámica desde la ventana no es tan generosa como en la habitación del padre. El bosque y los muros arruinados de algunas casas vecinas que sucumbieron a la soledad son los únicos protagonistas.

Allí tampoco hay nadie bajo la cama ni detrás de la puerta. Julia guarda la pistola y se dispone a regresar abajo. La casa está despejada. Quienquiera que haya matado al perro ha huido.

Antes de abandonar el dormitorio, sin embargo, repara en que en medio de tanto caos hay un mínimo espacio para la belleza. La talla de un caballo descansa sobre la mesilla de noche. No es grande, apenas un palmo de la cabeza a la cola, y tampoco es especialmente hermoso, pero sorprende el cuidado con el que está dispuesto. El tapete de hilo sobre el que apoya sus patas y la ausencia de otros objetos alrededor no desentonaría en cualquier otra casa, pero sí en una vivienda donde cada centímetro está ocupado por montañas de trastos. Es evidente que para el hombre que duerme en esa cama el animal de madera significa algo más que un simple elemento decorativo.

Julia lo observa de cerca. No es la primera vez que ve una de esas tallas. Es similar a la que sostenía el hijo de Maite cuando lo ha encontrado hace unos minutos entre los prados.

El aullido gutural que desgarra de pronto el silencio la arranca de allí y la obliga a regresar hasta la ventana desde la que el padre de Evaristo acostumbra a ver pasar la vida.

En un primer momento le cuesta reconocer quién es el recién llegado. Después comprende que se trata precisamente del joven de los caballos de madera. Está abrazado al cadáver de Tor y lo agita como si así pudiera devolverle la vida. Su llanto hiere de muerte los Montes de Hierro.

Evaristo observa la escena con el rostro arrasado por las lágrimas y la boca abierta en un rictus mudo. Después se acerca al muchacho y lo abraza con fuerza. Dani responde a su muestra de afecto girándose hacia él y hundiendo el rostro en su pecho.

La tristeza que trasluce la escena contagia a Julia, que ve cómo su propia mirada se nubla por las lágrimas mientras el dueño del perro susurra mensajes de ánimo al oído del joven con cuya madre mantiene una notoria enemistad.

Los Montes de Hierro nunca dejarán de sorprenderla.

49

Viernes, 25 de febrero de 2022

Las gotas que pueblan el parabrisas del Clio de Cestero desdibujan los contornos de las grúas portuarias que dominan la noche de la orilla opuesta. El único de los altos hornos que todavía se mantiene en pie se yergue entre ellas como un recuerdo de un pasado cuyos ecos se apagaron antes de que el calendario se decidiera a cambiar de siglo.

En este lado de la ría de Bilbao, el que los mapas bautizan como Erandio, también perduran los recuerdos. Pero aquí adquieren formas más humildes, las de los pabellones industriales venidos a menos y algunas viviendas levantadas en su día para acoger a los miles de obreros llegados de otras tierras donde el trabajo escaseaba.

Cestero comprueba por el retrovisor que un coche se ha detenido tras el suyo.

Los faros encendidos le impiden reconocer el modelo. Tampoco logra ver la matrícula ni a su conductor hasta que el motor se apaga y las luces se extinguen.

Se trata de dos chicas, al menos quienes ocupan los asientos de delante. Si hay alguien detrás, no llega a verlo. La llama de un encendedor le permite ponerles cara. Dos mujeres jóvenes. El leve resplandor se repite una y otra vez. A Cestero no le cuesta comprender que están fundiendo hachís para liarse un porro.

Ane piensa en sus amigas. Las echa de menos. Seguirán quedando cada tarde en esa plaza abierta a la bocana del puerto antes de subir a cenar. Una caña o un refresco, un cigarrillo algunas, y sobre todo buen ambiente y confidencias… Mudarse de Pasai Donibane a Oñati le ha regalado a Gaizka, pero la ha alejado de ellas.

Aunque, en realidad, el distanciamiento comenzó antes. Casi sin darse cuenta, sin proponérselo, fue dando pasos atrás. Los encuentros que hasta entonces eran sinónimo de vida se habían convertido en la constatación de una pérdida irreparable. Las risas y las confesiones, incluso los brindis, dejaron de sonar igual sin Olaia.

Fue eso y no Gaizka ni Oñati lo que la fue apartando de su vida anterior.

Sabe que ese no es el camino. Algún día tendrá que soltar esa mano que la aferra al pasado y seguir adelante. Pero duele. Ojalá esa Ane decidida y a la que no le tiembla el pulso al enfrentarse a situaciones peligrosas fuera capaz de actuar con tanta decisión cuando se trata de sentimientos.

La imagen del cuarto de ensayo regresa a su mente. Su batería, la guitarra y el bajo dormidos desde el día que arrojó las baquetas al mar y se prometió a sí misma no volver a tocar… La humedad está devorando los recuerdos, silenciando para siempre las canciones con las que fue feliz.

El gesto triste de Nagore cuando comprendió que no está preparada, y que tal vez nunca lo esté, también se dibuja entre los instrumentos.

Ane está secándose unas lágrimas que se atreven a asomar a sus ojos cuando la puerta del copiloto se abre sin previo aviso.

Una silueta oscura se deja caer en el asiento. Sin presentaciones ni parafernalias.

El olor a canela y otras especias orientales hace arrugar la nariz a Cestero.

—¿De dónde has salido? —pregunta volviéndose hacia el visitante. No lo ha sentido llegar.

—He dejado el coche entre esos pabellones. Mejor que no nos vean juntos. Porque supongo que te habrás metido en algún lío… De lo contrario no me habrías llamado. ¿Me equivoco?

La investigadora observa en silencio a Madrazo. Sabe que lo que se dispone a hacer puede torcer las cosas, pero confía en que salga bien.

—Tengo que pedirte un favor —anuncia entregándole el tubo de ensayo que ha viajado en la guantera desde Bueu.

—¿Qué es esto? —El oficial lo gira a un lado y a otro en busca de alguna etiqueta—. ¡No me jodas, Ane! ¿De quién es esta muestra?

Cestero respira hondo. Es el momento más delicado. Con Madrazo no le servirán los disfraces. Ni la chica que perdió su gato ni la escritora de biografías van a poder echarle un cable. Tampoco la fallida enviada del Vaticano. Solo puede recurrir a la verdad. Con algún que otro límite, por supuesto.

—Necesito que el laboratorio coteje este ADN con el de una mujer que está en la morgue: María Mendoza.

Madrazo se lleva la mano a la frente y resopla.

—¿Por qué recurres a mí?

—¿Tú qué crees? Te recuerdo que estoy inhabilitada.

—Tengo tu suspensión demasiado presente. Llevo meses peleando por que reabran tu caso y ahora que por fin tenemos fecha para la revisión, me vienes con esto. Asuntos Internos no acostumbra a recular en sus decisiones, pero tenemos que intentarlo. —El oficial observa la muestra con gesto de incredulidad—. No puedo creer que seas tan inconsciente, Ane. Te juegas mucho. Has elegido el peor momento.

—Ha sido el momento quien me ha elegido a mí. Y es urgente. Por eso quería verte en este lugar. Tienes la comisaría aquí al lado. Podrías ir ahora y poner en marcha el análisis.

—Oh, claro… Izaguirre y demás jefes, detengan las máquinas que llega Cestero y lo suyo tiene preferencia —espeta Madrazo.

—Sé que podrás hacerlo. Tienes contactos. No te lo estaría pidiendo de no ser algo realmente importante.

El oficial guarda silencio con la mirada perdida en el pequeño transbordador que se aleja rumbo a la orilla de enfrente.

—Esto es una locura, Ane... ¿Quién es esa María Mendoza? ¿Y esta otra muestra a quién pertenece?

Cestero se limita a observarlo con los labios apretados. Julia le pidió que mantuviera la investigación en secreto y no va a fallarle.

—Confía en mí, anda. No puedo contarte nada más.

El oficial comprende que insistir no servirá de mucho.

—Veré qué puedo hacer —concede mientras su mano derecha busca la manilla. El encuentro furtivo en los muelles de Erandio ha terminado.

—Oye, ¿quién te ha dicho que te queda bien esa colonia? —dispara Cestero antes de que abra la puerta.

Madrazo se gira hacia ella con una mueca de incredulidad. Después dibuja una sonrisa burlona.

—Incorregible... A ver, ¿qué le pasa a mi colonia, maestra perfumera?

—Nada. Es agradable, pero no te pega. Te hace mayor. Un tío que hace surf necesita algo más rebelde. Un ligero toque de especias está bien, pero esto empalaga un poco. No sé qué novia te has echado, pero te aconseja mal.

El oficial rompe a reír, aunque Cestero sabe perfectamente que la próxima vez que lo vea no olerá así. Su jefe, que un día fue mucho más que un compañero, sería capaz de vender el alma al diablo con tal de mantenerse joven. Le gusta gustar y sentirse todavía en un mercado que los años no le han vetado.

—Yo pensaba que estabas contenta con el café y resulta que ahora abrirás también una perfumería... —bromea Madrazo—. No sabía que tuvieras un olfato tan desarrollado.

—El café... Tanto trabajar las catas me ha hecho ser mucho más consciente de los olores. Es increíble cómo se agudizan los sentidos cuando los entrenas.

—Mira, pues si no te devuelven la placa podríamos contratarte como perro sabueso —plantea el oficial tan serio que por un momento Ane teme que no sea una broma.

—Qué tonto eres —se ríe cuando él estalla en una carcajada.

—¿Y quién te ha dicho que tengo novia? ¿O también te has vuelto adivina?

—No hace falta que nadie me lo cuente para saberlo. Te conozco, ¿sabes?

El oficial no pregunta más.

—Llevamos poco tiempo, aunque la conozco desde hace años —admite—. Surfea en Hendaia, igual que yo.

—Y es francesa.

Madrazo asiente.

—¿Eso cómo lo has sabido?

Cestero le guiña un ojo.

—Por ese fular que llevas. Solo una francesa podría haberte regalado algo así. Y ¿sabes qué? También te hace mayor. Déjame darte un consejo: quien bien te quiere no intenta que seas alguien distinto.

El oficial tira del pañuelo para observarlo de cerca.

—¿Es eso lo que hice contigo? Lo cierto es que aún lo intento, ¿no? Te pido que seas sensata y que no te metas en problemas cuando has nacido para buscarlos. Y resolverlos. Tú sola.

Ane se ríe.

—Hey, no te pongas intenso. Y, sobre todo, no vuelvas a echarte al cuello ese fular. Hazte ese favor —indica antes de recobrar la seriedad—. ¿Cómo estás? Te veo contento.

Madrazo tarda en responder.

—Vivo tranquilo y eso me gusta. Pero también te echo de menos, Ane Cestero. Eres la tía más complicada con la que he salido, pero me gustaba estar contigo.

—¿Complicada yo? Habló el tipo sencillo…

—¿Ves? ¿A quién conoces que cuando le dices cosas bonitas se ponga a la defensiva? —se burla el oficial.

Ane le señala la puerta.

—Si no quieres complicaciones, terminemos esta conversación ya. Fuera de mi coche.

Madrazo estalla en una carcajada mientras se sube la cremallera del impermeable.

—Te cuento algo en cuanto tenga resultados. Y mientras tanto haz el favor de portarte bien. Al menos hasta el miércoles. Vete a casa, tuesta café, crea perfumes… Lo que te dé la gana, pero no me la líes.

Hace años que decidí parar de escribir estas cartas sin respuesta, aunque no haya dejado de pensar en ti un solo día. He cerrado mis ojos cada noche con la imagen de tu cabecita apoyada sobre mi pecho y me he levantado cada mañana con el sonido de tu risa infantil acariciando mis oídos. Ninguno de todos los recuerdos que conservo de ti se ha difuminado, pero sí lo había hecho la esperanza de volver a verte.

Hasta hoy.

No ha habido un solo cliente que haya entrado a la pescadería que no mencionara la redada en el convento de Gernika. La trama de tráfico de bebés descubierta por la Ertzaintza ha enfrentado a todos con una realidad demasiado cercana. Lo que no sabían es que para mí no solo es cercana, sino también insoportablemente dolorosa. Sus comentarios sorprendidos me han llevado de regreso a ese lugar donde cuarenta años atrás llegaste al mundo. He sentido el mismo frío, he revivido la soledad y el desprecio con el que nos trataron aquellas monjas del infierno.

Dicen que han detenido a unas cuantas y eso me ha hecho feliz. Quizá tenga el alma negra, pero deseo que acaben sus días en una celda más oscura y gélida que la de su convento. Hace mucho tiempo que dejé de creer en la justicia y no imagino tormento suficiente que pueda compensar todo el daño que hicieron.

¿Qué debo hacer ahora?

Mi corazón no podría soportar una nueva decepción.

Le he preguntado al mar. El mar es importante para mí, ¿sabes? Seguro que ya te lo he contado. Él me ayuda y, de algún modo, cuando sus aguas me envuelven te siento conmigo.

Pero esta tarde las olas no han aclarado mis dudas.

Nunca he estado tan cerca de abrazarte como hasta ahora, de decirte que traté de recuperarte y no me lo permitieron.

Tengo miedo.

Porque mi bebé es ya una mujer adulta. Tendrás una familia a la que amarás, unos padres que habrán vivido junto a ti todo lo que yo no pude. Quizá te compró una familia rica, quizá te avergüences de mí, una vulgar pescadera...

Quizá tengas hijos.

Y probablemente seas feliz.

Ojalá lo seas.

¿Tengo derecho a transformar tu vida de forma irreversible?

Begoña habría corrido en tu busca, como la joven impulsiva y llena de alegría que era. Pero hace tiempo que murió, enterrada por María Mendoza...

Te quiero mucho, hija mía.

Espero que perdones lo que voy a hacer.

50

Madrugada del sábado, 26 de febrero de 2022

Madrazo deja escapar un bostezo mientras su mirada se entretiene en el jirón de niebla que danza sobre el lago. El laboratorio trabaja ya en el análisis de las muestras de ADN. No ha costado mucho. Son muchos años al frente de unidades de investigación como para saber a quién pedírselo. En menos de veinticuatro horas Cestero tendrá sus resultados y lo hará además sin que nada trascienda.

Sin embargo, esta noche el oficial no se siente orgulloso. Ha sido precisamente el encuentro con Ane el que lo ha dejado pensativo. La echa de menos. Hoy más que nunca.

Faltan cuatro días, solo cuatro, para que Asuntos Internos vuelva a sentarse a debatir su caso. Lo tiene difícil, casi imposible. El subcomisario Izaguirre es el rostro visible, pero tras él hay otros, algunos con más poder, que estarán remando en contra de su regreso. Saben que sin ella la UHI está condenada y nada los haría más felices.

Madrazo es consciente de que si su equipo ha sido capaz de resolver casos tan complicados con tan pocos efectivos ha sido precisamente por la forma de trabajar de la suboficial. El caso de Teresa Echegaray está anclado por su ausencia. La investigación avanza lastrada por unos ritmos de trabajo que no son los habituales en la unidad. Les falta el impulso suicida de Ane, sus atajos, la brusquedad con la que coge el toro por los cuernos sin detenerse a pensar en las consecuencias.

La mirada del oficial continúa clavada en el lago mientras ahoga un suspiro. Odia esa sensación de haberse convertido en todo lo contrario. Ha perdido la frescura a la que Cestero lo arrastraba. Vive encadenado a las reglas y a la burocracia asfixiante de la comisaría.

No hay movimiento ahí fuera. Las últimas luces tras las ventanas de La Arboleda se han apagado hace más de una hora. El reloj marca las tres de la madrugada. Silencio y soledad. Nada de almas en pena que se entrometan en el descanso de los vecinos.

—Basta ya. Esto no tiene sentido —se dice dando un manotazo al volante.

Resolver los casos requiere actuar, no detenerse a esperar a que sucedan cosas. Si Cestero estuviera presente le diría que cada minuto junto a ese viejo pozo minero inundado es un minuto perdido.

El oficial arranca el motor. Basta ya de guardias nocturnas.

Falta solo un día para la manifestación convocada en Bilbao contra la reapertura de las minas y todos los medios se han hecho eco de las palabras de Alejandro, el viudo de Teresa, animando a la participación. Y hay algo que Madrazo, de pronto, siente la necesidad de comprobar.

Apenas quince minutos después ha llegado al puerto de Santurtzi. Llueve ligeramente a los pies de los Montes de Hierro, pero no es suficiente para impedir que los pasos del oficial lo guíen sin titubeos hasta el Mistral. El pequeño pesquero del viudo de Teresa Echegaray duerme, igual que el resto de las embarcaciones.

Unas luces llaman su atención hacia el otro extremo del muelle. Varios tripulantes llenan de hielo y cajas vacías la bodega de un pesquero que zarpará antes del alba. Es más grande que el

Mistral, mucho más grande, un barco probablemente acostumbrado a la pesca de altura, esa que recorre largas distancias tras los preciados bancos de peces.

Madrazo tira hacia delante de su capucha en un gesto instintivo. Sabe que no es necesario cubrir su rostro. Esos pescadores tienen suficiente con sus preparativos como para dirigir la mirada más allá de su propio barco.

El oficial se gira para comprobar que nadie le sigue.

Los muelles continúan durmiendo plácidamente. Solo las gotas que se desprenden de las cubiertas de los barcos despiertan notas musicales al darse de bruces con el mar.

Aparte de eso y de aquellos pescadores ajetreados, nada más.

Madrazo salta a bordo del Mistral y se dirige directamente a la cabina.

Tal como esperaba, su puerta está cerrada con llave.

Se dispone a encender la linterna para comprobar qué tipo de ganzúa necesita cuando el ruido de unos pasos lo hace girarse.

Alguien se acerca. Es un hombre. Alto y ancho de hombros. La capa impermeable con la que se cubre impide identificarlo con mayor detalle.

—Mierda… —maldice Madrazo por lo bajo al ver que enfila directamente hacia el Mistral.

Una lona que cubre algunos aperos amontonados en la popa le ofrece el único lugar para esconderse.

Los pasos continúan acercándose. Unos pocos más y ambos estarán juntos en el mismo barco.

El oficial contiene la respiración. Si se trata de Alejandro va a resultar difícil explicarle qué está haciendo ahí.

Un carraspeo y un escupitajo al agua indican que el visitante nocturno ha llegado al borde del muelle. Es ahora cuando saltará a bordo del Mistral y todo se irá al traste.

Sin embargo, los pasos continúan su camino hasta la embarcación vecina. Los ruidos que siguen no dejan lugar a dudas: está soltando amarras. Después arranca el motor y se hace a la mar sin mayores ceremonias.

Madrazo abandona aliviado su escondrijo y observa alejarse la chipironera. Ahí va el tipo de la capa impermeable, sentado en el banco de popa. Se ha encendido un cigarrillo y enfila directamente hacia el mar. Los pescadores y sus horarios imposibles...

Para el oficial es hora de enfrentarse a la cerradura con ayuda de dos finas varillas. Sus dedos las mueven con suavidad, empujan una tras otra las diminutas piezas metálicas que componen el orificio de la llave. Lo más complicado es lograr que ninguna de ellas regrese a su posición original antes de haber terminado de apartarlas todas.

Está a punto de conseguirlo cuando siente que se le eriza la piel de la nuca.

¿Qué ha sido ese lamento que acaba de quebrar la noche?

Los mantras sobre la maldición de Alma Negra, esos que repiten sin cesar los vecinos de los Montes de Hierro, acuden a su mente al tiempo que el sonido se reproduce.

—Joder —masculla al comprender que se trata solo de la sirena de alguno de los cargueros amarrados en el cercano puerto mercante. Una llamada o algo similar, nada de espíritus errantes y torturados.

Sus manos retoman el trabajo con las varillas. Le tiemblan. Por el frío, pero sobre todo por la tensión. Pasar el día rodeado de vecinos que hablan de espíritus en pena comienza a pasarle factura. Como no den pronto carpetazo al caso, no habrá un solo miembro de la UHI que acabe sano de la cabeza.

La cerradura no tarda en ceder. Madrazo enciende la linterna mientras tira suavemente de la manilla para asomarse al interior.

Las sombras que proyecta el haz de luz bailan en el espacio destinado a gobernar el Mistral. El timón y las pantallas no interesan al oficial. Tampoco la libreta de espiral con anotaciones propias de las labores pesqueras. Él busca algo más.

El mobiliario es escaso. Apenas una mesa y un catre adosado a la pared. La manta está revuelta, parece que alguien ha dormido últimamente allí. Un objeto brillante llama su atención. Se trata de un brazalete. De plata. Representa unos peces entrelazados.

Al observarlo con más detenimiento, Madrazo da un respingo. La joya rodea un antebrazo. Hay un cuerpo bajo la manta.

La linterna recorre el resto de la cama hasta llegar a la almohada. Y es entonces cuando un par de ojos se abre para clavarse en el oficial.

51

Sábado, 26 de febrero de 2022

—¿Y esta nueva oficina? —pregunta Julia al salir del coche.

Madrazo está sentado en una roca a la orilla de la carretera. A sus pies se abre la mina Concha II, un inmenso cráter al que décadas de explotación exhaustiva arrancaron millones de toneladas de mineral. Abajo, muy abajo, en un fondo que apenas se alcanza a ver, una laguna de aguas verdosas trata de brindar un toque de belleza al lugar. Es en vano. Las dimensiones del vacío son tan descomunales que no hay nada que logre desterrar el desasosiego que genera su visión.

—Cualquier sitio es mejor que la comisaría de Izaguirre. He pasado por allí y ha aprovechado para echarme en cara que todavía no hayamos practicado una sola detención. Dice que a este paso va a tener que ampliar los calabozos por culpa nuestra, que no dan abasto.

—Será capullo...

—Los Echegaray tampoco se quedan cortos... Están haciendo llamadas que se traducen en presiones que llegan de muy arriba. A este paso no creo que tarden mucho en quitarnos el caso. Si no lo han hecho ya es para no generar una mala impresión en la opinión pública. Sería peor el remedio que la enfermedad.

—Se prevé una gran afluencia a la manifestación convocada

mañana en Bilbao por los contrarios a la mina. Supongo que eso está poniendo nerviosos a los Echegaray. La oposición a su mina está creciendo como la espuma. —En lugar de sentarse al borde mismo del agujero, como Madrazo, Julia se acomoda unos pasos más atrás. No se siente segura junto a semejante caída—. ¿Y Aitor?

El oficial consulta el reloj.

—Ahora llegará.

—¿Qué es eso que querías contarnos? —pregunta la ertzaina.

Madrazo esboza una mueca burlona.

—Parece que Itziar no es la única con relaciones extramatrimoniales en el clan Echegaray… Nuestro querido pescador también tiene una amante.

—¿Alejandro? —Julia no puede esconder su sorpresa.

Conforme el oficial desgrana los pormenores de su hallazgo, su compañera parpadea incrédula.

—¿Me estás diciendo que te has presentado de noche en el puerto y has forzado la cerradura de su barco? —pregunta conteniendo la risa.

—No sé qué encuentras tan gracioso.

—Que no te creo. ¿Qué está pasando aquí? El oficial Madrazo haciendo de Ane Cestero… ¿Tanto la echas de menos?

—Una embarcación no es un domicilio. No hay ninguna ley que impida que la registremos sin una orden judicial —se defiende el oficial con gesto incómodo.

Julia se ríe de nuevo.

—No te pega nada. Pero me gusta —confiesa—. Si actuáramos así, sin dar tantas vueltas y perdernos en papeleos e informes cada vez que nos toca dar un paso, seríamos más efectivos… Igual que cuando estaba Ane.

—Supongo que sí —reconoce Madrazo echando un nuevo vistazo a su reloj—. Qué raro… ¿Dónde se habrá metido Aitor?

—¿Hablaste con ella? —La atención de Julia continúa a bordo del Mistral.

—¿Con la mujer del barco? No, claro que no. Cerré la puerta

y me marché. Yo no podía estar allí y tener una amante no es un delito. ¿Qué querías que hiciera?

—No sé… Acabar tu trabajo, quizá. Estabas allí porque sospechabas que el pescador ocultaba algo en la cabina. Podrías haber identificado a esa chica —plantea la ertzaina.

—Señora —le corrige Madrazo—. Tendría ya una edad.

—Pues señora. Todavía debe de estar alucinando con tu aparición.

—Pensaría que mi intención era robar y que al encontrarla allí me eché atrás —aventura el oficial—. De todos modos, centrémonos en lo importante: Alejandro no es quien ha pretendido hacernos creer. Se presentó como un viudo arrasado por haber perdido a la mujer de su vida y ahora sabemos que se estaban divorciando, que el desencuentro a cuenta de la mina era total y que además existe una tercera persona.

—Es muy diferente del escenario idílico que él trató de vendernos, desde luego —admite Julia.

Madrazo desdobla un papel y se lo entrega.

—Tengo algo más. Se trata de la geolocalización de su teléfono. No se movió del puerto desde que amarró el Mistral a las diez hasta pasadas las dos de la tarde.

—En eso dijo la verdad… —comprende la ertzaina.

—O quizá no —señala el oficial—. ¿Y si se limitó a dejar el móvil en el barco para contar con una coartada?

Julia realiza un rápido cálculo mental.

—Es tiempo suficiente para subir a los Montes de Hierro, asesinar a su mujer y regresar al puerto. Pero hay un fleco suelto…

—El mensaje que envió a las doce del mediodía —señala Madrazo. También él ha reparado en ello—. ¿Y si lo envió esa mujer que duerme en el barco? La publicación de las doce y media en Instagram también pudo hacerla ella.

—Una cómplice… Podría ser —reconoce Julia—. No perdamos de vista esa posibilidad. Deberías haberla identificado. Después de tu visita se habrá buscado otro lugar más seguro donde dormir.

El oficial se gira una vez más hacia la carretera.

—Me preocupa Aitor. Siempre es el más puntual.

Julia coge el teléfono y marca el número de su compañero. Los tonos de la llamada se extinguen sin que nadie responda al otro lado de la línea.

—Espero que no le haya pasado nada —comenta Madrazo—. ¿Tú has podido averiguar algo más sobre lo del perro?

La mente de la ertzaina la lleva de regreso a ese rincón sombrío de los Montes de Hierro. El cadáver de Tor colgando del árbol, Dani unido con Evaristo por el dolor...

—Fue todo muy impactante —resume tras detallarle la escena.

—¿Viste a alguien más por la zona?

—Sí, a Lorea. Estaba entrenando. Bajó corriendo desde las ruinas de El Saúco hacia la zona de la Magdalena.

—Tuvo que pasar junto a la casa de Evaristo —indica Madrazo recogiendo una piedra del suelo. Después la arroja al pozo, que no devuelve el sonido de su encuentro con el agua hasta muchos segundos más tarde. La profundidad es impresionante—. O Lorea o Dani. Uno de los dos mató a ese perro.

—Dani no fue —aclara Julia sin dudar—. Si hubieras visto el disgusto que se llevó al ver a Tor colgando no guardarías la más mínima duda. Él no lo mató.

—Pues entonces tuvo que ser Lorea. Su animadversión por Evaristo es más que manifiesta.

—No necesariamente.

El oficial observa a su compañera con expresión confundida.

—Acabas de decir que solo los viste a ellos.

—Eso no significa que allí no hubiera alguien más. ¿Cuántas veces hemos visto a Dani solo? Ninguna —se responde a sí misma—. Y la zona de la Magdalena no se encuentra precisamente cerca de su casa. No, si Dani subió allí lo hizo con alguien. Mientras él paseaba entre los caballos Maite o Ángel debían de estar cerca. Apostaría por que fue uno de ellos quien mató a Tor.

—Puede ser. De todos modos, no sé si debemos prestarle mayor atención a esto. Es probable que no tenga nada que ver con nuestro caso. Tengo la impresión de que hay tantas guerras abiertas en los Montes de Hierro que no nos dejan concentrarnos en lo verdaderamente importante —admite Madrazo al tiempo que la observa con curiosidad—. ¿Y qué hacías tú allí arriba?

—Subí a pensar. Necesitaba conectar con el escenario para tratar de poner en orden las ideas. Creo que estamos dejando escapar algo.

Madrazo resopla.

—Exactamente lo que te decía. Cada paso que damos nos lleva a descubrir una nueva senda que nos desvía del camino que debemos seguir.

—Tenemos que volver a mirar hacia Teresa. Ella es la clave. Todo lo demás es ruido —señala Julia—. Y no parece que ella mantuviera una enemistad manifiesta con nadie. Al margen de ese proceso de divorcio en marcha, todo aparenta estar en orden en su vida. Sin embargo, en los Montes de Hierro su apellido no genera precisamente simpatía. Y no son solo motivos ecológicos los que mueven a los contrarios a la mina. Los Echegaray se buscaron muchos enemigos en los pocos años que la gestionaron. ¿Cuántos problemas solucionaron a golpe de arreglos extrajudiciales? Accidentes laborales que jamás vieron una indemnización justa porque las víctimas y sus familias optaban por aceptar apaños lamentables. Todo eso deja un poso de rencor que puede multiplicarse con el paso del tiempo.

—Una familia poderosa, acostumbrada a comprar voluntades a su capricho —resume el oficial—. Igual que cuando levantan el teléfono para llamar a Izaguirre o algún cargo político para quejarse de nosotros.

Julia ya no le escucha. Su móvil ha recibido un mensaje. La esperanza de que se trate de Cestero con noticias sobre la identidad de la víctima de Muskiz se desvanece en cuanto lo consulta. Es solo un amigo preguntando si se verán mañana en las olas de Mundaka.

—¿Julia? ¿Me estás oyendo?

Ella tarda todavía unos segundos en reaccionar.

—¿Eh? Sí… Claro que te escucho.

—No sé, Julia… Sé que te lo he preguntado ya, pero tengo la sensación de que hay algo que te preocupa últimamente. ¿Seguro que te encuentras bien?

Ella sacude la cabeza.

—Solo estoy un poco cansada. Se me pasará.

Madrazo la observa en silencio con sus ojos negros. Parece que va a seguir insistiendo, aunque acaba por tirar la toalla.

—Está bien. Como quieras, pero si algún día me necesitas, cuenta conmigo.

—Claro. Gracias. —Julia se adelanta para darle un beso en la mejilla.

El oficial le pasa la mano por la espalda y la atrae hacia sí en un abrazo que ella agradece.

—Oye, ¿no sabrás en qué anda metida Cestero? —pregunta él cuando se separan.

Julia recibe la pregunta como si de un puñetazo en el estómago se tratara.

—¿Yo? No, claro que no. —Odia esa sensación de haber sido demasiado brusca en su respuesta—. ¿Por qué?

—Vino a verme anoche. Necesitaba ayuda con una prueba de ADN —confiesa Madrazo resoplando—. Está loca… Solo faltan un puñado de días para que revisen su suspensión y ella se dedica a jugar con fuego. Tenía la esperanza de que lo sucedido la hubiera cambiado, pero sigue siendo una inconsciente. Vete a saber qué se trae entre manos. Si hablas con ella, pídele prudencia, por favor. Quizá te haga más caso que a mí…

Julia trata a duras penas de mostrar indiferencia. No contaba con que Ane recurriera a Madrazo para que el laboratorio realizara la prueba. Es lógico en realidad, nadie como él para agilizarlo todo. Por un momento se plantea que quizá haya llegado la hora de confesarle todo, pero lo descarta. El oficial la obligaría a poner el asunto en conocimiento de la comisaría de Muskiz. Le parecerá una absoluta locura que deje algo así en manos de una agente suspendida, por mucho que ambos sepan que se trata de la mejor.

No, no puede contárselo. Madrazo es su amigo, un buen amigo, pero también es un alto cargo de un cuerpo policial en el que confía.

Una voz acude a su rescate. Es Aitor. Acaba de salir del coche y trae unos papeles en la mano.

—Disculpad que llegue tan tarde. Quería imprimir esto y no encontraba dónde hacerlo. He visto vuestra llamada, pero estaba conduciendo.

—Creíamos que te habías perdido —comenta el oficial estirando la mano para coger los documentos—. ¿Qué es esto?

Aitor observa a sus compañeros con gesto serio.

—Es algo que alguien va a tener que explicarnos inmediatamente.

52

Sábado, 26 de febrero de 2022

Cuando la UHI al completo pone el pie en La Arboleda, las campanas están llamando a misa. Falta solo media hora para que comience la última de las nueve celebraciones religiosas convocadas por el párroco. Tras un inicio accidentado en la cueva de la Magdalena, y después de llevar las oraciones a todos los rincones de la comarca, la novena ha llegado a la que fuera capital de los Montes de Hierro.

Los ertzainas, sin embargo, no están allí para asistir a ningún oficio religioso, sino para practicar una detención.

—Estáis cometiendo un error. Mi hermano es la mejor persona que hay en este mundo. Él nunca haría daño a nadie —lo defiende Maite cuando Madrazo empuja la puerta del secadero de plantas y les pide a ella y a su hijo que los dejen a solas con el curandero.

—¡El tío Ángel es bueno! —exclama Dani mientras se interpone en el camino de los agentes.

—Por favor. No nos lo pongan más difícil. Necesitamos hablar con él —insiste el oficial.

—¡No hay secretos entre nosotros! —objeta Maite.

Su hermano esboza un gesto conciliador.

—Marchaos, Maite. Seguro que se trata de un malentendido

—dice apoyándole una mano en el hombro—. No empeoremos las cosas.

—¡El tío Ángel es bueno! —repite su sobrino, cada vez más alterado.

La mujer se resiste todavía unos segundos más, pero acaba por coger a su hijo de la mano.

—Vámonos, cariño. El tío sabrá explicarles que están equivocados —dice en tono suave antes de girarse por última vez hacia los ertzainas y fulminarlos con la mirada—. ¡No tenéis ni idea! ¿Me oís? ¡Ni idea!

Conforme ambos se pierden en el exterior, las campanas vuelven a anunciar la misa. Es la segunda llamada. Tras la tercera comenzará la novena.

—¿Va a explicarnos por qué le transfirieron una suma tan generosa? —pregunta el oficial cuando la distancia aplaca los lamentos del sobrino y logran por fin mostrarle los movimientos sospechosos que Aitor ha descubierto en sus extractos bancarios. Treinta mil euros recibidos desde una cuenta sueca vinculada a Molibden Resources solo pueden responder al pago por algún tipo de servicio prestado. La fecha de la operación no ofrece lugar a dudas. La transferencia se realizó tan solo unos días después del asesinato de Teresa Echegaray.

Ángel le dedica una mirada cargada de desprecio.

—Se está equivocando conmigo.

—¿Le encargaron los suecos el asesinato de Teresa Echegaray? —plantea Madrazo.

—¿Quién cree que soy? Estas manos se dedican a dar vida y salud, no está hablando con un vulgar sicario.

—Pues ya me dirá a qué se debe el pago que recibió de una empresa que se dedica a la minería y que tiene pleitos abiertos contra los Echegaray.

El curandero abre la boca para responder, pero no tarda en volver a cerrarla. Después niega con la cabeza y observa sus hierbas con gesto triste.

—No diré nada más mientras no esté presente mi abogado.

—Pues me temo que va a tener que acompañarnos —anuncia Madrazo mostrándole las esposas.

Ángel le tiende las muñecas con resignación.

—Todo esto es un enorme error. He colaborado con ustedes desde el primer momento. Si alguien en los Montes de Hierro no merece este trato soy precisamente yo —alega mientras el oficial le ajusta las esposas.

Madrazo no responde. Solo le apoya una mano en la espalda para invitarlo a abandonar su taller. Después se gira hacia Julia y Aitor.

—Me adelanto con él a comisaría. Será mejor que vosotros os quedéis en el pueblo a echar un vistazo. Tanta gente reunida…

Al llegar a la plaza de la iglesia, los agentes comprueban que está bastante más concurrida de lo habitual. Hay grupos de vecinos charlando aquí y allá, animados por unos rayos de sol que hacía días que se resistían a aparecer entre las nubes. Muchos de ellos ni siquiera vivirán habitualmente en el pueblo, sino que se habrán desplazado desde otras localidades de la comarca minera para asistir al oficio religioso.

—Cada día hay más pancartas. —Aitor señala los mensajes contrarios a la mina que cuelgan de los balcones.

—Y también más vírgenes —observa Julia. Parece que no queda una sola casa que no encomiende a santa María Magdalena su protección por medio de blasones y estampitas.

Salvo unos hombres que hablan del partido del Athletic de Bilbao, el resto de las conversaciones a las que consiguen asomarse giran en torno a la mina y los sucesos de las últimas semanas. La maldición de Alma Negra también toma forma en demasiadas bocas.

Filtrar a la prensa que los análisis realizados en el embalse de El Regato detectaron la presencia de colorantes no ha logrado calmar los ánimos. Todavía hay quien escucha lamentos en la noche y quien asegura haber visto sangre manando de alguna fuente.

Nadie parece dudar de que conforme se retome la actividad minera la situación no hará sino empeorar.

—Nunca es buena idea remover el pasado —zanja alguien cuando las campanas comienzan a sonar de nuevo.

Se trata del tercer aviso, ese que invita a todos a dejar sus charlas y entrar en la iglesia. La misa está a punto de comenzar. Los corrillos más rezagados se disuelven y la puerta del templo comienza a devorar a los fieles.

Julia y Aitor también se acercan, aunque sus planes pasan por permanecer en el exterior hasta que el oficio termine. Solo abandonarán La Arboleda cuando puedan asegurarse de que no se ha producido contratiempo alguno. Entonces se sumarán a Madrazo y el interrogatorio al sospechoso.

—¿Te has fijado en que todos los restaurantes de la zona ofrecen alubias con sacramentos? —Aitor señala el menú de un establecimiento cercano a las escaleras de la iglesia.

—Son las mejores. No me digas que no has oído hablar de ellas —comenta Julia.

—Las mejores son las de Tolosa —le corrige Aitor.

—¿Las de Tolosa? ¡Venga ya! Eso lo dices porque no has probado las de La Arboleda. Los de Gipuzkoa y vuestra manía de pensar que lo mejor es siempre lo vuestro...

—¡Oye! ¿Y tú, qué? ¿Por qué no te miras al espejo? Si hay alguien que se pasa el día contemplándose el ombligo sois los vizcaínos —se burla Aitor.

—¡Venga ya! —La réplica de Julia cesa en seco en cuanto unos gritos dirigen la atención de ambos agentes hacia la puerta abierta de la iglesia.

—¡Es sangre! —Un hombre de pelo cano se observa la mano horrorizado. Tiene los dedos completamente rojos.

Quienes se encuentran alrededor se asoman a la pila de agua bendita y retroceden entre gestos de pánico. En apenas unos segundos la paz que debía gobernar la última de las misas convocadas para expulsar de los Montes de Hierro a los malos espíritus ha estallado por los aires.

—¡La pila bautismal también! —señala otra vecina desde un lateral de la nave.

La iglesia de Santa María Magdalena es ya puro desconcierto. Los gritos de terror y algún que otro llanto incontrolado contrastan con algunos feligreses que han optado por postrarse de rodillas para rogar a la Virgen su intercesión.

—Por favor, mantengan la calma. Es solo colorante. Alma Negra no existe —sentencia Julia aproximándose.

—Es fácil decir eso cuando no vives aquí —se le enfrenta una mujer de mediana edad.

El párroco se acerca desde el altar, alzando ambas manos para pedir tranquilidad.

—Los agentes tienen razón. No hay sangre en las pilas. Es solo agua a la que alguien ha añadido algún tipo de tinte. No hacemos ningún favor a los Montes de Hierro si seguimos el juego a quienes pretenden extender el miedo y las supersticiones.

Aunque el nerviosismo continúa siendo patente y los comentarios por lo bajo se suceden, las exclamaciones alarmistas cesan tras sus palabras. Ninguno de sus feligreses quiere desautorizarlo en plena iglesia.

—¿Qué ha pasado? —pregunta una mujer que acaba de irrumpir en la iglesia. Es Maite. La acompaña su hijo—. Se oían los gritos desde mi casa.

El gesto de terror del muchacho le da la respuesta.

—¡Sangre! ¡Alma Negra! —señala el joven con la mirada clavada en la pila bautismal.

Don Pedro suspira.

—No es sangre, Dani. Es solo colorante. Ya lo hicieron días atrás en El Regato.

—¡Es sangre! ¡La sangre de Alma Negra! —insiste el muchacho fuera de sí—. ¡Es malo!

Los comentarios de muchos de quienes están alrededor le dan la razón.

—Yo mismo las he llenado y bendecido. Era agua. Fresca y cristalina —asegura el sacerdote volviéndose hacia los ertzainas.

—¿Cuándo ha sido eso? —pregunta Julia.

—No hará más de treinta minutos. Lo he hecho tras tocar las campanas de la primera llamada, a falta de media hora para comenzar la eucaristía.

Maite da un paso para encararse con los policías.

—¿Qué os he dicho? ¡Mi hermano es inocente! Él estaba con vosotros. No ha podido echar colorante alguno.

—¡El tío Ángel es bueno! —La cubierta de la iglesia amplifica en forma de eco los gritos de su hijo.

Julia cruza una mirada con Aitor. Ambos saben que la hermana del curandero tiene razón. Ángel no ha podido verter el colorante en el agua. Sin embargo, este suceso no tiene por qué estar vinculado con el asesinato de Teresa Echegaray.

Maite no parece dispuesta a renunciar a su momento de protagonismo.

—Vaya… Qué casualidad que hoy estén aquí esos dos —exclama señalando una de las primeras filas de bancos. Aitor observa que se refiere a Evaristo y su padre. Están sentados a la espera de que comience la misa—. Para un día que bajan al pueblo y casualmente el agua se convierte en sangre…

Las miradas desconfiadas del resto de los vecinos viajan hasta ellos. Regresan los comentarios por lo bajo y las acusaciones veladas. Alma Negra, los potros sacrificados, la traición al pueblo por la venta de los terrenos…

—¡Dime a la cara lo que tengas que decir! —exclama Evaristo poniéndose en pie para acercarse a Maite con expresión amenazadora—. ¡Estoy cansado de tus chismes! ¡De los tuyos y de los de todo este maldito pueblo! Me podréis romper las ventanas y matar al pobre Tor, pero no vais a conseguir que renuncie a lo que es mío. Muy pronto nos perderéis de vista a mi padre y a mí, porque con el dineral que van a darnos nos mudaremos bien lejos de esta aldea miserable. ¡Toda para vosotros!

El silencio que sigue a sus palabras queda flotando entre los pilares del templo hasta que Dani da un paso al frente y se encara con él.

—¡Mi madre es buena! ¡Es buena!

—Tranquilo, Dani. Todo va bien —trata de calmarlo Julia cogiéndolo del brazo.

Aitor aparta ligeramente a Evaristo y le señala el banco donde le espera su padre.

—Por favor, regrese a su sitio.

El hombre duda unos instantes. Aprieta con fuerza los puños y parece a punto de liarse con todos a mamporros, pero finalmente suspira y se aleja de ellos.

Los ojos de Julia, sin embargo, se han quedado clavados en Maite y en el colgante de madera que pende de su cuello. Es un caballo. Uno igual que aquel que llamó su atención en el dormitorio de Evaristo. Más pequeño, por supuesto. Está roto. Al pobre le falta una de las patas traseras.

La mano de la ertzaina viaja al bolsillo interior de su propia chaqueta.

Ha recordado algo que hace nueve días que descansa en él.

La pieza es tan pequeña que se le escapa de los dedos, pero finalmente consigue atraparla y observarla de cerca.

Julia contiene la respiración mientras la aproxima al cuello de Maite.

—¿Qué haces? ¡A mí no me toques!

La ertzaina traga saliva. No hay ninguna duda. Se trata de la pata que le falta al colgante. La encontró durante la persecución en la cueva de la Magdalena el primer día de la novena.

—¿Qué pasa, Julia? —le pregunta Aitor al ver a su compañera sacar las esposas.

—Maite, va a tener que venir con nosotros a comisaría —anuncia la ertzaina mientras coge del brazo a la mujer para colocárselas—. Queda detenida en el marco de la investigación por el asesinato de Teresa Echegaray.

53

Sábado, 26 de febrero de 2022

Los recibos están en francés. Muestran sumas y fechas, pero también el nombre de quienes las abonaban. Siempre a una misma cuenta del banco Crédit Bordelais, y siempre en una misma sucursal: la de Hendaia, el primer pueblo al otro lado de la frontera.

Cestero los ha impreso y ahora forman un mosaico de papel que se desparrama por el suelo de su taller de tostado.

Tras asegurarse de que no falta ninguno, coge la bayeta y se detiene ante la pizarra. Matices de la fragancia, acidez, dulzor... Las notas que le permiten afinar y mejorar su café la ocupan por completo, meses de trabajo resumidos en una suerte de panel de cata. Su mano, sin embargo, no tiembla mientras lo borra todo. Después se hace con el rotulador y comienza a llenarla de nuevo.

Palabras, flechas, conexiones... De vez en cuando borra algunas partes y refuerza otras. Y así una y otra vez hasta que esa pizarra que olía a café se parece demasiado a las que pueblan las unidades de investigación de cualquier comisaría.

Está segura de tenerlo. A falta de algunos flecos, por supuesto, pero lo tiene. Las horas de coche desde Galicia con la música de Belako en bucle le permitieron trazar las primeras líneas. El resto del dibujo ha terminado de tomar forma por la mañana, cuando

Madrazo le ha confirmado que el ADN del librero coincide con el de la mujer asesinada.

El oficial se ha acercado personalmente a Oñati a entregarle los resultados y a colmarla de advertencias. Que no se exponga, que tenga cuidado, que no ponga en peligro la revisión de su caso...

Cestero observa de reojo el paquete con material de protección que le ha dejado sobre la mesa. No piensa tocarlo. Ella no necesita chalecos antibalas ni gas pimienta. Hubiera preferido que le trajera un arma y, ya puestos, una placa que la identifique como policía y le dé permiso para emplearla.

Pero eso ya es pasado.

Piensa en ello cuando unos toques en la puerta le indican que tiene otra visita.

Es Julia. Llega frotándose las manos. Lleva un gorro de lana que hace destacar sus ojos claros.

—Menudo frío hace en este pueblo —comenta mientras le da un abrazo—. ¿Es siempre así?

Ane se ríe.

—Bienvenida a la montaña. Dicen que el de Oñati es un frío sano, pero no sé yo. Hay días que duermo con los calcetines puestos.

Julia se despoja del gorro y la bufanda.

—Aquí al menos se está mejor —celebra colgándolos del perchero.

—Es la tostadora de café. Da calorcito. Oye, he oído que hay detenciones en el caso de los Montes de Hierro. ¿Tenéis al asesino?

—Dos hermanos. Nos faltan pruebas todavía, pero de lo que no hay duda es de que han sido ellos quienes se han dedicado a extender el miedo por la zona.

—Cuestión de tiempo —comenta Ane—. Seguro que dais con algo que os permita probar que fueron ellos quienes mataron a la mujer de la sima.

—Teresa —matiza Julia mientras introduce una mano entre los granos, todavía templados, que aguardan en la bandeja de enfriado—. Huele de maravilla. Me encanta. Al final me harás dejar el té y pasarme al café.

—¿Me dejas prepararte uno? Serás mi conejillo de Indias. Está recién tostado. Guatemala.

Los labios de Julia se arrugan.

—No sé... ¿Es suave? No estoy durmiendo muy bien y...

Cestero coge un puñado y se lo lleva a la nariz.

—Es limpio, sutil. He preferido darle un perfil ligero para que se aprecien las notas frescas a fruta. Debería tener un aroma bastante especiado y una acidez cítrica, aunque amable.

Julia le dedica una mirada incrédula.

—Suenas igual que los flipados del vino, Ane Cestero —comenta en tono burlón—. Solo te preguntaba si tiene mucha o poca cafeína.

—Ay, perdona. Pensaba que querías una nota de cata completa —bromea su amiga—. Tiene cafeína, pero tampoco excesiva. Tiende a disminuir conforme aumenta la altitud de la plantación, y este grano proviene de una finca que se encuentra a más de dos mil metros.

—Venga, lo probaré. No te voy a hacer el feo. Pero cuéntame qué has descubierto —dice Julia observando la pizarra.

El sonido de fondo del molinillo envuelve las palabras de Cestero, que detallan todo lo que sabe hasta el momento. El vínculo de la víctima con el convento de Gernika, la carpeta que descubrió cuando entró en la casa de Muskiz, la cuenta francesa...

—¿Te acuerdas del día en que registramos el convento?

—Nunca lo olvidaré. Ver a aquellas monjas quemando todos los documentos que podían incriminarlas... —Julia se frota los brazos. Esta vez el frío, sin embargo, no viene del exterior—. Aquel convento era diabólico.

Cestero comprende perfectamente a qué se refiere. Ella también estuvo allí, en esa ala del edificio donde se llevaba a cabo la infamia. Las espantosas celdas sin apenas ventilación todavía destilaban tristeza, a pesar de que hacía ya más de treinta años que ninguna joven embarazada era encerrada en ellas. ¿Y el paritorio?

Ese horrible espacio que más parecía la sala de despiece de un matadero... Es difícil ponerse en la piel de Julia. Tuvo que ser demoledor saber que ella misma había llegado al mundo entre esas cuatro paredes vestidas únicamente con un crucifijo.

—Era peor que diabólico —corrobora Ane sirviéndole el café.

Julia sostiene la taza con ambas manos. Busca un calor que la rescate del desasosiego que le han regalado los recuerdos.

—Huele muy bien.

Cestero asoma la nariz a su vaso.

—Podría ser mejor. Un menor desarrollo permitiría apreciar mejor algunos matices —reconoce dejándolo sobre la mesa. Después coge el rotulador y se dirige a la pizarra—. Vamos a lo nuestro... Mira, he intentado poner orden en los documentos. Si te fijas un poco, verás el nombre de las familias adoptivas, llamémoslas así. Tus padres pagaron por ti. Igual que todas las demás.

—Sí, eso ya lo sabíamos. Nos vendían.

—Exacto. Sin embargo, en esta nueva contabilidad existen dos casillas. La primera corresponde al pago que recibían las monjas, del que teníamos noticia por los papeles que logramos incautar durante el registro que efectuamos en el convento. La segunda, por un importe ligeramente inferior, es la cantidad que las familias depositaban en una cuenta francesa. Tienes ahí los justificantes de los ingresos. Los acabo de imprimir —indica Cestero refiriéndose a algunos de los papeles que ella misma fotografió antes de que alguien intentara quemarla viva—. Se realizaban en ventanilla en la sucursal que el Crédit Bordelais tiene en Hendaia, a apenas quinientos metros de la frontera.

—O sea que las parejas que recibieron los bebés pagaron más de lo que creíamos —comprende Julia.

—Casi el doble. Ochenta mil pesetas en el convento y otras setenta y cinco mil a una cuenta francesa —matiza Cestero—. Y estoy segura de que fue precisamente la existencia de esa cuenta la que llevó a sor Olga a casa de tu madre. Quería mostrárselo.

Julia pasa las páginas. A pesar de que se trata únicamente de fotografías de los documentos originales, desaparecidos durante el incendio, sus datos se leen con claridad.

—Supongo que no has podido averiguar a quién pertenece la cuenta donde se realizaban los ingresos —aventura leyendo la larga sucesión de números que la forman.

—No. Ha pasado mucho tiempo. Es otro país y además ya no soy ertzaina. De todos modos, mira —señala Cestero clavando el dedo en una de las líneas del dietario—. Aquí hay un cabo suelto. ¿Qué diferencia aprecias?

Julia observa el listado. Nombres, pagos, la fecha de entrega del bebé...

—Joder, es horrible. Éramos una simple mercancía.

—Sí, siento que tengas que volver a pasar por esto. Es horroroso. Pero busca la diferencia. Salta a la vista —insiste Cestero—. ¿Ves que aquí hay una familia que no pagó?

—La familia Sagasti... Abonó solo una parte. El pago en la cuenta de Hendaia no lo llevó a cabo.

—Premio... Manuel Sagasti fue un alto cargo del Gobierno Civil de Bizkaia. Una persona con poder... ¿Casualidad? —El restituido piercing de la lengua de la investigadora asoma por la comisura de sus labios mientras niega con la cabeza—. Yo creo que no.

—¿Amenazaría a las monjas con denunciarlas si no le hacían un descuento? —aventura Julia poco convencida.

Ane pasa la página. Las anotaciones continúan. Más nombres, más pagos.

—Dos años después vuelve a aparecer nuestro amigo Sagasti.

—Y tampoco abonó el importe íntegro —observa Julia—. Otra vez lo mismo. ¿Por qué?

—No lo sé —reconoce Cestero—. La única certeza es que obtuvo los hijos que deseaba sin ingresar en el banco francés el precio habitual. Me he estado informando sobre ellos. Manuel Sagasti y su mujer tuvieron dos hijos. Los dos críos murieron en un accidente de coche años después. Ahí tienes el link con la noticia. La mujer también falleció. Un drama.

Julia echa un rápido vistazo a la noticia. Después vuelve a fijarse en los justificantes de ingreso.

—Habrá que entregar todo esto al juez —comenta con gesto de desánimo. Ambas saben lo lento que puede resultar todo el proceso—. Tendrán que localizar al titular de esa cuenta. Lo que me sorprende es que no dieran con ella durante la investigación del caso del convento. Recuerdo que comprobaron que no existieran cuentas ocultas a nombre de las monjas que dirigían la trama.

—Pero se trata de un banco francés —le recuerda Cestero.

—Se tuvo en cuenta y se pidió colaboración a la justicia del otro lado de la frontera. Era una opción obvia, una manera de esquivar sospechas en una época en que la transparencia financiera entre los dos países era nula. Muchas personas tenían dinero al otro lado… No, Ane, ni el convento de Gernika ni sus monjas tenían cuentas en Francia —sentencia Julia—. Preguntaré a mis padres, pero me temo que no serán de gran ayuda. Se niegan a darme más detalles con la excusa de que no recuerdan nada. Además, destruyeron cualquier posible prueba que les recordara la forma en que llegué a sus vidas. Son incapaces de hablar del tema.

Cestero coge uno de los recibos con el membrete de la entidad financiera y lo observa pensativa.

—Algo me dice que aquí está la clave. Voy a ir a ver a Manuel Sagasti. Me temo que su implicación en la trama del robo de bebés pueda ir más allá de haber logrado dos hijos pagando solo una mitad. Estoy segura de que sabe quién se esconde detrás de ese número de cuenta, alguien que le permitió no abonar su parte. Y si eso es así, temo que Sagasti pueda estar en peligro.

—¿En peligro? —Julia la observa con gesto de desconcierto.

—Tu madre ha visto estos documentos. Si fue ella quien trató de asesinarme, quizá incluso se encuentre en este preciso momento leyendo los originales que fotografié. Si mató a esa monja podría ir también a por Manuel Sagasti.

Julia cierra los ojos y tuerce el gesto. No le gusta nada lo que está escuchando.

—Sigo sin entender demasiadas cosas… ¿Por qué acudió sor Olga a mi madre biológica y no a la policía?

Cestero cree tener respuesta para eso.

—Porque sentía que se lo debía. A ella y a todas las mujeres a las que robaron sus bebés a sangre fría.

—¿Y mi madre respondió a su gesto estrangulándola? —Julia arruga la nariz—. ¿No te parece extraño?

—Entra dentro de una reacción humana. La venganza, la rabia… ¿Cuánto odio pudo acumular Begoña contra las monjas tras lo sucedido? —argumenta Cestero—. De repente se le presenta en su casa una de ellas…

—Pero ellas no coincidieron. Me dijiste que sor Olga ingresó en el convento cuando allí ya no se traficaba con recién nacidos —la exculpa Julia.

—Quizá no le diera tiempo a explicárselo a tu madre, quizá tratara de justificar el horror que llevaron a cabo sus compañeras… —plantea Cestero—. Lo que no consigo entender es por qué Begoña fingió su propio suicidio. Me hace pensar en una huida.

—No hay mejor manera de desaparecer que fingir tu propia muerte —reconoce Julia—. ¿Pero por qué huiría una mujer con una vida aparentemente normal? Es pescadera, no traficante de armas.

—Morir es una buena forma de que nadie la tema, así puede actuar desde la sombra hasta completar su venganza.

Julia deja escapar un suspiro.

—No sé, Ane. Todo lo que señalas son indicios e hipótesis. Nada de eso convierte a mi madre en una asesina.

Cestero no puede evitar un mohín. Julia sigue resistiéndose a ver la realidad.

—Te estás dejando llevar por el corazón y no por la cabeza. Trata de poner un poco de distancia y verás cómo esos cabos están más amarrados de lo que crees.

—No sé —discrepa Julia—. ¿Y dónde se encuentra ahora? Lleva más de una semana oculta en algún lugar. No es tan fácil desaparecer del mundo.

Ane se encoge de hombros. Ella también ha topado con ese escollo.

—No creo que esté sola. Alguien la está protegiendo —admite—. De todos modos, estamos en el buen camino. Siento que me estoy acercando. Mañana mismo iré a ver a Sagasti. A él sí he podido localizarlo. Está ingresado en una residencia de ancianos. Creo que podrá darnos alguna clave. Encontraremos a tu madre, Julia.

—¿Y qué pasará cuando lo hagamos? ¿La mandaremos a la cárcel? —lamenta la ertzaina.

Cestero le apoya una mano en el hombro.

—De momento vamos a encontrarla. Solo así sabremos realmente lo que ocurrió.

54

Domingo, 27 de febrero de 2022

Es un edificio cargado de años. Las piedras de sillar de su fachada se ven gastadas, igual que la cruz de piedra que corona el tejado. Desde la distancia, y también desde la cercanía, se diría un viejo monasterio. El rótulo que preside la entrada, sin embargo, aclara que sus usos han cambiado. Donde antes vivieron religiosos ahora habitan ancianos.

Cestero se dirige al mostrador de recepción. Es blanco, igual que las paredes y hasta la bata de la mujer que lo atiende. Un lugar frío.

Tampoco el gesto de la empleada destila calidez.

Mientras aguarda su turno, Cestero observa que la cafetería que ocupa buena parte de la planta baja se ve desangelada. Su barra, tan larga como para atender cómodamente a una docena de personas, está desnuda de todo. Solo un cestillo con magdalenas empaquetadas de manera individual y otro con bolsas de patatas fritas se atreven a romper sus líneas rectas.

En una de las muchas mesas cuatro ancianos juegan una partida de cartas. Sus movimientos son más bien mecánicos, sin efusividad alguna. Los garbanzos acumulados dan la victoria a una mujer menuda y de cabello recogido en un moño. Su rostro muestra la misma emoción que si fuera la última en la clasificación.

Cestero consulta el reloj. La aguja ha avanzado cinco minutos y la recepcionista continúa atendiendo al mismo tipo.

—Disculpe, solo una pregunta —apunta acercándose al mostrador.

La empleada le dedica una mirada glacial.

—¿Le importaría esperar su turno? —le reprocha sin permitirle continuar. Después vuelve a centrar su atención en el hombre—. Hay gente que se cree con más derechos que el resto... Tiene que firmar todas las hojas, no solo la última. Sí, en esos recuadros.

Cestero se muerde la lengua. Echa de menos poder llevarse la mano al bolsillo y mostrar la placa policial para que las puertas se abran de inmediato.

La señora del moño ha vuelto a ganar. Su puñado de garbanzos comienza a ser una auténtica montaña.

Una melodía que brota de la chaqueta de Ane hace girarse a unos y otros.

—Perdón —masculla mientras trata de bajar el volumen del teléfono. Todavía no se ha acostumbrado a ese viejo aparato. Desde que el suyo desapareció durante el incendio de la casa de Begoña, está utilizando un móvil que Gaizka tenía por casa.

Es precisamente él quien llama. La pantalla lo muestra rodeado de ovejas, vestido con una sencilla camiseta de tirantes y guiñándole un ojo.

Ane rechaza la videollamada. Más tarde se la devolverá. No tiene ganas de explicarle por qué se cuelan en el encuadre los pasillos de una residencia de ancianos.

—A ver, ahora sí. ¿Cómo puedo ayudarla? —dice por fin la recepcionista.

A Cestero le cuesta forzar una sonrisa.

—Vengo a visitar a Manuel Sagasti.

—¿Es familia?

—Sobrina —miente una vez más la investigadora. En esta ocasión no le ha costado decidir el disfraz con el que presentarse.

La mujer la observa a través de sus gafas en forma de gota de agua mientras frunce los labios.

—¿Y no sabe el número de habitación?

—No. Lo siento. Pretendía darle una sorpresa… Vivo en Escocia y he venido a pasar unos días.

Un suspiro acompaña la búsqueda de la administrativa en un listado que tiene a mano.

—Encontrará a Manuel en la trescientos siete. Tome el ascensor. Tercer piso a la derecha. Recuérdelo para la próxima —dice señalando un cartel que advierte de que la ley de Protección de Datos impide proporcionar ese tipo de información.

Cestero le da las gracias y se dirige al elevador.

El pasillo del tercer piso es tan frío como el resto del edificio. Las láminas colgadas de las paredes no logran brindarle la calidez que pretenden. Lagos de montaña, embarcaderos, puentes tibetanos… Paisajes que tratan de contagiar una serenidad que ese corredor desierto no parece precisar.

No hay movimiento. Al menos de puertas para fuera. De camino a la habitación, Cestero solo se cruza con una mujer que se dirige al ascensor.

—Buenos días —saluda Ane cuando pasa a su lado.

La señora se limita a alzar levemente una mano. Por su mirada gacha y esquiva, se diría que la visita a su familiar no ha sido especialmente halagüeña.

El brazalete que adorna su brazo llama la atención de Ane. Es bonito. Unos peces de plata entrelazados.

Sería un regalo original para Julia, pero no ha acudido a esa residencia de ancianos en busca de presentes. Lo que va a llevarle a su amiga son respuestas, y esperan detrás de esa puerta azul con el número trescientos siete. A su lado derecho se extiende un bosque de bambú por el que serpentea una senda de tierra casi roja. El cuadro de la izquierda muestra una cola de ballena sumergiéndose en el mar.

Cestero respira lentamente mientras tira de la manilla. Sabe que el encuentro con Manuel Sagasti podría dar un empujón definitivo a su investigación. ¿Qué nombre se oculta detrás de esa cuenta francesa?

El hormigueo en el estómago se dispara en cuanto pone el primer pie en la habitación.

Ane cierra los ojos y se exige calma.

Y entonces lo huele.

Ese aroma…

Su mente regresa al piso de Begoña. Le costará olvidar esas notas cítricas que ganaron intensidad antes de caer inconsciente. Cestero busca en balde su pistola.

No puede ser. Tiene que tratarse de una broma de mal gusto de su inconsciente.

Respira hondo y avanza hacia la cama.

—Manuel —saluda en un susurro.

El anciano no contesta.

—Buenos días, Manuel —insiste imprimiendo más fuerza a su voz.

Pero la respuesta continúa sin llegar, y cuando la investigadora se detiene junto a la cama comprende que no lo hará jamás.

Sus dedos buscan el pulso de Sagasti.

Nada. Ni en la muñeca ni en la arteria carótida.

Su temperatura corporal, en cambio, no delata enfriamiento. El hombre que debía facilitarle la pieza que falta para completar el rompecabezas acaba de morir.

Ha pasado suficientes años al frente de investigaciones criminales como para asegurar sin miedo a equivocarse que ese anciano con la boca abierta en un grito mudo no ha sufrido una muerte natural.

55

Domingo, 27 de febrero de 2022

El Cantábrico se muestra tranquilo esta mañana. El viento sur aplaca su furia hasta convertirlo en poco más que un lago durmiente. La isla de Izaro, oculta a menudo entre las brumas del salitre, se dibuja nítida frente a la ventana. No hay olas batiendo contra sus acantilados desprovistos de vegetación y poblados por una importante colonia de gaviotas. Más cerca de la línea de costa, un cormorán solitario se zambulle de cuando en cuando en busca de capturas que, por el momento, se le escabullen.

Julia deja de navegar con la mirada y comprueba una vez más el teléfono.

Sigue sin haber novedades.

El último mensaje de Cestero era una foto de la puerta de la residencia de ancianos. Le contaba que había llegado. Si todo va según lo previsto, ahora se encontrará en plena conversación con Manuel Sagasti.

Julia teme que el viejo alto cargo del Gobierno Civil no esté dispuesto a colaborar. Aunque por otro lado confía en las dotes de persuasión de Cestero. Su amiga conseguirá que hable y regresará con información que les permita seguir reconstruyendo lo sucedido en aquel maldito convento. Y también en la casa de su madre.

Los minutos discurren tan despacio que Julia siente los nervios a punto de agujerearle el estómago. De buena gana bajaría las escaleras que llevan al mar y se lanzaría a nadar hasta caer exhausta. Hasta la isla de Izaro o incluso más allá, mucho más allá. Dejar atrás sus miedos, su ansiedad, y olvidarlo todo para siempre.

Sin embargo, no quiere separarse del teléfono. Necesita saber qué está pasando en la residencia de ancianos.

Mientras espera, Julia pulsa el botón de reproducir.

Una oveja accidentada, una sima, la cueva de la Magdalena…

Ha pedido las grabaciones de la central de Emergencias. Quiere volver a escuchar esa ventana abierta al escenario del crimen. Porque las detenciones de la víspera precisan pruebas que las afiancen.

El registro del domicilio de Maite les permitió incautar varios litros de colorante industrial que los análisis han demostrado que fue empleado en los sabotajes. Hallaron también un megáfono que casa bien con los lamentos de Alma Negra que despertaban a los vecinos por la noche. Pero la UHI no cuenta por el momento con prueba alguna que permita vincular a la detenida con el crimen de la sima.

Julia no tiene grandes expectativas puestas en las grabaciones, pero no quiere descartar ninguna vía. Quizá logre dar en ellas con alguna prueba que se les haya escapado y que permita reforzar los indicios con los que cuentan contra la detenida.

El tono de la segunda llamada es más angustiado que el de la primera. Los ciclistas se han dado cuenta de que quien ha caído a la grieta es una persona y apremian a la operadora para que acuda alguien a rescatarla. La impotencia de no ser capaces de hacer nada más que pedir auxilio impregna sus voces. Lo peor, en cambio, se cuela en segundo plano. Son los lamentos de Teresa, ya moribunda.

La voz de la víctima suena muy lejana, perdida en la distancia. Concuerda con el testimonio de los ciclistas. La primera vez que llamaron a Emergencias lo hicieron a cierta distancia de la sima. En la segunda, por el contrario, se hallaban al borde mismo de la caída.

A pesar de que la mirada de Julia vaga por ese Cantábrico en calma, su mente se encuentra de lleno en los Montes de Hierro. Puede sentir la humedad de la bruma en su piel y el silencio sepulcral que solo sus pasos se atreven a herir. No, no son ellos los únicos que lo hacen. Están también las voces alarmadas de los ciclistas y, sobre todo, los lamentos de Teresa Echegaray.

Tuvo que sufrir mucho ahí abajo. Julia la visualiza sola, en la oscuridad absoluta de una sima, con un dolor insoportable y muy asustada. Una muerte horrible.

—Vamos a coger a quien te lanzó al vacío, Teresa. No lo dudes —asegura en voz alta.

Después olvida por un momento la segunda llamada y se centra en la primera.

La escucha una, dos, tres veces. Es apenas un murmullo lejano, pero también en ella se cuelan ligeramente las llamadas de auxilio de la víctima.

Julia sube el sonido al máximo, pero por más que aguza el oído no logra entender nada. Lo más probable es que solo se trate de lamentos agónicos, como los de la llamada que llegó pocos minutos después. En cualquier caso, pedirá a los técnicos que eliminen el sonido en primer plano. La conversación de los ciclistas con la operadora no le interesa. Necesita escuchar a la víctima con la mayor claridad posible.

La mirada de la ertzaina vuelve a buscar el reloj y también el símbolo de mensajes entrantes. Nada.

—Basta ya —se regaña a sí misma.

Solo está consiguiendo ponerse más nerviosa.

Se aparta de la ventana y pulsa el botón que enciende la radio. Da igual si el programa matinal está dedicado a los primeros viajes turísticos al espacio o a la importancia de las bacterias intestinales. Lo que sea con tal de que su mente no continúe sumando ansiedad.

La voz que le llega a través de las ondas le resulta vagamente familiar.

—Estamos destrozados. ¿Sabe usted lo que es no poder sentirte segura en tu propia casa?

Se trata de Mari Carmen, la madre de Teresa e Iñaki Echegaray.

—La llamada que he recibido no es la primera amenaza que nos llega. A mi hija le mandaron una nota anónima. Y todos sabemos cómo acabó eso, ¿verdad? Mi niña está muerta. Esos canallas la mataron. ¿Quién será el siguiente?

Julia parpadea incrédula. ¿De qué llamada está hablando?

El locutor le pregunta si hay algún grupo en concreto de quien sospeche.

—No seré yo quien señale a nadie, pero es evidente que existen personas dispuestas a llegar demasiado lejos con tal de impedir nuestra reapertura. El vil asesinato de mi hija demuestra que esto es así. Y ahora vienen a por el resto de la familia.

—Ayer mismo supimos de la detención de una sospechosa —interviene el presentador.

—¡Ese es el problema! —exclama Mari Carmen antes de que una interferencia haga bailar su voz durante unos instantes—. Me preocupa que la Ertzaintza cierre el caso en falso y mi hija no reciba la justicia que merece. Maite García es la punta del iceberg. En los Montes de Hierro existe un movimiento organizado dispuesto a llegar adonde haga falta para que su territorio continúe anclado en la prehistoria. Comenzaron sembrando dudas sobre el impacto medioambiental y social de la mina, pero no se detienen en eso. Lo de Teresa es la prueba de ello. No hay límites para ellos con tal de que quienes queremos lo mejor para esos pueblos tiremos la toalla.

—¿Se lo han planteado en algún momento? —interviene el locutor.

—¿Abandonar? Nunca. Esa palabra no existe en nuestro vocabulario. Esta familia llegó al mundo para generar empleo y eso es lo que hemos hecho siempre. Por mucho dolor que nos causen, por mucho ruido que hagan, no van a impedirnos despertar esa zona deprimida. Hoy más que nunca, porque se lo debemos a nuestra Teresa.

Julia marca en el móvil el teléfono de Madrazo.

—Hola, compañera. ¿Todo bien? —contesta el oficial antes del segundo tono.

—No me has dicho que los Echegaray hubieran recibido nuevas amenazas —apunta Julia.

Su superior guarda silencio unos instantes.

—Es la primera noticia que tengo —reconoce antes de resoplar.

Se trata de la respuesta que Julia esperaba. La más inexplicable y decepcionante. Los Echegaray han optado por avisar a la prensa antes que a los ertzainas que investigan la muerte de Teresa.

En cuanto cuelga el teléfono, la agente comprueba una vez más los mensajes entrantes.

Sigue sin haber noticias de Cestero.

56

Domingo, 27 de febrero de 2022

La mente de Cestero corre a toda velocidad.

El perfume donde mandan los cítricos... El piso de Muskiz... También allí lo olió antes de ser agredida.

Quien trató de quemarla viva en casa de Begoña acaba de estar en esa habitación. Probablemente ni siquiera sea consciente de ello, pero ha convertido su colonia en la firma del asesino.

Ane observa esa almohada que alguien ha colocado pulcramente a un lado de la cama. Su experiencia le cuenta que es el arma homicida. Después gira sobre sí misma para realizar una inspección visual del resto del dormitorio. No hay armarios revueltos ni carpetas abiertas sobre la cama. Quien ha matado a Sagasti no buscaba nada, solo quería silenciar su voz para siempre.

Todavía lo está pensando cuando la imagen de la mujer con la que se ha cruzado en el pasillo regresa a su mente.

—Joder... —masculla al reparar en que la conocía.

Jamás ha estado con ella, pero la ha visto en fotos. Y vaya si lo ha hecho. Tiene la versión triste, en una esquela que pagaron sus clientas, y la versión fugitiva, en un vídeo donde corre por el lecho de un río junto a su casa.

Se trataba de Begoña. No tiene ninguna duda de ello, y tampoco de que cuando la ha visto acababa de salir de esa habitación donde Sagasti ha sido asesinado.

Cestero se asoma a la ventana para comprobar que no hay rastro de la fugitiva.

Tiene que darse prisa. Quizá aún se encuentre dentro del edificio.

Todavía no ha dado el primer paso cuando alguien abre la puerta.

—Hola, Manuel. ¿Cómo está? —saluda una voz de mujer.

Cestero aguanta la respiración. Ha conseguido introducirse bajo la cama. Los pies de la auxiliar se detienen nada más acceder a la habitación.

Los incisivos de la investigadora muerden su piercing. Si la empleada descubre que el anciano ha fallecido y da la voz de alarma está perdida. No será fácil explicar que a pesar de estar oculta bajo la cama no tiene nada que ver con su muerte.

—¿Manuel? —insiste la chica acercándose a él. Un largo silencio hace temer a Cestero que haya reparado en que algo no va bien—. Bueno, descanse, que últimamente no duerme usted a gusto. Le dejo aquí toallas limpias. Regreso enseguida por si necesita algo.

La auxiliar no se marcha inmediatamente. Todavía entra al lavabo, cambia la bolsa de la papelera, repone papel higiénico… Y entretanto el reloj continúa su avance, regalando a Begoña un tiempo que Cestero teme que será determinante.

Mientras la puerta se cierra por fin, la investigadora calcula mentalmente los minutos que han pasado desde que se ha cruzado con la madre de Julia. Habrán sido más de cinco, pero menos de siete. Alcanzarla no parece tarea sencilla, pero tiene que intentarlo.

Cuando sale al pasillo, la auxiliar se ha perdido en la habitación aledaña. Parece que la anciana que vive en ella le está dando más conversación que el pobre Sagasti.

Cestero corre hasta las escaleras y las baja de dos en dos. No puede permitirse perder un solo segundo esperando a los ascensores.

La recepción está más concurrida que hace unos minutos. Sin embargo, ni una de las personas que aguardan su turno o que charlan junto a los ascensores son la mujer a la que busca.

La salida está bloqueada por algunos carros repletos de ropa blanca que los empleados de una tintorería empujan hacia el camión estacionado ante la puerta.

—¡Cuidado! —exclama uno de ellos al ver que algunas toallas caen al suelo cuando Cestero lo aparta para salir.

Allí fuera tampoco hay suerte. Su mirada le muestra únicamente a varios ancianos sentados al tacaño sol de febrero. Una furgoneta con los laterales empapelados toscamente con carteles reivindicativos de algún conflicto laboral está abandonando el recinto. También un BMW blanco en el que a simple vista no se ve más ocupante que su conductor.

Cestero descarga su rabia con un puñetazo al aire.

Begoña se ha esfumado una vez más.

57

Domingo, 27 de febrero de 2022

—Ahora resulta que nos vais a prohibir hacer sonar cascabeles en nuestro propio pueblo... —Maite se recuesta en la silla de la sala de interrogatorios. Sus brazos cruzados sobre el pecho y la altivez con la que habla resultan chocantes. La mayor parte de los detenidos se vienen abajo al sentarse entre esas cuatro paredes casi desnudas.

—Usted sabía que con esa acción causaría el pánico. Por eso huyó a través de la cueva —indica Madrazo.

—¿Huir yo? —pregunta con falsa sorpresa—. Únicamente paseaba por la cueva. No escapaba de nadie.

—Derribó a una ertzaina que le dio el alto. Fue ese impacto el que rompió la pata de su colgante de madera. Esto es serio, Maite. No se lo tome a broma. Se trata de un posible delito de intimidación contra quienes participaban en la ceremonia religiosa y de una agresión a la autoridad. Y lo sucedido durante la procesión no es lo único que se le imputa —explica Madrazo mostrándole la foto del colorante hallado durante el registro a su domicilio—. El laboratorio no tardará en confirmarnos que es el mismo que se empleó para teñir el pantano de El Regato y el agua bendita de la iglesia de La Arboleda.

—¡Mentira!

—Una vecina ha testificado que la vio entrando por la puerta lateral del templo mientras los demás aguardaban en la plaza a que el sacerdote abriera la entrada principal. Usted tiene llave, ¿verdad? La tiene porque se ocupa de las visitas guiadas —plantea el oficial—. También pintó usted del color de la sangre el arroyo Eskatxabeltza donde dos niñas sufrieron el mayor susto de sus vidas mientras cazaban ranas.

Maite golpea la mesa con ambas manos.

—¿Y qué? ¡Juegos de niños! ¿Desde cuándo está prohibido gastar bromas?

—Intimidación y delito medioambiental —resume Madrazo antes de llevarse a la boca el megáfono hallado también durante la inspección. Un lamento similar al que oyó días atrás en La Arboleda resuena con fuerza entre las paredes blancas—. ¿También le parece un juego hacer creer a sus vecinos que un espíritu maligno ronda La Arboleda por las noches?

—No tienes pruebas. Ese altavoz es para las manifestaciones.

—Claro, por eso lo ocultaba tras un fondo de armario.

—¡Yo guardo mis cosas donde me da la gana!

El oficial no está dispuesto a perder el tiempo con eso.

—Espere, porque este papel lo empeora todo para usted —anuncia mostrándole un extracto bancario.

—¿Qué es? —pregunta Maite.

—La cuenta corriente en la que alguien desde Suecia le ha pagado por lo que está haciendo. ¿Está segura de no querer que la asista un abogado?

—Me valgo yo sola. No he hecho nada malo.

—Yo creo que sí —apunta Madrazo—. Recibir dinero a cambio de asesinar a Teresa Echegaray y sembrar el terror en los Montes de Hierro. Hemos comprobado que la cuenta de ahorro cuya titularidad atribuíamos exclusivamente a su hermano está en realidad a nombre de tres personas: Ángel, usted y su hijo. A la vista del escaso movimiento habitual, me atrevería a aventurar que hasta ahora se trataba de la cuenta donde iban a parar los ahorros de Dani. Si pretendía usted que eso ayudara a ocultar el cobro por sus actividades delictivas, no lo ha conseguido.

Maite lo lee con labios temblorosos.

—Va a confesar —apunta Julia.

—No corras tanto —le indica Aitor.

Ambos observan el interrogatorio a través del televisor dispuesto en una sala adyacente. El oficial ha preferido entrar solo para tratar de intimidar a la detenida. Nada de polis buenos y malos. Solo uno que va a mostrarse inflexible.

—¿Has terminado tu sarta de disparates? —escupe Maite en lugar de rendirse—. ¿Para esta pantomima me habéis hecho pasar la noche en un calabozo inmundo? ¡Tengo un hijo! Tú no eres padre, ¿verdad? Se nota a la legua en la falta de tacto que tienes con una madre a la que su hijo estará echando de menos. Te denunciaré por este atropello.

—No la soporto —confiesa Julia.

—Yo tampoco. Hacía tiempo que no me topaba con una persona tan correosa. Aunque no habrá tenido una vida fácil. Criar sola a un niño como Dani en un entorno tan hostil no habrá sido un paseo de rosas —señala Aitor.

Julia reconoce que su compañero tiene razón. Es demasiado fácil juzgar a alguien sin detenerse a pensar en todo lo que lleva de mochila.

—¿Dónde estaba cuando fue asesinada Teresa Echegaray? —Madrazo continúa apretándole las tuercas con sus preguntas.

—Ya os respondí a eso. Estaba con mi hermano.

—Acabas de meter la pata, Maite —apunta Julia.

—¿Con su hermano? —pregunta Madrazo. Es evidente que está haciendo un esfuerzo por contener la sonrisa—. Ángel reconoció haber participado como supuesto periodista en la rueda de prensa. ¿Y dice usted que estaba con él? ¿Es consciente de que eso la sitúa en el lugar del crimen?

—¡Boom! —exclama Aitor.

La detenida parpadea incómoda. Se revuelve en la silla y tarda en hablar.

—Mira, han pasado muchos días. Ya no recuerdo dónde estaba. Lo único que sé es que no me encontraba en la Magdalena. Estaría en la ferrería o por el pueblo… Qué sé yo.

—¿Quiere que le cuente lo que sucedió esa mañana? —plantea el oficial—. Mientras Ángel se hacía pasar por periodista, usted aguardaba junto a la sima. De algún modo consiguieron atraer a Teresa hasta allí y la empujaron al vacío. Supongo que previamente habían ofrecido su cabeza a Molibden Resources y de ahí el pago de esa suma. En cuanto tomemos declaración a los suecos tendremos la pieza que falta. Se va a pasar usted una buena temporada entre rejas, Maite.

—Qué fácil es hablar… —masculla la detenida—. Yo no sé nada de ese dinero.

Madrazo se gira hacia la cámara y hace un gesto a sus compañeros. Quiere que pase uno de ellos.

—Voy yo —decide Julia poniéndose en pie.

La detenida muestra una mueca de hastío al verla entrar.

—¿Cómo va esto? ¿Cuando uno se cansa viene otro? ¿Es así?

—¿Por qué no nos cuenta cómo mató al perro de Evaristo? —pregunta Julia apoyándose en la pared. No tiene ganas de sentarse.

—¿Qué estás diciendo? ¡Eso es mentira!

—Yo estaba allí. La vi. A usted, Maite, y también a su hijo. Estaban los dos en la Magdalena esa mañana. Mientras Dani contemplaba esos caballos que tanto le gustan, usted colgaba al perro de su propia cadena. Podríamos preguntarle a Lorea. También ella debió de sorprenderla mientras entrenaba. —Julia contiene la respiración. Sabe que se lo acaba de jugar todo a una carta. No se siente bien mintiendo, pero está segura de que fue lo que ocurrió esa mañana.

Maite suspira con la mirada clavada en sus manos.

—Fue en defensa propia. Ese maldito perro estuvo a punto de morderme. Era un animal peligroso.

—El perro estaba atado y encerrado tras una valla —le corrige Julia sin concesiones.

—Maltrato animal. Sumamos a lo anterior una pena de hasta dieciocho meses de prisión —interviene Madrazo.

Los hombros de la mujer se doblan ligeramente hacia delante. Julia comprende que está comenzando a asumir que no va a irse de rositas.

—Es increíble —lamenta Maite—. Una persona asesinada y vosotros perdiendo el tiempo en tonterías. ¿De verdad os parece importante que me viera obligada a matar a ese chucho? ¡Asustaba a mi hijo!

—No son tonterías. Se trata de delitos y va a pagar por ellos —zanja el oficial—. Me temo que es cuestión de tiempo que podamos demostrar que está usted detrás del asesinato de Teresa.

—¡Es todo culpa de Evaristo! ¡Todo! —exclama con tono desesperado.

Julia aguarda a que desarrolle su acusación, pero las palabras no llegan.

—Dani es hijo de Evaristo, ¿verdad? —plantea sentándose junto a la detenida.

El rostro de Maite abandona la ira para mudar a la sorpresa.

—¿A qué viene esto? —pregunta girándose hacia Madrazo en busca de ayuda.

—¿Julia? —interviene el oficial.

—Lo supe ayer, cuando los vi juntos al lado del agua bendita convertida en sangre. Esos ojos entre verdes y azules son inconfundibles.

La mujer tarda en responder, pero lo hace.

—Ese malnacido se aprovechó de mí. Odio reconocerlo, pero yo lo quería. Estuvimos años viéndonos. Para mí él era mi pareja, pero lo que hizo me dejó claro que en su caso yo solo era una aventura insignificante. —Maite detiene la narración para dar un trago al vaso de agua que tiene sobre la mesa. Su tono de voz ha abandonado por completo el desafío y la ira—. Yo no sabía nada del mundo. Apenas he salido de aquí. Era bonita. Hubiera podido estar con quien quisiera. No sé qué pude ver en él, pero me enamoré. De repente un mes no me bajó la regla. Y al mes siguiente tampoco… —Un nuevo silencio para aclararse la garganta antes de seguir adelante con una historia que es evidente que le causa dolor recordar—. Cuando se lo conté me repudió. Dijo que ese niño no podía ser suyo, me acusó de haberme acostado con otros hombres… No se contentó con eso, no. Estoy segura de que él fue el primero que extendió el rumor de que Ángel y yo… Ya me entiendes, si llevas días por la zona lo habrás oído. Dani, el niño especial, fruto del amor incestuoso. —Sus facciones bailan entre la rabia y la tristeza—. Mi hermano dice que si Dani nació así fue por el disgusto que me dio Evaristo. Me pasé el embarazo llorando.

Julia comprende que la mochila de la que hablaba hace unos minutos con Aitor es realmente abultada.

—No era mi intención remover el pasado.

—En los Montes de Hierro las personas tenemos que volvernos duras para sobrevivir… —admite Maite dejando de lado su rictus triste—. Mi hermano y yo hemos vivido siempre con un sambenito colgado del cuello. ¿Por qué creéis que Evaristo no soporta que Ángel suba a por hierbas a la Magdalena? Verlo le recuerda lo que hizo. Además, a Dani le encantan los caballos y siempre quiere subir con su tío para verlos. Los adora. Para ese monstruo no será agradable reconocer en mi hijo los ojos de su propia familia. Es un recuerdo de carne y hueso de que se ha comportado toda la vida como un maldito canalla.

—¿Era necesario matar a su perro? —plantea Madrazo.

La detenida aparta la mirada. No está cómoda con la pregunta, pero va a responderla.

—Desde que Teresa apareció muerta en esa sima, Evaristo se ha dedicado a tratar de inculparnos. Con tal de alejarnos de la cueva ha situado sobre nosotros el foco de las sospechas. Sé que su perro no tenía la culpa, pero de algún modo tengo que pararle los pies. No puedo permitirle que siga destrozándonos la vida a su antojo.

Madrazo pone cara de circunstancias.

—¿Y matar a un pobre animal iba a cambiar las cosas?

—Debería haber visto a Dani —señala Julia—. Estaba desolado por la muerte de Tor. Quería a ese perro, igual que adora a cada uno de los caballos de Evaristo. Se equivocó usted, Maite. A quien más daño infligió matándolo fue a su propio hijo.

La mujer no responde. Solo baja la mirada y arruga los labios, furiosa.

Julia piensa en la talla que vio en la mesilla de Evaristo, el caballo surgido con total seguridad de las manos de Dani y extraviado durante alguna visita a la Magdalena. O quizá el joven se lo regalara algún día. Ese hombre de ojos claros que vive rodeado de equinos debe de despertar su curiosidad.

Da igual cómo llegara a las manos de Evaristo. Ese caballo era sin lugar a dudas el objeto tratado con mayor cariño en un hogar donde todo lo demás era desorden y abandono. La manera de amar, quizá, de un tipo que no sabe hacerlo de otra forma.

—¿Quiere que le explique lo que sucedió con Teresa Echegaray? —plantea la ertzaina—. La empujó usted a esa sima con una doble intención. Por un lado, cobraría el dinero de los suecos por hacerles el trabajo sucio. Pero eso no es todo, porque el miedo que ha estado tratando de extender tiene el objetivo de impedir la reapertura de la mina. Sin ella Evaristo no podrá vender sus terrenos y estará condenado a vivir siempre en ese lugar que tanto odia. Es su venganza por lo que le hizo. ¿Me equivoco?

Maite abre la boca. Va a responder. Quizá haya llegado el momento de confesar.

—Quiero un abogado.

Julia recibe sus palabras como un jarro de agua fría. Creía que la tenía. Ahora todo se complicará.

—¿No va a contestar? ¿Por qué no nos dice a santo de qué le transfirió Molibden Resources esa cantidad?

La respuesta de la detenida se demora unos instantes que hacen guardar a la ertzaina una última esperanza. Sin embargo, cuando vuelve a abrir la boca sus ojos no hablan de arrepentimiento sino de rabia.

—No diré nada más mientras no esté presente mi abogado.

58

Lunes, 28 de febrero de 2022

Ha pasado un día desde el interrogatorio a Maite cuando Julia y Madrazo siguen al mayordomo al interior del palacete de los Echegaray. El hombre hace algún comentario sobre el tiempo, y no es para menos, la jornada está especialmente desapacible. Llueve con insistencia desde primera hora. Por si no fuera suficiente, la proximidad del mar regala al barrio getxotarra de Neguri rachas de viento que convierten los paraguas en objetos inútiles y de vida efímera.

—Por aquí —indica pasando de largo el salón y dirigiéndose a un despacho que se abre al fondo de un majestuoso pasillo.

El empleado golpea levemente con los nudillos en la puerta abierta para llamar la atención de Mari Carmen.

La madre de Teresa Echegaray, sentada al otro lado de una mesa donde reina el desorden, apenas les dirige una mirada.

—Adelante —dice fríamente.

—Buenos días, agentes —los saluda Iñaki, su hijo, poniéndose en pie para estrecharles la mano—. Gracias por venir.

Mari Carmen no hace el más mínimo gesto de pretender imitarlo.

Madrazo respira hondo. Sabe que la advertencia que está a punto de lanzar no será bien recibida.

—Airear la amenaza telefónica a través de los medios de comunicación no fue buena idea. Debería haber recurrido inmediatamente a nosotros.

Han pasado veinticuatro horas desde que la matriarca de los Echegaray denunciara en la radio la llamada anónima que había recibido. No hay un solo medio de comunicación que no se haya hecho eco de ello. Sin embargo, hasta ahora no ha querido atender a los miembros de la UHI. Se encontraba indispuesta.

Mari Carmen le dedica una mirada orgullosa. Una mirada que habla de conciencia de clase, que marca límites a lo que está dispuesta a escuchar de un policía, y los reproches no entran en ningún caso dentro de ellos.

—¿Y qué hubierais hecho vosotros? —inquiere con un tono en el que hay mucho de desprecio—. Exactamente lo mismo que hicisteis con el anónimo que recibió Teresa... ¡Nada! Por lo menos los periodistas me han escuchado y ahora todo el mundo sabe la injusticia que estamos viviendo.

Julia sale al rescate de su jefe.

—Hacer pública la información es dar ventaja al asesino. Estará muy contento con usted.

—Tienen razón, ama —interviene Iñaki para templar los ánimos.

—No, no la tienen —zanja la mujer—. Y si pensaras un poco te darías cuenta de ello. Desde que tu hermana fue asesinada esos desagradecidos de la otra orilla han capitalizado toda la atención. No solo la mataron, sino que han conseguido que todo el mundo critique nuestra mina. Pones la tele y ahí están los debates sobre el proyecto, esas charlatanerías sobre lodos tóxicos con los que vamos a inundar el mar y ese espíritu errante que se han inventado esos pueblerinos... ¡Las únicas víctimas de esta situación somos nosotros!

—La investigación está dando frutos —aclara Madrazo.

—¿Frutos? —Mari Carmen le desafía con una mueca de descrédito—. ¿Llamas así a esa señora que hace de guía en la ferrería? Esto no va de una loca que empuja a mi hija a una sima y tiñe de rojo los ríos. No, detrás de todo esto hay todo un movimiento organizado en contra de los Echegaray.

—¿Le importa que hablemos de la llamada? —la interrumpe Julia—. ¿Cuándo se produjo exactamente?

—¿Cuántas veces voy a tener que repetir la misma historia? —protesta Mari Carmen dirigiéndose a su hijo, que le pide con las manos que se calme.

—A nosotros nos basta con una sola vez —indica Madrazo—. Si lo ha contado en más ocasiones ha sido porque usted ha querido, y no debería haberlo hecho.

—Tienes razón —admite la matriarca con una sonrisa sarcástica—. No debí llamar a la radio. Lo suyo hubiera sido descolgar el teléfono y explicárselo a vuestros jefes. A ver si así ponen frente al caso a alguien que haga algo de una vez.

Madrazo se muerde la lengua para no soltarle ninguna de las respuestas que acuden a su mente y que no harían sino empeorar la situación. No le cabe duda de que ese teléfono del que habla se ha levantado varias veces en los últimos días para marcar el número de algún político. Izaguirre y quienes quieren enterrar para siempre la UHI han encontrado en los Echegaray a sus mejores aliados.

—Limítese a responder a nuestras preguntas —ordena Julia dando un paso al frente. Su tono es tan cortante que el oficial tiene que parpadear para asegurarse de que se trata realmente de su compañera—. ¿A qué hora se produjo la llamada?

Los maxilares de Mari Carmen delatan la tensión. Su mirada fulmina a la ertzaina. Pero responde.

—Fue el sábado por la noche. Eran poco más de las diez.

—¿A qué teléfono llamaron?

La mujer señala el teléfono fijo que ocupa un extremo del escritorio.

—Llamaban de un número oculto, claro. En mala hora respondí.

—¿Recuerda qué le dijeron exactamente?

—Que estábamos muertos.

—¿Con esas palabras? ¿Estáis muertos?

—Si seguís adelante con la mina estáis muertos —detalla Mari Carmen.

—Y no reconociste la voz —añade su hijo.

—No, sonaba muy grave, como si cubriera el micrófono con un trapo. Era una voz fea, de ultratumba.

—¿No dijo nada más? —inquiere Julia alzando la mirada de sus apuntes.

Mari Carmen parpadea incrédula.

—¿Te parece poco? —plantea ofendida.

Madrazo alza la mano para pedir silencio a su compañera. No tiene ganas de comenzar a discutir de nuevo.

—Tenemos suficiente. Cursaremos una petición para que la compañía telefónica determine quién realizó la llamada. No tardaremos en saber quién la amenazó.

—Era un número oculto —le recuerda Mari Carmen.

—No se preocupe. Por mucho que alguien intente esconder el teléfono desde el que llama, siempre podemos identificar al titular de la línea —asegura Madrazo.

—Creo que no me entiendes —señala la matriarca marcando excesivamente cada sílaba para ayudarlo a comprender—. Era un número oculto. No perdáis el tiempo.

—Somos policías. Sabemos cómo hacer nuestro trabajo —resume el oficial con una sonrisa—. Y ahora, si no les importa, tenemos que continuar con la investigación. Porque no lo dude: vamos a detener al asesino de su hija.

Mari Carmen no responde. Se limita a hundir la mirada en el diario que tiene sobre la mesa y pasar la página.

Su hijo observa a los policías visiblemente incómodo.

—Os acompañaré a la puerta —dice invitándolos a seguirlo. Solo retoma la conversación cuando se han alejado lo suficiente del despacho—. Disculpad a mi madre. Siempre ha sido una persona que si ha destacado por algo ha sido por su saber estar, pero lo de Teresa la ha superado. Quiero culpar a las pastillas que le dan para que pueda sobrellevar mejor la angustia, pero no sé…

De todos modos, tiene derecho a enfadarse. Lo que estamos viviendo es durísimo.

—Por supuesto —comprende Madrazo—. Pero si vuelven a recibir cualquier tipo de amenaza, póngase en contacto con nosotros inmediatamente, por favor. Acudir a la prensa antes que a la policía solo lo complica todo.

—Me haré cargo de que no vuelva a suceder —asegura Iñaki. Cuando llegan a la puerta, el empresario se detiene y observa a los ertzainas—. Espero que tengáis previsto un buen dispositivo para proteger a esta familia.

El oficial comprende que se trata más de una exigencia que de una simple pregunta. La precariedad con la que los de arriba han conseguido que trabaje la UHI acude con fuerza a su mente. Doblan turnos un día tras otro, han dejado de dormir por vigilar las noches de los Montes de Hierro y no han parado de trabajar ni en sábado ni en domingo. Por si fuera poco, están las zancadillas de Izaguirre y los suyos. Una tras otra desde el primer día. Si hasta para lograr un retrato robot tuvieron que rogarlo casi de rodillas… ¿Y ahora van a tener que ocuparse también de escoltar a los distintos miembros de la familia Echegaray?

—Llame usted a mi jefe. Seguro que le pone la comisaría a su servicio —espeta secamente.

Iñaki parpadea incrédulo. Su lenguaje gestual adelanta una mala respuesta. Sin embargo, deja pasar unos instantes y responde conciliador.

—No pretendía soliviantarte. Soy consciente de que hacéis lo que podéis, pero me preocupa mi mujer. Itziar se ha convertido ahora en el rostro visible de la mina. Lo está haciendo por mí. No me perdonaría que le ocurriera algo. Tenedlo en cuenta, por favor.

Su cambio de tono lleva a Madrazo a asegurarle que lo harán. En cuanto salgan de allí tratará de que se establezca un dispositivo de protección para la familia. Después llegan los apretones de manos y las despedidas.

Mientras abandonan el palacete, el oficial no puede evitar sentirse incómodo. Sabe que todas las llamadas que haga caerán en saco roto. La protección al clan Echegaray no llegará porque algunos están deseando que todo empeore para que la UHI sea disuelta de una vez por todas.

59

Lunes, 28 de febrero de 2022

Los adoquines de la única calle de Pasai Donibane hacen traquetear el Clio de Cestero. Ni siquiera ha esperado a que el semáforo que regula la dirección, en uno u otro sentido, se ponga en verde. No quiere demorar un solo segundo ese encuentro con un pasado que por desgracia parece decidido a no desterrar esa página definitivamente.

Cuando detiene el coche ante la puerta del bar son poco más de las ocho de la tarde. Sabe que lo encontrará allí. Su padre no se perdería la hora de los txikitos por nada del mundo. Esa costumbre de salir del trabajo y tomar unos cuantos vinos antes de subir a casa es su única afición y la perdición de una familia.

Conforme entra a la taberna, la camarera, una chica joven con un aro en la aleta de la nariz, le muestra una sonrisa.

—¡Ane! ¿Qué tal por Oñati?

Cestero no pierde el tiempo en saludos. Se dirige directamente hacia su padre, que apenas tiene tiempo de dejar su vaso sobre la barra antes de que ella lo coja del cuello y lo empuje contra la pared.

—¡Qué coño has hecho!

Mariano la observa con gesto confundido.

—No sé de qué hablas.

—Eres un cabrón. ¿Me oyes? ¡Un cabrón de mierda! Has entrado en su casa y has puesto todo patas arriba. ¿Qué buscabas? ¿Dinero?

Hace unos años Ane le hubiera pedido que la acompañase fuera para asegurarse de que nadie escuchara sus asuntos. Pero eso era antes. Ahora es diferente. Ha comprendido que el único que debe sentirse avergonzado es el maltratador. Nunca su víctima.

—Estás tan loca como siempre —alcanza a balbucear Mariano mientras trata de zafarse de ella.

—Ane —la llama la chica de la barra—. Tu padre ha estado aquí toda la tarde. Solo se ha levantado de la mesa donde juegan al mus para salir a fumar.

Cestero los fulmina a todos con la mirada. A la tabernera y también a los compañeros de barra de ese hombre al que no soporta tener que llamar padre.

—Te juro que si vuelves a tocarla te mataré —escupe con rabia antes de liberarlo.

Después abandona el bar sin despedirse y camina deprisa hasta la casa de su madre.

Las calles de Pasaia, esas en las que ha pasado toda su vida, se le antojan hoy más oscuras que nunca. El olor a fango que trae consigo la marea baja dota al aire de una pesadez que amplifica la sensación opresiva que devora a Cestero con cada paso que da. Odia tener que enfrentarse a la podredumbre de su propia familia, pero hoy algo le dice que huele peor de lo habitual.

En cuanto abre la puerta, Mari Feli la abraza con fuerza. Al menos ya no llora asustada, como cuando la ha llamado hace poco más de una hora.

—Está loco. Voy a tener que mudarme. No puedo seguir así. Llevaba tiempo tranquilo, pero en cuanto me confío… —dice haciéndose a un lado para mostrarle el desorden que se extiende a su alrededor.

Cestero hace un rápido recorrido por la casa. No hay un solo cajón cuyo contenido no haya sido vaciado. El suelo es una amalgama de calcetines, cables, papeles y hasta botes de especias. Quienquiera que haya estado allí esa tarde buscaba algo.

—¿Qué echas en falta? —pregunta volviéndose hacia su madre.

Mari Feli responde que nada.

—Solo quiere hacerme daño. —La mujer se agacha y recupera un joyero de entre el caos—. Sabe perfectamente dónde guardo las joyas y aquí siguen. No se ha llevado nada. Tampoco el dinero que saqué ayer del cajero para pagar al fontanero que vino a reparar una fuga.

Ane observa los dos billetes de cincuenta euros que señala su madre.

Mariano ha entrado alguna vez en la que, hasta que Mari Feli dio el paso de separarse, fue la casa familiar. Siempre con intención de llevarse dinero con el que pagar alguna de sus frecuentes deudas de juego.

—No ha sido él —masculla en voz queda.

—Claro que sí. No me perdona que le pidiera el divorcio —lamenta su madre.

—No, ama. Esta vez no tiene nada que ver con él. Tampoco contigo —aclara Cestero.

El rostro sin vida de Manuel Sagasti regresa a su mente. También el incendio con el que alguien pretendió matarla en una casa que no era la suya. Los listados de familias, los recibos bancarios, el número de una cuenta francesa…

Alguien está intentando enterrar para siempre la verdad que ella trata de sacar a la luz.

Alguien dispuesto a llegar hasta donde sea necesario.

Y Ane se ha colado en el centro del punto de mira.

60

Martes, 1 de marzo de 2022

Madrazo está todavía desembalando la pizarra que ha tenido que pagar de su propio bolsillo cuando tres toques en la puerta anuncian que tienen visita.

—¿Se puede? —pregunta Izaguirre asomándose.

Aitor y Julia no pueden ocultar un gesto de contrariedad. La UHI ha evitado en lo posible pisar la flamante comisaría de Erandio. Sin embargo, Madrazo ha decidido que los sucesos de los últimos días requieren ser ordenados en condiciones.

—¿Qué tal estáis? Hacía días que no se os veía por aquí… —comenta el subcomisario tras comprobar que nadie va a invitarlo a pasar—. ¿Puedo ofreceros un café?

Julia y Aitor rechazan la invitación. Madrazo, sin embargo, decide pedirle uno doble.

El alto cargo muestra una sonrisa que se intuye forzada. No contaba con que aceptaran su invitación.

—¿Seguro que vosotros no queréis nada?

El oficial aprovecha que Izaguirre no le está mirando para apremiarles con gestos a pedir algo.

—Un té, venga. Verde —matiza Julia.

—Pues yo un descafeinado con leche de soja. Gracias —añade Aitor.

—¿Qué mosca le habrá picado hoy? —pregunta Julia cuando el hombre se retira—. ¿A qué viene tanta amabilidad?

—No sé, pero mientras prepara los cafés no lo tenemos aquí —celebra Madrazo—. Venga, no perdamos tiempo.

El resumen de lo averiguado en las últimas jornadas comienza a plasmarse en la pizarra. Detenciones, amenazas, sumas de dinero... A la vista de los renglones que llenan rápidamente todo el espacio no han sido días precisamente tranquilos.

Todavía está escribiendo cuando el subcomisario regresa con los cafés y se detiene ante la pizarra.

—¿De dónde la habéis sacado?

—Del Eroski de Barakaldo —responde fríamente el oficial.

—Ay, vaya... Siento que hayáis tenido que comprar una. Vamos tan justos de material... Si quieres puedo intentar que te la abonen.

—No es necesario. —El tono empleado por Madrazo no le invita a alargar el tema.

Izaguirre deja los cafés en la mesa y señala una silla.

—¿Me permitís un momento? —pregunta sentándose en ella antes de recibir respuesta alguna. Ha traído una cuarta taza para él—. ¿Qué tal? ¿Cómo lo lleváis?

Madrazo respira hondo mientras hace a sus compañeros un gesto apenas perceptible. Será mejor que no intervengan. Ese lobo vestido de cordero no augura nada bueno.

—Vamos bien. Estamos avanzando. Cerrando el círculo —responde sin ganas.

Izaguirre parpadea incrédulo.

—No hablas en serio, ¿verdad? —plantea antes de señalar a Julia y Aitor—. ¿Prefieres que hablemos a solas?

—No, por supuesto que no. De hecho, te agradezco el café, pero tenemos que seguir trabajando —replica el oficial señalando la puerta con un movimiento de cabeza.

El subcomisario lo observa con gesto cansado.

—Mira, Madrazo... Esto no va de egos, sino de dar al ciudadano el servicio que merece. Entiendo que llevar casos que salen en la tele te resulte atractivo, pero nuestro trabajo va más allá de la gloria personal. Lo verdaderamente importante son los resultados. Detrás de cada uno de nuestros fracasos hay familias sufriendo. Los Echegaray necesitan respuestas. La sociedad entera las necesita.

Madrazo parpadea sin dar crédito a lo que está oyendo. ¿Está acusándolo uno de los grandes campeones de los codazos por salir en primer plano de ser igual que él?

—Vamos por el buen camino —insiste pidiéndose contención—. ¿Te importaría dejarnos trabajar?

Izaguirre no hace amago de levantarse. Al contrario, sacude la cabeza y continúa desprestigiando el trabajo de la unidad que dirige Madrazo.

—Joder, pon la televisión, escucha la radio... Este fin de semana habéis hecho un ridículo lamentable. Mira los titulares de ayer. Desayunamos todos con la noticia de dos detenciones en el caso de Teresa Echegaray. El primero fue ese curandero... Poco os duró en el calabozo. En dos horas estaba de paseo. ¿Desde cuándo se detiene a los ciudadanos sin pruebas?

—Teníamos una prueba evidente. Pero después comprobamos que la cuenta donde se recibió una transferencia vinculada a Molibden Resources también está a nombre de su hermana.

—Y la detuvisteis. Maite García, una mala malísima. Los medios se han pasado dos días dando por hecho que estaba detrás del crimen. Hasta que hoy mismo, oh sorpresa, el juez la ha puesto en libertad porque no hay nada grave que permita encerrarla. Su abogado os ha dejado en entredicho. ¿Hacer sonar cascabeles en una cueva? ¿Echar tinte al agua bendita de la iglesia de enfrente de su casa? Por favor, Madrazo... Hay una mujer asesinada y una familia que necesita saber quién la mató y dejar de recibir amenazas. Los Echegaray están muy decepcionados con la Ertzaintza. ¿Te parece lógico dedicaros a perseguir a una simple activista?

—En ningún momento mentimos a la prensa sobre Maite. La acusamos de extender el miedo por una motivación económica.

Tenemos pruebas de ello. Si es o no la asesina que estamos buscando, tendremos que verlo.

Izaguirre se recuesta en la silla fingiendo hastío, cuando sus ojos hablan realmente de ira.

—Haceos a un lado, Madrazo. Permitid que entremos los profesionales. Solo tienes que levantar el teléfono y comunicar al consejero de Interior que renuncias a seguir adelante con tu absurdo proyecto de la Unidad de Homicidios de Impacto. Hazlo y en menos de una hora habré desplegado media comisaría por esos malditos Montes de Hierro. Entiendo que te haga ilusión llevar un caso grande, pero déjalo ya. Está en tu mano demostrar que esto no es un asunto de vanidad.

Madrazo está haciendo verdaderos esfuerzos para no darle una mala respuesta cuando un agente uniformado abre la puerta y se asoma a la sala.

—Ah, subcomisario, está usted aquí... Disculpe, no pretendía interrumpir, pero hay un tipo en la puerta que pregunta por la UHI.

—A ver... Déjame eso. —Izaguirre le hace un gesto para que le entregue el documento de identidad que lleva en la mano. Resulta un tanto patético verlo alejar el carnet para ser capaz de leer el nombre de su titular—. Ángel García. ¿A qué viene este ahora?

—Dice que quiere confesar —anuncia el uniformado—. Lo he hecho pasar a una sala de interrogatorios.

Madrazo cruza con sus compañeros una mirada de sorpresa. Después siguen al agente hasta el cuarto donde los espera el curandero.

—Usted no hace falta que entre. La investigación la lleva la UHI —indica Julia cuando Izaguirre hace amago de entrar.

—Eso tendrá que decirlo tu jefe. ¿No te parece, bonita?

—Aquí hablamos todos con una voz. Si lo dice uno de mis agentes, lo firmo yo —aclara Madrazo secamente—. Por favor, tenemos un caso del que ocuparnos.

El subcomisario le dedica una mirada glacial. Ya no queda nada de la amabilidad con la que ha vestido hoy su intromisión.

—Oh, sí. Ya veremos por cuánto tiempo —sentencia antes de que Julia le cierre la puerta en las narices.

Angelillo asiste a la discusión sin demasiado interés. Parece cabizbajo.

—Disculpe el espectáculo —le dice Madrazo tomando asiento frente a él—. ¿A qué se debe esta visita? ¿Hoy no viene con su abogado?

El curandero apenas alza la mirada de unas manos que entrelaza sobre la mesa. Está nervioso.

—Mi hermana es inocente. Todos los errores que ha cometido han sido para defenderme.

—¿Para eso ha venido? ¿Para decirnos que Maite no es culpable de nada? ¿Eso es todo? —plantea el oficial.

Ángel niega con la cabeza. Hoy lleva la melena de plata recogida en un moño y está recién afeitado. Las ojeras que delatan que no ha dormido no casan bien con su rostro bronceado.

—Vengo a confesar que Molibden Resources me pagó por extender en los Montes de Hierro una opinión pública contraria a la reapertura. —Los labios del curandero se arrugan mientras se decide a continuar—. Necesitamos salir de aquí. ¿Lo entiende? Veo cada día sufrir a mi hermana y a mi sobrino y no lo soporto. Merecen una vida en condiciones... Cuando supe del enfrentamiento de los suecos con los navieros pensé que era nuestra ocasión. Negocié con Molibden. Si conseguía que los Echegaray abandonaran, me pagarían trescientos mil euros... Lo que nos han ingresado es un anticipo; la puerta abierta a una nueva vida, un futuro para ese crío.

Madrazo lo observa fijamente. Comprende a qué se refiere.

—A miles de kilómetros de distancia la presión de los vecinos no se siente igual que cuando tu sede social se encuentra en plena zona afectada. A los suecos no les temblaría el pulso, aunque todos los Montes de Hierro estuvieran manifestándose contra la mina en la Gran Vía de Bilbao —resume el oficial mientras Ángel asiente levemente.

—Esa era la idea. Yo me encargaría de sembrar el terror para que la presión vecinal sobre los Echegaray les hiciera insoportable seguir adelante. Así se verían obligados a venderles sus derechos de explotación. Hablé con el representante de la minera nórdica y le ofrecí mi colaboración. Decidí hacerlo a mi manera, con la ayuda de la leyenda negra que arrastran esas minas. Solo necesitaba darle alas. Un poco de tinte en el río, unas preguntas incómodas ante los periodistas…

—Pero le entraron las prisas y aprovechó la oportunidad que se le puso delante después de la rueda de prensa. Vio a Teresa Echegaray paseando sola y la empujó al vacío —plantea Madrazo.

—¡No! Eso jamás. Nunca recurriría a la violencia. Soy pacifista. Mi única obsesión, el motor que me ha movido a hacer esto, es mi sobrino. ¿Qué será de él cuando Maite y yo faltemos? Es un chico muy especial, pero necesita a alguien a su lado, alguien que lo cuide. —Los ojos de Ángel brillan, sus labios tiemblan—. No quiero que acabe esquinado por una sociedad a la que molestan los dependientes. Qué menos que poder permitirse una institución que se haga cargo de él, o alguien que pueda ayudarle en casa… Todo eso cuesta mucho dinero. —El curandero se seca las lágrimas con un pañuelo de tela y suelta un largo suspiro—. Me pareció que no hacía daño a nadie. ¿Qué más dará si la mina la abren unos suecos o unos de aquí? Solo sé que los de este pueblo no merecen nada si hacen sufrir de este modo al ser más inocente que existe.

—Su hermana ha confesado que fue ella quien provocó la estampida en la cueva y también que tiñó de rojo el agua de diferentes lugares de la zona… —recuerda Aitor.

—Mirad, aquí está el tíquet del colorante —lo interrumpe Ángel—. Lo compré yo mismo en una tienda de pinturas de San Sebastián aprovechando la feria en la que participé. Si os fijáis, aparece mi número de tarjeta de crédito.

—No nos importa quién lo compró —aclara el oficial—. El asunto es quién lo empleó en arroyos, embalses y hasta en la pila bautismal de la iglesia del pueblo.

—Maite solo quería ayudarme. A mí me habéis tenido bajo la lupa desde el primer día. Ella solo ha pretendido que mirarais hacia otro lado, que comprendierais que conmigo os equivocabais. Por eso tiñó el agua bendita cuando me detuvisteis. Era la manera de demostrar que no era yo quien estaba haciendo que los ríos y lagos de los Montes de Hierro se convirtieran en sangre. —La desesperación envuelve la voz del curandero—. Dani no puede estar sin ella. ¿De qué podéis acusarla? ¿De echar tinte al agua? ¿De hacer sonar unos cascabeles? —Ángel une ambas muñecas—. Dejadla en libertad. Si tenéis que detener a alguien, quedaos conmigo. Mi sobrino la necesita.

Los ertzainas intercambian una mirada de extrañeza.

—Hace horas que su hermana ha salido por la puerta —indica Julia.

La sorpresa de Angelillo es evidente. Sus manos se separan, ya no está tan seguro de querer que lo detengan.

—¿Es libre?

—Así es —señala Aitor—. Será juzgada en su momento, pero hoy está en la calle.

Ángel se rasca la cabeza con expresión confundida.

—Vaya, pues no sabía nada... ¿Y dónde está?

—Ese ya no es problema nuestro. Si tuviera usted teléfono Maite lo podría haber avisado —comenta Madrazo—. Pero las ondas... Ya sabe.

El curandero esboza un gesto de circunstancias.

—Pues nada, voy a ver si la encuentro —anuncia poniéndose en pie.

El oficial le apoya una mano en el hombro y lo obliga a sentarse de nuevo.

—Usted no va a ninguna parte. Difamar y cobrar sobornos es delito. Está detenido. En cuanto acabemos los trámites pasará a disposición judicial. —Madrazo observa seriamente al curandero—. ¿Comprende que todo esto lo sitúa en un mal lugar respecto al asesinato de Teresa? Estaba allí cuando se produjo el crimen y confiesa haber cobrado de los suecos para complicar la vida a los Echegaray.

Ángel niega ostensiblemente con la cabeza.

—Una cosa es poner zancadillas y otra, muy diferente, asesinar a alguien a sangre fría.

Madrazo se inclina hacia atrás para observarle las botas.

—¿Qué número calza?

—Un cuarenta y cuatro. ¿Por qué?

—¿Y su hermana? —interviene Julia.

—Cuarenta. ¿Me podéis decir a qué viene esto?

Julia no puede continuar con el interrogatorio porque su teléfono está sonando.

—Es Itziar —anuncia antes de pulsar la tecla de responder.

—¿La cuñada? —pregunta Madrazo mientras ella se aparta para saludar a su interlocutora.

—¿Cuándo ha sido eso? —Las palabras de Julia hacen intercambiar una mirada de inquietud a sus compañeros—. Sí, claro. No toquéis nada. Vamos para allá —zanja la ertzaina, que se asegura de haber cortado la comunicación antes de regresar—. Han recibido un nuevo anónimo.

—¿Más llamadas? —inquiere Madrazo.

—No. Papel. Alguien lo ha depositado en el buzón de la casa familiar, en Neguri.

El oficial se gira hacia Ángel, que todavía no se ha levantado de su silla.

—Esto también es cosa suya, claro.

El curandero alza las manos para mostrar que está desarmado.

—A mí no me mire. Nunca amenazaría a nadie.

—No, claro… Y los suecos le pagan un dineral solo por su cara bonita —comenta Madrazo—. ¿Por qué no deja de marearnos y nos cuenta todo de una vez? Cuando se siente ante el juez agradecerá la reducción de condena que le aplicará por haber colaborado en la investigación.

—Una cosa es teñir de rojo los ríos y otra amenazar a una familia —argumenta Ángel—. Uno tiene sus límites.

Aitor gira el portátil hacia sus compañeros.

—Echad un vistazo a esto. Acaba de llegar la respuesta de la compañía telefónica. ¿Queréis saber quién llamó con amenazas a casa de los Echegaray?

Julia observa la pantalla con la boca abierta.

Esto sí que no se lo esperaba.

61

Martes, 1 de marzo de 2022

El folio, similar al que apareció oculto bajo el cartapacio de Teresa, ocupa un lugar destacado en la mesa del despacho de Mari Carmen. Sus letras, impresas en color negro y de un tamaño considerable no dejan lugar a dudas.

LA MINA SERÁ VUESTRA
TUMBA.

Lo más siniestro, sin embargo, no es el propio mensaje, sino el recorte del diario adherido debajo. Se trata de la esquela de Teresa, con su foto sin color y su descanse en paz.

Julia siente un estremecimiento conforme introduce el papel en una funda plástica para proteger las posibles huellas dactilares. Odia tener que compartir el mundo con personas capaces de hacer algo así.

—Estaba en el buzón, entre las cartas —indica Mari Carmen agitando un puñado de sobres todavía sin abrir que deja después sobre la mesa.

—¿Quién lo ha encontrado?

—Mi suegra —aclara Itziar. Parece que hoy no tiene entrenamiento de tenis—. La correspondencia de casa es cosa de ella. Eso y comprar el pan no son cometidos que esté dispuesta a delegar. ¿Verdad, Mari Carmen?

—Me he quedado petrificada. Hay que ser muy canalla para echarnos la esquela de mi niña al buzón. —Su dedo índice señala acusador a Julia—. Si cuando quise poner aquella cámara no me lo hubierais prohibido, ahora no estaríamos así...

La ertzaina se gira hacia Itziar en busca de una explicación.

—Mi suegra pretendía instalar cámaras en el perímetro de su casa. Hará tres o cuatro años.

—Me dijisteis que no podía grabar la vía pública —continúa espetando la mujer—. Como si por esa acera pasearan miles de personas al día. ¡Es la casa de la familia Echegaray! Si no nos hubierais puesto tantas trabas, hoy tendríamos la imagen del asesino de mi hija.

Julia asiente sin ganas. Su mente está en realidad en lo que viene a continuación. Sabe que no va a resultar fácil.

—Hemos recibido información sobre la amenaza telefónica —anuncia abriendo el correo electrónico en su móvil.

El rostro de Mari Carmen se tensa.

—¿Y...? —pregunta.

—¿Por qué no me lo cuenta usted? No hubo llamada, ¿verdad?

La matriarca de los Echegaray la observa con la boca abierta.

—¿Cómo te atreves a poner en duda mi palabra?

Julia lee en voz alta la respuesta de la compañía telefónica.

—El abonado no recibió llamada alguna en las cuarenta y ocho horas que rodean la fecha indicada.

—¿No te llamarían al móvil? Ya nadie llama a los teléfonos fijos —plantea Itziar con expresión confundida.

—Lo hemos comprobado también —se adelanta Julia—. Mari Carmen, no recibió usted ninguna llamada la noche del sábado.

La mujer abre la boca para defenderse. Sin embargo, tras balbucear algunas sílabas incomprensibles asiente con resignación.

—¿Y qué pretendes que hiciera? ¿Esperar de brazos cruzados igual que el pusilánime de mi hijo? Tú quizá no lo sepas, pero un apellido como el nuestro no se cuida solo. Supone sudor y esfuerzo que la gente siga respetándolo.

—Mari Carmen... —Itziar le apoya una mano en el brazo. Trata en vano de calmarla.

—¡Déjame hablar! —espeta su suegra zafándose de ella—. Esos miserables de los Montes de Hierro deberían estarnos agradecidos. Y en lugar de eso se han dedicado a difamar nuestro proyecto. ¿Que nuestra pretensión es ganar dinero con la reapertura? Por supuesto que sí. Pero junto a nosotros se enriquecerá toda esa comarca donde hoy no hay pan que llevarse a la boca.

—La simulación de ser víctima de amenazas está penado por la ley —le advierte la ertzaina.

Mari Carmen no escucha, o al menos no atiende a razones. Sus argumentos continúan enrocados.

—¿Qué le depara el futuro a una familia a la que sus propios miembros le han perdido el respeto? ¿Ha visto que mi yerno se ha unido a quienes arrastran nuestro nombre por el barro? La culpa es mía por haberle abierto las puertas de esta casa. Nunca debí permitir que Teresa se casara con un desharrapado como él. Lo peor de todo es que siempre fui consciente de que acabaría arrepintiéndome... ¡Se ha puesto del lado de quienes mataron a mi niña! ¿Quién me dice que no ha sido él quien nos ha echado este anónimo en el buzón?

—No te pongas así, Mari Carmen —interviene su nuera—. Alejandro y Teresa pasaban por una muy mala racha y nosotras sabemos que él no es el tipo pacífico y de buen carácter que muestran las redes, pero no haría algo de tan mal gusto.

Julia piensa en la mujer a la que Madrazo sorprendió durmiendo en el Mistral. La matriarca de la familia pondría el grito en el cielo si lo supiera. Lástima no haber podido identificarla. El oficial regresó al barco la noche siguiente, tras la detención de Maite, pero ya no se encontraba allí. No solo eso, sino que cualquier rastro de su presencia había desaparecido. La cama estaba recogida y plegada como si no se hubiera utilizado en mucho tiempo.

Ni estaba en el barco ni pretendía regresar.

—Está bien… —admite Mari Carmen—. No lo entendisteis por las buenas, así que tuve que hacerlo por las malas. Y no me equivoqué… Aquí estás, aunque investigando a las víctimas en lugar de al asesino… Fingí haber recibido esa llamada para intentar despertaros de una vez. No podía permitir que cerrarais el caso con la detención de esa pobre diabla que pintaba los ríos. —La matriarca da una palmada en la mesa. Después señala el anónimo—. Pero ¿qué me dices de esto? ¿Acaso no es espantoso? Si en lugar de poneros del lado de los que matan protegierais a esta familia, hoy no estaríamos así.

Julia contempla una vez más la esquela. El rostro sonriente de Teresa Echegaray la observa desde el macabro recorte del diario. A pesar de no haber cruzado jamás una palabra con ella, tiene la sensación de conocerla. Son ya unos cuantos días hurgando en su vida, arañando a unos y otros información sobre sus anhelos y sus temores. Algo le dice que no se sentiría orgullosa de lo que está haciendo su madre.

—El problema es que ahora nos hace dudar —apunta decidida. No va a dar un paso atrás ni ante esa mujer ni ante nadie—. ¿Es consciente de que mentir sobre la llamada resta credibilidad a cualquier denuncia que plantee? ¿Por qué tenemos que confiar en que este anónimo fue realmente depositado en su buzón?

Mari Carmen la asesina con la mirada. Se pone en pie y acerca su rostro al de Julia.

—¡Repítelo! —escupe con rabia—. Llama a tu jefe. Me niego a hablar una sola palabra más contigo.

—Mari Carmen, por favor… —le pide su nuera cogiéndola del hombro para que recule.

—¡No me digas lo que tengo que hacer! Son unos ineptos. —La matriarca continúa tan cerca de Julia que cuando se gira hacia ella, la ertzaina siente su aliento en la cara—. Deja de escupir sobre el cadáver de mi hija. Sal de esta casa y ve a los Montes de Hierro a detener a todos esos bárbaros. Ya es hora de que dejéis de protegerlos. Y podéis empezar por mi yerno.

Parapetada tras su suegra, Itziar hace un gesto a Julia para pedirle paciencia.

La ertzaina esboza un amago de sonrisa. Necesita pacificar la situación. No puede irse todavía.

Su mano se estira disimuladamente. Sabe que cuenta con una sola bala en la recámara.

Conforme discutían ha ido acercándose hacia la impresora. Es similar a la que tienen en la comisaría de Gernika. Conoce su funcionamiento. El botón que le interesa es uno de color blanco y forma alargada.

El aparato se pone en marcha en cuanto lo pulsa.

—¿Qué estás haciendo? —pregunta Mari Carmen tratando de apartarla de allí.

—Ay, vaya. Me he apoyado por error.

La pantalla verdosa informa de que la reimpresión está en curso. Julia no tardará en tener delante una copia de lo último que ha salido de esa máquina.

—¡Sal ahora mismo de esta casa, descarada! —El forcejeo de Mari Carmen no puede impedir que una hoja emerja del vientre de plástico y vaya a parar a la bandeja superior.

Julia no necesita cogerla para poder leer el mensaje contrario a la mina. Es exactamente igual que el que descansa sobre la mesa.

—Todo esto es muy grave. Denunciar falsamente amenazas es un delito. Supongo que es consciente de que va a tener que acompañarme a comisaría… —anuncia la ertzaina.

La boca abierta de Itziar muestra un desconcierto que parece sincero.

—¿Mari Carmen? —pregunta sin apartar la mirada del anónimo.

—¡Es culpa vuestra! —escupe su suegra señalando a la ertzaina—. Si hubierais hecho el trabajo por el que os pagamos no habría tenido que recurrir a esto. Solo he intentado que despertéis de una vez, que defendáis a quienes lo merecemos. Quizá fueran ellos quienes mataron a mi niña, pero vosotros la estáis descuartizando para tirársela a los buitres.

La mujer cierra los ojos y se lleva una mano al pecho. Una mueca de dolor acude a su rostro.

—¿Estás bien? —pregunta Itziar cogiéndola de los brazos.

El silencio de Mari Carmen despierta las alarmas en Julia, que ha comenzado a llamar a Emergencias cuando la mujer responde que se encuentra mejor.

—Sufre de arritmia —explica Itziar—. La tiene controlada, pero cuando se pone nerviosa le da taquicardia. ¿Seguro que estás bien?

Su suegra asiente con un gesto. Después se gira hacia Julia.

—¡Mira lo que has conseguido! ¿Es esto lo que querías?

—Vamos, te acompaño a descansar —dice su nuera tendiéndole la mano—. ¿Por qué no sales un rato al jardín a que te dé el aire?

—Sí, descanse un poco. Recupérese. Después tendrá que venir conmigo a comisaría —le advierte la ertzaina.

Ahora es Itziar quien clava en ella una mirada cargada de ira.

—¿No ves que no es el momento? —le recrimina antes de abandonar el despacho con su suegra.

Julia observa que los movimientos de Mari Carmen son torpes, como si hubiera envejecido un buen montón de años en apenas un par de minutos.

—No le cuentes nada a Iñaki —le oye decir la ertzaina mientras su nuera y ella se alejan lentamente por el pasillo—. No quiero que se enfade conmigo.

La distancia roba a Julia la respuesta de Itziar. Después sus voces se extinguen por completo.

La ertzaina se acerca a la ventana. Hay alguien al otro lado. Un jardinero. Retira algunos frutos del limonero, probablemente para evitar que el peso rompa unas ramas que se ven sobrecargadas. El chubasquero le cubre casi por completo un rostro de tono oscuro.

Itziar y su suegra se suman pronto a la escena. Una silla bajo el refugio del alero ofrece a la matriarca de los Echegaray un lugar donde recobrar la paz. Julia no puede evitar una punzada de lástima al verla encorvada y con la mirada perdida. No le gustan su despotismo ni su evidente clasismo, pero es una madre a la que hace pocos días le han arrebatado una hija.

Después regresa junto a la mesa y coge de nuevo la esquela.

—Perdona este espectáculo, Teresa —dice pasando un dedo por ese rostro que le sonríe—. Te prometo que vamos a hacer justicia.

Se dispone a devolver el papel a su lugar cuando repara en la correspondencia que Mari Carmen ha dejado sobre la mesa. Media docena de cartas que todavía nadie ha abierto.

Es la primera de ellas la que llama su atención. El membrete que la identifica la hace volar lejos de allí.

La ertzaina se gira hacia la ventana.

Todo sigue igual al otro lado del cristal. Mari Carmen parece haber recobrado las fuerzas. Señala un limón en concreto y el jardinero se esfuerza por alcanzarlo. Después se repite la misma operación. Y así una y otra vez. Frutos que ella considera que no merecen estar en el árbol y que su empleado se afana en eliminar sin objeción.

Una mujer acostumbrada a mandar hasta en los asuntos más mundanos.

A su lado, Itziar observa la purga cítrica mientras apoya una mano en el hombro de su suegra. Parece haber olvidado que tiene a una ertzaina esperándola al otro lado de la ventana.

Julia deja escapar un suspiro. Después introduce la carta en el bolsillo y se dirige a la salida. Le pedirá a Madrazo que sea él quien se acerque a tomarle declaración. Ella no está dispuesta a regalarles un solo segundo más.

62

Martes, 1 de marzo de 2022

—¿Por qué no pruebas a servirlo más corto? Se notarían mejor todos los matices.

Aitor Perosterena, al que todos en Oñati llaman simplemente Peros, observa a Cestero por encima de las gafas.

—¿Estás loca? ¿Pretendes que me paseen crucificado el día de la procesión del Corpus? Ya hay quien se queja de que paga mucho por tan poco café. —El tabernero sacude la cabeza—. No, más corto no puedo servirlo si no quiero perder parroquianos.

Cestero se encoge de hombros mientras se lleva la taza a los labios. Él es quien manda tras esa barra y quien mejor conoce a sus clientes.

—Pues estaría más rico.

Peros apura el suyo y deja la taza en el fregadero.

—Ya tengo el mejor café de toda la comarca. Para una taberna de pueblo es más que suficiente. Si esto fuera un garito esnob de algún barrio pijo de Donosti lo haría de otra manera, pero aquí no puedo.

Apenas ha terminado de decirlo cuando un hombre de gafas empuja la puerta. Es Miguel, el estanquero. Saluda a Cestero con un gesto de cabeza y después se apoya en la barra.

—¿Ya no te queda tortilla de patata?

Peros niega con la cabeza.

—Ha venido una jauría de estudiantes esta mañana y me han dejado sin nada.

—Qué poco nos cuidas a los habituales —protesta el estanquero mientras busca en la barra algo que merendar.

—Es la ley del mercado. Haber venido antes —se burla el tabernero.

—Será jeta el tío —dice Miguel dirigiéndose a Cestero en busca de apoyo—. Verás tú el día que entre a mi estanco a por su paquete de Ducados y le diga que no queda.

La investigadora se ríe. Le gustan esas conversaciones de barra donde nada es realmente trascendente. Esta tarde necesita más que nunca zambullirse en una de ellas. El asalto a la casa de su madre la ha tenido en vela toda la noche.

No le ha resultado difícil deducir cómo han dado con ella.

Quien trató de quemarla viva no solo le arrebató el teléfono sino también la cartera. Allí estaba su carnet de identidad con la dirección de su casa familiar. Todavía no se ha empadronado en Oñati.

Begoña, o María, o cualquiera que sea el nombre que emplee ahora, la vio cuando se cruzó con ella en los pasillos de la residencia de ancianos. Si la creía fuera de combate tras el incendio, comprendió que no era así, y que cuenta con información que le permite pisarle los talones.

El asalto ha sido un intento de despojarla de los documentos que la llevaron a dar con Sagasti, y también una forma de mandarle una advertencia para que dé un paso atrás.

—¿Has visto que mañana dan nieve? —comenta el estanquero dejando caer un par de monedas de euro sobre la barra. Se conformará con un simple café.

—Aquí no nevará —opina Peros girándose hacia la cafetera—. Si acaso en Arantzazu y en las cumbres. En el pueblo como mucho caerán un par de copos.

—No sé —reconoce Miguel—. A mí este invierno ya me tiene harto. Se está haciendo pesado con tantos temporales. Y esta noche viene tormenta. Ojalá llegue pronto mayo y me pueda escapar de crucero.

—¿Otra vez? ¿Cuántos llevas ya?

—Este será el cuarto. Vamos a las islas griegas. Y mientras mi mujer y yo tengamos salud no pienso perdonar ni un año. Mi hija dice que tendría que haber estudiado para capitán de la marina mercante.

—Lo que nos faltaba en este pueblo... —comenta Peros sirviéndole el café.

Miguel se ríe antes de señalar el televisor que cuelga de una pared.

—Vaya movida tienen ahí. Ya pueden protestar lo que quieran, que esa mina se la van a comer con patatas. La pasta es la pasta. Contentos pueden estar si no los echan de sus casas para excavar debajo. Ya lo hicieron hace años en Gallarta... Se llevaron por delante el pueblo entero. Miles de vecinos reubicados de la noche a la mañana. Una locura.

Cestero se gira hacia la pantalla, ocupada íntegramente por la cabecera de una manifestación. La pancarta que sostienen decenas de ciudadanos exige un futuro sin minas para los Montes de Hierro. Los planos de la protesta llevada a cabo el domingo en el centro de Bilbao se alternan con imágenes de la zona donde la familia Echegaray tiene previsto reemprender la explotación minera.

—Detuvieron a una mujer por echar colorante al agua bendita. Hay que tener mala idea... Convertía el agua en sangre para asustar a sus vecinos —se ríe el estanquero.

Peros suspira mientras limpia la vajilla que se ha ido amontonando en la fregadera.

—Lo que habrás tenido que ver, ¿no? —comenta dirigiéndose a Cestero—. ¿No echas de menos tu trabajo cuando salen este tipo de noticias? Seguro que te gustaría estar allí.

Ane esboza una sonrisa de circunstancias. Sabe por Julia que no está siendo fácil. Son solo tres efectivos y les ha tocado incluso montar guardia por las noches. Demasiados odios y rencillas enquistadas en unos pueblos tan pequeños que en lugar de vecindarios parecen familias mal avenidas en plena cena de Nochebuena. Y, por si fuera poco, con leyendas negras y supersticiones antiguas marcando el ritmo de los acontecimientos.

No, no es un caso fácil, y por eso mismo le gustaría estar allí. Aunque tampoco sus últimas jornadas están siendo precisamente un paseo de rosas. Lo que parecía un asunto sin ningún tipo de riesgo ha estado a punto de costarle la vida.

—Tampoco estoy tan mal con mi negocio cafetero —comenta restándole importancia.

El estanquero observa de cerca su taza. Después le muestra el contenido a Peros.

—¿De verdad te parece que por esta gota de café puedes cobrarnos un euro y medio?

—¿Qué te decía? —indica al instante el interpelado girándose hacia Cestero.

—Si no fuera porque tienes el bar al lado de mi estanco, no me volvías a ver el pelo —advierte el vendedor de tabaco.

Peros protesta. Lo llama exagerado y le desafía a dar con un café tan bueno como el suyo. Después le pide a Cestero que lo defienda.

Pero ella no los escucha ya. Su atención está clavada en el televisor. Ha visto antes esa furgoneta desde la que la presidenta de la plataforma que ha convocado la manifestación contra la mina responde a una reportera.

Por supuesto que la ha visto. Era la misma que abandonaba el aparcamiento de la residencia de ancianos en la que fue asesinado Manuel Sagasti. Los carteles que cubren sus laterales le parecieron algún tipo de protesta laboral cuando en realidad reclaman que dejen en paz los Montes de Hierro.

La investigadora abre la libreta que lleva en el bolsillo y busca entre sus notas. Tiene que retroceder varias páginas para dar con él, pero ahí está el teléfono.

Mientras marca el número sale a la calle. No quiere chascarrillos de taberna colándose en su conversación.

—¿Dígame? —responde la pescadera jubilada.

—¿Ángela?

—Sí. ¿Quién eres?

—Soy Leire, la escritora que prepara el libro de biografías de mujeres anónimas. ¿Se acuerda de mí? Nos vimos hace unos días en Santurtzi.

—Claro, hija. Una será vieja, pero todavía tengo memoria. Fue agradable pasear contigo.

—Se me olvidó hacerle una pregunta —indica Cestero—. ¿Dónde trabajó María antes de que usted la contratara?

—En el lavadero. Menudas manos traía la pobre… Viéndoselas podías calcularle cuarenta años más de los que tenía realmente.

La investigadora siente una punzada de decepción. Tenía la esperanza de que la respuesta fuera la mina. Eso le hubiera brindado una conexión entre la furgoneta y la fugitiva.

—¿Dónde estaba ese lavadero? —continúa con la expectativa de que todavía le ofrezca algún tipo de vínculo.

—Pues en los Montes de Hierro. Exactamente no sé dónde se encontraba, pero estaría en La Arboleda o Gallarta, qué sé yo… María solía hablar a menudo de aquel empleo. Debía de ser muy duro. Ella y sus compañeras rescataban los pedazos de mineral que quedaban ocultos entre la escoria que se descartaba. Contaba que las manos se les volvían insensibles tras tantas horas hurgando entre el agua y el fango.

Cestero cierra los ojos para ver una vez más esa furgoneta cubierta de carteles abandonando la residencia donde un testigo que sabía demasiado acababa de ser silenciado para siempre.

—Gracias, Ángela. Muchas gracias. —Antes de cortar la comunicación, sin embargo, se le ocurre que quizá pueda obtener algo más—. ¿Recuerda si María conservaba alguna amistad de sus años en la mina para que pueda entrevistarla también?

Su interlocutora tarda en responder.

—Había una mujer… —dice finalmente—. No recuerdo su nombre, pero María hablaba muy bien de ella. Al principio acostumbraba a ir algunos domingos a comer con ella y su familia. Era viuda de la mina la pobre. Abrió un bar cuando la mina cerró. Tenía una caseta o algo parecido al lado de uno de los lagos de La Arboleda y celebraban allí barbacoas. María solía llevarse un par de kilos de buenas sardinas. Bien ricas les quedarían a la parrilla.

En cuanto se despide de ella, una sensación que conoce bien se abre paso en el pecho de Cestero. Se trata de su corazón bombeando adrenalina a toda velocidad.

—Ya te tengo, Begoña —masculla mientras busca en el bolsillo las llaves del coche.

No está dispuesta a perder ni un solo segundo más. Sabe que la respuesta está al alcance de su mano. Solo necesita envolverla con los dedos y no dejarla escapar.

63

Martes, 1 de marzo de 2022

Julia comprueba una vez más si ha recibido respuesta de Cestero.

Nada. Su amiga ni siquiera ha leído los mensajes que le ha enviado.

Hace más de una hora que ha salido del palacete de los Echegaray y lo primero que ha hecho al llegar al coche ha sido abrir la carta. No se siente especialmente orgullosa de haber robado correspondencia, pero ha sido incapaz de refrenar el impulso. Hasta hace una semana jamás había oído hablar del Crédit Bordelais y ahora el nombre de ese banco aparece por segunda vez en solo unos días.

Como diría la propia Cestero: no es una casualidad. Nunca lo es.

Julia marca una vez más el número de su amiga, pero la misma voz enlatada de los dos intentos anteriores le indica que el teléfono al que llama está apagado o fuera de cobertura.

Sus pies descalzos la llevan hacia la ventana. Del otro lado se extiende un Cantábrico a cuyas puertas llama la noche. Las luces de posición de algunas chipironeras titilan en un mar especialmente sereno que trata de invitarla al baño. Pero desde que sufrió el ataque de pánico Julia no ha sido capaz de adentrarse en él. Se siente cobarde y vulnerable, no soporta haber perdido el que hasta hace escasos días era su refugio seguro.

—Hoy te vendría bien —se dice a sí misma. Aunque tan pronto termina la frase siente una ola de calor abrasándola por dentro. Es la ansiedad, sigue ahí, le acaba de mostrar las garras para asegurarle que no va a permitirlo.

No, quizá hoy no sea el día. Al menos mientras no reciba noticias de Ane y pueda descartar que la cuenta en la que las familias pagaban por los bebés tenga algo que ver con los Echegaray.

Sin embargo, se promete a sí misma que volverá a nadar mar adentro hasta caer rendida. Piensa ganarle la partida al miedo que trata de ponerle la zancadilla. Lo hará con una boya que le brinde seguridad y el móvil en una bolsa estanca, pero lo hará. Observar la ansiedad desde detrás de la barrera nunca es una opción. No puede serlo si no quiere que unos pensamientos tramposos le marquen los límites de su libertad.

Un doble tono la obliga a apartarse de la ventana.

Ha sido su teléfono.

Julia se apresura a consultarlo, pero un jarro de agua fría cae sobre su espalda en cuanto comprueba que no se trata de ningún mensaje de Cestero.

Es un correo electrónico y lleva adjunto un archivo sonoro.

Los técnicos han aislado y amplificado la voz de Teresa Echegaray, tal como les pidió que hicieran.

La ertzaina descarga el archivo y abre una aplicación para reproducirlo. El altavoz del móvil emite un chasquido y comienza a escupir palabras lejanas y cargadas de angustia.

AQUÍ... POR FAVOR... AQUÍ... AQUÍ... SÁCAME...

Julia traga saliva mientras pulsa de nuevo el botón de reproducir. Es la llamada de auxilio de una mujer cuya agonía todavía se alargaría unos minutos. Las palabras llegan sazonadas con gritos de dolor y llantos. Ya no hay ciclistas hablando en primer plano ni tampoco los dictados de la central de Emergencias. Solo está Teresa, una mujer que se muere y que trata de indicar su posición para pedir una ayuda que llegará demasiado tarde.

Una punzada de decepción se abre paso en el pecho de la ertzaina. Tenía la esperanza de que la voz aislada de la víctima pudiera darle alguna pista, pero no es más que una simple petición de ayuda que duele demasiado escuchar.

¿Y Cestero?

El móvil sigue sin dar noticias de ella.

¿Dónde se habrá metido? Estuvo unas horas sin teléfono tras perderlo durante el incendio, pero está utilizando uno que le ha prestado Gaizka.

La posibilidad de que su amiga se encuentre en apuros vuelve a despertar la angustia en la mente de Julia. El asalto a su casa familiar hace menos de veinticuatro horas es un mensaje claro de que van tras ella. Cuando tuvo noticias de lo sucedido, Julia le pidió que abandonara la búsqueda de su madre. No quiere que corra más riesgos por su culpa. Nunca podría perdonarse que le ocurriera algo.

La respuesta de la ertzaina suspendida fue muy clara: no parará hasta traerle a Begoña.

Julia no puede evitar una sonrisa al recordar sus palabras. Está claro que a cabezota nadie gana a Cestero, a amiga de verdad tampoco. No dudará en seguir jugándose la vida hasta encontrar a su madre biológica.

64

Martes, 1 de marzo de 2022

Cestero ha perdido la cuenta de las curvas de herradura que ha dejado atrás conforme el Renault Clio gana altura hacia el corazón de los Montes de Hierro. Los restos mineros aparecen aquí y allá, salpican una subida donde la panorámica del Abra trata de llevarse todo el protagonismo. El mar y la tierra se abrazan sin delicadeza allí abajo, entre diques de hormigón y muelles modernos donde apenas hay espacio para la belleza. Ladera arriba, a más de cuatrocientos metros sobre el Cantábrico, el verde manda. La carretera se abre paso entre los pastos y los pinos. Ella y un viejo funicular de los tiempos del hierro que todavía transporta viajeros de casa al trabajo y del trabajo a casa.

Un primer barrio minero sale al encuentro de la investigadora en cuanto llega al alto. Tras él se extienden los lagos. Tres masas de agua principales y alguna que otra de menor tamaño.

Las casas de La Arboleda se recortan al fondo, con sus tejados rojos destacando sobre un mundo verde y azul, de bosque y agua. Podría ser un escenario idílico de no ser porque Cestero sabe que en él se esconde una mujer capaz de matar y está a punto de enfrentarse a ella. Debe hacerlo, además, sin más arma que la ventaja que le otorgue la sorpresa y sus años de experiencia como ertzaina.

El mapa que apenas ha tenido tiempo de consultar en el móvil le ha conducido hasta la caseta donde cree que se esconde Begoña. Se encuentra a la orilla del lago Parkotxa, el más cercano a la carretera y, al mismo tiempo, el que cuenta con más vegetación en sus riberas.

Una pista de gravilla le permite dejar atrás el asfalto y acercarse a la lámina de agua. No hay nadie a la vista. Solo una pareja de patos que alza el vuelo al verla salir del coche. Tampoco hay rastro del propietario del ciclomotor estacionado unos metros más allá.

Cestero se interna entre los carrizos que han colonizado todo el contorno del lago. Son altos, tanto como ella, y tan densos que le facilitan la aproximación sin despertar las sospechas de Begoña.

Ahí está la caseta. Se trata de una construcción sencilla que las plantas apenas le dejan atisbar. Es la única edificación habitable que existe según el mapa en todo el entorno de las viejas minas inundadas. A pesar de que las nubes cargadas de lluvia tratan de impedirlo, Ane imagina sin problemas esas barbacoas dominicales que ha mencionado la pescadera jubilada. El paraje invita, desde luego.

Era evidente que Begoña contaba con la ayuda de alguien. Ha sido una vieja amiga, compañera de la mina, quien la ha estado protegiendo desde que fingió su propia muerte. No solo le ha brindado un lugar donde ocultarse, sino que está facilitando sus movimientos. Esa furgoneta forrada con mensajes contra la reapertura no estaba en la residencia de ancianos por casualidad. Begoña, la mujer que acababa de asesinar a Manuel Sagasti, viajaba en su interior. Ane está segura de ello, y también de que si tuviera acceso a los ficheros policiales, podría comprobar que el vehículo es propiedad de la misma mujer a la que pertenece la caseta a la que se encamina.

La investigadora avanza en silencio, tratando de que los tallos de los carrizos no crujan y sacudiéndose de encima al mismo tiempo los pequeños insectos que la atacan a cada paso.

Cuando apenas le falta una decena de metros para alcanzar el rudimentario edificio, se detiene y saca el móvil del bolsillo.

—Vamos, arranca —le pide mientras pulsa el botón lateral para tratar de resucitarlo.

Lleva así toda la tarde.

Todo el día, en realidad.

Debería haberse comprado un nuevo teléfono. En un primer momento le pareció que el móvil que encontró en casa de Gaizka funcionaba correctamente. Falsa impresión, porque el aparato acostumbra a apagarse sin motivo aparente y después le cuesta volver a ponerse en marcha.

—Venga… —le pide agitándolo para intentar devolverlo a la vida.

Necesita avisar a Julia. Cree haber dado con su madre. El trabajo que le encargó termina aquí. Ahora le corresponde a su amiga decidir qué hace con ella. Cestero sabe que la decisión no es fácil. Puede entregarla a la justicia o puede dejarla marchar y convertirse así en cómplice de sus crímenes.

A Ane no le gustaría encontrarse en su situación.

Una leve vibración indica que ha habido suerte. La pantalla muestra el logotipo de una manzana mordida, pero los segundos pasan sin que ceda el testigo a los símbolos del menú de inicio.

Un trueno hiere el silencio. No es el primero, pero los anteriores no sonaban con tanta fuerza.

Cestero suspira mientras retoma su avance. En cualquier momento caerán las primeras gotas, aunque eso poco importa ahora.

Sabe que la mujer que se esconde en esa chabola es peligrosa. Lo ha demostrado con sor Olga y con Manuel Sagasti. Y también cuando trató de quemarla viva en su casa.

La investigadora camina agachada. Los carrizos la ocultarían incluso si lo hiciera erguida, pero no puede permitirse el más mínimo error.

La sorpresa juega de su parte.

Le faltan solo un puñado de pasos para alcanzar la caseta cuando oye ruido en su interior.

Está ahí.

Ane vuelve a probar suerte con el móvil.

La manzana regresa a la pantalla en cuanto pulsa el botón de encendido.

Esta vez, en cambio, el teléfono se pone en marcha con normalidad.

Cestero no pierde el tiempo.

El aparato todavía está buscando una red a la que conectarse mientras ella teclea a toda velocidad un wasap dirigido a Julia.

Es escueta. Solo le dice que ha encontrado a su madre y que la retendrá hasta su llegada. Después se incorpora ligeramente para tomar una foto de la caseta y enviársela. Por último, comparte con ella su ubicación. Así podrá dar fácilmente con el lugar.

Apenas ha terminado de hacerlo cuando el teléfono emite un silbido.

Ane contiene la respiración y trata de desaparecer bajo los carrizos. Si Begoña no está sorda ha tenido que oírlo. Al menos a ella le ha parecido que sonaba tan fuerte como el toque de diana de una corneta militar.

Mientras busca la manera de silenciar el móvil, oye pasos. Alguien ha salido de la caseta y está echando un vistazo alrededor.

Un relámpago ilumina la tarde moribunda. El estruendo que le sigue hace crujir el cielo. Algunas gotas, gordas y frías, comienzan a caer. La tormenta ha alcanzado los Montes de Hierro.

Sin moverse un ápice de su posición, Ane comprueba que ha recibido varios mensajes de Julia. Una nueva notificación, en este caso silenciada, le muestra tres llamadas perdidas, también de su amiga.

Tanta insistencia resulta extraña.

Los pasos se han detenido muy cerca.

Cestero se agacha tanto como puede. Sus rodillas empujan el suelo como si pretendieran abrirse paso hacia sus entrañas. Necesita desaparecer.

No puede permitirse el más mínimo ruido. Entretanto su mano derecha maneja el teléfono. Es demasiado consciente de que ese maldito móvil podría apagarse en cualquier momento y robarle la oportunidad de leer los mensajes de Julia.

El primero de ellos muestra una fotografía de un extracto bancario. Está en francés y, a pesar de que el logotipo se ve más moderno y estilizado que el de los recibos que contenía la carpeta hallada en casa de Begoña, pertenece al mismo banco. Un dedo se cuela en la imagen para señalar un número de veinte dígitos. Más abajo, el texto del mensaje le pregunta si se trata de la cuenta que están buscando.

Cestero aparta el móvil. Después lo comprobará. Ahora tiene suficiente con hacerse tan pequeña como pueda para que Begoña no la descubra. No quiere exponerse a una persecución a la vista de cualquier vecino que haya salido a pasear el perro. Todo será más sencillo si la sorprende en el interior de esa construcción de madera.

La lluvia ha comenzado a arreciar. Ya no se trata solo de gotas sueltas.

Los pasos se alejan. Después un portazo indica que quien echaba un vistazo alrededor ha regresado a la caseta.

Acaba de regalarle una tregua.

—A ver esa cuenta —susurra Ane en voz queda al tiempo que busca la foto de alguno de los extractos que fotografió antes de que aquel piso de Muskiz ardiera como una tea.

Los números se despliegan ante ella.

Conforme va cotejando una imagen con otra, parpadea con incredulidad.

La cuenta coincide.

No entiende nada. ¿De dónde ha sacado Julia ese extracto? La fotografía que ha recibido no lo muestra entero, no hay nombres ni direcciones a la vista.

La lluvia gana fuerza mientras teclea la respuesta para su amiga. Las últimas luces del día, teñidas de plomo por esa tormenta inoportuna, se están extinguiendo. Las farolas de La Arboleda, allá a lo lejos, se han encendido ya. Dentro de pocos minutos será noche cerrada.

Apenas ha enviado el mensaje cuando el teléfono vuelve a apagarse.

Es frustrante. Una cosa es no contar con el arma reglamentaria propia de una ertzaina y otra no disponer siquiera de la capacidad de comunicarse en condiciones.

No está dispuesta a seguir esperando. En un arrebato de rabia, se pone en pie y avanza decidida hacia el edificio.

Los carrizos crujen con estrépito mientras se abre paso entre ellos. Tanto da. El momento del sigilo ha cedido el testigo a la intervención definitiva.

De pronto es consciente de que no ha pensado cómo va a presentarse ante esa mujer.

¿Es ertzaina o solo alguien que va a reunirla con la hija que dio a luz hace cuarenta y tres años?

¿Y si Begoña se niega a esperar?

Cestero teme haberse precipitado. Quizá hubiera sido mejor idea aguardar la llegada de Julia antes de entrar. Ahora, sin embargo, es tarde para cambiar de estrategia. Está de pie, a un metro de esa sencilla construcción de madera y hormigón y sus últimos pasos entre las plantas de ribera los han podido oír hasta los más duros de oído de La Arboleda.

Ya no es momento de flaquear.

La suerte está echada.

65

Martes, 1 de marzo de 2022

Julia vuelve a leer el mensaje.

Es la cuarta vez que lo hace y todavía llegarán una quinta, una sexta y varias más.

Sabía que antes o después recibiría algo así. Si alguien podía dar con su madre biológica era Cestero.

Las palabras de su amiga son claras. Ha localizado a Begoña y la invita a acudir a su encuentro cuanto antes.

Los nervios azotan a Julia, la zarandean sin delicadeza alguna. Vuelve a sentirse en la puerta de esa casa de Muskiz, navegando en un mar de incertidumbre. En esta ocasión, en cambio, sabe que después del deseado abrazo llegará una detención. Si semanas atrás albergaba esperanzas sobre cómo sería el reencuentro, lo sucedido en los últimos días las ha ido apagando. Su corazón se niega a aceptar que su madre sea una asesina, pero su cabeza señala en la dirección contraria. Es como si su cerebro diera órdenes a su corazón, que se resiste a obedecer. Ese divorcio entre lo que siente y lo que piensa solo incrementa su angustia y su dolor.

Cestero le ha hecho llegar una foto del lugar. Y otro mensaje con la ubicación en tiempo real debería de ayudarla a encontrarlo. Sin embargo, el enlace está roto, no muestra localización alguna en el mapa. Parece que su amiga está teniendo problemas con el teléfono. Probablemente se deba a que en el paraje donde se oculta Begoña la cobertura brille por su ausencia.

Hay un cuarto mensaje que tarda un par de minutos más en llegar. Ane ha cotejado los números de cuenta y, efectivamente, son coincidentes.

Julia sabe lo que eso significa.

Los Echegaray están vinculados con el tráfico de recién nacidos. Probablemente ellos fueran la conexión entre las parejas que ansiaban descendencia y el convento que se la facilitaba. Una familia con una buena posición social con la capacidad de decidir quiénes merecían ser receptores de bebés y quiénes no.

No le cuesta imaginarse a Mari Carmen en semejantes menesteres. El dinero que recibía en su cuenta del otro lado de la frontera movería los engranajes de la matriarca de los Echegaray, pero quien los activaría por encima de todo sería el poder y el respeto que obtendría con cada transacción. Familias agradecidas de por vida, tocadas por la varita caprichosa de alguien que jugaba a sentirse Dios y repartir fortuna a quien consideraba.

Julia se descubre llevándose la mano a la boca para ahogar una exclamación.

¿Y si su madre biológica fuera también la asesina de Teresa?

La señal de alarma reaparece. Siente que le falta el aire. Una aguda presión en el pecho le advierte de que la lucha es feroz.

La conjetura no es descabellada. Si Begoña está tratando de vengarse de quienes tuvieron algo que ver con la trama de robo de bebés, podría haber empujado a la muerte a la empresaria.

Una mujer paseando sola por un territorio plagado de grietas traicioneras representaría una víctima fácil. Un primer golpe a los Echegaray mientras Begoña logra cobrarse la pieza de caza mayor, que no sería otra que Mari Carmen.

Julia escribe de nuevo a Ane para pedirle que vuelva a compartir con ella su ubicación.

La necesita para saber adónde dirigirse.

Su amiga no contesta.

Pasan los minutos y sigue sin haber respuesta.

La ertzaina aparta la carta del banco. Ahora la prioridad absoluta es dar con su madre. Solo así podrá evitar que continúe en su espiral asesina. Después habrá tiempo de hacer que los Echegaray rindan cuentas con la justicia.

Despliega un mapa sobre la mesa del comedor y comienza a marcar con un subrayador los parajes donde existen carrizales como el de la foto. Sin embargo, enseguida comprende desanimada que, en lugar de acotar la búsqueda, la está extendiendo hasta el infinito. Cada una de las desembocaduras de los ríos vascos, algunas zonas costeras y hasta parques urbanos cuentan con humedales de mayor o menor tamaño rodeados de juncos y carrizos.

La clave es la caseta.

A Julia le cuesta cada vez más respirar. Intenta recordar las clases de yoga con sus inspiraciones profundas para alcanzar la relajación mientras su corazón protesta con saña. Por más que cierra los ojos y se obliga a no pensar en nada, la sensación de estar sufriendo un infarto es demasiado real. Tiene ganas de llorar. Está aterrorizada, se siente impotente.

—Vamos, Julia… Ahora no —se ruega con lágrimas en los ojos mientras amplía la foto tanto como puede.

La construcción apenas se dibuja entre las plantas acuáticas, pero se adivina pequeña. La cubierta es de color teja. Probablemente una imitación en plástico. Es difícil decidir si es así o se trata de teja real, porque la compresión que la aplicación de mensajería ha aplicado a la imagen impide ver con claridad los detalles. Aparte de eso, la madera manda. Hay una ventana en el único lateral que muestra la fotografía. Del resto de fachadas es imposible aventurar nada, salvo que en algún lugar contará con una puerta.

Julia trata de hacer memoria. No recuerda haberla visto antes. Puede asegurar, sin temor a equivocarse, que no hay ninguna igual en la orilla izquierda de la ría de Urdaibai, que recorre cada día al dirigirse a su trabajo en la comisaría de Gernika. Pero eso no ayuda mucho, apenas descarta una de las incontables ubicaciones posibles del edificio.

La ertzaina prueba suerte con el buscador de imágenes de Google, pero este le devuelve un listado de lugares tan dispar que incluye desde Tasmania hasta el delta del Danubio. Ninguna de ellas a menos de quinientos kilómetros de Bizkaia.

—¡Joder! ¿Dónde estás, Ane? —exclama desesperada.

Su corazón grita dentro de su pecho. La punzada se extiende por todo su brazo izquierdo y se convierte en una ola de fuego al alcanzar su cabeza.

Julia abre la ventana. El runrún de las olas la ayudará a calmar esa ansiedad mentirosa. Se repite una y otra vez que no se trata de un infarto. No lo es. El chequeo que le hicieron en el hospital descartó esa posibilidad.

Está sufriendo un ataque de pánico. Solo eso. Su vida no está en peligro, pero la de Ane o la de su madre quizá sí. ¿Qué pasará si Begoña se resiste?

—Joder, Julia. ¡Basta ya! —grita con todas sus fuerzas mientras se obliga a respirar lentamente.

Las escasas pinceladas de luz diurna se han esfumado. El mundo se ha vuelto negro ahí fuera. También en su interior. Ane tenía razón. La ha tenido desde el primer momento, y ella ha sido una ingenua al abrazarse a la idea de que su amiga podría estar equivocada.

No lo estaba. Su madre es una asesina despiadada. Comenzó su espiral sangrienta con Teresa Echegaray, continuó con sor Olga y mató también a Manuel Sagasti. ¿Cuál es su próximo objetivo? Porque si algo es evidente es que no va a parar mientras no la detengan. No va a hacerlo hasta que culmine su venganza.

La mente de Julia vuela hasta aquella nota hallada en el convento, aquellas letras que destilaban dolor y tristeza con cada trazo. Ver cómo le quitaban a su hija de los brazos marcó para siempre a Begoña. Ha tenido toda una vida para alimentar su rencor, para verlo crecer ocupando el espacio que su niña robada debía haber llenado en sus días.

—No, ama. No hay motivo alguno que pueda justificar algo tan atroz como un asesinato —dice en voz alta antes de apartarse de la ventana.

La atención de la ertzaina regresa a su teléfono. Sigue sin ofrecer noticias de Cestero. Los últimos mensajes, esos en los que Julia le pide que vuelva a compartir con ella su ubicación, siguen sin haber sido leídos.

De pronto repara en un detalle.

—La cobertura… —exclama regresando a la mesa.

Tiene la impresión de haber dado con una pieza del rompecabezas que había pasado por alto. El lugar donde se encuentra la caseta no solo es un entorno acuático sino, además, un enclave donde las redes de telefonía móvil no llegan. Eso debería permitirle delimitar la búsqueda.

La ertzaina extrae del cajón su ordenador portátil. Quiere comprobar las áreas de sombra donde no alcanza la cobertura.

En cuanto abre la pantalla, aparece ante ella un vídeo que ha visto una y otra vez desde que Ane se lo mostró. Se trata de la emisión en directo de la cámara que el Bird Center tiene instalada en Muskiz.

Ahí está la casa de su madre. Hace apenas dos semanas que la pesadilla comenzó allí. Exactamente allí. Julia observa el resplandor de los vehículos que pasan por el puente bajo el que anidan esas golondrinas que hoy están en algún lugar del sur de África. Esas luces efímeras, que van y vienen cargadas de almas que regresan a casa tras su jornada laboral, son la única muestra de vida en la pantalla.

Un recuadro muestra la meteorología actual en Muskiz: tormenta, poco más de diez grados de temperatura y una humedad que se acerca al cien por cien. Un reloj con la hora local completa la información. Al reparar en él, Julia se sorprende de que haya pasado tanto tiempo desde que ha recibido el mensaje de Cestero. ¿De verdad hace ya más de una hora que tiene en su poder la foto de la caseta del carrizal? Es demasiado tiempo. A estas alturas Ane debe de estar ya con Begoña, a no ser que algo haya salido mal.

Julia consulta su propio reloj y comprueba que no concuerda con el que muestra el vídeo. Hay sesenta minutos de diferencia entre ambos.

El resto de los relojes que tiene en casa coinciden con el que lleva en su muñeca. El único cuya hora es incorrecta es el de la cámara de observación de aves. Va con adelanto. Una hora exacta de adelanto.

Un asterisco seguido del indicativo CEST, *Central European Summer Time*, aparece junto a la hora en cuestión. Ahí está la explicación, el reloj muestra erróneamente el horario de verano cuando en realidad todavía falta un mes para el cambio de hora.

Saber que solo han pasado veinte minutos desde que ha recibido el mensaje de Cestero no logra tranquilizarla.

Al contrario.

Mientras trata de respirar profundamente para recobrar la calma, Julia abre el fragmento de vídeo que le envió Ane días atrás y que muestra a su madre huyendo por la ventana tras asesinar a sor Olga.

Eran las cuatro y tres minutos de la tarde según el reloj de la cámara. El indicativo del horario de verano se encuentra ahí también.

De modo que la huida de Begoña no se produjo, como han creído en todo momento, pasadas las cuatro de la tarde, sino una hora antes, a las tres y tres minutos.

Julia pausa el vídeo cuando su madre se gira para comprobar si la persiguen. Es evidente que huye de alguien. Su gesto y la mirada que lanza hacia la ventana no dejan lugar a dudas.

La ertzaina se lleva las manos a la cabeza. Acaba de darse cuenta de que su hallazgo lo cambia todo.

Cestero y ella han dado por hecho desde el primer momento que fue la propia llegada de Julia la que obligó a escapar a su madre por la ventana. Sin embargo, ella llegó a las cuatro de la tarde.

Eso solo puede significar que Begoña huía de otra persona.

Alguien que pudo asesinar a sor Olga y fingir que se trataba de un suicidio. Alguien de cuya mano salió la nota de despedida que constituía un cabo suelto en la investigación y que días después prendió fuego a ese piso de Muskiz para destruir cualquier prueba que pudiera quedar en su interior.

Una ola de esperanza renace en el pecho dolorido de Julia.

Quizá su madre no sea una asesina sino solo alguien que huye de quien pretende acabar también con ella.

El doble tono que indica que ha recibido un mensaje la hace abalanzarse sobre el móvil.

Falsa alarma.

Es solo Aitor. Pregunta qué tal ha ido en casa de los Echegaray.

Julia teclea una respuesta rápida y que no invite a continuar el intercambio de mensajes. No es el momento.

De pronto se detiene. ¿Y si prueba a preguntar a su compañero?

Sí, Aitor es muy observador. Quizá sepa decirle dónde podría encontrar una caseta así.

El guipuzcoano contesta de inmediato.

Claro que la conozco. Es La Arboleda. ¿Por qué?

Julia comprende que se refiere a los lagos que ocupan las antiguas minas y le pide que concrete un poco más. ¿En cuál de ellos?

Parkotxa. La antigua escuela de pesca. ¿Todo bien?

La agente le da las gracias y le envía una carita sonriente. Después comprueba que va armada y corre hacia el coche. Si pisa un poco el acelerador estará allí en cuarenta minutos.

66

La pareja la observa horrorizada. Les ha dado un susto que les costará olvidar.

—Perdón —balbucea Cestero dando un paso atrás—. No quería…

—¿Qué coño haces, tía? —Es la joven quien se enfrenta a ella. Apenas ha tenido tiempo de cubrirse los pechos con la camiseta y ya se ha puesto en pie para empujarla fuera de la caseta.

El chico, un muchacho imberbe y con cara de susto, todavía no ha reaccionado. Permanece en una esquina de la única estancia de esa suerte de refugio donde apenas hay una mesa y dos bancos corridos. Algún que otro grafiti en las paredes y otras muestras de abandono le dicen a Cestero que no es el lugar que está buscando.

—Lo siento —se disculpa reculando al exterior—. Seguid con lo vuestro.

—Puta loca —oye a sus espaldas antes de que el portazo retumbe con fuerza.

La investigadora trata de recordar el mapa de la zona mientras regresa al coche. Apenas ha tenido tiempo de verlo antes de que el teléfono decidiera apagarse, pero está segura de que no aparecía ninguna otra caseta similar a orillas de esos lagos. Sin embargo, en algún lugar tiene que estar esa construcción donde la amiga de Begoña celebraba sus encuentros dominicales.

Mientras coge una linterna de la guantera, recuerda que ha visto un panel informativo junto a la carretera. Antes de dirigirse hacia él coge también un chubasquero, porque la lluvia cae cada vez con más fuerza.

El cartel en cuestión detalla algunas excursiones a pie por los Montes de Hierro y muestra algunos de los parajes más interesantes para la visita. La buena noticia es que parte de él está ocupada por una imagen de satélite del área de los lagos.

Cestero mueve la linterna aquí y allá, estudia centímetro a centímetro las orillas de cada uno de los pozos. Ahí está la caseta de madera donde ha cortado el rollo a los adolescentes. Un rótulo sobre la foto indica que se trata de una antigua escuela de pesca.

El pozo Hostión, el más cercano a las casas de La Arboleda, no cuenta a su alrededor con nada que no sea hierba fresca y árboles. Algunas esculturas modernas tratan de humanizar el espacio, pero nada más.

La investigadora continúa su búsqueda en los pozos más apartados. Un vistazo a Zuloko, el menor de todos, le permite descartarlo. Allí no hay más que rocas. Comienza a desanimarse cuando algo llama su atención hacia el lago Blondis. En la vista aérea se aprecia claramente algún tipo de infraestructura minera abandonada. Una fotografía secundaria permite observarla en detalle. Se trata de un plano inclinado utilizado para transportar el mineral que era extraído del fondo. Junto a él hay una sencilla edificación de hormigón que el mapa bautiza simplemente como restos mineros. Cuenta con dos ventanas orientadas hacia la lámina de agua y una estructura adyacente que Cestero identifica como una parrilla.

La barbacoa de los domingos.

Esta vez sí. Solo puede tratarse de ese lugar.

Necesita avisar a Julia de que la ubicación que ha compartido con ella no es la correcta, pero el teléfono no parece dispuesto a colaborar.

Podría apuntar su nuevo destino en un papel y regresar a la caseta para pedir a los jóvenes amantes que se lo entreguen a la ertzaina que los interrumpirá de un momento a otro.

No, no parece la mejor idea a la vista de la poca ilusión que les ha hecho su intromisión.

Cestero piensa otra manera de hacérselo saber. Regresa al coche y arranca el motor. Apenas un minuto después el parachoques delantero del Clio está apoyado en las propias patas que sostienen el panel informativo. La investigadora no pierde el tiempo. Abre su vieja navaja Opinel y la clava en pleno mapa, un dardo improvisado sobre las ruinas mineras en las que cree que se oculta Begoña.

Eso bastará para que Julia la encuentre.

Después busca el camino que se dirige al lago, apenas una senda que se abre paso a través de un paisaje torturado por décadas de explotación exhaustiva.

Las ruinas de los viejos hornos de calcinación y los lavaderos de mineral parecen cobrar vida cada vez que un nuevo rayo ataca los Montes de Hierro. Una vagoneta olvidada aparece en un recodo del camino, y también algunos raíles.

La intensa lluvia acompaña a Cestero a través de ese mundo plagado de recuerdos hasta las orillas del lago Blondis. En cuanto lo ve comprende que no es como los demás. Nada de orillas amables y cubiertas de plantas acuáticas. El pozo que tiene delante es más profundo. La lámina de agua se encuentra varios metros por debajo de la orilla, formada por una sucesión de acantilados de roca que caen limpiamente hacia las profundidades.

Es un paisaje áspero que no invita a quedarse. Los rayos que rasgan el cielo cada pocos segundos tampoco ayudan a hacerlo más acogedor. Al contrario, se diría que los barrenadores que labraron el paisaje a fuerza de dinamita han regresado del pasado.

Un nuevo relámpago convierte fugazmente la noche en día y

ofrece a Cestero una panorámica completa del pozo. Allí está el plano inclinado, un tobogán de vértigo que se precipita al encuentro del agua. Y allí, junto a él, se levanta también la vieja construcción minera donde sabe que se esconde Begoña.

La tenue luz tras sus ventanas le confirma que no se ha equivocado.

67

Martes, 1 de marzo de 2022

Conforme Julia conduce a toda velocidad hacia los Montes de Hierro piensa en las implicaciones de sus últimos hallazgos. Saber que su madre huía de una tercera persona le ha insuflado optimismo. Ya no tiene tan claro que Begoña sea una asesina, y esa es la mejor noticia que podía recibir. Por otro lado, descubrir que los Echegaray están involucrados en el robo de bebés va a suponer un terremoto para un caso que todos daban por cerrado con la intervención realizada hace tres años en el convento.

Mari Carmen, esa mujer obsesionada por alimentar la gloria de un apellido que no es el suyo, le ha inspirado desconfianza desde el día que la conoció en el despacho de su hija muerta. Julia achacó su percepción a la forma de comportarse de la matriarca de los Echegaray, tan acostumbrada a mirar por encima del hombro a un mundo en el que se siente a todas luces con más derechos que los demás.

Ahora comprende, sin embargo, que los motivos del rechazo que le inspiraba vienen de algo más profundo. Julia se estremece al imaginar el tacto de esas manos huesudas cogiendo su propio cuerpo de recién nacida y viendo en ella un mero objeto con el que alimentar su poder.

La red que traficaba con bebés se está demostrando una trama mayor de lo que creían. El propio Manuel Sagasti, a quien alguien decidió acallar dos días atrás, también debió de jugar algún papel en ella.

Si ostentaba un puesto de responsabilidad en el Gobierno Civil de la época, es posible que tuviera algo que ver en la adjudicación de las minas a la familia Echegaray. Ese sería un motivo suficiente para que no ingresara en la cuenta de los navieros el importe que otras familias se veían obligadas a abonar por hacerse con unos niños que no les pertenecían.

Julia suspira. Tiempo tendrá de investigar sobre ello. Ahora debe impedir a toda costa que el encuentro de Ane con su madre acabe mal. Si Begoña está huyendo intentará defenderse y podrían terminar haciéndose daño mutuamente.

—Saldrá bien —se dice la ertzaina en un infructuoso intento de calmarse.

Su pie derecho pisa a fondo el acelerador. El valle del Txorierri se dibuja fugazmente al otro lado del parabrisas. Farolas desordenadas, coches que van y vienen, ajenos al torbellino de pensamientos y conexiones que arrastra casi hasta la locura la mente de Julia, que salta de un estímulo a otro, de un miedo al siguiente...

Esperaba más de la llamada a Emergencias. Creía que la voz de Teresa le daría alguna pista de la que poder tirar para desenredar la madeja.

Mientras su mano izquierda sujeta el volante, la derecha busca la grabación en el móvil. Ahora que parte de su ruido interior ha desaparecido, quiere oírla una vez más con todos sus sentidos centrados en ella.

AQUÍ... AQUÍ...

Julia detiene la reproducción y vuelve a escucharla desde el comienzo. Tiene la impresión de que, ahora sí, lo tiene al alcance de la mano. Los nuevos datos con los que cuenta han cambiado su manera de unir esas sílabas que la víctima repite una y otra vez.

La ertzaina ahoga una exclamación.

Esas palabras que una mujer moribunda lograba hilvanar acaban de adquirir otro significado. Uno completamente inesperado.

El cuentakilómetros sobrepasa con creces los límites establecidos. No está dispuesta a perder un solo segundo más. Por un instante duda sobre el camino a tomar hacia el corazón de los Montes de Hierro: las curvas interminables que acompañan al funicular que trepa a la zona minera desde Trapagaran o la carretera abierta en los últimos años desde Gallarta. A pesar de que supone dar un rodeo, escoge esta última, menos sinuosa y más apta para la velocidad que impulsa todo su cuerpo en este momento.

La lluvia que ha comenzado a caer obliga a las escobillas del parabrisas a moverse más y más rápido. Rayos y truenos que hacen temblar un paisaje donde ya es noche cerrada. No es la climatología más agradable para ir de excursión a los lagos de La Arboleda. Si preguntara a alguno de los vecinos de la zona le diría que no es buena idea adentrarse en semejantes condiciones en el territorio de Alma Negra.

Pero no hay elección. No para Julia.

Su cita es hoy. Ahora.

68

Martes, 1 de marzo de 2022

Cestero observa en silencio esa construcción sencilla que algún día debió de acoger un almacén de herramientas o quizá un taller de maquinaria. Algunas sillas de plástico y una mesa con publicidad de una marca de cerveza se apoyan contra la pared, bajo la protección precaria que les ofrece una tejavana metálica. Hay también una parrilla y un pequeño huerto en el que cree reconocer coles y acelgas.

La puerta se encuentra abierta de par en par, aunque a simple vista no se aprecia movimiento.

Ahora es cuando le gustaría contar con una pistola. También con una identificación policial que le abra el paso. Porque no hay disfraz que valga ante una mujer a la que sabe capaz de matar y que no dudará en actuar si ve amenazada su huida.

Cestero avanza con cuidado. La senda es estrecha y la lluvia que continúa cayendo convierte en extremadamente resbaladizos los acantilados que se precipitan a plomo hacia el lago.

Apenas le faltan unos pasos. Solo unos pocos más y estará dentro.

Un nuevo rayo ilumina con su luz glacial todo el perímetro de ese pozo dispuesto a engullirla al menor tropiezo. El trueno que le sigue retumba con tanta intensidad entre los Montes de Hierro que Cestero tiene la impresión de que la tierra entera tiembla bajo sus pies.

—¡Alto! ¡No trates de escapar, Begoña! —exclama en cuanto se asoma a la puerta.

Un olor que conoce muy bien golpea sus células olfativas. Notas cítricas que su memoria identifica ya con la muerte y la violencia. La primera vez que lo olió fue en Muskiz, instantes antes del incendio que casi le cuesta la vida; la segunda, en la habitación donde yacía muerto Manuel Sagasti.

Lo que ve, sin embargo, la sume en el desconcierto, igual que la pistola que se clava de pronto en su nuca.

—¡Levanta las manos! Al más mínimo movimiento estás muerta.

69

Martes, 1 de marzo de 2022

Hay dos coches estacionados a la orilla de la carretera. Uno de ellos, empotrado contra un panel turístico, es el Clio de Cestero. Julia disminuye la velocidad conforme trata de identificar el segundo, pero no resulta sencillo a través del aguacero. Las gotas vuelven a ocupar el parabrisas tan pronto como las escobillas las retiran.

El corazón de la ertzaina da un vuelco cuando una silueta emerge de entre las sombras y alza las manos para que detenga el vehículo.

La primera reacción de Julia es echar mano a la pistola, pero enseguida repara en el impermeable rojo con el escudo de la Ertzaintza con el que se protege de la tormenta.

—¿Qué estás haciendo aquí? Vaya susto me has dado —dice saliendo del coche.

Aitor se encoge de hombros.

—Acompañarte. No pensarías que iba a dejarte sola.

Julia piensa en el mensaje que le ha enviado para preguntarle por la caseta.

—No te he dicho que me dispusiera a venir.

—Tampoco era necesario. El tono de tus palabras hablaba por ti.

—¿Qué tono? Se trataba únicamente de un mensaje escrito.

—¿Y qué? También hay entonación en ellos. No es habitual en ti que no vengan acompañados de saludos ni despedidas. En cuanto lo he leído he comprendido que lo habías escrito atropelladamente. Tenías prisa. Mucha prisa —explica su compañero—. No sé qué te trae aquí, pero llevas dos semanas que no eres la Julia que conozco. Algo te preocupa y ese algo te ha empujado hoy a los Montes de Hierro. Aquí me tienes para ayudarte en lo que haga falta. —Aitor señala el Renault Clio—. Y, por lo visto, Cestero tampoco ha querido dejarte sola.

Julia se funde con él en un largo abrazo que afloja aún más la presión en su pecho.

—Gracias. —Le gustaría decirle lo importante que es para ella que esté aquí, pero la ha dejado sin palabras. Se siente feliz de formar parte de la UHI. En un mundo donde abundan las zancadillas y las carreras por ser los primeros de la clase, la unidad que dirige Madrazo es una verdadera familia.

Aitor señala un sendero que se adentra entre desmontes mineros.

—Es por aquí.

Julia arruga el ceño mientras se gira hacia el lago que tienen más cerca. Un relámpago lo baña de luz en ese preciso instante.

—Has dicho que la caseta está junto al pozo Parkotxa. ¿No es ese de ahí?

Aitor le hace un gesto para que lo olvide. Por primera vez un atisbo de sonrisa asoma a sus labios.

—Allí solo hay una pareja de adolescentes. Pobres. Tendrías que haber visto el susto que se han dado al verme entrar con una pistola en la mano. Pero mira aquí —indica mientras regresa junto al cartel y arranca una navaja clavada en él—. Toma. Es la Opinel de Cestero. Siempre la lleva encima. No sé qué os traéis entre manos, pero Ane nos espera en el lago Blondis. Es el más apartado de todos.

Julia abre el maletero y coge un impermeable. Rojo, igual que el de Aitor. Después se adentra con él en ese mundo de sombras y restos mineros.

—No voy a pedirte que me expliques nada, pero sí que me digas qué nos vamos a encontrar —le dice su compañero sin dejar de avanzar—. Me gustaría estar preparado y que no me coja por sorpresa.

—Es mi madre biológica. Cestero la ha encontrado.

Aitor se vuelve hacia ella.

—Por eso llevas toda la investigación del caso de Teresa tan ausente. Nos tenías preocupados, ¿sabes?

Julia lo coge del brazo para invitarlo a seguir adelante. A menudo un simple segundo marca la distancia entre el éxito y el fracaso de una intervención. Llegar un instante más tarde podría suponer la muerte de las dos mujeres que más le importan.

—Ane no lo sabe, pero mi madre y ella corren un serio peligro. Hay alguien que quiere matarlas.

70

Martes, 1 de marzo de 2022

Cestero parpadea. Lo último que esperaba era encontrar a la madre de Julia amordazada y con las manos ligadas toscamente a unos hierros oxidados que asoman de la pared.

Y si Begoña está ahí enfrente, ¿quién la está apuntando con una pistola?

Tras unos instantes que se hacen eternos, el arma se retira de su cabeza y le permite girarse lentamente.

—Bienvenida, Ane. —La investigadora observa a Iñaki Echegaray sin lograr comprender. Conoce al empresario. Lo ha visto en televisión, convertido en portavoz de una familia doliente tras el asesinato de su hermana. El arma que sostiene es real, una Tokarev de fabricación soviética, tan accesible en el mercado negro como precisa. Una sola de sus balas de nueve milímetros es suficiente para matar a alguien si impacta en el lugar oportuno—. Pasa dentro. No me gusta mojarme.

—¿Qué es todo esto? —pregunta Cestero, todavía confusa. El perfume que lleva días atribuyendo a Begoña es en realidad el que lleva el empresario.

Iñaki no responde. Acaricia el gatillo y le repite su orden.

—Entra y no juegues conmigo. He podido comprobar que eres

escurridiza como una víbora. Un paso en falso y no dudaré en dispararte.

La investigadora obedece mientras realiza un rápido barrido visual del espacio. Una cocina sencilla y una mesa con sillas dan un toque de calidez a las paredes desnudas, de hormigón. Se diría un refugio de montaña. Sencillo y sin pretensiones, pero suficiente para pasar las tardes de verano a orillas del lago.

—Es perfecto que estés aquí, Ane. No contaba con tu visita, pero me vas a facilitar el trabajo. Begoña era el penúltimo cabo suelto y tú cierras la lista. Toma. Ponte estas bridas en las muñecas.

—No —responde Cestero secamente.

La madre de Julia se revuelve nerviosa.

—No te preocupes, Begoña. Todo saldrá bien —dice la investigadora acercándose a ella y retirándole la mordaza.

—¡Por favor, sácame de aquí! —ruega la mujer en cuanto se ve libre.

—¡Apártate de ella! —ordena Iñaki encañonando a Cestero—. Y ponte ahora mismo las bridas. O lo haces o te mato.

Ane se muerde el piercing. Es consciente de que necesita mostrar aplomo y serenidad. Iñaki no parece un hombre familiarizado con ese tipo de situaciones. Él cuenta con un arma; ella, con la experiencia de haber afrontado en su vida demasiados momentos de tensión. Como hija de un padre maltratador y como ertzaina.

—Estás mal de la cabeza si crees que me voy a esposar. ¿Por qué no me das el arma y te entregas? Lo que estás haciendo es una locura. ¿No te das cuenta? —Cestero señala al exterior—. La Ertzaintza te tiene rodeado. No empeores las cosas y dame esa pistola.

Una sombra de duda se adueña por un momento del rostro del heredero de los Echegaray.

—Mientes —dice desterrándola—. Ha sido un buen intento, tengo que reconocerlo.

Cestero observa que trata en lo posible de no acercarse a ella. No quiere brindarle la más mínima oportunidad de arrebatarle el arma.

—Estás asustado. Vamos, esto no tiene ningún sentido. Solo vas a complicarte la vida —dice en tono amistoso.

—¡Cállate ya! Está bien, no te esposes a la pared. Mejor así. Me ayudarás. Ven conmigo. —Iñaki se dirige a la puerta sin dejar en ningún momento de apuntarla con la Tokarev—. Entre los dos prepararemos todo más rápido.

—Que te jodan.

Iñaki no puede ocultar su sorpresa ante la réplica de Ane.

La mano que el arma le deja libre viaja a su cabeza para alborotarse el pelo. Está comenzando a desquiciarlo.

—¿A cuánta gente más se lo has contado? —pregunta el naviero dirigiéndose a Begoña—. ¿Eres consciente de que al abrir la boca los has condenado? Voy a tener que matarlos.

Las palabras con las que la mujer trata de asegurar que nadie más lo sabe se le atragantan al querer brotar todas al mismo tiempo.

—¿Qué me dices de esa amiga tuya? ¿Alicia? —plantea Iñaki.

—Ella no sabe nada. Solo le pedí un lugar donde dormir.

—Claro… —replica con una sonrisa sarcástica—. Y su hija, esa del pelo corto a lo militar, la presidenta de ese grupo de fracasados que se oponen a nuestras minas, tampoco está al corriente. Por eso te llevó a ver a Sagasti.

—Tampoco. Lorea solo me llevó a visitar a una vieja amiga. No sabe nada. ¡Nadie más lo sabe!

Iñaki la observa en silencio. A pesar de su evidente nerviosismo, parece celebrar que el secreto de su familia esté a salvo una vez que acabe con ellas dos.

—¿Qué derecho teníais esa monja y tú de remover el pasado? Le llenasteis a Teresa la cabeza de mentiras.

—Quienes habéis mentido durante todos estos años sois los Echegaray. Todo ese imperio levantado sobre el dolor de los demás —le suelta Begoña con una fuerza que sorprende a Cestero.

Iñaki le apoya la pistola en la sien.

—¡Calla! No vuelvas a mentar mi apellido. ¿Entiendes? —grita fuera de sí—. Con Teresa pudisteis, pero conmigo no lo vas a lograr. Mi hermana era cándida y manipulable. Vino a verme horrorizada cuando le contasteis lo que nuestros padres hicieron con esos bebés y decidió ponerse de vuestro lado. Intentó convencerme para dar un paso al frente y denunciar juntos que los Echegaray habían dirigido una trama de robo de recién nacidos. Estaba decidida a hacer que las familias afectadas conocieran la verdad. Conseguisteis que traicionara a los suyos. Me vino con esa falsa historia de que nosotros también somos niños robados...

—¡Porque lo eres!

—¡Mentira! —grita Iñaki presionando la pistola contra la madre de Julia—. ¡Yo soy un Echegaray! Y Teresa también lo era.

La mirada de Cestero barre el pequeño refugio. Necesita algo que le permita actuar contra él. Odia no poder echar la mano a su arnés y desenfundar esa arma que le arrebataron los de Asuntos Internos.

—Ella te mostró la prueba de paternidad que se hizo —continúa Begoña—. Su ADN no coincidía con el de esos a quienes te empeñas en llamar padres. Y el tuyo tampoco. Sois niños robados a madres como yo.

La respiración de Iñaki Echegaray se agita conforme acaricia el gatillo.

—Repítelo si te atreves. Repítelo y acabo contigo igual que hice con esa monja entrometida... —Su voz se convierte en poco más que un siseo—. Maldita sea, todo esto es culpa vuestra. Mi hermana, Sagasti... Manolo no lo merecía, pero me obligaste. No podía permitir que testificara contra mi familia. Cuando vi esos papeles supe que irías en su busca. Lo que no imaginaba es que tendría la buena fortuna de encontrarte allí. Esa visita a la residencia me permitió seguirte hasta aquí. Solo he tenido que esperar el momento oportuno para actuar.

—¡Eres un asesino! Tus padres arruinaron la vida de muchas jóvenes y condicionaron el futuro de decenas de niños. ¿Qué derecho tenían de actuar con semejante soberbia?

Un gesto de desprecio se adueña del rostro del naviero.

—Escúchate. Eres la viva voz del egoísmo. Solo te preocupas de ti. Ni siquiera te has parado a pensar en la vida miserable que le hubieras dado a esa niña. Mírate. Una vulgar pescadera…

—¡Era mi hija! ¡Me la arrancaron de las manos!

—Mi hija… Mi hija… Estoy harto de tus lloriqueos —exclama Iñaki volviendo a amordazarla. Después corta la brida que mantenía las manos de Begoña ligadas a la pared y clava la pistola en su espalda—. Vamos, camina. Saldremos los tres al exterior. Muy despacio, no quiero sorpresas. Si alguna de las dos trata de escapar, dispararé.

Fuera sigue diluviando. El azote de la lluvia las obliga a entrecerrar los párpados mientras se abren camino hasta un lateral de la caseta. Por más que Cestero busca el momento de lanzarse contra Iñaki y desarmarlo no logra hacerlo. El naviero le tiene tanto miedo que no le quita ojo de encima y mantiene siempre con ella una distancia de seguridad.

—Venga, terminemos con esto —dice el heredero de los Echegaray deteniéndose bajo la tejavana que cobija el mobiliario de exterior. Después tira de las cadenas que protegen las mesas de plástico de posibles visitantes indeseados—. Coged una cada una y atadlas a vuestra cintura. Tomad, una brida os servirá de hebilla.

—Estás mal de la cabeza si crees que me voy a poner eso —escupe Cestero.

Iñaki se encoge de hombros.

—Tú sabrás —dice dirigiendo la boca de la pistola a la nuca de Begoña—. ¡Pum!

La madre de Julia cierra los ojos a la espera del disparo. La mordaza no le permite decir gran cosa, pero los sonidos guturales que logra emitir hablan de desesperación.

Ane comprende que no le queda otra opción que obedecer.

Lo hace a regañadientes, pero lo hace.

Un par de minutos después las dos mujeres llevan puestos sus cinturones metálicos.

Cuando Iñaki comprueba que están bien ajustados, señala

unas bases de sombrilla fabricadas de forma tosca rellenando de cemento grandes cubos de pintura.

—Cogedlas y venid conmigo. Un peso atado a la cintura se ocupará de haceros desaparecer. Hay casi treinta metros de profundidad. Nadie os buscará ahí abajo.

Cestero comprende que el tiempo se acaba.

Si no actúa ya, será demasiado tarde.

71

Martes, 1 de marzo de 2022

La cortina de agua que se empeña en ahogar los Montes de Hierro no impide que Aitor y Julia comprendan que han llegado al pozo Blondis. Un cielo negro que los rayos hacen palpitar sirve de cubierta a ese mundo que para algunos es el de Alma Negra.

Apenas se han detenido en el borde cuando un relámpago ilumina todo el contorno del lago.

—¿Lo has visto? —pregunta Julia horrorizada.

Aitor asiente muy serio.

Ambos han podido atisbar lo mismo: dos personas de pie ante la orilla del acantilado y una tercera apuntándolas con un arma. A pesar de que la distancia impide identificar con claridad sus rasgos, Julia no duda. Sabe perfectamente de quiénes se trata.

—¿Iñaki Echegaray? —pregunta Aitor con la confusión gobernando su rostro. Él también lo ha reconocido—. ¿Qué tiene que ver él con tu madre?

—Fue Iñaki quien asesinó a su hermana —resume la ertzaina.

Ha sido la propia Teresa quien se lo ha dicho hace solo unos minutos.

IÑAKI... IÑAKI... SÁCAME, IÑAKI...

La llamada a Emergencias guardaba la clave. La voz moribunda de Teresa no indicaba una posición, lo que hacía era llamar a su hermano. Sabía que se encontraba cerca. Tan cerca como que era él quien la había empujado a esa sima donde agonizaba. Una desesperada petición de socorro a quien la había condenado a muerte.

Iñaki Echegaray es un asesino implacable.

Un asesino capaz de arrojar al vacío a su propia hermana.

Un asesino dispuesto a arrebatar la vida a una monja y disponerlo todo para que parezca un suicidio.

Un asesino al que no le tiembla el pulso al asfixiar a un testigo clave en la cama y tampoco al tratar de quemar viva a Cestero.

Alguien dispuesto a todo con tal de sepultar para siempre el secreto mejor guardado de su familia.

Y ahora va a terminar su trabajo.

No hay un solo segundo que perder o serán meros testigos de una auténtica ejecución sumaria.

Julia no recuerda haber corrido jamás tan deprisa. No son más de cien metros los que los separan de la vieja construcción minera, pero se le antojan interminables.

Cada paso que da lo hace con el temor de que sea el último. En cualquier momento sonarán los disparos y todo habrá terminado.

Los rayos impactan cerca, atacan las montañas que encierran todo ese territorio de minas y de agua. Sus rugidos reverberan sin brindar el más mínimo respiro al silencio.

Pero son precisamente esos truenos quienes se alían con los dos ertzainas para permitirles acercarse sin ser oídos.

Están ya muy cerca. Lo suficiente como para ver los pesos que ambas tienen atados a la cintura.

La intención de Iñaki es hacerlas desaparecer bajo el agua.

Julia hace un gesto a Aitor para que la siga. Ahora toca avanzar sin hacer ruido. Están demasiado cerca de él.

Iñaki les da la espalda. Eso les otorga ventaja. No pueden desaprovecharla.

Conforme camina, Julia trata de trazar un plan. De buena gana empuñaría su arma reglamentaria y le descerrajaría dos tiros en la cabeza a ese maldito asesino, pero ser policía no consiste en eso sino en detenerlo para que cumpla la pena que le corresponde.

Cestero ha visto a sus compañeros. Ha intercambiado con ellos una mirada de inquietud y después la ha apartado para no dar pistas a Iñaki.

Begoña también acaba de verlos. Pero ella no es policía y en lugar de apartar deprisa la mirada, los observa con un gesto apremiante que no pasa desapercibido para el heredero de los Echegaray.

—Mierda. Nos ha descubierto —maldice Julia desenfundando la pistola—. ¡Alto! ¡Policía!

Aitor enciende su linterna e inunda la escena con un torrente de luz.

Y entonces todo sucede muy rápido.

Iñaki Echegaray da un paso atrás para coger impulso y empujar a Begoña al pozo.

Antes de que llegue a tocarla, sin embargo, Cestero se abalanza sobre él para impedirlo.

Cuatro disparos congelan de pronto la noche.

Julia abre la boca para gritar, pero no le sale la voz.

Las balas de Iñaki Echegaray han impactado de lleno en el corazón de su amiga. Ane apenas tiene tiempo de abrir la boca en un gesto de dolor antes de salir despedida hacia atrás.

Julia ha visto antes esa mirada. Es la de quienes comprenden que su tiempo se ha acabado cuando todavía les quedaba mucho por hacer.

El cuerpo de Cestero rueda inerte por el talud mientras el asesino retoma su plan inicial y arroja a Begoña al lago. Después echa a correr hacia las sombras.

Julia no pierde el tiempo. Se arranca de cuajo la ropa de abrigo y salta de cabeza al agua. Los gritos atropellados y los arranques de tos de su madre denotan sus esfuerzos por mantenerse a flote.

La ertzaina sabe que la vida de esa mujer depende de ella. Si no se da prisa, el peso que la lastra la hundirá hacia una muerte segura. Y, sin embargo, no se siente capaz de ir en su busca.

El agua está fría. Mucho más que la del mar en pleno invierno, pero no es ese frío el que la agrede.

Tampoco la oscuridad que lo envuelve todo.

Quien la ataca con saña es su mente, convertida de pronto en su mayor enemiga. Una voz machacona le repite que no va a poder, que su madre morirá ahogada y ella la acompañará en el fondo de ese pozo tan negro.

Julia abre la boca y grita con todas sus fuerzas para desterrar esa maldita voz interior. No está dispuesta a permitir que sus propios pensamientos le pongan la zancadilla. Sabe que es capaz de nadar hasta donde sea necesario y más allá.

Y es lo que hace, pero cuando sus brazadas furiosas la llevan al lugar donde esperaba encontrarla, Begoña ya no está ahí.

Se ha hundido.

Julia llena a fondo sus pulmones y se zambulle aguas abajo.

Es un mundo negro. Muy negro.

Los pensamientos tramposos regresan con fuerza al mismo tiempo que comienza a sentir la presión del agua en los tímpanos. Su mente le asegura que se va a ahogar, que va a morir en ese pozo donde a buen seguro se extinguieron también las vidas y los sueños de muchos mineros.

Julia aprieta los dientes y trata de no prestar atención a los mensajes alarmistas que le dispara su cabeza. Sabe que es la única manera de ganarle la partida.

Un relámpago ilumina la noche con una claridad cegadora, revelando la figura de Begoña a solo unos metros de distancia. Sus ojos, abiertos de par en par, se encuentran por un segundo con los de la ertzaina. Después la oscuridad vuelve a devorarlo todo.

Tras unas últimas brazadas a ciegas, Julia logra por fin coger a su madre. Pero todavía falta llevarla de regreso a la superficie.

El peso que abraza su cuerpo tira con demasiada fuerza hacia el fondo incierto del lago.

Julia asume que tiene que quitarle esa cadena de la cintura. O lo hace o no logrará salvarla.

El pecho le arde. Le falta el aire.

Sus manos se aferran al cinturón metálico y tratan sin éxito de arrancárselo. Hay una brida que ajusta los eslabones.

Los pulmones de Julia le exigen que regrese a la superficie de inmediato. Van a explotar.

No. No está dispuesta a desistir ahora que está a punto de conseguirlo.

Porque ha recordado la navaja de Cestero que lleva en el bolsillo. Su amiga la va a ayudar una última vez.

Un corte en la brida despoja a su madre de la cadena, que se pierde aguas abajo en una noche de la que no volverá.

Cuando emergen, y mientras la ertzaina trata de recuperar el resuello, Begoña la aparta a manotazos y, al mismo tiempo, se apoya en ella para tratar de mantenerse a flote. Está asustada.

Julia la abraza por detrás y la inmoviliza con firmeza.

—Tranquila, ama. Soy Julia, tu hija. He tardado mucho en conocerte, pero yo tampoco imagino un futuro sin ti —le susurra al oído al tiempo que se impulsa con las piernas hacia la orilla.

La mirada de Julia, nublada por las lágrimas, desgarrada por el dolor, se dirige a lo alto del acantilado. Allí está Aitor. Tiene a Iñaki Echegaray. Lo está esposando. Y, a pesar de que la distancia le impide ver la cara de su compañero, sabe que él también está llorando.

72

Jueves, 3 de marzo de 2022

El cielo se ha vestido de azul, igual que un Cantábrico que se extiende hasta un infinito tras el que se intuyen otros mundos, otras vidas. Sin necesidad de volar tan lejos, las olas baten inquietas contra los acantilados de la isla de Izaro y juegan con los arenales que flotan en la desembocadura de la ría.

Julia apenas presta atención a un paisaje que hace derramar alguna lágrima a su madre. El de hoy es un sueño cumplido. Cuando comprendió que era una niña robada se prometió encontrarla. Y aquí la tiene. San Pedro de Atxarre, la ermita desde donde Urdaibai se despliega sin secretos, se ha convertido en el escenario de su primer paseo juntas.

La ertzaina ha perdido la cuenta de los minutos que llevan ahí, asomadas a una vida que les debe muchas horas. Cuarenta y tres años han pasado separadas. Cuarenta y tres ha estado su madre sin regresar a la ría donde le arrancaron la inocencia a dentelladas. Allí abajo fue niña, adolescente, y soñó con un futuro que apenas comenzaba a escribirse cuando su reloj se detuvo en seco. Un error, solo uno, y la familia donde debía encontrar apoyo y comprensión le impuso una condena que todavía pesa.

—He pensado en ti cada día —confiesa Begoña girándose hacia su hija. Sus ojos brillan. Su sonrisa también—. Te he echado de menos con una fuerza que no imaginaba posible antes de que nacieras. A veces he estado a punto de tirar la toalla, aunque siempre tuve la esperanza de que antes o después te encontraría.

Julia la abraza con fuerza.

—Yo tampoco he parado de buscarte desde que lo supe. Hasta entonces jamás sospeché nada. ¿Quién no ha oído historias de niños robados? Pero esas noticias nos parecen siempre muy lejanas. Y de repente me vi en las listas del convento... Después encontré en el interior de una Biblia tu diario de aquellos días tan oscuros y tuve la certeza de que no me habrías abandonado jamás.

—Nunca he dejado de escribirte, hija. Intentaba conservar mis recuerdos para que algún día los descubrieras. Me ayudaban a sentirte cerca de mí.

Un enorme corazón se dibuja abajo, en la playa de Laida. Efímero, como cada uno de esos bocetos que el mar se afana en crear y destruir una y otra vez.

—Traficar con bebés, jugar con el dolor ajeno... —comenta Begoña clavando la mirada en esas obras de arte que van y vienen con cada golpe de ola—. ¿A qué mente enferma se le ocurrió todo aquello?

—Iñaki Echegaray fue el primero —explica Julia acariciando lentamente la espalda de su madre—. Mari Carmen y su marido no podían tener hijos y fue el embarazo no deseado de una chica cercana a la familia quien les dio la idea. El convento, al que regaron de donativos, se ocuparía de mantener oculta a la muchacha hasta que pudiera regresar a casa despojada de ese bebé que tanto avergonzaba a los suyos.

—Iñaki, el mismo Iñaki que ha sembrado de dolor estas últimas semanas —señala Begoña con un rictus donde hay mucho de incomprensión.

—Por desgracia, lo que había comenzado como algo personal se convirtió en un negocio —continúa Julia—. Mari Carmen vio la manera de sacar provecho de todo aquello. La matriarca de los

Echegaray se erigió en la pieza angular de una red que traficó con decenas de recién nacidos. Mientras Ignacio se dedicaba a la naviera, ella hizo de la venta de bebés una manera de ganar dinero y, sobre todo, influencia. ¿Quién iba a negarle favores a quien le había ayudado a cumplir su mayor anhelo?

Begoña no responde. Su mirada viaja a bordo de un tren de vía estrecha que surca el paisaje en la distancia, moviendo almas de aquí para allá entre marismas y pequeños barrios rurales. Vidas que van y vienen, ajenas a la pausa que se ha impuesto hoy en las de una madre y una hija que tienen tanto que contarse.

—Cuando pienso que te tuve al alcance de la mano el día después de los asesinatos... —comenta Julia—. Estuve con Alejandro en el puerto. Solo la puerta de la cabina me separaba de ti.

—No, entonces todavía no me ocultaba en el Mistral —aclara Begoña—. Mi primera reacción fue huir. Corrí sin dirigirme a ninguna parte y así pasé las dos primeras noches. No sabía qué hacer. Mi casa ya no era un lugar seguro. De pronto volvía a ser la adolescente sin hogar ni familia que abandonó Urdaibai sin más que una maleta cargada de tristeza y soledad.

—¿Por qué no acudiste a la policía?

—Porque temía que no me creyeran. Una simple pescadera contra una de las familias más influyentes del país... Solo cuando leí la noticia del asesinato de Teresa lo tuve claro: su hermano estaba intentando silenciar para siempre a quienes queríamos desvelar el secreto de su familia. Fue entonces cuando decidí recurrir a Alejandro. Él me había ayudado cuando más lo necesitaba y merecía saber lo que estaba ocurriendo. Le costó creerme... Teresa no le había contado que había averiguado que era una niña robada. Estaban distanciados en los últimos tiempos.

—¿Cómo reaccionó?

—Con generosidad, como siempre. Le pedí tiempo, no podíamos ir a la policía con esa historia. Solo si reuníamos pruebas sólidas podríamos contar quién y por qué había matado a Teresa y a la religiosa. También cuál había sido el motivo. Los papeles de sor Olga tenían que darme alguna clave. Contaba con fotocopias de todo. Las había hecho porque temía que esa monja se arrepintiera y se marchara llevándose consigo su carpeta… Pasé varios días escondida en su barco. Allí estaba segura. O eso creía, porque una noche alguien abrió la puerta. Iñaki Echegaray había enviado a alguien a buscarme.

—Se trataba de mi jefe —aclara Julia—. Teníamos la impresión de que Alejandro ocultaba algo y se acercó a mirar.

—Me asusté mucho. Al verme descubierta, volví a escapar. No podía quedarme allí. Pero la vida ha puesto en mi camino personas maravillosas. Sabía que podía contar con Alicia. Recordé su caseta del lago. Era el lugar perfecto. Allí, apartada de todo y de todos, podría continuar con mi búsqueda. —Begoña se detiene, pensativa—. Tiene gracia… ¿Sabes que fueron los Echegaray quienes le cedieron esa construcción decrépita? Fue la manera de acallar sus demandas años después del accidente que costó la vida a su marido. Pobre Alicia… La mañana que me presenté en el bar para rogarle su ayuda casi le da un síncope. ¡Había acudido a mi misa de despedida unos días antes!

Las preguntas se suceden en la mente de Julia. No quiere atosigar a su madre, pero necesita comprender.

—¿Cómo llegó sor Olga hasta ti?

—Por las demandas de don Pedro, las mismas que tenían que haberte traído de vuelta.

La ertzaina asiente, es exactamente el mismo camino seguido por ella. Aunque no de la manera que él pretendía, los trámites del sacerdote de La Arboleda han acabado logrando el reencuentro.

—Supe que se trataba de una monja en cuanto abrí la puerta. No hace falta que se vistan con hábito para reconocerlas —continúa Begoña—. Traía los documentos que encontró cuando el convento de Gernika fue clausurado y sus religiosas se repartieron por diferentes ciudades. Comprendió que se trataba de algo vinculado con el asunto de los bebés y decidió no mirar hacia otro lado. Necesitaba explicaciones, no podía entender que aquellas que habían sido sus hermanas hubieran actuado así. No sé cómo averiguó que esa cuenta francesa donde iban a parar los pagos pertenecía a los Echegaray, supongo que alguna de las mayores se lo confesaría, pero cuando llamó a mi puerta lo tenía claro. Quería darnos a las víctimas la verdad y, al mismo tiempo, limpiar en parte el recuerdo de sus hermanas. El convento había sido una pieza de aquel horror, pero no el lugar donde se maquinó todo.

—Y entonces contactasteis con Teresa —comenta Julia.

—Pobrecita. Era una buena persona. Es normal que Alejandro la quisiera tanto. Le horrorizó saber que su familia estaba detrás de todo aquello y quería hacer justicia. Su hermano, en cambio…

Julia asiente lentamente.

—Iñaki la mató y después se dirigió a tu casa.

—De no haber sido porque el Cercanías en el que regreso cada día de la pescadería circulaba con retraso yo también estaría ahora muerta. Cuando llegué lo sorprendí izando el cuerpo de sor Olga. No sé de dónde saqué fuerzas para correr hasta la ventana… ¿Sabía Mari Carmen que Iñaki había matado a su propia hermana? ¿Fue esa mujer sin escrúpulos quien lo empujó a hacerlo?

La ertzaina niega con un gesto rápido.

—Iñaki actuó solo. Su intención era acabar con vosotras y enterrar así el secreto de la familia. El honor de los Echegaray por encima de todo y al precio que hiciera falta.

Begoña deja escapar un suspiro al que sigue un largo silencio. Julia calla también. Es lo que necesitan ahora. Son muchas las emociones que las han sacudido en las últimas semanas. Un tiempo del que surge uno nuevo, pero del que será difícil que emerjan sin cicatrices.

—¿Has sido feliz? Dime que sí, que te han cuidado y te han querido —ruega Begoña tras unos minutos en los que la marea ha bajado ligeramente, dejando a la vista islotes dorados que antes se encontraban cubiertos por las aguas.

—Me han dado una buena vida, ama. Siempre me han hecho sentir querida, pero eso no significa que no tuviera el deseo de reunirme contigo. —Julia piensa en sus padres adoptivos. También sufrieron cuando la redada en el convento les descubrió la verdad—. Ellos no sabían que era una niña robada. Les mintieron. Les contaban que éramos bebés abandonados que necesitábamos de alguna familia que se hiciera cargo de nosotros. Nada más.

Su madre esboza una sonrisa sincera. Necesitaba oír algo así.

—Te he echado tanto de menos… —dice abrazándola.

Julia siente que su corazón late distinto desde que se ha liberado de la angustia que la abrumaba. Sus ojos se nublan de lágrimas. Los contornos del paisaje se tornan difusos.

—Yo también a ti, ama… Pero ya estamos juntas y nadie podrá volver a separarnos. —La ertzaina decide que es el momento de lanzar una propuesta—. Tu piso va a necesitar una buena reforma. Las llamas hicieron estragos. ¿Qué te parece si te vienes a mi casa mientras lo arreglamos? Unos meses en Mundaka, conmigo, a orillas del mar… Así nos ponemos al día y comenzamos a recuperar el tiempo que nos robaron.

Begoña asiente mientras recorre la ría con una mirada empañada por la emoción. La tierra y el mar se confunden en un abrazo eterno, una danza hermosa cuya melodía cambia de ritmo con cada marea. Más allá, el Cantábrico es el único protagonista, con la plataforma de extracción de gas varada a medio camino entre la costa y el horizonte.

—La Gaviota… Allí trabajaba tu padre. Le ha hecho muy feliz saber que te he encontrado. Él también está deseando conocerte.

El silencio que sigue a sus palabras invita a Julia a recorrer con la mirada ese lugar que es el de siempre y que es completamente nuevo al mismo tiempo.

—Sigue siendo un mundo verde y azul, igual que cuando era una niña —continúa Begoña—. Y este olor… El mar, la arena mojada, las encinas, la hierba fresca… He sido incapaz de regresar desde el día que salí de aquel convento. Me daba miedo que alguien me reconociera e hiciera trizas mi disfraz de María Mendoza.

—Pues ya estás aquí, ama. No eres tú quien debe avergonzarse de lo que sucedió. Al contrario, siéntete muy orgullosa de haber salido adelante en un mundo que te dio la espalda. Puedes ir con la cabeza bien alta. Se acabó el esconderte detrás de un nombre falso. Eres Begoña —asegura Julia con fuerza—. La misma que se marchó de aquí arrasada por el dolor y ha conseguido que se haga justicia.

Epílogo

Jueves, 3 de marzo de 2022

Cuando Madrazo empuja la puerta lo hace con lágrimas en los ojos.

Lo primero que atisba es un pie. Asoma bajo la sábana, desnudo e inmóvil.

Solo tras dar un par de pasos y girar una esquina alcanza a ver el rostro de su dueña.

Es plácido. Parece dormir. Ojos cerrados, labios entreabiertos y un silencio que incomoda.

El oficial respira hondo conforme se acerca a ella.

—Por una maldita vez en tu vida me hiciste caso —dice apoyando su mano en el brazo de Cestero.

Ella abre los ojos. Observa desorientada al visitante, aunque un rápido vistazo alrededor le recuerda dónde se encuentra.

Hospital de Cruces, a caballo entre Bilbao y los Montes de Hierro.

—¿Cómo estás? —continúa Madrazo.

Ane se recuesta ligeramente.

—Bien. Dolorida todavía. Ese cabrón tenía buena puntería —dice con voz ronca.

—Tampoco tanto. Te disparó casi a bocajarro. Así cualquiera hubiera acertado. —El oficial le sirve un vaso de agua—. Joder, Ane. Todavía no me lo creo. ¡Te pusiste el chaleco antibalas! Es

447

la primera vez en toda tu carrera que actúas con cabeza… ¿Era necesario que estuvieras suspendida para que me escucharas?

Cestero no responde de inmediato. Antes apura hasta la última gota de agua.

—Lo llamas chaleco por decir algo —protesta devolviéndole el vaso vacío—. Si me hubieras llevado a Oñati uno de los buenos y no esa reliquia hoy no tendría tres costillas rotas.

Madrazo se ríe mientras niega con la cabeza. Incorregible. Esa es la Ane Cestero que él conoce. Estar al borde de la muerte no la ha cambiado.

—Sabes que no tenía elección. Si te hubiera entregado uno más pesado no te lo habrías puesto.

Ane guarda silencio. Viniendo de ella es todo un reconocimiento de que no se ha equivocado. Un chaleco menos ligero habría acabado arrinconado en su tostadero de café.

—Hoy también traigo algo para ti —anuncia el oficial entregándole una tarjeta de plástico.

—¿Mi placa? ¿Y qué pretendes que haga con ella? Mira, podría enmarcarla y ponerla encima de la tostadora.

Madrazo niega con la cabeza.

—Estás dentro de nuevo. Bienvenida a casa, suboficial. Asuntos Internos ha levantado tu suspensión. Tendrías que haber estado en la reunión. Si hace una semana me dicen que iba a oírlos hablar tan bien de ti no me lo hubiera creído.

—Eso es porque pensaban que iba a morirme. Siempre se habla bien de quienes se van —comenta ella incrédula.

—No, claro que no. Pero son conscientes de que sin tu intervención hoy tendríamos al menos una víctima más. Begoña Larzabal estaría muerta. Fue tu tozudez la que permitió acelerar la resolución del caso y, ahora que se ha destapado la verdad de los Echegaray, esos compañeros que querían sacarnos de circulación están muy calladitos. —El oficial le saca la lengua a modo de burla—. Tampoco te vayas a endiosar ahora. Me temo que solo quieren tenerte controlada. Han comprendido que eres indomable y que ni siquiera sin tu uniforme vas a permanecer quieta.

—No me extrañaría nada que ese fuera el motivo real —se ríe Cestero.

—No, Ane. Los ha impresionado que hayas sido capaz de solucionar un caso atada de manos, sin las facilidades que nos brinda ser policías. —Madrazo sonríe. Las buenas noticias no acaban ahí—. También han decidido reforzar la UHI con dos nuevos integrantes. Y me han pedido que los seleccione personalmente. ¿Qué te parece? ¿Me echarás una mano con los nuevos?

—Lo primero que haré cuando salga de aquí es tomarme unos días —admite Cestero—. Hay un librero en Bueu que merece que alguien le cuente lo que sucedió con su hermana. Sin la determinación de sor Olga jamás se hubiera sabido la verdad. Los Echegaray habrían ganado con sus cartas trucadas una vez más.

—Claro. Ve a Galicia y adonde sea necesario. Tómate el tiempo que te haga falta. No tengas prisa. Después te esperamos. Tenemos muchos malos que meter entre rejas.

—No, Madrazo. No creo que vuelva. —La mirada de Ane es seria. Triste y seria—. Estoy cansada, ¿sabes? Nos jugamos la vida para que el mundo sea mejor, pero compartimos uniforme con tipos que no lo merecen, pendientes de medrar y salir en la foto en lugar de hacer el bien. —Sus ojos se clavan en la placa recuperada, donde una Ane Cestero recién salida de la academia posa armada de ilusión y ganas de hacerlo bien—. Lo cierto es que no tengo claro que quiera seguir formando parte de esto.

El oficial no replica. Comprende que no es el momento.

—Ayúdame a levantarme, anda. Estoy harta de estar aquí. Necesito moverme —le ruega ella despojándose de la sábana y tratando de sentarse.

Madrazo observa la pizarra con anotaciones que cuelga sobre la cama. A pesar de que no logra descifrarlas sabe que se trata del tratamiento que Cestero debe seguir. El drenaje que cuelga de un lateral de su camisón habla también de convalecencia.

—Ni se te ocurra. Haz el favor de tumbarte.

—Estoy bien —argumenta Ane antes de llevarse la mano al pecho con una mueca de dolor.

—Pues claro que no. ¿No lo ves? El médico ha dicho que debes guardar reposo. Una de las costillas te perforó la pleura. Concédete unos días, anda. No seas cabezota. Ya me ha advertido Gaizka que tuviera cuidado, que a la mínima intentas escaparte de la cama. Lo tienes desesperado al pobre.

Es necesario un nuevo gesto de dolor para que Cestero obedezca y vuelva a apoyar la cabeza en la almohada.

—Te traigo algo más —anuncia el oficial tras arroparla con la sábana.

Ane lo observa desconfiada. ¿Qué viene ahora?

Madrazo le entrega unas baquetas que ella se limita a mirar de reojo mientras niega con la cabeza.

—Nagore me ha pedido que te las traiga. Cree que te irá bien tocar la batería para fortalecer los músculos durante la rehabilitación. Y Aitor dice que si necesitáis trompeta para completar el grupo podéis llamarle —bromea antes de recuperar la seriedad—. Cógelas, anda. Has estado a punto de perder la vida por ayudar a una buena amiga, igual que hizo Olaia. No te castigues más, Ane. No sigas renunciando a lo que te hace feliz. La vida es hoy, ahora, y mereces disfrutarla.

Un brillo poco habitual brota de los ojos de Cestero. Sus labios tiemblan, indecisa. Le cuesta, tarda todavía unos segundos en derribar su muralla defensiva, pero acaba por estirar las manos y coger los instrumentos. No dice nada, no precisa hacerlo, solo los acerca a su pecho y los abraza con fuerza.

El oficial aparta la mirada. La conoce lo suficientemente bien como para saber que no soporta que la vean llorar.

—Espero que vengas a mi primer bolo —dice ella tras unos minutos.

—Sabes que no faltaré. Iré con Aitor y con Julia. Y también con su madre... Lo que has hecho por ellas es... —Madrazo siente que le faltan palabras. Generosidad, valentía, compromiso... Amistad, en definitiva—. Tenemos mucha suerte de ser tus amigos, ¿sabes?

Ane barre sus palabras con la mano.

—No es para tanto. ¿Acaso tú no hubieras hecho lo mismo?

Madrazo piensa en silencio. Sabe que la respuesta es un sí, pero con matices. Habría hecho lo imposible por ayudarla, eso sin duda. Los caminos escogidos, sin embargo, hubieran sido los oficiales. Odia ser consciente de ello, pero si Julia lo hubiese elegido a él, es más que probable que Iñaki Echegaray hubiera llegado a tiempo de asesinar a su madre.

—¿Qué estás pensando? —pregunta Cestero.

—Que quizá yo también debiera colgar el uniforme —confiesa Madrazo antes de sacudir la cabeza—. No, no me hagas caso. Hay cosas que no funcionan y precisamente por eso tenemos que seguir adelante. Sin policías como nosotros, Ane, los malos habrán ganado la partida. No voy a tirar la toalla. Ni Izaguirre ni nadie conseguirán que lo haga. Y tú tampoco vas a rendirte.

Ella se gira hacia la ventana. Al otro lado se dibujan los Montes de Hierro. Hoy brilla el sol sobre ellos. Un bando de aves acaba de sobrevolarlos y continúa su rumbo hacia el norte. Quizá se trate de las golondrinas del puente. El invierno comienza a quedar atrás y es hora de regresar de latitudes más cálidas.

—Vamos a hacer un trato. De momento has conseguido que vuelva a tocar la batería. Lo demás, lo iremos viendo paso a paso.

—Ane coge la mano de Madrazo y le mira fijamente a los ojos. En los suyos no queda espacio para las bromas ni las dobles interpretaciones—. Te agradezco infinitamente todo lo que has luchado por mí. Necesitaba recuperar mi placa, escuchar que no soy una mala policía. Lo precisaba para poder seguir adelante con mi vida. Pero ahora siento que es como retroceder al pasado. No voy a volver. Al menos por el momento. Hoy soy feliz en Oñati. Con mi café y mis montañas para escalar. Ese es mi sueño ahora. Y mañana, ya veremos.

Una nota final

Antes de que cierres definitivamente esta novela me gustaría contarte que no todo ha sido fruto de mi imaginación. No, no esta vez. Alma Negra estaba ahí desde mucho antes. Su leyenda, a la que he tratado de ser fiel, con sus ríos de sangre y sus gatitos sacrificados, ha sobrevolado los Montes de Hierro desde hace siglos. La tradición oral se encargó de que pasara de generación en generación hasta que Antonio de Trueba, en su libro *De flor en flor*, publicado en 1882, la llevó al papel y la hizo eterna. Tampoco la joven danzante y sus cascabeles son cosa mía. Están ahí, en el imaginario popular de los Montes de Hierro y en los miedos que rigen el latido de la zona.

Ha sido un regalo poder contar con estas viejas historias populares para enriquecer la trama. También lo han sido los paisajes, dramáticamente bellos, que la minería dejó en el territorio.

En cuanto a las famosas alubias de La Arboleda, qué queréis que os diga, están más que ricas, pero como buen guipuzcoano nunca confesaré que son mejores que las nuestras.

No quiero terminar sin dar las gracias a quienes han compartido conmigo los infinitos cafés que hay detrás de estas páginas.

Álvaro Muñoz, Xabier Guruceta, Nerea Rodríguez, Iñigo Martín y Maria Pellicer han estado ahí una vez más. Leyendo, comentando, apoyando.

Tampoco ha faltado algún que otro café con Andoni de Carlos, y creedme, es un lujo poder destripar cada novela con un gran guionista como él. Y también con Paz Velasco, criminóloga de criminólogas, que responde siempre a mis llamadas de auxilio.

¿Qué decir de Edorta Unamuno y del café de primera hora en el Bird Center? Lo mantuve despistado para que no sorprendiera a Ane haciendo fechorías por su observatorio. Gracias por acogerme una vez más en esa joya que no me cansaré de visitar.

A mis ertzainas de cabecera se ha sumado en esta ocasión Jon Udakiola, durante años jefe de Investigación Criminal de Gipuzkoa y ahora al frente de la policía donostiarra. Un lujo oír sus historias y comprender que los malos también lo tienen difícil para irse de rositas fuera de las páginas de una novela.

En esta ocasión el café más rico ha corrido a cargo de Sakona tostadores de café. Javier García e Iker Fermin me abrieron las puertas de su templo del tueste y me contaron todos los secretos de ese nuevo mundo de Cestero.

Y ha habido también muchos cafés con la gente de Penguin Random House, que tanto me cuida. Virginia Fernández, mi editora y amiga, es el contacto diario, el teléfono que marco cuando a las letras les da por pelear. Gonzalo Albert nunca está lejos, y eso que todavía le debo una buena sesión de golpes al saco. ¿Y ese maravilloso equipo comercial que se desvive por que mis novelas lleguen a tiempo a todos los rincones? Y la gente de Comunicación, y el equipo de Marketing, y… Gracias a todos por hacerlo tan fácil. Quizá Cestero precise un descanso, pero habrá otras historias, muchas más, y las contaremos juntos.

Aunque si hay alguien a quien quiero dar las gracias es a ti, sobre todo a ti, amiga lectora, amigo lector. Por estar ahí una vez más. Con Cestero, con Julia, conmigo. Ojalá hayas disfrutado de este *Alma Negra* tanto como yo escribiéndolo.